梁　歆　黄显华　著

学校改进

理论和实证研究

华东师范大学出版社

序　　言

教育改革是一个非常复杂并涉及异常多因素的过程。假如勉强作简单的分析:它可以从不同的层次、对象和学问出发作了解。不同层次可包括社会制度、学校、课室、个人;不同对象可包括不同层次的政策制定者、政策执行者、校长、教师和学生;不同的学问可包括教育哲学、教育经济学、教育社会学、教育心理学、教育行政学、课程学、学校改进学等。

文献分析的初步印象,各个层次的研究文献都不少,只有学校这一层次的研究较少;各种学问可属汗牛充栋,唯独"学校改进"这学问可属新生事物;而结合不同对象的政策制定者、政策执行者、校长、教师和学生的"学校"的研究,特别是"学校改进"这一对象的研究,在中国仍有很大的发展空间。

在美国,John Goodlad 在 1970 年代末开展一个很大型的"学校"研究,题目是"对学校教育的研究(A Study of Schooling)"。1984 年,根据这项研究出版了一本《一个名叫学校的地方》(*A Place Called School*)。这本书对教育研究发挥了很大的影响,使人对美国学校加深了解。但这书的作用只限于了解,对进一步开展"改进"的作用,还有待后来学者的努力。A. Michael Huberman 和 Matthew B. Miles 于 1984 年出版的《聚焦变革:如何达致学校改进》(*Innovation up Close: How School Improvement Works*)、Karen S. Louis 和 Matthew B. Miles 的《改进城市中学》(*Improving the Urban High School*)等著作,都对美国学校改进历程进行了探究,初步总结了促使学校获得改进的方法和原因。此外,英国的 David Hopkins 等人则以本国学校改进的实践为基础,对学校改进的相关理论进行了较为详细的探讨,其成果为 1994 年出版的《变革时代中的学校改进》(*School Improvement in an Era of Change*)。所有这些学者及其相关的著作对学校改进这一领域的研究和发展起到了重要的推动作用。在此后的近 10 余年,人们越来越了解学校改进的历程、成功的要素等,从而使得这个领域蓬勃发展,也深深影响了中国的学校改进研究与实践。

本书主要分为三篇:第一篇《学校改进的理论与发展》,介绍了学校改进作为一个研究和实践领域的产生、形成和基本含义,在不同国家或地区的发展脉络,以及实施学校改进的策略——学校改进的能量建构与外部支援。第二篇《学校改进的内部能量建构》,则以北京市的两所初中学校为个案,深入探索学校在改进的过程中,如何建构起分享的目标、学校领导、人的发展、组织能量以及课程与教学这五个方面的内部能量,从而使学校获得改进。第三篇《学校改进的外部支持》,介绍大学与中小学的伙伴合作,社区、家庭和学校的伙伴合作等途径在学校改进过程中所起到的支援作用。

迄今为止,学校改进领域的西方文献已不胜枚举,其中既有理论探索亦有实证研究,这些成果为稍后开展学校改进的国家、地区提供了丰富的经验和理论基础。但遗憾的是,这些成果皆在西方教育制度下展开,由于教育变革的背景、学校教育的制度、运作乃至改进的经验都具有极强的甚至是独特的情境性,因此,如何从西方学校改进领域的研究成果中学习,以及在中国的具体情境下,如何做才能使学校获得改进等问题就成为本书关注的焦点。

近年来,两岸三地关于学校改进的出版物也日益增加,这些著作或注重于介绍西方理论、或探讨移植国外经验的可行性与本土性、或详细介绍本土经验,而较少见到既有理论探讨,又能结合理论的探讨进行实证研究的书籍。因此,本书致力于向国内介绍西方前沿的研究成果,同时展示了学校改进在中国实践的具体情况。既注重理论探究,同时也关注学校改进的实践成果。相比其他同类的出版物,本书的特色有三:其一,介绍了西方学校改进领域最新的研究成果和理论基础,包括:学术界对学校改进的内涵的界定;学校改进策略中的能量建构理论;大学与中小学的伙伴合作等支援形式。其二,以理论探讨为基础,开放式地探究内地学校改进的经验,详细地呈现了两所个案学校的学校改进历程，并且总结了学校改进的策略。个案探究显示了内地学校改进经验与西方研究成果所呈现出的异同，特别提出了在内地进行学校改进需要关注的事项。其三，详细地探讨了学校改进获得外部支援的形式，由于目前我国在支持中小学改进方面的经验尚不充足，因此书中总结了西方近十年来的实证研究，为中国在学校改进方面的实践提供借鉴、参考。

梁歆　黄显华

于香港中文大学

2009 年 10 月

目　录

第一篇

学校改进的发展脉络与理论基础

第一章

学校改进的产生与涵义

第一节 学校改进产生的背景

围绕着“学校”的议题，近年出现了很多相关的概念，如学校变革、学校改革、学校发展、学校更新、学校重构、学校效能(school effectiveness)和学校改进(school improvement)等等，但关于这些术语的清晰定义很少能达成共识(Dalin, 1998a; Fink & Stoll, 1998;李子建、张月茜、钟宇平，2002)。中国内地较多运用学校发展、学校变革来指代学校改进的工作，但近年来学校改进这个词语的使用频率也越来越高，也开始有实践者和研究者在这个领域进行探索(梁歆、汤才伟，2005;史静寰、肖玉荣、王阔，2005;卢乃桂、张佳伟，2007;高鸿源，2008)。

要理解学校改进就不得不先了解学校效能这一研究领域。这两者在学校发展的历史中一直是密切联系的(Hopkins, 2001; Reynolds, et al., 2000a; Creemers, 1996)。正是在学校效能的研究进程中，研究者发现了学校改进的重要意义(Reynolds, et al., 2000b)。因为只有清楚地了解“什么是高效能的学校?”以及“如何使学校获得高效能?”，才能使学校的发展成为可能。前者基本上是学校效能研究要回答的问题，后者则属于学校改进研究范畴。

一、学校效能研究

学校的作用在今天看来是不容置疑的，但是，1960、1970 年代，美国的 Coleman 等人(1966)以及英国的 Plowden 等人(1967)指出：家庭背景(包括社会阶层和经济地位)，对于孩子发展的影响要远远大于学校对其产生的影响(引自 Stoll, 1996)。他们认为，一个学生的考试成绩可以根据他的家庭背景而预见，这种预见往往比知道他在哪所学校上学更加准确(Harris, 2001a)。这基本上就否定了学校的作用。那么，学校到底对学生的学习有没有影响呢？是否存在高效能的学校呢？学校效能的研究就是在对上述论断的质疑中开始的。

学校效能作为一个学术领域在过去的 30 多年里飞速发展，越来越多的国家运用这项研究来调查学校教育对学生学业成效(achievement)的影响(Harris, 2001a)。但是直到 1994 年，世界经合组织(OECD)都没有得出一个被大家所认可的关于学校效能的定义(Stoll & Fink, 1996)。近年来，国内外很多学者都尝试对学校效能进行界定，例如：

Levine 和 Lezotte 关于效能的最基本的定义：效能就是期待的结果/成果(Stoll, 1996)。

Mortimore 认为，高效能学校是能够使学生的进步大于他入学时所预期能取得的进步(Stoll, 1996)。

郑燕祥(2002)则认为，学校效能是学校在固定输入下可以表现出来的功能的程度。学校功能有五种，因此，学校效能就相应地分为五类，这五类效能又可以从五个层面来表现，因此就可得出一个二十五种效能的矩阵(见表 1.1)。

表 1.1　学校效能分类

	技术/经济效能	人际/社会效能	政治效能	文化效能	教育效能
个人层面					
机构层面					
社区层面					
社会层面					
国际层面					

从上述界定来看，学校效能的定义正在不断地扩展并变得更加宽泛(Stoll, 1996)。如，从只关注学生的学业成效到关注学生学习进程，从关注学校的单一效能到关注多元效能等。

通过上述定义可以看到，学校效能研究就是判断资源、进程和组织安排的差异是否影响学生的学习结果，如果影响，以何种途径影响（Harris，2001a）。所以学校效能研究的目的是：描述高效能的学校是什么样子的，并且寻找一种充分且可信的方法评估学校的质量（Mortimore，1991）。这样，学校效能的研究就能够为学校发展提供借鉴，或说是参考依据。

二、学校改进研究的出现

1970年代，美国开始了有效能学校的研究，到1970年代末期，“学校对学生确实有重要的影响”已经基本成为共识。这主要归功于Edmonds，他致力于为城市贫民创造高效能的学校，同时，通过高效能学校的研究他还提出了五因素模式（Five factors model），包括：校长的强势教学领导；对教学深入广泛的理解；安全有序的学校学习环境、氛围；对全体学生的高期望；运用学生的学业成绩来不断评估（Hopkins，2001；Rehnolds，et al.，2000b）。在英国，Rutter等人（1979，P.7）则进行了开创性的研究，指出“学校能够在巩固学生良好的行为和学习结果方面起到较为重要的作用，即使在不利的环境下，学校也有一定的能力使学生向良好的趋向发展。”这些研究都肯定了学校的重要作用。此外，1980年代至1990年代，英、美等国的研究者都提出学校效能的研究应该考虑不同的学校情境、学校内不同部门乃至不同科目对学习结果的影响。此时，学校效能的研究不仅关注输入——输出的研究，还关注了不同情境下学校影响的差别（Reynolds，et al.，2000a）。

学校效能的研究确认和描述了高效能学校的特征（Hopkins，2001），但尽管了解了高效能学校的特征，即“什么使学校变得更好”，我们还是不能令学校变得更好。因为学校效能研究忽略了从高效能的确定到实现的过程，没有提出学校是通过何种途径、经历了怎样的过程实现高效能的。这就是学校改进（school improvement）研究所要解决的问题。因为学校改进不仅关注学校应对变革的能力，还关注学校实现卓越的过程（Halsall，2001）。于是，在学校效能研究展开的同时，人们也开始了学校改进的研究。

虽然在实践层面，学校效能和学校改进这两个研究领域相关，但若从知识层面来讲，两个研究领域还是有着各自不同的知识基础。两个研究领域在核心概念、信念和学校变革的策略等方面皆有所不同（Reynolds & Stoll，1996；Reynolds，et al.，2000a）。在不同知识基础的对比中能够让我们更深入地理解学校改进的特点，见表1.2：

表1.2 学校效能传统与学校改进传统的比较

	学校效能传统	学校改进传统
目标	● 描述高效能学校的特征 ● 探究测量学校质量的途径	● 理解成功变革的过程 ● 提高学校分析问题、应对变革的能力
研究方法	量化方法为主	质化方法为主
理论建构	注重模型建构	注重过程和指导方针
焦点	● 关注学校的正规组织而非他们的非正规的过程 ● 关注学生的学习和社交的成果；视学生和学校的成果为“既定”（given）的 ● 关注有效能的学校 ● 静态取向，聚焦于学校稳定的状态	● 关注组织过程 ● 关注学校改进的历程（journey）而不是结果 ● 关注学校如何变得有效能 ● 动态取向，聚焦于学校随时的变革
知识基础	实证研究知识	实践者知识

（Stoll，1996；Reynolds & Stoll，1996；Reynolds，et al.，2000a；李子建、张月茜、钟宇平，2002）

如果说学校效能的研究更加关注结果的话，那么，学校改进的研究则更加关注过程和策略，努力探索提高教育质量的途径。正如 Harris（2001a，P.21）所指出的那样，“学校效能聚焦于结果的测量，而学校改进更关注内部变革的过程。”学校效能的研究是为学校制订计划提供数据，然而学校是如何变革的以及如何才能变得更加有效能却是学校改进关注的焦点。

事实上，从美国学校效能和学校改进的历史来看，研究者早在1970年代就开始从事学校改进的研究了，其中 Edmonds 提出了五个高效能学校的特征之后，就有研究者根据高效能学校的相关因素进行学校变革项目，随后研究者就针对一些大城市的研究项目开始了学校改进的研究（Reynolds，et al.，1994）。这也进一步说明了两个研究领域的密切联系，及其不同的努力方向。

第二节　学校改进的界定

学校改进作为一个崭新的实践和研究领域，肇始于1970年代末、1980年代中，至今已有近30年的历史。在这段时间里，学校改进作为一项教育变革的策略越来越受到世界各国的重视，这主要是由宏观的教育情境决定的。当许多国家、地区的教育系统在顺应时代的需要进行相应改革的时候，他们都在不断地设定更高的教育目标，而这些目标已经超越了现有学校系统所具备的或能达到的能量。这样一来，致力于教师和学校能量的提升，增进学生学习的工作开始受到重视。而学校改进的目的恰恰是提高学生的学业成就，增强学校应对变革的能力。此外，学校本身的教育情境也在发生急剧的变化，学校及学校系统承受的压力愈来愈大，对此大多数国家（地区）的教育系统都有着或多或少的转变，从以前的家长制做法到鼓励并要求学校为自己的发展负责，即教改的分权趋势。在此趋势下，越来越强调学校自我改进。随着这种机构自我更新的政治压力，人们逐渐认识到教育变革的传统策略是不起作用的。因此，学校改进的研究对教育变革的特殊贡献就变得日益重要（Dalin，1998b；Hopkins，1998）。

为什么学校改进能适应当代教育变革的要求？到底什么是学校改进？当学校改进日益呈现出其重要性的时候，不同学者也开始对学校改进这一概念进行界定。这些定义呈现出三种类型：一类较为侧重对过程的描述；一类较为侧重对结果的描述；一类则将过程与结果进行了结合。

一、较为侧重过程描述的定义

这类定义以在国际学校改进计划（International School Improvement Project，ISIP）中产生的定义和Barth（1990）的论述为代表。前者在Husen（1994）编辑的教育百科全书中被采用，Stoll和Mortimore（1997）也提出，ISIP所提出的定义被引用最多。Hopkins（2005）则认为Barth（1990）的定义道出了学校改进方法（approach）的实质（essence）。

世界经合组织(OECD)的教育研究发展中心首先将学校改进作为应对教育变革的一项策略，并在1982年发起了ISIP，项目历时4年，由来自14个国家150人参与。就是在这个项目中，发展出了迄今为止被引用最多的学校改进的定义：

> **一种系统而持续的努力，旨在改变校内的学习条件(learning conditions)和其他相关条件(related internal conditions)，最终能让学校更有效地实现教育目标(Van Velzen, et al., 1985)。**

要理解这个概念不仅要了解它产生的背景，还要了解这个概念中每个词语的涵义。首先，从教育变革的视角看，这项学校改进计划的产生与当时教育变革的情境相关。这项计划产生于1980年代初期，当时西方一些国家特别是英、美等国都吸取了1960年代课程改革失败的教训，逐渐意识到大规模的自上而下的变革模式是不起作用的，它不能使教师投入到改革中并真正影响学生的学业(Reynolds, et al., 2000a)。Fullan (1991)称这一时代(1960年代)为"采纳的时代"(adoption era)，即"为了变革而变革"，完全不加质疑的采纳。然而，完成变革不仅是采纳变革，更应该是在学校实施新的实践(Hopkins, 1990)。学校不应是教育变革的对象，而应是教育变革的中心(Fullan, 2001a)。教师也不应是变革的单位(unit)，教师需要的是深度的、持久的专业投入，这种需要同时应伴随着学校组织的变革(Hopkins, 1990)。因此，这个学校改进的项目开始关注中间层面的变革，即以学校为变革的单位。

其次，这项计划的产生也与当时的学校效能研究和高效能运动(Effective school movement)密切联系。当时已经开始发展的学校效能和高效能运动都是对学校的某一时刻进行静态描绘(Hopkins, 1990; Reynolds, et al., 2000a)，描述高效能的学校是什么样子的，并且寻找一种充分且可信的方法评估学校的质量(Mortimore, 1991)。但是，这些研究不能解释的是：学校是如何达到高效能的(Stoll & Mortimore, 1997)？因此，ISIP就以高效能学校研究为基础，希望了解学校作为一个组织的动态的发展过程，以及在这个过程中什么样的因素能够促使学校达到高效能，它倾向于行动并且以发展为导向。当以学校为变革的中心的时候，这项计划希望学校在改进的过程中能够提升自身解决问题的能量，以便更加灵活地应对变革，能够维持教育质量（Hopkins, 1990）。这充分体现了对学校变革过程的关注。

综上所述，教育变革的情境决定了这项计划聚焦于学校层面的变革；学校效能、高效能学校研究的不足促使计划聚焦于学校实现目标的过程。因此，这个定义强调以学校为变革的中心，强调过程，并且定义里面每个词语的背后都有着特定的意义。学习条件指为了实现教育目标而在学校进行的有组织的活动。相关的内部条件是指与学习条件、与所欲达到的学习目标相关的学校内部的所有方面。这些相关的内部条件可以是与学校学习密切联系的课程材料，也可以是较为间接的因素，但是这些间接因素都与学习条件——学生取得学习经验的活动——是不同的。特别将学习条件和相关的内部条件这两个词语进行区分，目的是指出学校改进不仅包括课室的变革，还应该包括相关的内部环境，比如：课程、学校组织结构、学校政策、学校氛围以及与家长的关系等等。因此，"如果变革仅仅关注某间课室的教学活动的改进或者是个别教师的培训，它们都不能称为学校改进（Hopkins, 1990）"。

在这个定义中还有两个词就是"有效的"和"教育目标"。"教育目标"有两个层面：一个是服务于学生的，一个是服务于社会的。从学生的角度讲，学校改进希望学生在知识、基本技能、社会技能、自我概念（self-concept）以及职业能力方面都得到提升。从社会的角度讲，学校改进希望能够体现教育系统的社会功能，包括公平、适应劳动力市场的需要、培养有责任感的公民等。"有效的"这个词，实际指的是教育目标的效能（effectiveness），效能在这里有三个涵义：让学生达到其最好的学习成果（既包括个人也包括社会的教育目的）；尽可能少地浪费学生的才智；有效率地利用相关的方法。从上述两个词语的解释中可以看到，在学校改进的传统中，不是不关注教育目的及其成效，而是关注的方法和思路与学校效能研究有着明显的不同，特别是对效能的理解，它更加强调要将学生学习经验的获得最大化，而不是强调将学生毕业时的学业成绩与入学时进行比较（Mortimore, 1998）。

这个定义指出学校改进是动态的，关注学校实现目标的过程，它不同于静态的只关注最终结果的学校效能研究(Reynolds, et al., 2000a)。与此同时，学校改进作为教育变革的一种方法，其背后蕴含着一系列的假设(Hopkins, Ainscow & West, 1994; Reynolds, 2001)：

- 学校是变革的中心：外部的改革要考虑到学校的独特性，而不能简单地将所有的学校看成是相同的。
- 学校改进是一种系统的变革方法：它是一个经过仔细计划和控制的过程，要经历几年的时间。
- 变革的关键点是学校的内部条件：包括校内教与学的活动、学校进程、角色分配和支持教学过程的资源运用。
- 学校能更有效地实现教育目标：教育目标不仅仅指学生学业测试的分数，还要包括学生的一般发展的需求，教师专业发展的需求和社区的需求。
- 具备多层次的观点：处在教育系统中的学校要进行协同工作，教育系统中与学校相关的角色，如家长、管理者、教师、学校的支持者(包括顾问、高等教育人员等)乃至地方政府官员等等都应该参与到学校改进的过程中来。
- 学校能综合实施策略，取得由上而下与由下而上的平衡。
- 学校逐步趋向结构化(institutionalization)：变革要想成功就必须使其成为校内教师自觉行为的一部分。

之所以花大篇幅解释这个定义，其理由有三：其一，它是最早且较为系统地对学校改进的阐释；其二，它是学校改进发展最初阶段的缩影(Hopkins & Reynolds, 2001)，为学校改进的发展奠定了基础，这个定义背后的哲学和方法成为了后来学校改进实践与理论发展的基础(Hopkins, 2005)。Gray 等人(1999)认为，与这项计划同期及其后出现的许多学校改进的实践和研究都体现或受到了这种学校改进方法以及定义背后所蕴含的哲学的影响。这些研究包括 Huberman 和 Miles (1984)对美国 12 所学校改进努力的研究，Louis 和 Miles (1992)对高效能学校的学校改进过程的研究等。在实践方面，包括科门学校发展项目(Comer School Development Program)，基础学校联盟(Coalition of Essential Schools)以及加拿大的"学习联营(The Learning Consortium)"和"全面提高教育质量(Improving

Quality of Education for All，IQEA)”等。其三，Hopkins (2005)指出，他对学校改进所下的定义是在这个定义的基础上发展而来(详见本节第三个标题的论述)。

而与上述定义相对照，Barth (1990)指出学校改进是一种努力，从学校外部或内部为了促进、维持校内成员(包括成人和孩子)的学习而创造条件。他认为，如果条件(conditions)适当，学校有能力改进自己，因此想要帮助学校的外部人员，就应该帮助学校为校内的成员提供条件。虽然每一所学校所需要的具体条件可能不同，但是改进学校就需要改进学校的文化、人际关系的质量，以及学习者学习经验的性质(nature)和质量(quality)。并且他更进一步指出学校改进的关键在于协作(collegiality)。

Barth 同时指出学校改进决不应该遵从列表逻辑(list logic)。列表逻辑认为学校没有能力改进自己，改进的源泉一定是来自校外，如大学、国家或地方的教育部门或机构。需要改进的内容往往是学生在标准试中的成绩。这种逻辑认为：学校改进就是先观察那些学生考试成绩有所提高的学校中教师和校长的特征，然后这些特征就成为改进的目标，只要教师和校长按照这些学校所具有的特征进行培训，学生就可以获得卓越的成绩了。在这样的一种思路中，学校改进就是尝试确定学校内的人员应该知道什么、能做什么以及如何达标。

在 Barth 看来，这种学校改进思路造成失败的原因主要是：假设学校或校内的人根本没有能力改进自己；强有力的领导、高效能的教学的列表只是为了让学生在考试中得到更高的成绩，这是一种对教育狭隘的理解。总之，这种列表逻辑背后的价值观是控制而不是发展(Hopkins et al.，1994)。

将上述两种学校改进的观点对照就可以发现，Barth 对学校改进的理解和观点更加倾向于过程，他认为学校改进在于为校内全体成员的学习创造条件。在学校改进的过程中，校外人员是与学校一起工作而不是将工作加诸学校，变革的中心是学校，学校拥有主动权并能够控制改进的过程。Hopkins 等人(1994)就明确指出，他们的学校改进的方法就秉持着这种价值观。

本书认同上述对过程描述的定义。首先，从学校改进产生之初就强调对学校变革历程的关注(梁歆、黄显华，2007a)；其次，将 ISIP 和 Barth 对学校改进的论述进行比较(见表 1.3)可以看到：他们对学校的主体性，对学校改进的内容、方法以及最终达成的目标都有着高度的共识。至于学校改进的历程，笔者也认同学校改进应该是一种系统且持久的努力。Fullan(1993)也认为变革不是一蹴而就的，它是一项旅程(journey)。

表 1.3　两个学校改进定义的比较

	国际学校改进计划(1985)	Barth (1990)
学校的主体性	学校是变革的中心	学校有能力改进自己
改进的内容	学校的内部条件(学习条件和相关的内部条件)：如教与学的活动、学校进程、角色分配和支持教学过程的资源运用	维持校内成员(包括成人和孩子)的学习而创造条件：如学校的文化、人际关系的质量、以及学习者学习经验的性质(nature)和质量(quality)
改进的方法	教育系统中与学校相关的角色协同工作	学校的外部人员就应该帮助学校为校内的成员提供条件；学校改进的关键在于协作
改进的目标	教育目标不仅指学生学业测试的分数，还要包括学生的一般发展的需求，教师专业发展的需求和社区的需求	让学生在考试中得到更高的成绩，这是一种对教育狭隘的理解
改进的历程	一种系统且持久的努力	一种努力

综上所述：学校改进是一种系统且持久的变革，在这个过程中，学校是变革的主体，校外及校内人员协同工作，通过变革学校的内部条件，诸如教与学、课程、教学资源、学校文化等，最终达到广义的教育目标(不仅是学生的学习成绩的提升还包括其他方面的成长)。因此，并不是所有对学校进行改变的实践都可以称为学校改进，我们理解的学校改进应该具有上述特征。

二、较为侧重结果描述的定义

在侧重描述结果的学校改进定义中，Gray 等人(1999)的观点较有代表性。他们认为，一所改进的学校是校内相同的一批学生每年的成果都有持续提升，即随着时间的推移，效能有所提升。Gray（2001）声称这个概念是在效能研究基础上发展起来的，它希望能够将学校效能与学校改进相结合从而发展出更加严谨的定义。但事实上，这个概念明显地关注学生学习的结果——特别是学习成绩，尽管他也认为学生的学习应该包括学习态度、动机和成绩，但是他承认，关于效能的实证研究还很少能够收集到除成绩、出勤率这类指标以外的数据。

笔者不认同学校改进的定义过多强调结果，特别是这种结果单纯以学生学业成绩的提升为主要标准。首先，这和效能研究关注的焦点并无二致。如果将定义中"改进的学校"更换为"高效能的学校"，则这个定义同样成立。效能研究就主要关注学生的学习成果，并且视学生和学校的成果为"既定的"(given)（Stoll，1996）。其次，若只关注学生的学习成果而忽略持久、系统的努力和校内学习条件的建立，那么即使出现正面的学习成果，也可能未必是学校的改进。学校是可以通过不利于学生成长的手段来提升学生的学习成绩的，而这样的过程不能称为学校改进。

三、兼顾过程和结果的定义

剑桥大学教育学院学校改进研究小组在从事"IQEA"这一学校改进计划时，对学校改进所下的定义同时兼顾了过程和结果。迄今为止，这个定义被广为引用：

> 学校改进是教育变革的一种策略，它可以增进学生的学习成效；同时还能增强学校应对变革的能量。这样的学校改进通过聚焦教学过程以及支持它的相关条件从而提升学生的学业成果。它是在变革的时代中为提供优质教育而提升学校能量(capacity)的策略，而不是盲目的、毫无批判性地接受、实施政府的法令(Hopkins et al.，1994；Hopkins，2005)。

要理解这个定义同样要了解它产生的背景以及定义中一些词语的涵义。

首先，从教育变革的视角看，这项学校改进计划的产生与当时教育变革的情境相关。这项计划开始于1980年代末期、1990年代初期，此时欧美各国政府都加大了教育变革的力度,通过法律和政策来要求各个方面的变革,包括课程、评估、管理等等(Levin, 1998)。国家加大改革力度的同时也将更多的责任、权力从地方下放到学校。在这种情境下,英国不仅颁布了国家课程,并且对7、11、14岁的学生进行统一的国家测试。于是学校间的竞争日益激烈且学生的成绩成为了其中的一个指标。同时随着地方教育机构的权力转移,学校也拥有了比以往更多的责任(Hopkins et al., 1994)。在这种背景下的学校改进项目的实施重点,不再是探索如何以高效能的途径实施政府的改革,而更多的是希望能与学校一道利用外部的变革来进行学校自身的改进或发展(Hopkins, 2001)。但学校所进行的学校改进与国家改革在实施目标上有时可能并不一致,因为学校如何改进只基于一种考虑:实施对学生来讲是最好的改进。因此,这个定义中特别强调对变革过程的重视,学校改进就是提升学校应对变革的能量的过程。

其次,学校效能与学校改进传统的融合对这个定义的产生有着重要的影响。1990年代,学校效能研究也取得了一定的发展,不仅确定学校是重要的,同时也开始深入研究高效能学校内部的哪些变量对学校有影响。他们发现,高效能的学校在结构、文化、符号方面密切联系,特别是较之于非高效能的学校。这三个方面像一个有机体一样运作而不是松散的集合。这个发现影响了许多学校改进项目,促使它们致力于学校结构和文化的变革(Hopkins & Harris, 1997; Harris & Hopkins, 2000,引自Harris & Bennet, 2001)。此外,还有研究指出,教师效能是学校效能的重要因素(Creemer, 1994),这也使得学校改进的研究者开始关注教师的教学行为,Hopkins等人(1994)就认为,学校改进不仅要重视学校层面的发展,还要关注课程的革新和教师的实践。因此,他们提出运用学校效能、课室效能的知识来实现学校改进的目的。

随后的一些研究(Reynolds, 2005; Bezzina & Pace, 2006; Creemer, 2002)认为"IQEA"为学校改进所下的定义体现了学校效能与学校改进的结合,也正是因此,这个定义提出了学校改进的目标是提高学生的学习成就。其中,Reynolds (2005)就认为在学校改进领域出现了新的、融合的范式(暂且不论范式这一概念使用得确切与否),这个范式是将传统的学校效能研究与学校改进研究结合起来,其目的是为了更好地改进学校。在这个融合的范式中，“IQEA”就融合了这两个传统，不仅强调变革学校的进程还关注这些变革是否有能力影响学生的学习成果。与此同时，这个定义不仅强调学校层面的变革还关注教师的教学行为、课室层面的变革。学校改进的两个目标中，前者是效能的标准：学生的成果；后者是改进的标准：学校应对变革的能量。

而同期 Hopkins (2001)认为，增强学校应对变革的能量是指学校改进的启动条件(enabling conditions)，也称为“能量建构”。他认为，在学校改进的策略与学生高水平的学习成就之间有一些启动条件，正是这些条件使得改进策略对学生的学习产生了作用。比如，研究显示：小组合作教学对学生的学业成就有正面影响。但是在某所学校里，就算教师都知道这些知识，但教师的实践对学生的学习可能还是产生不了影响，因为在这类的学校内部缺少一些条件促使小组合作学习对学生的学习产生影响。这些条件包括：教师的专业发展，实施这项策略时教师和学生的参与程度，教师对这种策略的探究和反思等等。如果这些条件不存在的话，再好的策略也不能够对学生的学习产生影响。而学校改进的目的之一就是帮助学校形成这些启动条件，从而使学校具备应对变革的能量。

此外，IQEA 的定义中关于学生的学习成果的界定是广义的，除了学业成绩以外，还包括批判性思维、学习能力、自我评价等方面的提升。

在 IQEA 项目的发起和实施过程中，Hopkins 一直是其中的一个重要成员，他及同事(1994)也阐述了他们的观点：

- 学校改进是一种有计划的教育变革的工具；同时对学校改进而言，教育变革是必要的。
- 在以首创和革新为中心的时代，当实施一种竞争性改革时，学校改进是十分恰当的。
- 学校改进通常涉及某种形式的外部支持。
- 在提高学校管理变革的能力的战略方面，学校改进强调两个重点：
    1. 提高学生成果(广义的定义)；
    2. 尤其关注教—学过程。

比较上述几个定义，可以看出，IQEA 为学校改进所下的定义不仅关注过程也关注结果。这体现在他们对 ISIP 和 Barth 定义的认同，也体现在对学校效能研究成果的吸纳。

Hopkins (1998,2001,2005)在不同的文章中，都强调 ISIP 为学校改进所下的定义是 IQEA 学校改进项目思考学校改进的基础，ISIP 定义对学校改进的假设是他们实践和思考学校改进的知识基础。与此同时，他也指出，Barth 对学校改进的论述道出了学校改进作为教育变革的一种策略的实质，那就是当学校具备了适当的内部条件(能量)的话，学校就可以自我改进。因此，IQEA 强调学校改进是"通过聚焦教学过程以及支持它的相关条件从而提升学生的学业成果"，这其实与 ISIP 和 Barth 所提出的"学校的内部条件"是相同的，只不过他们所指的具体内容略有不同。IQEA 将这些内部条件进一步划分为课室层面的条件和学校层面的条件，比如在学校层面包括：探究与反思、合作计划、协调工作、领导实践、员工发展、参与等。由此可见，这个定义本身就认同学校改进关注过程的传统。

随着社会的发展，当学校面临着教育变革，IQEA 就将 ISIP 和 Barth 所提出的"改变学校内部条件"表述为自身的"增强学校应对变革的能量"，这既体现了学校改进的目的，也体现了改进的历程。与此同时，能量的建构则只有一个目的，就是它要能够提升学生的学业成就。Hopkins (2001)指出，此定义的调整也吸纳了 Gray 等人(1999)对学校改进的界定。

综上所述，ISIP 和 Barth 的定义虽然道出了学校改进的实质，但是对于目的或功能则缺乏相对完整的阐述。面临教育变革，学校自身能够具备"造血"功能，具备持续改进、应对变革的能力是学校改进重要且关键的目的之一，但是这两个定义却都没能关注这一点。IQEA 对学校改进的定义简练、完整，但是它注重表述学校改进的功能或目的，对于历程的解释相对简单。如果不了解学校改进的发展历史或仅看其字面意义，很难让人准确把握这个定义的实质内容。但是，由于这个定义兼顾了学校改进的过程和结果的描述，因此笔者主要依据 Hopkins (2005)的定义进行补充从而形成本书对学校改进的界定：

> 学校改进是一种系统且持久的变革，在这个过程中学校是变革的主体，校外及校内人员协同工作，通过变革学校的内部条件，如教与学、课程、教学资源、学校文化等方面的内容，最终增强学校应对变革的能量，增进学生的学习成效。

提出这个定义理由有二：其一，吸收了以往各种对学校改进所持有的不同观点，并在它们的基础上有所发展。不单强调变革的过程也强调了变革的结果。由于学校效能的研究指出，学校改进过于强调学校层面而忽视了课室层面（Teddlie & Reynolds，2000）。因此这个定义提出，变革的过程固然重要，但是这些过程必须能够影响学生的学习成就。

其二，这个定义出现的背景与中国内地的教育变革背景相适应。中国内地在2001年开始国家课程改革，颁布了新的课程标准。改革一方面挑战了旧有的课程观念，对学校、教师提出了更高的要求；另一方面在课程管理、课程设置等方面又提供学校较之以往更大的空间和自由。比如《基础教育课程改革纲要》指出：为保障和促进课程对不同地区、学校、学生的要求，实行国家、地方和学校三级课程管理。……学校在执行国家课程和地方课程的同时，应视当地社会、经济发展的具体情况，结合本校的传统和优势、学生的兴趣和需要，开发或选用适合本校的课程（中华人民共和国教育部，2001）。与此同时，学校也较以往有了更大的权力，需要对学生的学习承担更多的责任，因此面临着集权与放权、标准与责任之间的矛盾。正是在这种情境下，中国内地近年来开始的学校改进的实践也希望通过校内的变革增强学生的学习成就，同时提升学校应对变革的能量。

第二章

学校改进的发展脉络

美、英两国在学校改进的实践和研究方面具有一定的引领作用，无论是在实践还是研究领域都起步早且影响也较大。比如英国的 IQEA 就被香港引进、吸收后，在香港的一些学校中实施，英国曼彻斯特大学也和清华大学等院校合作，在中国内地开展了“中英合作学校改进”项目（史静寰、肖玉荣、王阔，2005）。因此，本书将选择美国和英国进行学校改进发展的介绍，期望他们的经验对中国有所启迪。然后对内地的学校改进发展脉络进行描绘，希望对我国未来这一领域的实践、研究有所助益。下文对每一个国家进行介绍的时候，都会先简要描述学校改进发展的教育变革的背景，然后再介绍其发展脉络。

第一节　美国学校改进的发展脉络

一、美国的教育变革

美国教育变革的历史就像科学实验的过程，反复无常，但是在不断的尝试中，经验随之积累，视野随之开阔。学校改进就是在美国教育变革的历史脉络下出现及发展的。

（一）1950 年代—1960 年代

二战和苏联人造卫星的升空，引发了美国检讨学校教育的危机感。于是在 1950 年代末期以及整个 1960 年代，美国联邦政府发起了一系列大规模的国家课程改革，包括 PSSC Physics，BSCC Biology and MACOS Social Sciences（物理、生物和社会科学等课程），另外还包括组织革新（如：

开放式学校，弹性时间表和团队教学）（Fullan，2001a）。此次课程改革的努力源于美国科学院所举办的伍兹霍尔会议（Woods Hole Conference），虽然此次会议主要探讨科学教学，但也影响了其他学科。会上布鲁纳（Burner）提出的结构主义学习理论和螺旋式的课程编写方法对课程的编制产生了重要影响。他提出学校不仅应该让学生对科学有基本的理解，还要能够让学生了解科学家提出问题、思考问题和解决问题的方法（Lieberman，1998；顾明远，2001）。

这一时期的课程改革是由一流科学家推动的，课程的编制也是由大学专家进行的，这一时期因此被称为变革的"采纳期"（adoption）。这一时期改革的目的是带来革新，因此"人们误认为使学校体系内充满外部思想就可以引起期待的改进"（Fullan，2001a）。虽然推广课程的时候，这些教材编写专家为全国的在校中小学教师组织了培训，但是由于教材都是由大学或专门委员会编写的，脱离普通教师，也为实施带来了困难。

随后的民权运动开始关注教育公平，联邦政府通过了"1965 年基础教育法案"，开始提供资源支持教育公平、废除种族歧视和学校的改进。在对这一运动的评估过程中，人们认识到了学校作为一个社会组织，使其发生变革是十分复杂的，也是十分困难的（Lieberman，1998；Fullan，1998）。

（二）1970 年代

1970 年代早期，越来越多的证据显示出 1960 年代的课程改革收效甚微。学者们也陆续发表多份研究报告，宣布此时期改革的挫败，其中较著名的如 Goodlad 与其同事于 1970 年发表的《教室门后》（*Behind the Classroom Door*）及 Sarason 完成于同年的《学校文化与变革问题》（*The Culture of the School and the Problem of Change*）等（潘慧玲，2002）。上述研究报告揭示出这些变革缺乏对教室层面的关注。Elmore（1995）总结道：这一时期的变革模式忽略了本土课程决策的复杂过程；固化且制度化了政治与商业关系——这种关系支撑了以课本为导向的课程；教师本身没有变革日常工作的动机；忽视了知识在教室中如何建构等问题。

在巨大的变革压力下，大多数"采纳变革"的学校其实没有能力将改革落到实处，变革往往成了流于表面的口号，而没有关注教学实践（Fullan，2001a）。人们采纳变革的时候不问原由，变革的过程被固化为一种模型：

变革发生于学校外部，并以一种相对普遍的形式传递给学校。这一时期人们最关注的仅仅是变革，而不是运用学校的能量应对变革，学校成为采纳变革的场所。人们逐渐认识到，将想法付诸实践是一个极其复杂的过程（Fullan，1998）。因此，"实施（在实践中到底发生了什么）"这个词进入了改革的词典中（潘慧玲，2002）。

（三）1980 年代

1983 年，里根政府下的卓越教育委员会发表了《国家在危机中：教育改革的紧迫性》，这份报告颁布以后就引出了数以百份教育报告，形成了所谓的"教育报告年"。这些报告彰显出的主题就是美国教育的严重恶化，这样的教育基础将会使国家受到威胁。于是社会逐渐取得共识：面对日益繁复的全球化社会，需要受过良好教育的公民，他们应能终生学习，并且能应对多样化的工作（Fullan，2001a）。这样，政府对教育控制的加强以及变革法规的颁布几乎成为了学校改革的主要内容。比如，对采用课本的规定，对具体教学技术的规定，对时间的规定等等。"卓越"这个词成为当时的口号（shibboleth），但它意味着高标准，严要求，减少选修课程（soft subjects），更多的作业、测试等等（Passow，1989）。

到了 1984 年 5 月，《国家的回应：教育改进的努力》发表，人们开始关注学校层面的变革，"掀起了学校改革的浪潮"，更有研究者称这一段变革为"学校改革运动"（Owens，2001）。美国教育委员会估计，这时大概有超过 300 多项州层面的工作与学校变革相联系。因此关于学校更新、高效能学校、与商业相关的伙伴协作等内容的报告就不断地出现（Passow，1989）。

如前所述，在 1980 年代前后学校效能的研究开始发展，伴随这一过程，一些大型的学校改进计划也在这个时候开展起来。社会迫切需要这些变革的原因是众所周知的：这一时期，人们意识到大型改革的迫切性，并且意识到实现变革的复杂，开始对变革的过程进行研究。Fullan（1982）就于此时提出了学校变革的过程：

（四）1990 年代至今

针对 1980 年代的改革，Owens（2001）指出，政府运用法规进行的官僚管理其实产生不了预期的效果。因为法规不能使学校关注学校的具体环境和学生个体的教育需要。这样就阻碍了教师对学生所需要的课程和教学进行专业判断。所以，1990 年代的改革认识到具体学校、教室情境的重要性，因为只有在这样具体的环境中，教育问题才能被确认和解决。改革决不仅是将最新的政策颁布下去，它意味着教室、学校、地区、大学文化的改变（Fullan，2001a）。

这一时期的改革是以学校为中心的（school-centered），涉及的是校本管理（school-based management）、教师在教学与决策角色上的提升、重调时间表以利教师合作、师资教育的重新调整、教师角色的重新定位，以及发展全校共享的目标与任务等（Fullan，1991；潘慧玲，2002；Levine & Trachtman，1997）。

同时，教师的专业角色得到确认，他们由以往的执行者转变为主动的参与者。这样的转变需要一种合作的学校环境，需要持久、集中的行动使教师能够在合作中一起自然地工作；相互观课；不断地修正、检验教学策略。

在 1990 年代，大规模的变革越来越多，变革也更加复杂化。这些大规模的改革在性质和形式上值得关注，它们主要分为三类：学区改革；学校的全面改革和国家改革。变革的参与者对于变革的实施达成了一些共识：如聚焦课程与教学；建立多元的伙伴关系；关注组织的变革等等（Fullan，2000）。

进入新世纪，变革已经成为人们司空见惯的词汇，很多国家都推行了新一轮的教育改革。在美国，人们日益认识到变革的复杂性并更加关注变革能量的建构。学校应该建构个人的和系统的能量，也就是说每个人都要有学习和终生学习的能力，不要被变革所吞没。与此同时，当所有教师都是学习者，拥有共同的理念，又能在工作的时候各抒己见，即形成了真正意义上的合作关系时，学校作为一个系统拥有了应对变革的能力（Fullan，1998）。

从上述梳理可以看到，美国的教育变革在不同时期呈现出了不同的特点，人们对变革的认识也逐渐深入，而这种变革的特点及认识也恰恰影响了美国学校改进的发展进程。

二、美国学校改进的历史脉络及特征

美国学校改进的提出一开始就与课程改革紧密联系在一起,它是教育变革的一种策略,是近40年来兴起的一个崭新的研究领域。它的发展大致可以划分为五个阶段(Reynolds, et al., 2000a; Teddlie & Stringfield, 2006)。

第一阶段可以追溯到1960年代,这时强调课程资料的选用。美国的课程改革运动意在通过示范的课程资料的传播与使用,对学生的学业成绩产生重要影响。尽管这些课程材料大都是高质量的(如前文所述:由学者与心理学专家精心编制而成),但是大多数都没能对教学产生良好效果。其原因是显而易见的:教师没有参与课程研究的过程;新课程的在职培训是敷衍的、浅尝辄止的;教师只是从新资料中获取他们认为有用的部分与其原有教学相结合。Calhoun & Joyce (1998)在归纳这一时期的学校改进范式时指出:这一时期的学校改进属于"外部的研究——推广(R & D)"范式。这一范式给我们的启示是:从本质上来讲,外来学者所设计的教学方法总会与"工作间的真理"——教师的教学实践,以及教师的专业尊严和能力相冲突,这种形式妨碍了教师的专业生活。

第二阶段为1970年代,本质上讲,这一阶段也是失败的。主要表现为:自上而下的变革模式没有什么作用,教师需要通过在职培训获得新知识与技能;改革的实施(implementation)不会作为法令的结果自动产生。大家认识到,实施是一个非常复杂、漫长的过程,需要战略计划与个人学习以及对成功的承诺。在这一阶段,人们更多地关注课程的实施以及变革的过程,所以改革学校、期待高效能学校的出现就成为人们最关注的事情(Seller, 2001)。人们逐渐认识到:教育变革应是全方位的变革,外加的改革往往不能取得预期的结果;只有以学校为变革的中心,着力于提高学生学业成绩和学校应对变革的能量,变革才有可能取得成功。"有成效的教育变革的核心并不是履行最新政策的能力,而是在教育发展中、在不断变化的教育环境中能够生存下去的能力。"(Fullan,2000)

第三阶段为1970年代末到1980年代中期,就是成功的阶段。其间学校效能的研究首次在英国发表,在美国,研究者对高效能学校的特征也达成了一致。前文所述的 Edmond 提出的高效能学校的五个因素就是在这个时候影响了学校改进的发展。在这一时期，进行了许多学校改进的大规模研究（Clark & McCarthy, 1983; MacCarthy-Larkin, 1985; MacCarthy-Larkin & Kritek, 1982），这些都与高效能学校的研究相关。通过实践的积累，人们对变革的过程有了更深入的了解：变革的进程应该是动态的。

尽管在这个时期，研究者对教育变革，以及高效能学校的概念有了更明确、深入的理解，但这些并不是改进教育质量的充分条件。正如 Fullan 指出的，清晰地描述成功，并不等于解决了趋向成功中存在的问题（Reynolds, et al., 2000a）。Joyce (1991)在总结了这一时期关于学校改进的实践和文献之后，提出了五种学校改进的途径（doors）：协作；研究；具体的地点信息；课程改革；教学改革（组织教师学习教学技巧和策略）。

第四阶段从 1980 年代中后期到 1990 年代末期，这一时期被称为美国的学校重构时代（Teddlie & Stringfield, 2006）。学校重构运动作为教育改革的一种方法席卷美国，人们试图通过这项运动来应对当时美国的教育变革。学校重构策略包括场地为本管理或称学校为本管理（site-based managenemt/school-based management）、教师赋权、选择与声音（choice and voice）、为理解而教学这四方面的内容，其中，场地为本的管理成为这一时期美国学校改进的主要策略（Murphy, 1993; Teddlie & Stringfield, 2006; Calhoun & Joyce, 1998）。所谓场地为本的管理策略是学校系统以及学校组织结构的基本变革，简单地讲就是将学区的权力下放至学校（Teddlie & Stringfield, 2006；潘慧玲，2002）。Calhoun 和 Joyce (1998)在总结美国学校改进实践时，认为场地为本的管理策略呈现出以下特点：

1. 教师和管理者共同决策；各个地区和学校在分享决策权的时候是有弹性的，有的学校是由全体教师参加的，有的学校是包括了家长甚至学生。

2. 通常学校里有一个具代表性的决策委员会。

3. 学校或者是学区委员会同意校本管理，并且同意决策分享。

4. 在有的学区，学校委员会能够控制财政预算，有的学区，学校能够控制与课程、员工发展、资源相关的预算。

5. 学校改进计划通常是由学校委员会或者特别小组发展的。通常这些计划关注的是学生的纪律和组织的变革(如：沟通、分组形式、氛围等)。

6. 学校通常属于一个网络或是小组，这种网络是由一个或几个学区内的学校组成的，成员间相互支持、分享经验。

这一策略在实施中逐步展现其优点，但同时也显现出了一些不足。Beck 和 Murphy (1998)的研究也证实了这一点。

在对一所实施场地为本管理策略进行学校改进的小学进行了长达一年多的研究后，研究者发现其优点为：第一，此策略赋予学校自治权，学校能够控制大部分预算，这就能够很好地配合教师发展的需要，比如教师发现了对学生有益的教学法或一些教学策略，校长就可以马上安排教师去参加相关培训；第二，由于这一策略提供了人事的选择权，学校可以自行招聘真正符合需要的教师，而之前人事控制权是由州政府掌握的；第三，该项策略要求学校的参与者参与学校决策，这就使原先没有积极性的家长更加主动。学生家长经常被邀请出席聚会、论坛，这就使他们更加积极地投入到学校的工作中；第四，这项策略赋予学校极大的自主权，从而使一直被州、学区的相关规定所束缚的教育实践者有了更大的能量。

不足则表现为：这种策略只是为教师提供了自主权来选择教学方法，但是这与教师能否选择有效的方法和策略并不相关。研究者认为，真正影响变革的因素植根于教师、家长的知识和对学生学习的承诺与投入。如果他们能够意识到学生学习、社群、领导以及能力建构的重要并为此而积累知识和技能的话，那么对于学校结构的关注就能起到促进学校改进的作用。但是如果没有相关意识并为此付诸努力的话，学校结构的改变就是空洞的，也就不可能使学生的学习产生实质性的改进。

由此可见，这一时期以场地为本为主的学校重构运动对学校改进的影响仅仅聚焦于学校基本组织结构的变革，包括教师、家长的赋权等，而实践也主要是以学校组织管理的改变、决策分权为主(Teddlie & Stringfield, 2006)。在使学校变成一个由教师和学校管理者进行决策分享的层面上，场地为本管理策略取得了成果。但是这种方法不能对课程和教学产生影响，因此也就不能对学生的学业成果真正产生影响(Calhoun & Joyce, 1998)。

然而成功的学校改进恰恰需要在学校和教师层面同时建构变革的能量。因此，如果说学校改进的最终目标是使学生的学业成就得到提升，那么场地为本的管理策略很显然是不足的。人们逐渐明白，在进行重大变革之前，作为组织的学校而言，不仅要有正式的重组，更要有学校文化的改善（Dalin & Rolff, 1993）。

正如 Fullan (2000)所讲：重构是组织的结构、角色以及相关因素的变革，而真正使学校对学生和教师产生重要影响的是学校中专业学习社群的发展，即学校的文化再造。这种再造的过程就是使教师从不关注或很少关注评估与教学方面的内容转变为使这些方面的内容成为教师日常工作的关注点，并且将这种关注转变为改进。结构的改变既有可能促进但也有可能阻碍文化再造的过程，但是专业社群的发展一定是学校改进的关键。

归根结底，无论是组织变革还是文化变革，最终的目标还应该是学生学业成就的提升。因此在这一时期，一些学校改进的研究开始关注学校改进的不同途径，以期改变学校文化，致力于学生学业成就的提升。但在此过程中并没能深入到学校改进项目的内部来回答：到底是什么因素起了重要作用？如果学校想要开展一项学校改进计划，哪些因素对于实现有效能的或者说成功的学校改进是重要的？

正是在此基础上，自 1990 年代中期以后，美国全面学校改进策略开始发展并逐渐积累了丰富的经验，使人们更加清楚学校改进的过程以及一些通向成功的关键因素。

如今正在进行的第五阶段是应对变革阶段。它将成为所有阶段中最困难，也是最有收获希望的阶段。因为研究者和实践者都努力地以一种范式的、系统的途径将他们的策略和研究知识与学校的现实相联系。同时这种努力已经成为一种趋向——由原先将变革作为现象来研究转变为切实地参与学校发展。在教育变革中，那些真正投入变革并进行研究的人所从事的工作被认为是最有价值的。

在这一阶段，学校改进的主要策略是全面学校改进（comprehensive school reform）。所谓全面学校改进策略，即在场地为本管理策略的基础上更加关注教学方面、学校不同层面的变革以及教师的专业成长。它强调多层面的介入，以促进学校、科目以及教室层面的变革（Harris, 2002）。从文献来看，人们逐渐认同这样一种观点：系统变革对于达到高效能且持久的学校改进是非常必要的（Wetherill & Applefield, 2005）。加之美国政府近年来不断拨款,因此全面学校改进策略被广泛应用(Teddlie & Stringfield, 2006)。

全面学校改进策略是一项变革的策略,一个改进学校的系统过程,一个帮助学校设计和实施变革的框架,最终目的是提高所有学生的学业成就。从概念来讲,它具有如下四个特点:一,它是一种涉及从课程与教学到管理的学校各个层面改进的系统方法;二,它是一项以提高所有学生的学习成就为目标的计划、过程;三,它是一个有研究基础的架构,这种基础从以往多重的、零碎的教育计划转变为一个以提高学生学业成就为唯一焦点的完整的计划;四,它是一项由学校员工、家长和学区人员共同协作,长期努力创造出的成果(American Educational Research Association, 2006)。

因此,全面学校改进是旨在改进学校整体的一种策略,它强调持续变革的努力并且覆盖学校的所有层面的工作。这种策略假定学校是变革的中心,并且在条件允许的情况下,学校有能力进行改进。同时强调学校内部条件的变革和教学质量的改变,主要关注个体和组织变革能量的建立。据 Borman 等人(2003)的研究统计,到 2000 年,全面学校改进策略在实施中共有 33 种不同的模式(model)。诸如全面成功计划(Success for All)、跃进学校计划(The Accelerated School)、基础学校联盟项目;学校发展计划(School Development Plan)等都是全面学校改进策略,只是它们采用了不同的模式。这些模式都是在十几年之内由最初的只支持几所或十几所学校发展到目前的在不同的州支持着上百乃至上千所学校的大型计划,对美国中小学的学校改进起到了极大的支持和促进作用①。

那么这些计划成功的因素是什么呢? Borman 等人(2003)研究发现,所有成功的学校改进计划都关注教学,都能够提供基于研究并在实践中证明有效能的教学、学习方法。如学校发展计划就致力于在六个方面(认知、心理、语言、社会、伦理、身体)使学生得到发展。核心知识改革项目(Core Knowledge Reform Program)则聚焦于文学、历史、科学等学科核心知识的建立。全面成功计划的目的是改变弱势学生的阅读状况,因此聚焦于阅读课程。当然,除关注教学以外,成功的因素还包括其他方面。下面就以近

---

① 这些计划早在 1980 年代中后期就已经开始了,但直到 1990 年代中期以后才发展得相对成熟。

年来对跃进学校计划的研究为例，阐释高效能学校改进计划的特征。

首先，聚焦于课程与教学。跃进学校计划目的是使参与实践的学校能在课程实施过程中，为处境不利的学生提供学习机会并增进他们的学习成绩(Levin，1998)。其中在课程方面的目标包括：利用整体课程教授语文(Language across subjects)、高层次技能、跨科目/主题式学习、课程内容要与学生经验相关等。在教学方面则包括：主动学习设计作业、同侪教学(peer tutoring)、合作学习、教育科技、另类评估(如真实性评估 authentic assessment)及异质性分组等。在组织层面则包括合作性决策、与家长结成伙伴、校长作为课程及学校改革的辅助者(facilitator)、学校与大学及其他机构结成伙伴成立委员会(或团队 cadre)、进行校本探究(school-based inquiry)及校本改革计划等(Accelerated Schools Project，1991)。

其次，有自己的评估方法。主要包括三方面：其一，关注学校是否采纳了该项目的程序、价值观、实践和决策机制。其二，对决策的实施过程的评估。其三，收集对学校教育及课堂产生影响的评估证据，比如：学生功课的质量；学生成绩、出勤率以及家长的参与程度的改进；补课的次数和留级率的减少；教室、学校氛围的变化；甚至包括性别、种族公平程度的变化。这种评估每年一次(Accelerated Schools Project，1991)。

此外，Biddle (2002)对美国中西部参与该项目的 20 所学校进行的一项关于计划实施对教师专业发展社群建立影响的研究显示：这项计划能使教师积极投入到专业对话及发展中，同时能对学校文化产生影响。在研究过程中，Biddle 运用 DuFour 和 Eaker 对专业学习社群应具备的因素(学校成员有共同的使命、愿景和一系列的核心价值观；学校成员能够投入到合作探究中；学校成员组成合作团队进行教学试验并能为此承担风险)的界定设计了调查问卷，结果显示，在 20 个调查问题中，除了两个问题(其中一个是开放题)，其余问题都有 50%或以上的回答者认为自己的学校通过实施该项目形成了专业学习社群。更为重要的是，所有回答者都认为自己的学校有共同的愿景、价值观。显然，专业学习社群的建立促进了教师的专业对话及自身的发展，同时也对学校文化产生了影响。因为学校成员如果能够形成此计划所持有的核心价值观(公平、沟通与合作、参与、团队精神、反思等)，就已经证明了学校文化的改变。

最后，这个项目有正式的团队用以支援和帮助学校。这些人员大都来自大学和州的教育部门，但大都受雇于学区的中央办公室，这样他们就能够参与学区对跃进学校计划的支持(Levin, 1998)。

通过比较分析成功的学校改进项目，Harris 发现，尽管每一个项目所采用的方法不尽相同，但是高效能的学校改进项目有一些共同的特点：聚焦教室的改进；利用不同的教学策略(即每一个项目都能对自己所采用的教学模式进行清晰的描述)；在实施阶段运用适当的压力以确保计划持续进行；收集对学校教育及课堂产生影响的系统的评估证据；调动组织内部不同层面的变革(例如课堂、科目、教师等层面)；促进文化及结构的变革；使教师积极投入到专业对话及发展中；提供外部支持和帮助(Harris, 2002)。这些特点恰恰同上述实证研究的发现相一致，不过跃进学校计划只是众多全面学校改进计划中的一个例子，其他很多计划也具备这些特点。

通过这一时期的实践，研究者总结出了高效能学校改进的特点，这就为未来学校改进的实践提供了借鉴，即学校在采纳、实施学校改进计划时要有所选择，不仅要根据学校发展的需要进行选择，也要能够评估哪些学校改进计划具备高效能计划的特点(Harris, 2002)。

从上文的论述中可以看到，早期的美国学校改进主要关注组织管理的层面，尽管有学者提出了对教学、教师等方面的关注，但往往为人们所忽视。但在积累了实践经验的基础上，美国学校改进从相对单一的关注点——组织管理——发展到如今多层面的取向。这具体体现在如下几方面：从关注重构到关注学校文化的再造；从忽视学生的学业成就到更加关注学生的学业成就；从关注教师的决策方面的赋权到关注为教师的教学行为增能。最后，更加关注学校能力的建构，如员工的发展，“压力和支持”共存的变革策略的采用，以及外部支持的应用(Hopkins & Reynolds, 2001)。

第二节　英国学校改进的发展脉络

一、英国的教育变革

从 1979 年起，英国就进入了撒切尔时代，保守党执政时期进行了一系列的教育改革,直到 1997 年布莱尔政府执政,英国教育改革进入了新的阶段。因此,英国的教育改革背景就划分为两个时期。

(一) 1979—1997 年

英国的教育政策同保守党在其他领域的主张一样,教育被推向市场,实行私有化,鼓励学校进行竞争,接受教育服务的客户——家长和学生应该对学校有选择权。这样一来,教育这项由政府支持、为公众服务的领域就转型为消费者导向(Cooper, 1990)。在这样的政策主导下,伴随着 1988 年教育法案的颁布,学校就被赋予了一定的自主权,包括财政、资源等。地方教育当局的角色于是开始转变,他们以往持有的权力被削弱。但是政府在放权的同时,提出一个要求就是——提高标准,这也是教育市场化、家长选择权增加的必然结果。1988 年的教育法案颁布了国家统一课程,国家规定每所学校必须实施的核心(core)学科和基础(foundation)学科,以及全国统一测试等(Levin & Young, 1999;麦克莱恩,1990)。

政府在放权的同时,在国家课程、测试层面又相当地集权。有的学者认为这种状况和当时美国的教育政策一样,都存在一定的矛盾(Cooper, 1990)。但是,也不难想见,既然教育是政府提供的公众服务,政府又给了学校一定的自主权,同时又削弱了以往地方教育当局监管的权力,那么政府为了实现所期待的教育目标,就会在国家层面上对学校有所要求,这种要求就体现为标准的设定,于是课程标准、公开考试的设定也就顺理成章了。有学者认为这也是市场竞争的必然结果(麦克莱恩,1990),也有学者认为这是新自由主义与新保守主义博弈的结果(劳顿,1990)。

1993 年,英国成立了教育标准局,使其可以通过检视确认那些正在沉沦的学校,然后责令他们进行改进,如果一段时间内仍未得到改进,学校将被关闭。当然这个检视系统也在不断地完善(详见下文对英国学校改进第二阶段的论述)。

这样一来,学校面临的问题就是如何在变革的环境中生存、发展。学校要不断改进以达到国家设定的标准,提升学生的学业成就。所以学校改进就日益成为教育变革的主题。

(二) 1997 年至今

1997 年,工党上台,布莱尔政府发布的第一份白皮书就是“卓越学校”

(Excellence in Schools, 1997),政府对于学校改进的假设是,学校改进要通过不断提高的成绩问责压力和国家指引来实现,也就是更加倾向于国家的集权(Stoll & Riley, 1999)。因此这届政府更加关注学校检视、国家课程和国家标准测试。政府要求学校设立改进的目标、在学校设立特别的时间培养读写和计算能力。由于学校检视是由一个教育标准局独立进行的,因此政府赋予了地方教育局以新的角色,由以往的监管转型为为学校提供服务。政府要求地方教育局"要赢得学校的信任和尊重,并且珍视教育对成人、儿童的价值",还要求地方教育局写出自己的发展计划,以显示他们如何与学校一起工作,帮助他们建立健全的自评机制等等。同时,国家亦要对其进行检视(Wikeley, Stoll & Lodge, 2002, pp. 364 - 365)。在这种教育变革不断转向、政府不断提出新的要求的情况下,学校改进研究也自然而然地形成了一定的发展轨迹。

二、英国学校改进的历史脉络及特征

英国和其他国家最不同的一点就是,学校变革的相关工作在其肇始阶段就使用"学校改进"这个词语指代,并且与学校效能研究有着不同的取向和关注点,其发展历程大致可以分为三个阶段(Hopkins & Reynolds, 2001; Stoll & Harris, 2006; Stoll & Sammons, 2007)。

(一) 1980 年代

1980 年代是学校改进的第一阶段。这一阶段的学校改进被认为是"实践者取向"的(practitioner-oriented) (Stoll & Harris, 2006, p. 299),因为参与学校改进实践的主要是学校中的工作者。学校改进在英国肇始于"教师即研究者"运动,后来又包括学校自我评鉴和检视(school self evaluation and review)运动(Clift, 1987; Clift, Nuttall & McCormich, 1987),以及英国参与的"国际学校改进项目(ISIP)"的部分工作(Hopkins, 1987)。

虽然这个阶段还没有形成系统的学校改进的策略,但是从上述学校改进的运动可以看到,这一阶段的学校改进基本是"自下而上"的方式,这些运动更倾向于运用实践者而不是研究者的知识基础(Reynolds, et al., 1996)。这些实施过程基本代表了这一阶段学校改进的特征:其一,还没有形成一套系统、清晰的方法进行学校变革；其二，学校改进的实践没能密切联系学生的学业成就；其三，学校改进需要一个概念化的过程，研究者开始为这个领域建构相应的知识基础。

英国开展学校改进的初期，并没有一套系统、清晰的方法。不仅可供学校选择的实施策略不多，而且就算实施某项策略，也需要采用已经被实践检验过的策略。1980 年代初期，学校自我评鉴运动就是为数不多的可供学校选择的策略之一，很多国家都运用这个策略进行相关的学校改进工作(Hopkins, 2001)。这个方法在 ISIP 项目中称作“校本检视”，并成为了 ISIP 的五个研究领域之一(Hopkins, 1987)。当时国家和公众对学校问责的要求不断提升，英国政府因此要求学校实施各种形式的，由地方教育机构设定的学校自我评鉴计划(Hopkins, 2001)。但是，这个策略的实施并没有获得预期的良好效果。

地方教育机构设定的学校自我评鉴计划，是由地方教育机构发展出一整套程序，然后学校按照这些政策或程序进行自我评估。有些计划是学校自愿参加的，有些是强制的。通过分析三个地方教育机构的学校自我评鉴计划，有研究者发现这些自评内容主要包括：评估学校的组织和管理；评估具体的学校工作(包括课程、心灵辅导等)；评估教师的角色和教师的专业发展工作(Clift, 1987)。

研究者通过对英国 5 所学校(包括中学和小学)的研究发现，这些学校实施的由地方教育当局发起的自我评鉴计划，都没有获得预想的效果。自评计划并没有促使教师在日常工作实践中进行切实的变革，也没能使教师将既有的资源发挥最大的效能(Clift, et al., 1987; Clift, 1987)。失败的原因是多方面的：

其一，最主要的是这项评鉴计划实施目的上的冲突。学校自我评鉴的方法从产生的过程看，一个主要任务就是回应国家的学校问责，当学校的自我评鉴既要促进学校改进又要回应问责的评价时，就会产生冲突。Clift (1987)认为，这两个目的是不能同时回应的，否则两个目标都无法实现。其二，作为学校改进的一个方法，它需要教师有相关的培训，因为教师并不熟悉此类评鉴的过程和方法；需要学校投入时间、精力和资源，更需要一个良好的学校环境，以及合作、开放的氛围(Clift, 1987)。其三，就是校本检视背后价值观的问题。校本检视如果单纯作为一种应对问责的工具，它不会引发应有的改进，但是把它看作是学校改进工作的一部分、作为学校的一个正常功能时，它才能够真正发挥作用。

学校自我评鉴计划实施的失败显示，在这个阶段，学校改进还没有形成系统的方法，人们还在实践中不断总结经验，寻找有效的方法，或者是能够使现有方法发生作用的途径。此外，从上述学校自我评鉴所包括的内容来看，这种方法还没有具体地关注教师个体在课堂的教学实践，也没有关注学生的学习成果，而更多地在组织发展的层面进行评估。因此，英国本土的学者认为，这一阶段的学校改进没能密切地与学生的学习成果相联系(Hopkins & Reynolds, 2001)。

英国学校改进的第三个特点就是，实践者、研究者还没有对学校改进进行概念化的提升，而且学校改进实践和相应的知识基础都是不稳定的、零散的(Hopkins & Reynolds, 2001)。但是，英国学者通过参与 ISIP 的工作，开始努力建构学校改进的理论基础。

ISIP 的发起目的是希望能够总结当时国际上一些有效的革新策略，同时也是为了解决教育政策实施过程中的一些问题。比如：如何能够在学校中实施变革；学校本身为何缺少内部变革的能力；外部如何支援学校变革等(Van Velzen, 1987，引自 Hopkins, 1987)。英国学者 Hopkins (1990)与同事参与了这个计划，他们对学校改进的经验进行了总结：第一，使学校获得变革就是在校内真正实施新的实践而不是简单地“采用”它们；第二，学校改进是一个需要仔细计划和实施的过程，这个过程往往需要几年的时间，因此，变革是一个过程而不是一个事件；第三，如果不变革学校的组织、教师间的合作关系，领导者对变革没有投入感的话，教育变革，哪怕是一间教室内的实践都很难进行。这些特征实际是在对如何理解、实践学校变革进行总结。因此，这个时期是学校改进这个领域的知识基础逐渐形成的阶段。

从学校自评的实践来看，学校改进作为一个实践、研究领域还没有形成一些系统的策略，而且学校改进的实践也没有特别关注教师的教学和课堂内的教学实践。这个时期的研究也很少涉及学生学业成就的提高。直到 ISIP 实施以后，学校改进的一些概念化的内容也即知识基础开始出现，学者们开始从实践中总结从事学校改进的一些原则，特别是在学校进行变革的时候，应该如何理解变革的进程以及其中的一些关键因素。这个时期，还是在探索如何进行学校层面的改进，探索如何解决政策、实践和研究的关系，以及如何对学校的变革产生作用。

（二）1990年代

第二个阶段是从1990年代开始的。这一时期的学校改进呈现四个特点：一，学校改进领域与学校效能领域开始出现融合；二，政策、研究和实践开始相互影响、借鉴；三，政府、大学和学校为改进学校而进行合作；四，开始运用不同策略进行学校改进。四个特点详述如下：

一，学校改进领域与学校效能领域开始出现融合。1990年代开始，学校改进的实践和研究都显示出对效能研究结果的吸纳。Stoll（1996）是倡导两个领域相互融合的学者之一，她总结了1990年代利用两个领域的成果而展开的学校改进项目，其中英国的项目包括：刘易舍姆学校改进计划（Lewisham School Improvement Project，LSIP）；学校是重要的（Schools Make a Difference，SMAD）；IQEA等。效能和改进研究的成果成为了这些项目实施的原则。

LSIP始于1993年，是由Lewisham地方教育机构、当地学校和伦敦教育学院共同开展的伙伴合作计划。它的基本原则有九项，其中一项就是不断检视学校的效能，并且利用增值的理念来帮助学校将变革的努力不断聚焦，其目的是为了提升学生的学业成果（广义的理解）和学校的教与学。

SMAD也开始于1993年。这是两个学区的教育机构一起成立的项目，目的是帮助区域内的8所中学提升学生的学业成就和士气（Myers，1996）。这个项目的原则也是基于学校效能的研究，高效能学校所具备的特点被这个项目当作实施的原则，并且在校内的人员中加以强化。比如，学生应该相信学校教育是有价值的；对学生的能力有高期待；家长的参与非常重要；学校全体员工应该投身到学校的发展中；在塑造学校的氛围过程中，校长是非常重要的角色。这些特点都是效能研究总结出的一些高效能学校所具备的特征（Mortimore et al.，1986引自Bush，1996），在这个项目中被用来作为开展改进的原则。

Barber（1994）则对当时正在进行的英国学校改进项目进行了调查，发现当时英国有 60 多项学校改进的项目，这些项目的目标有三分之二都是基于英国效能研究的结果而制定的，包括：改善学习成绩不良(underachievement)的状况，读写、计算能力，提高学业成就，评估/增值，出勤率，行为问题，提升教与学等等因素。

IQEA 项目是在 1991 年开始的，当 Hopkins (2001)对这个项目的理论和实践进行总结的时候提出：IQEA 的学校改进项目综合了教育变革和学校效能领域的知识。比如，效能研究指出，“学校成果的差异与学校作为一个社会组织机构的特征密切相关”，而“所有这些因素都不会受外部的限制而不可改变，学校成员是可以对其进行改变的”(Rutter et al., 1979, p.178)，这就使得 IQEA 项目关注学校作为一个组织的能量建构，关注学校全员的参与，关注学校愿景的建构。此外，效能研究强调将学生学业成绩的增值作为对学校改进的评鉴方法之一，Hopkins (2002)虽然强调学生学业成果的广泛意义，同时也并不排斥将学业成绩作为其中的一项衡量指标。所以，在描述改进项目中的成果时，学业成绩也是一项指标。比如 Hopkins (2002)对英国一所个案学校的研究发现，在参与了 IQEA 学校改进项目以后，这所学校的普通中等教育证书考试的成绩有了明显提高。这些都说明这一项目对学校效能研究成果的吸纳。

二，政策、研究和实践开始相互影响、借鉴。之前有研究者指出，效能研究的结果对政策的制定有影响，但是学校改进的研究结果并没有影响到政策的制定(Reynolds, et al., 1996)。不过，从英国的实际情况看，学校改进的实践和研究对政策的制定是有影响的。

在效能研究方面，Sammons 等人(1995)受教育标准局的委托进行了学校效能研究的回顾，综合分析了效能研究的成果，总结出高效能学校的特征。教育标准局就运用这些特征来确定学校检视的框架[1]，比如，确定了是否为“沉沦学校”(falling or at risk school)的标准。

---

[1] 教育标准局 1992 年的教育法案促成了教育标准办公室的成立(Office for Standards in Education)，支持这个机构运作的资源主要来自以前分配给地方教育当局的资源。这个机构要完成的两项主要任务就是：修改学校检视的框架；检查这个每四年一次的学校检视系统(Earley, Fidler & Ouston, 1996, p. 2 Improvement through Inspection: Complementary approaches to school development)。

在改进研究方面,继 1980 年代学校自评策略实施之后,实践者和研究者也在积极探索学校改进的策略。其中,“学校发展计划”在 1990 年代初期广受关注。这项计划起初只在个别学校和地方教育局进行,1989 年,英国科学教育部开始资助这个项目,并将最后的研究成果——《为学校发展而计划》一书发行,分发到了英格兰和威尔士的所有学校,同时指出“学校发展计划作为一项处理变革的策略可以促使学校更具效能”(DES, 1989a, P.4,引自 MacGilchrist & Mortimore, 1997)。这标志着这项改进策略被教育标准局和教育部所采纳。此后,经济社会研究委员会又资助一些项目对发展计划的效果进行研究。

因此在这个阶段,学校改进、效能的研究已经开始与政策制定,学校改进的实践相互影响、融合。

三,政府、大学和学校为改进学校而进行合作。这三方的合作也有不同的形式。有些学校改进项目是由地方教育局发起的,并且和学校一起进行的,比如,SMAD 项目是由两个地方教育局联合发起的。有些是大学和学校的合作,比如,IQEA 项目是由伦敦大学教育学院与参与学校一同进行的。还有一些学校改进的努力,虽然不是以项目的形式进行,但是也体现了大学与学校的合作。比如,杜伦大学(Durham University)就为学校提供增值分析的服务,从而使学校能够检视学生的学业成绩和学习态度。还有一些学校改进的努力是由政府、大学和学校共同参与的,比如前面提到的 LSIP 项目,就是由参与学校、地方教育局和伦敦大学教育学院共同参与。他们在计划的进行中,各自承担不同的工作:学校在实施学校改进的过程中不断地搜集校内的变革、发展、成果指标,从而为地方教育局提供数据帮助教育局做出相关决策,这些决策包括如何分配资源、如何评估(Stoll et al., 1996)。地方教育机构的研究者则为 10 个核心学校提供数据,大学人员也帮助学校检视、评估他们的努力,并且利用不同的途径评估项目。

四,运用不同策略进行学校改进。正如上文所介绍的,这一时期在英国有很多相对大型的学校改进项目,这些项目都运用了不同的策略,每项策略都有自己的实施原则和方法,呈现出各自的特点。Hopkins 和 West (1994)将学校改进的方法分为有机的(organic)和机械性的(mechanistic),将策略分为普遍性的和具体的。有机的方法就是指提供一些广泛的原则或一般性的指导，机械性的方法就是直接提供一套完整的一步接一步的详细指引。根据这个分类，Harris (2000)将英、美等国的学校改进项目进行了分类，其中也包括上述四个英国的项目。按照 Harris 的分类，IQEA 项目、LSIP 项目、SMAD 项目等采用的策略和学校发展计划策略都属于有机的方法，因为这些策略只提供一般的原则，并没有一个详细的清单告诉学校每一步应该怎样做，与此同时，这些原则又各有特点。

IQEA 项目主要通过聚焦教学过程，使学校增强应对变革的能量，实现提升学生的学业成果的目的(Hopkins et al., 1994)。该项目强调参与项目的学校员工对项目的接受性，并在此基础上开展学校改进的工作。项目采用的策略主要是学校在外来人员的帮助下，制定学校优先发展的项目，并对其进行实施和评估。实施的过程中，外来人员提供支援，包括提供教师专业发展的培训、学校改进核心小组人员的培训、专业发展所需资源等等，期待逐渐改变学校条件(school conditions)和教室条件(classroom conditions)，从而实现学校文化的变革(Hopkins, 2001)。

LSIP 项目和 SMAD 项目都根据效能和改进研究的成果建立进行学校改进的原则。LSIP 项目不仅希望通过项目的实施达到发展学生、提高学业成就的目的，还希望能够提高地方教育局为支持学校变革而提供相应数据的能力。项目主要从四个维度开展：为学校领导提供工作坊(workshop)；为所有学校改进的核心人员开展工作坊，帮助他们就自己学校的数据进行分析、交流；与一些自愿加入的学校人员一起工作，建立一套体现变革和学生成就的指标；对学校和整个系统的改变进行评估。SMAD 项目则是根据项目的指导原则，帮助学校确立优先发展的项目和发展计划，并且帮助学校建立网络，提供与同行交流的机会，从而帮助学校更好地实现自己确定的计划，希望能够在校内呈现并强化高效能学校的特点。这两个项目都是由地方教育局提供支援，按照项目确定的原则进行改进的工作。需要指出的是，参与这两项计划的成员学校，很多都是将教学的变革确立为学校优先发展的项目，比如，改变写作课程(Stoll, 1996)，或者形成同侪观课的文化(Stoll, 1996)。

“学校发展计划”则旨在“通过学校管理的成功变革和创新来提升教与学的质量”(Hargreaves & Hopkins, 1991, p.3)。该计划帮助学校在面临国家、地方的诸多政策和改革时,根据学校自身的条件确定发展目标和价值观。通过发展计划的制定、实施和评估能够使学校确立自身需要优先发展的项目,并在实施计划的过程中通过管理的变革(changing management)来提升自己应对变革的能量(managing change),形成合作的学校文化。

综上所述,这些学校改进策略都是为学校提供了改进的原则,学校对改进的项目和内容有一定的自主权,虽然在改进的过程中每一项策略关注的内容不尽相同,有的关注学校条件和课室条件,有的关注学校文化,有的关注高效能学校特点的强化,但其目标都是提升学生的学业成就。从上文对这些项目的介绍来看,学校改进的实践,在这个时期也开始关注课堂层面,关注学生的学习。

1990年代早期的学校改进的实践,较之上一个阶段,有了明显的变化:吸纳了效能领域的研究成果;学校改进领域的研究和实践影响着政策的制定;同时,政府、学术机构和学校建立了伙伴关系,共同在学校改进的实践中总结经验;此外,学校改进的策略相对明确,每个项目都有自己的实施原则和方法,有些学校改进的实践也更加关注课堂层面。

(三) 1990年代末至今

学校改进在1990年代中期至末期进入了第三阶段。这一阶段也被称为第三波(Third Age/Third Wave)学校改进(Hopkins & Reynolds, 2001; Chapman, 2005),这一波的学校改进建基于效能和改进两个领域的进一步融合和发展,并且超越了前一个阶段——在改进的过程中,仅仅关注学校组织层面变革的局限——开始关注教与学层面和在外部支援下的能量建构,并且从不同的视角进行学校改进的研究(Hopkins & Reynolds, 2001; Stoll & Sammon, 2007)。

这一时期,在学校改进的实践领域,除了一些上一个阶段开展的大型项目在继续进行之外,还引入了其他国家的项目,如美国的全面成功计划。不同的改进策略同时实施,实践更加多元化。在学校改进的研究领域,则呈现出了多元化的视角和成果,研究者从不同层面对学校获得改进的原因、策略进行深入探讨。

在实践层面,有学者认为IQEA和高信度学校计划(High Reliability Schools Project, HRSP)(Harris & Chrispeels, 2006; Chapman, 2005)是

英国学校改进第三阶段的典型项目,主要是由于这两个项目吸引了越来越多的学校参与,同时政府也开始采用这两个项目在一些地区进行推广。其中 90 年代初期开展的 IQEA 项目一直持续至今,在英国本土参加的学校有上百所,其经验更扩展至其他国家和地区,如葡萄牙、摩尔多瓦和香港等(Clark, Aniscow & West, 2006)。

HRSP 项目于 1995 年由纽卡斯尔大学(the University of Newcastle)发起,由 25 所中学参加(其中包括几所美国中学),后来又有小学加入。项目以提高学生的学业成就为目的,以高信度组织(high reliability organizations)为理论基础,为学校的改进工作确定了九个核心原则,包括:清晰的目标;一致的实践;建构一个能找出实践漏洞的系统;积极招聘、培训;在保证自主和信任的情况下,员工互评;积累学生的表现数据并且进行分析;在协作框架下的等级结构的建立;设备和环境都高度有序(Reynolds, Stringfield & Schaffer, 2006; Chapman, 2005)。Stringfield, Reynolds 和 Schaffer (2008)的研究显示,学生的学业成绩不仅在参与项目的时候有提高,而且在项目结束后仍旧有持续的提升。

此外,始于美国的全面成功计划于 1997 年在英国几所小学实施,目的就是提高学生的读写能力。通过一个学期的实施,发现不仅学生的读写成绩有提升,而且学习动机、出勤率亦有改善(Hopkins, et al., 1999)。

学校改进项目的实施,以及在实践中的经验积累,为实证研究提供了丰富的资源。这一阶段,研究者以英国学校改进项目为基础,对学校变革的过程、策略、成功的因素等进行了多层面的研究。总结起来,有以下几个特点:

其一,关注学校情境的具体性。

Hopkins 和 Reynolds (2001)提出,应该考虑学校的具体情境进行改进。他们认为无论是国家政策还是具体的学校改进项目,以往都将学校等同对待,而不考虑学校个体间的差异。但是,无论是学校改进的研究还是效能的研究都显示:不同地域、类型、效能的学校采用的改进方法应该是不同的(Gray et al., 1999; Teddlie & Reynolds, 1993,引自 Hopkins & Reynolds, 2001)。随后的几年时间,研究者越来越关注学校的具体情境,在英国,也有一些学者对处境不利的学校进行了研究,并取得一些成果

(如:Potter, Reynolds & Chapman, 2002; Harris & Chapman, 2004; Chapman, 2005; Muijs, et al., 2004),于是他们开始探索这类学校获得改进的关键因素。比如聚焦于教与学;领导;建立积极的学校文化和学习型社群等等(Muijs, et al., 2004)。Harris和Chapman (2004)更在处境不利的学校中细分出了停止不前的、低能量、中等能量和高能量的学校,并指出应该用不同的方法对不同类型的学校进行改进。

其二,关注学校改进的能量建构。

近年来,不断有学者指出能量建构作为学校持续改进的途径的重要性(如: Stoll, 1999; Gray, 2001; Hopkins & Jackson, 2002; Mitchell & Sackney, 2000; Fullan, 2007)。Stoll认为学校改进要建构内部能量,而内部能量是教师和学校都能够为提升学生学习而进行持久学习的力量。从1990年代末期开始,能量建构就成为学校改进的研究者日益关注的主题。1990年代,英国的各种教育变革纷至沓来,学校改进的成功更加依赖学校应对外部变革的能量,学校持久的改进更加需要学校本身具备在变革中前行的能量。因此,能量建构就备受研究者关注。

在IQEA项目中,研究者(Hopkins, 2001; West, et al., 2005)提出,在学校改进的过程中,最重要的是在学校内部建构改进能量/条件(capacity/conditions)的过程,能量/条件是指学校的内部特征。Stoll (1999)提出了13种建构学校内部能量的策略,Hopkins和Jackson (2003)则提出了一个建构学校改进能量的模型(详见第三章第一节第三个标题)。

能量建构的提出实际上是在探讨学校持续改进的力量源泉。这也说明学校改进的目标不仅关注学校在参与计划时段内的改变,更加关注在学校改进计划之后,学校能否持续改进。

其三,关注学生的学习层面。

在学校改进发展的第一、二阶段,研究者和实践者将关注点主要放在了学校层面,无论是学校发展计划还是最初实施的IQEA项目,其侧重点都放在了学校层面的改变。但是Hopkins和Reynolds (2001)认为,第三阶段的学校改进应该关注学生的学习层面,一些研究已经显示出关注这个层面的重要性。比如,Creemer (1994)认为,对于学生的学业成就来讲,教室层面的影响是学校层面影响的三到四倍。Fitz-Gibbon (1996)的研究也发现：中学里不同学科组的差异和小学中教师的差异，对学生成绩的平均值或者学校增值效能的影响，要比学校间的差异对其影响大得多。之后的几年里，研究者日益关注学生的学习层面，探讨部门改进、教师教学效能和教师专业发展对学生学业成就的影响。学校改进项目也不断关注学生的学业成就，比如，IQEA 总结出了影响学生学习的教室条件（Hopkins，2001）；而在 HRSP 计划中，研究者始终关注学生的学业水平，参加项目后，学校开始对新入学的学生进行评估，项目结束后的 5 年时间里，也一直关注学生的学业成就，从而总结学校改进的经验（Reynolds，Stringfield & schaffer，2006；Stringfield，Reynolds & Schaffer，2008）

其四，关注校内的不同层面的改进。

正是因为学校改进更加关注学生的学习成就，于是研究者们也开始努力探究对学生学习有影响的不同层面的改进。这些层面包括：学校领导；学科部门；教师的专业发展、专业学习社群的形成。

学校领导

在学校效能研究中，学校领导特别是校长领导已经被确认为高效能学校的一个重要特征（Sammons，et al.，1995）。研究者在总结学校改进项目的经验中也发现，学校领导是促使项目取得成功的一个关键因素（South & Lincoln，1999；Harris，2000；Harris & Young，2000；Wikeley，Stoll & Lodge，2002）。对处境不利学校的改进研究中也发现，领导在推动变革、为变革确立方向，促使学校聚焦于教与学等方面具有重要作用（Fox & Ainscow，2006；Stoll & MacBeath，2005）。近年来的研究显示出，对于领导影响的关注，由从前只关注校长领导发展到关注分散型领导，因为分散型领导有助于建构学校改进的能量（Harris，2000；Harris & Young，2000；Hopkins & Jackson，2003；Harris，2004）。还有研究指出，学科部门领导、教师领导也都是促进学校改进的力量（Harris，2003a；Harris & Muijs，2005；Harris，2001b）

学科部门

学科部门的研究显示了部门领导在学校改进中的角色、部门改进与学校改进的关系，以及部门改进对教学改进和学生学习的影响（Aubrey-Hopkins & James，2002；Harris，2001b；Brown，Rutherford & Boyle，

2000)。研究显示,大部分部门领导花了大多数时间在教学、辅导(包括示范优秀的课堂教学实践)和对其所在的部门进行管理(Brown, Rutherford & Boyle, 2000)。Harris (2001b)的研究显示:领导、合作、交流以及聚焦教学、探究与反思都能够促进部门的改进。所有这些探究都在努力探究学科部门对实现学校改进的影响。

教师的专业发展和专业学习社群的形成

学校改进的经验显示,教师的专业发展是促进学校改进不可或缺的因素(Hopkins, 2001; Harris, 2002)。近年来的学校改进实践显示出教师专业学习社群在学校改进中的积极影响。2005 年,Bolam 等人(2005)在英国从事的"创造高效能专业学习社群"是英国最早的关于专业学习社群的研究。Stoll 和 Sammon (2007)指出,教师专业学习社群的研究仍旧处在初级阶段,但是专业学习社群能够促进学校改进的能量建构。

其五,网络的建立。

Stoll 和 Harris (2006)认为,最近几年,英国在学校改进领域中一个最大的转变是越来越多网络革新的开展。其实早在学校改进的第二阶段就已经出现了大学、政府和学校的合作,但是那时仅限于几项学校改进计划。2000 年以后,一些网络陆续建立,包括剑桥大学的"为学习而领导"网络的建立,它希望将创造性的思想和实践能够同地方、国家甚至国际上的一些网络进行交流。MacBeath (2002)指出,这个网络的建立是基于一种合作探究的模式。这种模式强调学校教师、领导和研究者共同的合作探究,希望在学校间发展更有效的交流,同时创造新知识产生的途径。

同期,国家学校领导学院也建立了网络学习社群计划(Jackson, 2002)。这个计划吸引了一些学校以建立伙伴的形式一起工作,希望能够在六个层面提升学习的质量:学生、教师、领导、学校作为一个专业学习社区、学校和学校间、网络和网络间。这个计划也是将教师、领导和学校放在创新、知识创造的核心位置并且运用一种探究的模式。网络的建立强调了实践者在创造学校改进知识过程中的重要作用。

小结

英国的学校改进发展历程经历了一个逐渐成熟、完善的过程,从最初的只有一种策略发展到多种策略并存,甚至引入了国外的策略。从最初积累关于学校变革的知识发展到从多种层面探讨学校改进的知识基础和理论基础。从最初效能和学校改进两个领域的分离到逐渐地融合。

第三节　内地学校改进的发展脉络

一、内地的教育变革

关于内地教育变革的阐述从1980年代开始,划分为两个阶段:1980年代到1990年代中期;1990年代末期至今。之所以这样划分是由于1976年之后中国社会才开始进入新的发展时期,经过了一段时间的恢复与重建,中国的教育特别是学校教育才开始走上正轨。也正是从1980年代开始,教育改革逐渐受到关注。到了1990年代末期,在激烈的国际竞争中,世界各国更加重视教育,以提高国家的竞争力,内地从1998年开始也拉开了基础教育改革的序幕,直至今日基础教育的改革仍在进行中。

(一) 1980年代—1990年代中期

改革开放之后,随着经济体制的改革和科学技术的发展,教育与现代化建设发展需要之间的矛盾日益突出。国家意识到在教育方面存在着诸多问题:在教育结构上,基础教育薄弱,学校数量不足、质量不高、合格的师资和必要的设备严重缺乏;在教育思想、教育内容、教育方法上,从小培养学生独立生活和思考的能力很不够,不少课程内容陈旧,教学方法死板,实践环节不被重视,专业设置过于狭窄(1985年《中共中央关于教育体制改革的决定》)。在这种情况下,中央认为,要从根本上改变这种状况,必须从教育体制入手,有系统地进行改革。改革管理体制,在加强宏观管理的同时,坚决实行简政放权;调整教育结构,相应改革劳动人事制度;还要改革同社会主义现代化不相适应的教育思想、教育内容、教育方法。经过改革,要开创教育工作的新局面,使基础教育得到切实的加强。

这之后,于1993、1994年,中共中央、国务院又先后制定并颁布了《中国教育改革和发展纲要》和《〈中国教育改革和发展纲要〉实施意见》。这两个文件促使中国教育体制改革进一步走向深化。主要是进一步普及义务教育,完善教育体制;并确立了各级各类教育的办学体制,基础教育实行在国家宏观指导下主要由地方负责、分级管理的体制。这不仅有效地调动了地方政府办学管学的积极性,也扩大了学校的自主权。于是,以"校长负责制(校长有了更多管理学校的自主权,而不是传统上由党支部书记决定学校的功能)"、教育岗位责任制、教职工聘任制、结构工资制等为代表的一系列学校内部管理体制的试验,在全国各地,特别是大中城市、沿海开放地区和发达地区迅速展开。由于教育体制是一切教育改革得以顺利实施的首要问题,没有一个良好的教育体制,一切教育思想、内容、方法等改革都无从开展,所以这一时期的教育改革主要关注教育体制的改革,包括学校管理体制的改革、中小学教育管理体制等(Cheng, 1996;杨小微,2004)。学校管理体制的改革为学校的改革奠定了基础,没有校长负责制、学校自主办学等改革,学校内部的变革在很大程度上无法实现。

(二) 1990 年代末期至今

1990 年代末期,中国开始了基础教育改革,发布了一系列文件:如《21世纪教育振兴行动计划》(1998)、《国务院关于基础教育改革与发展的决定》(2001)、《2003—2007 年教育振兴行动计划》(教育部,2004)等。这一系列文件揭开了内地基础教育改革的序幕,主要内容为:确立基础教育的优先发展地位;提高义务教育的质量;整体推进素质教育;推行、深化基础教育课程改革;改革招生评价制度;提高教师素质;深化学校内部管理体制改革;进行公办学校办学体制改革(国务院,2001)。基础教育改革是从新课程改革开始的,这次课程改革是全国性的改革,目标是"为了每一个孩子的发展",内容涉及了课程目的、课程结构、评价、管理等各个方面,课程标准、教材主要是由专家、大学学者进行研发,然后进行推广实施。

这一系列的改革对学校提出了更高的要求,原先高度集中统一的学校管理体制、单一的办学体制逐渐被打破,学校自主发展有了更大的空间与保证。这就意味着地方政府与其他社会机构成为学校的合作管理机构(Cheng, 1996)。

在教育变革特别是新课程改革中,学校的重要性日益突出。由于新课程的最终发生地是学校,所以学校要确立新的学校观和管理观,并且在新课程和学校发展之间建立积极有效的联系——只有善于改革的学校才能成就新课程,新课程又为学校的发展提供了契机(新课程实施过程中培训问题研究课题组,2002)。显然这是一种以由上而下的方式推动的学校改革。这一时期的改革体现了国家对教育质量的追求,在教育体制逐步理顺关系之后,学校变革就成为一个紧迫的问题。但是在新课程推广的模式上基本是属于研究-发展-推广的模式。

二、内地学校改进的历史脉络及特证

内地的学校改进研究从严格意义上讲还没有开展,文献资料较少,最近两年,这个领域逐渐受到关注(文献搜索结果见中国学术期刊网)。在实践中,从1990年代末期已经有些类似的项目,如果用前文学校改进的定义来界定的话,1998年北京市的指令性课题《全面提高北京市初中教育质量》、中英甘肃基础教育项目、新基础教育、北京市初中建设工程等项目可以算作是学校改进的项目。

在1990年代末期,当学校自主权不断扩大、学校的组织功能不断发挥出来的时候,学校作为一个组织又不可避免地成为教育改革过程中各种矛盾的主要承担者。同时学校间的差异也越来越明显,学校发展和教育质量不均衡成为基础教育改革特别是九年义务教育过程中的一个突出的问题。"教育质量公平"引起了全社会的关注(张景斌、蓝维、王云峰、杨朝晖,2003;杨小微,2004)。这时,学校层面的变革开始注重薄弱学校的发展。北京市的项目就是在这种情况下开展的,项目历时近4年,包括23所学校,以自上而下的方式进行。这个项目的目标明确:促进学校自身发展,提高学校教育质量。途径是改革学校的内部教育环境,并采用了校本教育科研的方法进行有系统地改进的项目,关注学校文化的改变和整体变革(张景斌、蓝维、王云峰、杨朝晖,2003)。

中英甘肃基础教育项目是中国政府与英国政府之间进行的一个双边合作项目,于2000年正式开始,执行期5年(后延长为6年),是中英两国政府间第一个基础教育合作项目,在甘肃省最贫困的4个少数民族聚居县实施。项目的目的是提高贫困地区义务教育阶段的入学率,以此帮助改善贫困地区基础教育,减少教育中的不公平。学校发展计划就是其中的一个重要尝试。前文提及,在学校改进的研究中,Hopkins对学校改进的方法大致分为两类：机械性方法和有机性方法。有机的方法只提供一种宽泛的原则或者是可能会给学校带来繁荣的一般性的指导。学校发展计划就属于有机性方法。

学校发展计划是中英甘肃基础教育项目的核心内容之一，也是项目实施活动最基本的载体，因为学校是整个教育机体的“细胞”。学校发展计划是在学校层次通过自下而上的方式，广泛征求社区群众的意见，由学校和社区自主制定的关于学校未来发展的计划，包括学校未来3年发展展望和年度行动计划。它的根本目标是：充分利用社区所拥有的各种资源，让社区所有的儿童接受高质量的学校教育，鼓励学校与社区建立紧密的联系，以解决学校的问题并促进学校的发展。

北京市初中建设工程是北京市教委借助高校的力量来改进学校的尝试，北京市的两所高校分别支援、改进城区的16所学校。学校改进的工作思路、方式和具体操作完全由两所大学自行决定。两所大学所采取的工作方式不同，其中S大学的改进工作较有代表性，也体现了学校改进的特点，由于本书所研究的个案学校均源自这所大学支援的学校，兹不赘述，详细内容请见下文（第四—九章相关论述）。

目前，在内地还有许多大学与中小学的合作项目，但是属于学校改进范畴的研究或实践并不多，所以，学校改进应该算是处在初始阶段。Cheng (1996)认为，中国内地进行的的教育体制改革，学校自治、校长负责制等等只是为学校改进提供了机会。

第三章

学校改进的策略

学校改进之所以形成一个研究领域，主要是它希望解决"如何"的问题，即学校是如何实现高效能的。因此本章以学校改进领域近年的研究成果为基础，探讨学校改进的途径以及所需的外部支援。

自从学校改进形成一个独立的研究领域至今，对改进途径的探讨始终是这一研究领域的重点内容。其间，实践者发展出多种改进策略，并且在总结过往改进实践和研究的基础上，研究者提出能量建构是学校改进的重要途径。自 1970 年代以来，学校改进经历了不同的发展阶段，其改进策略也历经变化，从最初的大型课程改革、学校自我评鉴、教师成为研究者等策略，到学校发展计划、场地为本管理，再到全面学校改进策略，基本描绘出了英、美、澳洲等国对学校改进途径的探索。过往的研究和实践显示：能量建构是学校获得改进的重要途径，同时是高效能学校改进的重要因素之一，也是学校持久改进的动力（Hopkins & Reynolds, 2001; Harris & Chrispeels, 2006; Stoll, 2001; Harris, 2002; Wikeley, et al., 2005）。这种能量的建构往往是指学校内部的能量建构（Stoll, 2001; Hopkins & Jackson, 2003）。

在学校进行能量建构的过程中，外部的支援、外部的变革力量是重要的影响因素之一（Wikeley, et al., 2005; Harris, 2002; Harris & Chrispeels, 2006）。外部的支援与变革的力量主要来自学校与不同团体、组织的伙伴合作，主要包括：大学、学区（或者地方教育局）、家长、社区、工商业等。学校改进能量的建构应该关注整个系统的所有层面（Fullan, 1991）。Harris 和 Chrispeels (2006, p. 299)在谈到当前能量建构应该关注的问题时提到："没有强有力的伙伴合作，学校变革的努力是不会长久的，当外部的支援减弱的时候，学校的内部能量将不足以维持改进的实施。"因此，本章分两节进行论述：学校改进的内部能量建构；学校改进的外部支援。两节分别主要介绍内部能量建构的界定、能量建构的重要性及能量建构包含的要素；伙伴合作的界定、伙伴合作的重要性及伙伴合作的不同形式。

第一节　学校改进的能量建构

如何实现学校改进？近年来，越来越多的研究显示能量建构是学校持续改进的重要途径。那么何谓能量建构？为何能量建构如此重要？能量建构包括哪些要素？本节将以西方文献中学校改进能量建构的研究为基础，进而总结出学校改进的能量要素。

一、学校改进的"能量建构"界定

近年来，在学校改进领域中，不断有学者指出能量建构作为学校持续改进途径的重要性（例如 Stoll，1999；Gray，2001；Hopkins & Jackson，2003；Mitchell & Sackney，2000；Fullan，2007），也有学者提出学校改进的关键是创造改进的条件（Hopkins，2001；Sleegers，Geijsel & Van Den Berg，2002；West，1998）。虽然用词不同，但实质上研究的内涵是相似的：涉及到能量建构和学校改进的条件的研究都力图揭示，对于学校改进来讲什么因素是最重要的，也就是说学校具备了哪些条件就可以获得改进并且使改进具有持续性。在本书中，笔者倾向于运用"能量建构"一词来指代这样的内涵，这主要是由于能量建构在教育改革领域中是过去五年内的一个重要术语（Fullan，2007）。Smith（2008，p.193）通过对8所学校（4所中学和4所小学）的研究也显示出，能量建构是学校改进的核心要素之一。他甚至提出，"从本质上来讲，学校应该致力于能量建构。"而且近年来越来越多的研究开始关注能量建构（如：Youngs & King，2002；Fullan，2007；Stoll，1999；Hopkins & Jackson，2003；Gordon，2004；Gurr，Drysdale & Mulford，2006；Burrello，Hoffman & Murray，2005；Hughes，et al.，2005）。

在研究文献中，对于什么是学校能量或能量建构的理解见仁见智。Mitchell 和 Sackney (2000)似乎认同 Lambert (1998)的观点，认为能量建构就是为人们学习如何做事而创造经验和机会。Fullan (2007)则认为，能量建构包括政策、策略、资源和行动，这些都是为了提升人们推动学校前进的集体能力。能量是一个复杂混合的概念，包括动机、技能、正向的学习、组织条件和文化以及支持的基础结构(Stoll et al.，2006)。Stoll (1999)认为，学校改进要建构内部能量，而内部能量是教师和学校都能够为提升学生学习而投入到持久学习的力量。Newmann、King 和 Youngs (2000)提出，学校能量是指内部能量，是全校员工为了实现增进学生学习的目标而产生的集体能量。Hughes 等人(2005)指出，到目前为止，学校能量虽然是一个常用短语，但是还很少有研究者真正去界定它并给其一个可操作性的定义，他们给出的学校能量的可操作性定义为：学校能量是支持学习型社群(learning community)发展的特征。

在这几个定义中，Mitchell 和 Sackney (2000)、Fullan (2007)、Stoll 等人(2006)的解释似乎与条件的涵义类似，无论是创造经验、机会还是政策、策略等因素都影响着学校改进的实现，这些都是学校改进所需的条件。然而 Stoll (1999)、Newmann 等人(2000)都强调学校改进的能量是内部能量，其最终目的是能够促进校内成员的学习。Hughes 等人(2005)则指出，如果从操作性定义的角度讲，能量建构应该是一系列的特征。

有些学者也将学校能量和学校改进的条件等同起来，认为学校改进的条件就是能量建构(Hopkins，2001；Hopkins，Harris & Jackson，1997；West，2000)。比如，West (1998)指出，“IQEA”这一项目就是为了从学校内部创造学校改进的“能量或条件”。Hopkins (2001)即认为条件是能量的操作性定义。

在本书中，笔者认同 Stoll、Newmann 等人以及 West 和 Hopkins 的观点，认为能量建构是为学校改进创造内部能量，它是创造学校改进所需的一系列条件。

由于能量建构是为学校改进创造所需的一系列条件。因此，本书在评析文献的时候会将有关能量建构、学校改进条件的研究都纳入到分析范围内，行文过程中会将“学校改进的条件”、“能量建构”、“学校能量”这几个词混用。

二、学校改进中能量建构的重要性

这一部分主要是从学校改进研究以及学校领导与学校改进的研究中探讨能量建构的重要性。

学校改进之所以重要是由于它关注成功的过程以及支持这个过程所必需的条件(MacBeath & Mortimore, 2001; Stoll & Wikeley, 1998,引自 Sun, Creemers & de Jong, 2007)。Ainscow 等人(1994)指出,在学校改进实践的过程中,任何变革要想成功都需要为学校创造条件,很多教育变革失败的关键原因就是意识不到这一点。Fullan (2007)认为学校改进的三个最基本的驱动力是:人们的道德目标、能量建构和对变革的过程的理解。这里能量建构包括新的知识技能、资源和承诺(commitments)。

Scholten (2004)则对学校领导在建立和维持学校改进中的角色进行了研究,发现当学校领导关注关系的建立、能量建构和具有持续改进的精神的时候,学校领导对学校改进的影响最大。这里的能量建构是指分享智力和财政资源,与此同时提高成员的承诺。

在《国际教育领导与管理手册(第二版)》中,有一个部分专门讨论学校领导与学校改进的问题,这一部分的文章大多都涉及到了学校领导与学校改进的关系的探讨,而这种探讨也主要反映出学校领导需要为学校改进建构能量或创造一定的条件,才能达至学校改进的最终目标——提升学生的学习成就(比如:Hallinger & Heck, 2002; Stoll, Bolam & Collarbone, 2002; Sleegers, et al., 2002)。Stoll 等人(2002)认为领导应对变革的核心就是能量建构。他们认为,这种能量的建构需要领导者在以下四个维度进行实践:(1)确保学校所有层面的学习,即学生学习,教师、领导者持续的专业学习,组织学习;(2)运用数据促进探究;(3)建构扩展的社群;(4)搭建社群——处理学校与外界的联系。Sleegers 等人(2002)则从文化观点来分析学校改进,他们指出学校组织条件可以积极地影响教师条件,而这两个方面的条件加在一起同时可以影响教师的实践,而教师教学实践的变革对学生学习成果的影响是最大的。因此他们提出,促进学校改进的条件既包括学校组织层面也包括教师层面。学校组织层面的条件包括革新型的领导、教师之间的合作、决策的参与;而教师层面的条件包括专业发展、教师的不确定感(feeling of uncertainty)。由于组织层面可以影响教师层面,因此从学校领导与学校改进的研究中也可以看出能量建构的重要性。

为什么选择能量建构这一视角?其原因有二:一,在学校改进的文献中,有学者指出,能量建构是学校持续改进的重要途径(例如 Stoll, 1999; Gray, 2001; Hopkins & Jackson, 2003; Mitchell & Sackney, 2000; Fullan, 2007)。二,在对学校领导的既有研究中,学者们发现,学校领导对学生学业成就的影响是间接的,学校领导主要是通过影响一些中间变量来影响学生的学习(Leithwood & Day, 2007),而这些中间变量从学校改进的角度来看就是学校改进的能量。

那么学校要想获得改进到底需要建构哪些方面的能量呢?这是下文分析的重点也是本书理论框架建构的基础。

三、学校改进的能量建构要素

哪些能量的建构可以促进学校改进呢?很多学者从不同层面对其进行了实证或概念性的研究。下文将对其中较有代表性的研究进行介绍、分析、归纳,并在此基础上总结出得到共识的能量建构要素。最后,提出本书中能量建构要素的内涵。

(一) 能量建构要素

Barth (1990)提出,只要条件具备,学校就能够自我改进,这些条件包括:共同管理(collegiality)的精神;建立学习型社区;教师成为学习者;校长成为学习者。所谓共同管理的精神,Barth 引用了 Little (1981)的定义,认为共同管理精神体现在四种具体的行为中:(1)教师一起讨论教学;(2)教师相互观摩学习从而促进思考和讨论;(3)教师通过教学计划、教学设计、教学研究和评估一起规划课程安排;(4)教师相互传授各自在教学、学习和领导方面的知识。这四个条件是早在 1990 年代初期提出的,实际上和目前所提出的专业学习社群的概念有着共同的涵义。校内的成员都成为学习者,共同管理、建立学习型社区实际上都是在建构学校的合作文化。

在IQEA项目中，Hopkins (2001)和West (1998)提出，在学校改进的过程中，最重要的是在学校内部建构改进能量(或条件)(capacity/conditions)的过程。能量(或条件)是指学校的内部特征，是学校能够顺利完成工作的所有“安排(arrangements)”。如果没有内部能量的建构，就算学校发展的优先权直接指向课室的实践，计划也很快会被忽视。而学校改进的内部条件包括六项内容：

1) 探究与反思(学校成员共同探究、反思自己学校的所有数据资料并用于学校发展)；

2) 合作计划(广泛参与学校发展计划的制定过程，从而使教师个人目标与学校发展目标相结合；学校改进的计划应该与学校的愿景相关)；

3) 协调工作(coordination，即建立沟通体系以确保学校的所有员工了解学校发展的优先次序)；

4) 领导实践(强调革新型领导，transformational leadership)；

5) 员工发展(教师学习；教师的专业发展要能与教师校内的教学实践相联，要能与学校改进的整体发展相关)；

6) 参与(教师、学生、家长、社区人员共同参与学校发展，为学习创建支持性的环境和氛围)。

上述条件是Hopkins等人在具体的学校改进项目实践和研究中的总结，它代表了相关项目关于学校改进的理解、目标和价值观，所有条件都相对具体，比较具有操作性。但这种操作性特别针对英国的学校，相比较而言，其他学者所提出的学校改进条件则相对宽泛。

比如Youngs和King (2002)提出的建构学校能量的架构是在前人的基础上总结出来并经过了实证研究检验，包括：

1) 教师个体的知识、技能、性向(dispositions)；

2) 专业社群：教师对学生的学习有共同且清晰的目标、教师之间有合作和集体责任感、运用专业探究来回应他们面对的挑战、教师有机会影响学校的活动和政策；

3) 技术资源：如支持教师教学的高质量的教材、实验室设备、充足的工作间等；

4) 课程的一致性：学校所进行的课程要相互配合，共同指向一个清晰的学习目标并能够持久进行;Newmann 等人(2001)有专文对课程的一致性进行界定:"在一段时间之内学校应该有一个包括课程、教学、评估和学习氛围在内的总体框架,并且用这个框架来指导一系列为学生和教师准备的计划",也就是说学校的课程、教学、评估和学习氛围应该相互协调。

5)高效能的领导。

他们的研究显示,校长通过促进教师的专业发展可以帮助学校改进建构能量。这个框架的搭建主要是想强调教师专业发展应该与学校改进的各种条件相互联系才能促进学校改进。可以说,Youngs 和 King(2002)的研究其实更加关注教师专业发展,以及领导与学校能量建构之间的关系。

Fullan (2007)基本认同 Youngs 和 King 提出的一系列学校改进条件的建立,只不过他将这些条件进行了分类并且换了一种表达方式:例如将教师的个体知识、技能、能力的发展归类为个体的发展,并提出,与个体发展相对应的集体发展可以理解为专业社群。此外,他还提出了新技术和资源,提出了分享的认同与动机。他认为上述这三个方面分别独立就是个体能量,如果结合起来就是集体能量,相对应这两种能量之外还有一种是组织能量,包括了基础结构的改进,具体是指地方、学区和州层面所提供的变革的动力,如培训、咨询和其他支持。

Stoll (1999,2001)认为,成功的学校——能够为学生的成功学习创造条件的学校——其成功的关键在于学校的内部能量建构。然而,"发展能量是一个复杂而长期的过程",因此 Stoll (1999)提出了 13 种建构学校内部能量的策略:挑战低期待;关注人们对变革的感受;建立积极的气氛:包括学校人员间的信任、开放的态度和学校的客观环境;发展对变革过程的理解;培养良好发展的规范;促进、支持专业学习;与校内外的同侪一起工作;在需要的时候变革结构;扩展领导;关注反思、探究;聆听学生的声音;在不同的影响中建立联系;促进集体责任感。

Hopkins 和 Jackson (2003)则提出了一个建构学校改进能量的模型,包括五个方面:基本环境(包括稳定的系统、安全的工作环境等);个体能量(知识、技能以及主动的、反思性的知识的建构);人际能量

（一起工作、分享目标）；组织能量（为了组织进程持久发展，学校建立、发展和重组结构，从而建立一个能够关注专业学习和关系建立的系统）；外部机遇。

Gordon (2004)的研究目的是要强调专业发展之于学校改进的重要性，在他提出的研究框架中也提及了学校的能量建构。他认为能量建构包括：学校领导（主要指校长）的专业发展；学校文化的改进，即外部支援、信任和支持的建立，分享决策，批判性反思，愿景建立，支持实验和冒险，探究，合作，重构和长远的眼光；团队的发展和教师个体的发展。

Gurr 等人(2006)在对澳洲成功的校长领导模式的研究中发现，对于学校改进来讲，成功的校长非常关注学校能量的建构和教学。通过对 14 个案例研究的分析，他们总结了学校能量的构成因素：学校能量由四个小的类别构成——个体能量、专业能量、组织能量和社群能量。个体能量指教师的个体能量，包括教师对其知识、态度、技能的理解，专业发展网络的建立，个体的专业教学论和新知识的建构；专业能量包括专业基础结构、教师作为领导者、团队建立和学校范围内的教学论；组织能量包括分享的领导、组织结构、组织性学习和建立一个安全的环境；社区能量包括社会资本、家校合作、社区网络和联盟以及关系的建立。虽然研究者总结了这些能量的构成因素，但并没有进一步解释每一个因素的具体意义是什么。因此，我们只能从对案例的分析中来理解上述因素的意义。

但是上述研究基本上都没有言明学校改进的条件的提出是基于哪种理论或视角，而基本上都是基于实践或前人的实证研究。而下面两种观点都是基于某种理论而提出的，同时也都有实证研究支持。

从结构功能和文化个体的视角来看，Sleegers 等人(2002)认为，学校改进的条件不应该只包括学校的组织结构，还应该包括学校的文化结构和教师个体。他们认为，学校改进的条件包括：革新型的领导；教师之间的合作；决策的参与；专业发展；教师的不确定感(feeling of uncertainty)。革新型的领导关注愿景的建构，能够在变革的过程中尊重教师的意见并且在面对问题的时候关心教师、支持教师的专业发展，与此同时能够使教师关注有助于愿景实现的短期目标，对教师有高期待。这种类型的领导能够对他所要求的行为、态度进行示范。教师之间的合作文化包括开放、信任和支持性的关系。教师参与决策实际就是教师和领导一起关注学校的政策。通过这种参与,教师有机会与学校领导一起分享他们意见、方法和需要。教师的不确定感主要指教师对待变革的情感。Sleegers 等人(2002)认为就成功的变革而言,教师对变革的主观感受比客观感受更重要。教师专业发展包括教师获得新知识、技能和价值观。这里的专业发展和教师的不确定感都是指教师的个体而言。这些学校改进的条件主要是从结构和文化、个体的视角来分析的,研究者特别关注文化、个体的视角,但与此同时似乎忽略了教师群体在学校改进中的力量。

以 Fritz 的结构动力学(Structure Dynamics)为理论基础,Burrello 等人(2005)提出学校能量的建构应该包括:分享的目标与原则(分享的目标是指道德目标,它是一个学校持续发展的动力;原则是指学校的核心价值);民主的社群(建基于专业社群并包括学校所有持份者(stake holder)的社群);课程的一致性与 Newmanns 等人的解释相同;提升领导者的工作。

但在众多的学校能量建构的文献中,只有一项研究是采用量化方法进行的。Hughes 等人(2005)在前人研究的基础上,制定了测量学校改进能量的量表,认为学校能量包括七个方面:实践的公平性、对学生表现的期待、不同的教学方式、改进计划的一致性、同侪观摩实践、协调的课程、技术资源。这个量表对七个方面都设计了相应的问卷,从而对学校改进的能量进行测量。经过检测发现,这个问卷的信度(克隆巴赫系数值为.77－.94)和效度都较高。问卷中所涉及的学校改进能量的七个方面都有特定的意义(Hughes, et al., 2005),具体阐述如下:(1)实践的公平性是指学校内为所有学习者创造容忍、公平和具有文化意识的氛围;(2)对学生表现的期待是指教师对学生学业能力的信念,即学生能做到什么以及教师期待他们所能达到的程度;(3)不同的教学方式是指教师为适应学生的学习需要对其教学策略的改动和对学生分组的安排;(4)改进计划的一致性指为促进教师学习而进行的校内改进计划是协调的,能够有清晰的目标并能持久进行;(5)同侪观摩实践是指学校教师和督导者都能够观摩其他教师的教学并能够提出有意义的反馈以便教师提高课堂质量;(6)协调的课程是指校内的课程无论是同一年级还是不同年级都能够做到协调;(7)技术资源是指支持教师教学的技术资源,如教师要有工作设备、技术支持、教学材料、设施和专业资源。

虽然这一研究的信度、效度都较高,但是这一份量表是在前人研究的基础上总结而来的,制订量表时,研究者已经剔除了他们认为不重要的因素,而将他们认为重要的因素进行操作,并形成了最后的量表。其缺陷在于研究者所剔除的因素有可能是重要的,但由于不包括在量表里而不能准确测量学校的能量。比如,"分享的目标"这一因素就没有放在他们的量表里。然而,一些研究显示,这个因素在学校建构能量的过程中也是很重要的(如:Barth, 1990; Youngs & King, 2002; Sleegers, et al., 2002)。

在过去5年内,能量建构在教育改革领域中一直是一个重要术语(Fullan, 2007),但是迄今为止对能量建构的研究并不算多。从上文的分析研究来看,学者们各自从不同的视角来研究学校改进的能量建构,或者从实证研究出发然后对能量建构进行总结(如:Youngs & King, 2002; Gurr, et al., 2006),或者以一定的理论为基础搭建能量建构的框架然后进行实证研究的检验(如:Burrello, et al., 2005)。由此可见,能量建构到底应该如何归类是见仁见智的问题。不过虽然对能量建构的分类角度不同,但是对能量建构到底包含哪些因素还是呈现出了一定的共识。表3.1总结了上述研究并从中概括出了呈现共识的能量建构要素。

在对表3.1达成共识的要素进行分析的时候,笔者发现不同学者可能对同一个概念的阐述不尽相同,因此笔者采用了相容并包的原则对这些要素进行了归类。比如:当谈到专业学习社群的时候,"探究和反思"应该是专业学习社群所具备的特征(Newmann, et al., 2000; DeFour & Eaker, 1998; Mitchell & Sackney, 2006),因此就把它们归纳到专业学习社群的建构中;在谈到组织能量的时候,就将"学校文化的相关论述"归入这一类,因为组织能量既包括了学校结构也包括了学校文化(Hopkins & Jackson, 2003; Mitchell & Sackney, 2000),而"决策参与"又属于学校结构的内容,于是就将其也归到了组织能量这类中。

表 3.1　学校改进能量建构要素分析表

	Barth, 1990	Hopkins, 2001	Youngs & King, 2002	Fullan, 2007	Stoll, 1999	Hopkins & Jackson, 2003	Gordon, 2004	Gurr, Drysdale & Mulford, 2006	Sleegers, Geijsel & Van Den Berg, 2002	Burrello, Hoffman & Murray, 2005	Hughes, et al., 2005
能量建构要素	教师成为学习者	员工发展(教师学习)	教师个体的知识、技能、性向	个体的发展	示范、促进、支持专业学习	个体能量(知识、技能以及知识的建构)	教师个体的发展	个体能量指教师的个体能量包括教师对其当前知识、态度、技能的理解，专业发展网络的建立，个体的专业教学论和新知识的建构	专业发展		同侪观摩实践；不同的教学方式；实践的公平性
	共同管理的精神；建立学习型社区	探究与反思(学校成员共同探究、反思自己学校的所有数据资料并用于学校发展)	专业社群	集体发展	与校内校外的同侪一起工作；促进集体责任感；关注探究与反思	人际能量(一起工作、分享目标)	团队的发展	专业能量包括专业基础结构、教师作为领导者、团队建立和学校范围内的教学论	教师之间的合作	民主的社群(建基于专业社群的基础上并包括学校所有持份者的社群)	
能量建构要素	校长成为学习者	领导实践(强调革新型领导)	高效能的领导		扩展领导		学校领导(主要指校长)的专业发展		革新型的领导	提升领导者的工作	

续 表

	Barth, 1990	Hopkins, 2001	Youngs & King, 2002	Fullan, 2007	Stoll, 1999	Hopkins & Jackson, 2003	Gordon, 2004	Gurr, Drysdale & Mulford, 2006	Sleegers, Geijsel & Van Den Berg, 2002	Burrello, Hoffman & Murray, 2005	Hughes, et al., 2005
能量建构要素		协调工作		组织能量	在需要的时候变革结构；在不同的影响中建立联系（要有系统思维）。 建立积极的气氛：包括学校人员间的信任、开放的态度和学校的客观环境，培养良好发展的规范；聆听学生的声音	组织能量（建立一个能够关注专业学习和关系建立的系统）	学校文化的改进，即外部支援、信任和支持的建立，分享决策，批判性反思，愿景建立，支持实验和冒险，探究，合作，重构和长远的眼光	组织能量包括分享的领导、组织结构、组织性学习和建立一个安全的环境	决策的参与		

续　表

	Barth, 1990	Hopkins, 2001	Youngs & King, 2002	Fullan, 2007	Stoll, 1999	Hopkins & Jackson, 2003	Gordon, 2004	Gurr, Drysdale & Mulford, 2006	Sleegers, Geijsel & Van Den Berg, 2002	Burrello, Hoffman & Murray, 2005	Hughes, et al., 2005
能量建构要素		合作计划	分享的认同与动机	挑战低期待					分享的目标与原则	对学生表现的期待	
			技术资源(如，支持教师教学的高质量的教材；实验室设备；充足的工作间等)	新技术和资源		基本环境(包括稳定的系统、安全的工作环境等)；					支持教师教学的技术资源
			课程的一致性							课程的一致性	课程的一致性；协调的课程
		参与						社区能量包括社会资本、家校合作、社区网络和联盟以及关系的建立			
						外部机遇					

从表3.1的总结中可以看到，在众多对能量建构的研究中，有一些能量建构的元素是大家能够达成共识的：比如教师个体的专业发展；专业社群的建构；学校领导和组织能量的建构。此外，一部分学者认为支持教学的技术资源、课程的一致性、分享的愿景和目标也是重要的。但还有一部分的能量建构因素只代表了个别学者的观点：如社区能量的建构、外部机遇。

基于上述分析，学校改进能量建构的因素包括：教师个体的专业发展、专业社群的建构、学校领导、组织能量、支持教师教学的技术资源、课程的一致性、分享的愿景和目标。

（二）能量建构要素分类

笔者根据Leithwood等人（2006b）与Youngs和King（2002）对能量建构的分类，将上面总结出的学校改进的主要能量建构要素分为五类。

Leithwood等人在一项对世界成功学校领导的研究发现，学校领导的核心实践包括：确定方向：要建立学校愿景、具体的发展目标和优先次序，对成就持有高期望；发展人：提供知识方面的支持、提供个人支援、提供理想的专业实践和价值观的示范；组织重构：发展合作的学校文化、创造一种能够增强决策参与的结构、创造高产出的社群关系；管理教学计划：提供教学的支持，监控学校的活动以及使教师不受其他事情的干扰而专心工作。这些领导实践的内涵恰恰与上述七个学校能量构成的因素的内涵非常相似，即确定方向与分享的目标相对应；发展人与教师个体的专业发展、专业社群的发展相对应；组织重构与组织能量相对应；管理教学计划与课程的一致性、支持教学的技术资源相对应。但由于这是对学校领导的研究，因此并没有将领导这个维度考虑进来。而根据Youngs和King的分类，他们指出高效能的学校领导是能量建构的一个重要因素。

因此，基于Leithwood等人以及Youngs和King的研究，本书将能量建构的因素分为五类：

1. 分享的目标；
2. 人的发展（教师个体发展、专业社群的发展）；
3. 组织能量；
4. 课程与教学（课程的一致性、支持教学的技术资源）；
5. 学校领导

(三) 能量建构要素内涵

1. 分享的目标

分享的目标包括了分享学校的发展愿景、发展目标和对学生的期待。Hallinger 和 Heck (2002)的研究显示,学者们还没有很清楚地区分开愿景(vision)、使命(mission)和目标(goal)这样的概念。这里我们不穷追概念间的差异,而仅仅用愿景、目标和对学生的期待来指代不同层面的内容。学校发展的愿景是学校成员希望一起创造的未来图景和实现图景的价值观,关乎学校道德目标的建立,是学校之所以存在的理由(Burrello, et al., 2005)。分享的学校发展目标其实和 Hopkins (2001)提出的合作计划相同,是指与学校未来的愿景相关的学校改进的计划,为了实现广泛参与学校发展计划的制定过程,应该使教师个人目标与学校发展目标相结合。对学生的期待则体现了教师如何对待学生,它是学校能量的重要指标(Hughes et al., 2005)。

2. 人的发展

人的发展包括了教师个体的专业发展和专业社群的发展。目前对教师专业发展的界定莫衷一是,上述多项研究都提及教师的专业发展是学校能量建构的重要组成部分,但是各家对专业发展的理解却不尽相同,从表 3.1 中能够看到他们之间的区别,有的强调教师学习(Barth, 1990; Hopkins, 2001; Stoll, 1999),有的研究强调教师知识、技能、能力、道德的发展(Youngs & King, 2002; Hopkins & Jackson, 2003; Gordon, 2004)。而教师学习和教师知识、技能、能力等方面的发展其实是有交叉的,Guskey 曾于 1986 年提出了教师个体专业发展的过程(图 3.1),因此本书就以此作为主要维度来思考教师个体的专业发展。

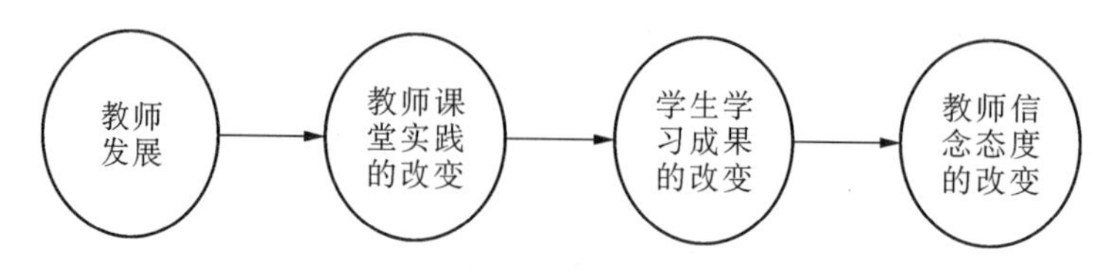

图 3.1　教师改变过程模式(Guskey, 1986)

从图 3.1 中可以看到,教师在改变课堂实践以后,直至看到了学生学习成果发生改变时才会改变自己的态度信念。教师课堂实践改变的前提条件是知识、技能的变化，因此，笔者认为教师专业发展最基本的要素应该包括教师个体的知识、技能和态度、信念。这基本上与 Evens（2002）的研究类似，他认为教师个体层面的专业发展的基本元素有两个：一为态度上的发展；二为功能上的发展。前者表示教师的工作态度得以改善的过程，后者表示教师的专业表现得以改进的过程。

教师专业发展是在学校组织的情境下发生的，教师个体的专业发展是在组织、集体的事业中发挥效用的。Hagreaves（2001）认为，在学校中如果有充足的社会资本供教师分享专业知识，那么学校改进的能量就会增加。社会资本其实就是学校员工间的信任和合作关系，这也恰恰是学校专业社群建立的关键。

以 Stoll 等人（2006）对专业学习社群的文献回顾为基础，笔者认为专业学习社群具有以下四项特征：

（1）教师能够聚焦于反思性专业探究（Mitchell & Sackney，2006；Defour & Eaker，1998）。包括：学校同事间能够有反思性对话（Kurse，Louis & Bryke，1994），即教师能够就严肃的教育问题进行对话并且能够运用新的知识；教师的去个体化实践（Louis，Kurse & Bryke，1995；Lauer & Dean，2004），即教师能够通过相互观课、案例分析等方式来不断检视自己的实践；寻求新知并通过互动经常分享缄默知识；为了满足学生学习的需要，经常将新的观点、信息运用于问题解决的过程（Hord，1997）。

（2）学校成员间能够合作、相互信任。教师为了集体而参加发展活动，并不止于表面化的支持、帮助。这里强调的是共同目标的实现和合作活动之间的关系（Newmann & Wehlage，1995）。这种合作的核心是相互依赖的感觉：没有合作教师难以实现更好的教学实践。

（3）集体责任感。对于学生的学习，教师之间要有集体责任感（Newmann，et al.，2000；Kurse，et al.，1995）。这种集体责任感有助于维持热情，有助于教师将同事的压力、责任进行分担。

（4）教师个体和团体的学习得到促进。所有的教师都是同事的学习者。通过集体知识的创造，集体学习的益处是显而易见的。比如，教师之间相互交流，进行严肃的对话并且仔细考虑学校中的信息和数据，从而对这些数据进行公开的解释（Stoll et al.，2006）。数据不是用来评价而是用来对学生的学习进行分析并探讨提高教与学的途径（Mitchell & Sackney, 2006）。

3. 组织能量

组织能量包括学校结构和学校文化。学校结构和学校文化是一体两面，学校结构是学校文化形成的基础。Hadfield (2003)指出，能量建构要有支持性的结构安排，这些安排要能够将学校内不同成员的活动联系起来。比如：创设为教师共同探讨教学计划的时间，为问题的解决建立团队和小组的结构，此外学校要给教师提供参与学校决策的机会（包括正式的和非正式的）（Leithwood, Jantzi & Steinbach, 1999）；而学校文化主要指学校成员共享的价值观、规范、信念和假设。

4. 课程与教学

课程与教学包括两个方面的内容：课程的一致性和支持教学的新资源和技术。课程的一致性就是指"在一段时间之内学校应该有一个包括了课程、教学、评估和学习氛围在内的总体框架，并且用这个框架来指导一系列为学生和教师准备的计划"（Newmann, et al., 2001）。学校的课程、教学计划要相互配合，共同指向一个清晰的学习目标并能够持久进行（Yongs & King, 2002）；支持教学的新资源和技术包括高质量的课程、书本和教材、评估工具、实验室设备和充足的工作场所。物质设备是实施课程和教学的基础。

5. 学校领导

多数研究都将校长的领导视为学校领导（Barth, 1990; Yongs & King, 2002）。研究显示，革新型领导可以促进学校改进（Hopkins, 2001; Sleegers et al., 2002），革新型的领导关注愿景的建构，能够在变革的过程中尊重教师的意见并且在教师面对问题的时候关心他们、支持教师的专业发展，与此同时能够使教师关注有助于愿景实现的短期目标，对教师有高期待。这种类型的领导能够对他所要求的行为、态度进行示范，将领导功能分散至他人。也有研究提出，分散型领导是促成学校改进的因素之一，如 Stoll (1999)认为，高效能的领导是通过参与决策和赋权等形式为他人提供担当领导的机会。此外，还有研究者认为，高效能的领导是能够为学校改进建构能量的领导（Gurr, et al., 2006; Youngs & King, 2002）。

小结

本节提出学校改进的能量建构是学校改进的重要途径，在此基础上，对“能量建构”进行了界定：能量建构是为学校改进创造内部能量，它是创造学校改进所需的一系列条件。在强调了能量建构重要性的基础上，本节分析了学校改进能量建构的要素，并将这些要素分成五类：分享的目标；人的发展（教师个体发展、专业社群的发展）；组织能量（学校结构、学校文化）；课程与教学（课程的一致性、支持教学的技术资源）；学校领导。

第二节 学校改进的外部支援

学校要建构自身的能量需要学校成员的共同努力，除此以外，还需要外部的支援。在学校改进的实践中，外部的支援经常会通过与中小学伙伴合作的形式进行，本节主要论述两种常见的伙伴合作以及它们的内涵。

一、伙伴合作的来源

在学校改进的过程中，学校的伙伴合作可以来自方方面面，包括社区、大学、家庭、地方教育机构等等。在不同的伙伴合作类型中，大学与中小学的伙伴合作[①]，社区、家庭与学校的伙伴合作是比较常见的。这部分将主要介绍大学与中小学的伙伴合作以及社区、家庭与学校的伙伴合作的来源。

（一）大学与中小学的伙伴合作（University-School Partnership）

大学与中小学的伙伴合作由来已久，并于1980年代开始受到广泛关注（Borthwick，1994），利用这种合作关系开展学校改进工作也只有十几年的时间。这种伙伴合作经历了三个主要的发展阶段：19世纪末期到二战之前；二战以后到1980年代；1980年代中后期、1990年代初期至今。

第一阶段的大学与学校的伙伴合作关注中学课程，中学、大学入学考

① 也有的学者将其称为学校与大学的伙伴合作，用以强调伙伴合作服务于中小学的目的，笔者认为这两个名称没有本质上的差别，真正的差别在于如何看待伙伴合作以及伙伴合作的目的。

试等制度的改革，大学与中小学主要是一种指示——服从的关系。大学与学校的伙伴合作肇始于 19 世纪末期“十人委员会”进行的一系列努力，这个委员会由哈佛大学校长 Charles Eliot 担当主席，他们呼吁大学与学校教师一同对中学教育进行改革。合作的成果就是为中学制订了入学标准、课程设置和大学入学考试的要求。在这个阶段，大学还是一个“提供规定”的角色，学校人员的参与很大程度是在努力满足大学的要求（Borthwick，1994，p.4；Clark，1988，p.38）。

不过，Clark（1988）认为，在进步主义教育运动的影响下，泰勒主持的“八年研究”是一个例外。“八年研究”主要是对中学课程进行改革，300 多所大学不再用标准入学考试要求 32 所参与实验的中学，其目的就是鼓励学校在大学课程顾问的指导下，自行确定课程计划、课程组织和实施的程序。这场实验的结果就是发展出了课程整合方法，学生的学习取得了良好的效果。同时实验发现：学校的结构要能够支持变革，这种支持性的学校结构是当代学校改进项目的前身（Pinar，2004）。虽然合作取得了良好的效果，但是从“八年研究”中还是可以看到：大学在合作中是主导者和顾问的角色，中学是大学的实验场所，在角色上仍旧被动。大学要为这场实验提供便利的制度，即对参与实验的学校取消入学考试，在这种制度下，中学才有可能进行课程改革。只有在大学赋予的权力之下，中学教师和学校管理者才能自主实施课程改革。

二战以后，大学与学校的伙伴合作集中解决教师教育（包括职前和在职教育）问题，伙伴合作更多的是基于双方的互动（Epstein，1991）。从文献上看，这个时期的伙伴合作的尝试并不算多，其中有两个比较突出的项目（Goodlad，1993；Allen-Haynes，1993；Borthwick，1994）。其一，亚特兰大教师教育服务（Atlanta Area Teacher Education Service），内容是 6 所高校和 6 个学区建立伙伴关系来提升教师的资格；其二，在加州大学洛杉矶分校的 John Goodlad 发展了合作学校联盟（The League of cooperating schools）。这个联盟从 1966 年至 1972 年由 18 个学区的 18 所学校和加州大学洛杉矶分校合作，目的不仅是教师个体的提升，还包括组织的更新（Goodlad，1993）。

除了上述两个合作项目以外还包括：哥伦比亚大学教师学院发起大都

会学校研究委员会的合作，此项合作是大学人员和校监、学区的合作。这个项目从 1941 年开始持续了 45 年，其间合作的重点也从对校监的支援转换为集中对教师及其教学实践进行提升，Clark (1988)认为这个项目更像是一个网络的建立而不是伙伴合作。此外，国家教师团体项目也是在 1970 年代开始的项目，项目的目的就是希望通过合作发展数学、阅读和双语教育(Allen-Haynes, 1993)。不过 Goodlad (1993)认为，二战以后的这些合作虽然体现了互动的关系，但主要是个体与个体的合作，没有机构间的合作。大学教授需要学生和教师来完成他们的研究，但是很少将研究结果回馈给实践者。分析个中原因，Goodlad (1988)认为，一些合作关系之所以不能持久，主要是因为没有形成合作应有的组织结构。

大学与学校的伙伴合作真正开始影响学校改进工作则始于 1980 年代中后期至 1990 年代初期这段时间。1980 年代中后期，教师专业发展学校成为合作的焦点，稍后伙伴合作开始影响学校改进工作。从 1980 年代中后期至今，伙伴合作聚焦于教师教育和学校改进，大学与中小学的伙伴合作也更强调“合作”的性质，希望两个机构在合作中发展出共生关系(Goodlad, 1993)。

本书第一章第三节介绍了美国教育变革的大致历程，揭示从 1983 年以后，美国掀起了教育改革的浪潮，到了 1984 年 5 月，《国家的回应：教育改进的努力》(“A Nation Responds: Recent Efforts to Improve Education”)发表，人们开始关注学校层面的变革，“掀起了学校改革的浪潮”，更有研究者称这一段变革为“学校改革运动”(Owens, 2001, p.127)。也就是在这一时期，关于中小学与大学、商业机构进行伙伴协作等内容的报告不断出现(Passow, 1989)。

为了回应社会对教育特别是对师范教育的不满，1980 年代末期，96 所主要的研究型大学形成了霍姆斯小组(Holmes Group)，并创建教师专业发展学校，主要是解决师范教育和在职教师教育。专业发展学校有四个基本目标：职前教育；专业发展；探究(对于教学实践中遇到的问题进行共同的探究)；学校更新(Clark, 1999)。与此同时，很多组织如国家教育更新网络(National Network for Educational Renewal)、国家教育、学校和教学重构中心(National Center for Restructuring Education, Schools, and Teaching)、国家教师教育任命委员会(National Council for Accreditation of Teacher Education)也开始倡导并践行专业发展学校的举措。

在这个过程中,Goodlad 一直提倡的是,伙伴合作的目的不应该仅仅改进教师教育,还应该使大学和中小学两个机构共同得到改善,即共生关系的建立和加强。这种共生关系的倡导实际上就不仅停留在教师的教育方面,还包括两所机构结构、文化等的改变(Goodlad, 1977; Goodlad, 1988,引自 Allen-Haynes, 1993)。从这里可以看到,事实上,对于学校结构、文化的改变都已经接近学校改进的目标了。所不同的是,教师专业发展学校的理念是希望通过教师教育的改革来实现学校教育的提高,学校改进则不仅包括教师教育更包括了改变学校内部环境的系统的努力。

1980 年代中后期到 1990 年代初期这段时间,学校改进已经在美、英、欧洲等国家和地区悄然兴起,学校改进的实践者、研究者也开始在实践中积累经验。此时,美、英等国都不约而同地强调学校与各种机构合作的必要性(见第二章第一节美国和英国的学校改进发展脉络部分的论述),因为研究发现,学校外部支援和变革能动者在学校改进中是重要的影响因素之一(Fullan, 1991),来自大学的人员不仅提供了变革的支援,也推动着学校变革的产生。

美国 1990 年代的全面学校改进策略的实施,基本上都是大学与学校伙伴合作的项目。比如 Levin 于斯坦福大学发起的“跃进学校计划”,Sizer 在布朗大学发起的“基础学校联盟项目”,Slavin 在约翰霍普金斯大学发起的“全面成功计划”。在英国,1990 年代也已经开始出现了大学与中小学的伙伴合作,比如,Hopins、West 等人在剑桥大学发起的“IQEA”,此外在第二章还提及了英国其他形式的合作(详见第二章第一节)。Fullan 则在加拿大建立了多伦多大学教育学院联合安大略教育科学院与 4 个学区进行的“学习联营”伙伴合作项目。

这些学校改进项目从 1990 年代初开始建立到目前基本都还在进行,只不过在不同时段服务于不同的学校。依 Goodlad (1977、1988 引自 Allen-Haynes, 1993)的分析,这些项目之所以能够持续,在于合作者有着清晰的目标,并且能够在一定程度上改变双方的结构、文化。比如,Fullan (1995)在谈到学校联合体的合作之所以成功时就提到,促进伙伴合作成功的因素包括以下六个方面:(1)情境:建基于伙伴之间曾有的协作历史之上;(2)理据:确认学校和大学的目标是协调的,同时都对伙伴合作的成功充满信心;(3)承诺:双方对资源(包括时间、资金和人事)都有投入,这种投入是伙伴合作一个具体的指标;(4)结构:确立决策、交流沟通的机制和程序,举措协调一致,能够解决不一致的意见;(5)焦点:为伙伴合作发展分享的愿景,有一个具体的日程能够让参与者共同完成一件事情,同时又能充分显示合作伙伴的个体性和创造性(Goodlad, 1988);(6)过程:在大学和中小学的伙伴合作中,鼓励双方参与者形成积极的人际、专业关系,使双方的权利、影响维持平衡。

虽然上述六个方面仅仅是学习联营这个伙伴合作项目成功的因素,但是从中反映出,伙伴合作的成功依赖双方形成分享的目标,资源的投入,合作的机制以及机制、程序的保障。Goodlad (1993)提出,共生关系就是在一种互相受益的关系中,两个不同的社会组织亲密接触。上述的成功因素,在很大程度上体现了这种共生关系的存在。

从上文对大学与中小学伙伴合作的历史发展可以看到,这种伙伴合作从内容到形式、合作双方的关系都有了很大的改变。从合作内容上看,伙伴合作从改革中小学的课程、考试制度,到改革教师教育,最后发展到建立专业发展学校、学校改进,逐渐从具体关注学校教育的某一部分转向关注整体。由于学校对学生的学习是重要的,因此,伙伴合作逐渐关注学校教育的整体改进和提升。从合作形式、双方的关系上看,大学和中小学从指示——服从的关系,发展到双方互动,最后到合作,双方都在合作的过程中受益,这个过程逐渐使合作双方发展成为一种共生的关系。中小学也逐渐改变以往只是大学实验场的形象,而逐渐在合作的过程中有所贡献,并促进了大学人员的变化。下文(第十章)会详细论述合作的双方给彼此带来了什么样的影响。

(二) 社区、家庭和学校的伙伴合作

社区、家庭和学校的伙伴合作,是近年来学校改进领域内较为关注的内容。尽管早前有不少研究使用"家长(家庭)参与"这个概念(如,Coleman, 1994; Comer, 1986; Epstein, 1986),但是现在研究者们都认同:社区是个更加广义的概念,社区、家庭和学校的伙伴合作是一个更为确切、涵义更广泛的词语，特别是这个概念能够传达出在儿童接受学校教育、发展成人的过程中，家庭、学校和社区都负有责任，三方应该有分享的利益、责任和投入（investment），相互合作、支持（Epstein, 1994; Chrispeels, 1996）。因此，本书就用学校、家庭、社区的伙伴合作这个概念，来代替所有相关的表述。目前，学校、家庭和社区伙伴合作的发展及其对学校改进的影响研究也以英、美等国为主，因此下文主要以这两个国家为主进行论述。

社区、家庭和学校伙伴合作主要经历了三个阶段的发展：1960、1970年代；1980年代；1990年代至今。在这个过程中，除了社会发展的影响因素之外，还有两股主要力量推动了这种合作关系的发展：其一，政策的颁布、实施；其二，高效能学校、学校重构运动的影响。

社会的发展是个不言而喻的因素，在这个大背景下，从1960、1970年代到1990年代，家庭的概念发生了很大的变化：单亲家庭、双职工家庭、继父母、同性恋家庭等家庭结构同时并存，孩子要在其中以及由其构成的大大小小的社区中接受教育、长大成人（Milken, 1994）。Coleman（1994, p.23）认为，儿童在这种环境下成长，不缺少金融资本，缺少的恰恰是社会资本（social capital），即“家庭、社区成员在儿童成长过程中的参与”。因此，社会的变迁是推动社区、家长和学校的伙伴合作的一个背景因素。

1960—1970年代，美国颁布了《中、小学教育法案》（1965）和《残疾儿童教育法94—172》（1975），这些法案使家长重新参与到学校教育中。之前家长虽然以不同形式参与学校教育，但是始终都是非正式的。比如早期家长参与学校教育，主要是希望在向孩子灌输道德和宗教信仰方面得到学校的支持。20世纪初，家长教师协会（National Congress of Parents and Teachers）成立，原本希望借此促进家长教育，但后来遇到了来自教师的抵抗（Maki, 1995）。直到1965年法案的颁布，联邦政府开始资助相关的计划，比如“开端教育计划（Head Start）”，资助处境不利的幼儿园，让儿童的家长通过参加建议委员会、参与课堂教学、担任家庭导师等方式参与儿童的教育，以便儿童能够更好地开始学校教育。后来又有类似的“持续计划”，开始让家长能够有机会参与中小学的教育（Epstein, 2001）。此后，1975年的《残疾儿童教育法94—172》使家长和教师一起讨论每个儿童的教育，同时也规定，家长有权参与学校的决策（Epstein, 2001; Maki,

1995)。这些法规保障了家长参与学校教育的权利,从此家长参与在学校教育中的作用开始受到关注。

1970年代末,高效能学校运动在对Coleman、Plowden报告的反驳中逐渐形成(见第一章第一节)。英、美学者(如Edmonds, 1979; Rutter, 1979)通过研究证明,学校是重要的,并且开始探讨高效能学校的特征。研究发现,家长的参与和支持是高效能学校的关键因素之一(Edmonds, 1979; Fullan, 1985; Purky & Smith, 1983; Walburg, 1989 引自 Maki, 1995)。随后,在1980年代中期掀起了学校重构运动,重构运动强调学校作为一个组织的结构变革。与此同时,学校组织结构变革的一项内容就是赋权于教师和家长,家长应该更多地参与学校教育,这种参与不应仅限于参与学校的活动,还应包括参与学校的决策(Caulhoun & Joyce, 1998; Beck & Murphy, 1998)。但是Cairney (2000)认为,无论是美国还是英国,直至1980年代,家长的参与其实仅限于学校为家长提供更多的信息和支持,而不是真正意义上的伙伴合作。

1990年代,美国又颁布了《美国2000:教育策略》(1991)及《2000年的目标:美国教育法案》(1994),这些法案的颁布都强调了社会不同组织对教育的支援和参与,以及社区、家庭与学校的伙伴关系的建立。比如提出创造"所在社区的伙伴合作来提高教与学"(US Department of Education, 1991, pp.33 – 34 转引自 Borthwick, 1994, p. 8)。Lezotte (1991,引自Maki, 1995)的研究显示,美国有42%的学区实施了学校改进计划,其中家长、学校的伙伴合作成为学校改进密不可分的一部分。与此同时,国家提供基金供学区申请,助其实施伙伴合作项目,并资助建立研究中心促进家庭、社区和学校的伙伴合作(Chrispeels, 1996)。

进入21世纪,于2002年颁布《一个都不能少法案》,要求每一所学校、每个学区和每个州的教育部门都要能够就学生的成绩、学校和教师的教育质量,与家长和公众进行有效的沟通。同时要求学校组织、实施一系列有家长参与的项目,使家长参与到学生的教育中来,从而提升学生学习的技巧和成就(Epstein & Sanders, 2006)。从这些政策的要求来看,社区、学校和家庭的关系就不仅局限于信息的沟通、获取支持那么简单,而是希望家长和社区的成员能够参与到学生的学习中来。从某个意义上说,这种合作同样需要Goodlad所提及的共生关系。

二、伙伴合作的界定

由于本书是在学校改进的领域中探讨大学与中小学的伙伴合作、社区、家庭与学校的伙伴合作等关系,特别是这些伙伴关系对学校改进的影响,因此所有概念的界定将以学校改进为背景。所以这部分将依次界定伙伴合作,大学与中小学的伙伴合伙,社区、家庭和学校的伙伴合作。

(一) 伙伴合作

当提及伙伴合作的时候,很多词汇会被提及,如:伙伴合作(partnership),合作(collaboration),协作(cooperation),网络(network),联盟(consortium),互补性(complementarity),社群/共同体(community)等等。这些概念在意义上有重叠或者交叉,孤立地区分这些词语是没有什么意义的,若要清楚地了解每个概念的意义必须考虑其使用的具体情境(Clark,1986)。纵观既有对上述概念进行探讨的文献,可以发现对"合作"的理解似乎是界定伙伴合作的关键所在,很多学者都对其进行了辨析与论述(如,Borthwick, 1994; Hord, 1986; Clark, 1986; Goodlad, 1988; O'Hair & Odell, 1994; Edwards, Tsui & Stimpson, 2009)。

大多数学者对伙伴合作上述概念进行探讨的时候,大都集中在"教师专业发展"这一主题之下,即伙伴合作特别是大学与中小学的伙伴合作应该具备什么样的特征才能提升教师教育,包括教师的在职和职前教育。然而我们这里要探讨的伙伴合作,主要是在学校改进背景下展开的。教师专业发展(校内教师的)诚然是学校改进的重要内容之一,但是伙伴合作的最终目标却是通过一种系统且持久的对学校内部条件的变革,最终增强学校应对变革的能量,增进学生的学习成效。学校改进中的伙伴合作是两个或多个有着不同结构、文化组织的合作,合作的目的是变革,包括人的变革更包括组织的变革。基于这种情境,下文尝试厘清伙伴合作的概念。

首先,合作而非协作,合作难于协作。在描述伙伴关系的时候,本书选择合作一词,而非协作,这不仅是因为大多数学者倾向使用这个词,更是因为合作代表了一种理想的、实质性关系的建立。Hord (1986)、Borthwick (1994)以跨组织理论为基础,区分了"合作"与"协作"的差别,认为就组织间的合作来讲，合作需要参与者为了实现共同的目标，一起承担风险，在此过程中不断协商、调整彼此的关系，这是一个复杂且恰当的过程。相较之下，协作则是较为简单的模式。Edwards 等人(2009)也认为，相较于协作，合作更加具有实质性。在学校改进的过程中，参与者是为了提高学生的学业成就而一起合作的，在这种共同目标的指引下，在改进的过程中，他们会承担风险，并且需要不断地调整彼此原有的文化、结构，建立一种互信、互助、友好的关系，促进目标的实现(Erickson & Christman，1996)。

其次，伙伴合作是一种共生关系。Goodlad (1988)认为，伙伴合作(特别是大学和学校的伙伴合作)应该建立一种共生关系。要想满足这个共生的关系，需要有三个条件：(1)合作伙伴存在不同；(2)互利，即自身利益的相互满足；(3)伙伴要在一定程度上牺牲私利以保证这种互利关系的实现。他指出了合作的基本条件——两个在目的、功能、结构、规则、文化等方面不同的机构；目标——互惠互利；过程——牺牲私利以实现共同的目标。

最后，合作的过程包括众多因素，每个因素都有其特征。Borthwick (1994,2001)、Hord (1986)、Intriligator (1992)都详细讨论了合作的过程要素。通过对这些研究的对比，发现 Borthwick (1994,2001)提出的五个领域 13 个特征基本上包括了其他研究者提出的要素，由于这个框架的提出是基于学校改进的伙伴合作研究，因此，这里就对这个框架进行解释和分析。

1. 目标：建立共同目标，即指私利和集体利益重合的部分。

2. 情境：合作项目的发展与实施建基于具体的情境中，要考虑到学区既有的程序和政治、学校的氛围以及过往失败或者成功的经验。

3. 成果：合作的持久依赖目标的实现。合作伙伴倾向于收集数据来显示目标的实现、变革的成功。这些数据包括项目对学生、教师、学校、社区的影响。

4. 成员的特征和领导：多样互补能够增强合作；领导的风格也会随着时间的推移而变化。

5. 承诺：合作伙伴对项目的拥有感，这种承诺来自个人和组织层面。

6. 角色和责任：伙伴一旦形成，参与者的角色和责任就应该明确。成员的角色和责任与他们的专长相结合。

7. 资金以及其他资源：金钱、时间、空间和专业指导。

8. 联系、分享和互惠关系：即共生关系。

9. 沟通：所有参与者开放、真诚的交流。

10. 决策和行动计划：合作需要分享决策，行动计划提供了一个解决问题、确定实施的方法。

11. 团体动力：合作伙伴之间建立形成一种团队的工作关系，包括政治考虑、工作量、参与程度、成员的输入和感情以及时间的投入。

12. 探究、研究和评估：合作伙伴评估包括目标、成果、成员、需要、资源、互动以及合作阶段的所有方面。

13. 阶段：合作是一个动态的过程，包括发展、稳定和制度化的过程。

在这些分析的基础上可以看到，要想笼统地对伙伴合作进行界定是非常困难的。但是当我们了解了伙伴合作的要素和合作的关系特征，就可以帮助我们将其放到学校改进背景下，对大学与中小学的伙伴合作以及家庭、社区和学校的伙伴合作进行界定。

还有学者在共生关系的基础上指出有机的关系这个概念。例如，Catelli、Padovano 和 Costello (2000)指出，共生关系是两个平行的机构一起工作，目的是为了满足相互的利益；而有机的关系是指成员以相互依赖的方式构成一个密切的关系，目的是达成一系列的共同目标。在这个过程中，双方超越了对私利的追求，其努力是为了贡献于社会学习体系质量的提升(Wenger, 1998；2003 引自 Edwards, et al., 2009)。笔者认为，有机的关系更加适合伙伴合作的发展趋势。在学校改进的背景下，伙伴合作的发展可能不仅局限于大学与中小学，还有政府、地方教育机构、社区和家庭，这些机构会以学校改进为目标，形成一个共同体，共同为提升学生的学习而努力。比如，“北京初中工程项目”中 S 大学的实践、香港中文大学“跃进学校改进项目”的实践都显示了这样一种趋势。他们都是在进行学校改进的过程中，与政府、地方教育机构、社区等进行合作。

(二) 大学与中小学的伙伴合伙

本书将综合 Goodlad (1988)谈及的“合作的特征——共生关系”，和 Borthwick (1994，2001)指出的伙伴合作的五个领域(焦点、成员、需要和资源、互动、阶段)对大学与中小学的伙伴合作以及家庭、社区和学校的伙伴合作进行界定。由于五个领域所包含的13个因素太过具体细致，不适用于以下定义，况且也有研究显示，成功的伙伴合作对13个因素的诠释各有不同（Borthwick, et al., 2003），所以定义不涉及这些因素：

学校改进中大学与学校的伙伴合作，是大学与中小学为了实现学校改进的目的而建立的一种机构间正式的、互动互惠互利的共生关系，关系的形成发展是一个动态的过程。

这个定义涵盖了五个领域并指明了大学与中小学的合作关系特征和合作的动态过程。合作的动态过程是指，虽然合作可能经历不同阶段，但是伙伴关系会应变革的情况进行调整，所以这个合作关系始终是动态的。

（三）社区、家庭和学校的伙伴合作

社区、家庭和学校的伙伴合作是指：无论在家、学校还是社区，这些机构或机构内的成员都能够参与促进儿童成长、学习的活动，形成一种机构间正式的、互动互惠互利的共生关系，关系的形成发展是一个动态的过程。

这里有必要对家庭和社区进行界定。家庭包括父母也包括家庭内的其他人，如继父母、养父母、叔舅、姑姨等；社区是指当地的组织（如邻居）和社会的互动（如在一个社工网络中建立起的关系），这种互动可以发生在当地也可以超越地区的界限（Chrispeels, 1996）。

第二篇

学校改进的内部能量建构

第一至第三章，本书介绍了学校改进的涵义、发展脉络以及学校改进的策略。基于第三章对学校改进的内部能量建构理论的论述，从第四章至第九章，本书将以北京市两所获得改进的中学为个案，探究它们在学校改进的过程中建构了哪些方面的能量以及如何建构起学校改进的内部能量。第四章主要对两所学校的情境分别进行描述，展示他们在进行学校改进之前的情况以及获得改进的情况，从而帮助读者理解他们建构内部能量的过程。第五章将对两所学校建构分享的目标的过程进行论述。第六章对两所学校建构学校领导能量的过程进行论述。第七章对两所学校建构教师专业发展的能量过程进行论述。第八章对两所学校进行组织能量的建构过程进行论述。第九章对两所学校进行课程与教学的能量建构过程进行论述。

第四章

建构学校改进内部能量的 E 中学和 T 中学

以第三章(第一节)“学校改进的内部能量建构”为理论基础,本书对两所参与学校改进项目的个案学校(E 中学和 T 中学)进行了研究,深入探究他们在进行学校改进的过程中,建构了怎样的内部能量以及这些能量要素的建构过程。在深入两所个案学校进行研究的过程中,我们发现,E 中学和 T 中学都在不同程度上获得了改进,在改进的历程中都在不同程度上进行了五个层面的能量建构,包括分享的目标、领导能量、人的发展(教师个体发展、专业社群的发展)、组织能量和课程与教学。

E 中学和 T 中学均是从参与“北京市初中建设工程项目”的学校中选择出来的。“北京市初中建设工程项目”是北京市教委、北京市两所大学与城八区的 32 所相对薄弱的初中学校共同合作进行的学校改进项目[①],其目的是解决资源投入、资源配置不公平等问题;提升学校的教育质量;缓解择校风(朱善璐,2007)。两所个案学校均为 S 大学所主持的项目的参与校。

S 大学项目工作组进行学校改进工作有着自己的原则和工作方式。原则有四点:尊重主体、内涵发展、立足校本、突出重点。尊重主体指学校改进项目的主体是学校的干部、教师和学生。内涵发展指学校改进工作以改变学校内部人员的整体职业生活状态为工作核心,以变革学校文化为重点,以促进学校内部人员主体意识的觉醒和创新能力的提升为最终目标,提高学校整体的“造血”功能和自主发展能力。立足校本指立足学校现实,挖掘学校潜力,建立学校可持续发展的动力机制,形成积极向上的校园文

① 每所高校分别负责 16 所学校,项目实施的过程中,学校改进的工作思路、方式和具体操作完全由两所大学自行决定。

化。突出重点指建设学校的管理队伍和教师队伍,提高教育、教学质量。

针对这四个原则,该项目设立了四个子工程即学校改进工作的四项策略:学校组织文化建设工程、校本教研制度建设工程、骨干教师专业发展行动计划、现代化网络交流平台建设工程。学校组织文化的建设希望学校的领导班子有变化,领导能够真正为教师的专业发展创造一种支持的环境。校本教研制度和骨干教师专业发展都是促进教师专业发展的途径,校本教研希望以大学提供的专业资源为依托,深入课堂实践,开展学科培训,努力使学校课堂教学质量有比较实质的提高和改变。骨干教师专业发展希望能够重点培养一些教师,由他们发挥辐射作用,然后再带动所有教师发展。现代化网络交流平台的建设是为了创建校际间的联系和沟通。

分析上述原则和策略的具体内容就可以发现,S 大学的学校改进工作以学校为本,认同学校是变革的主体。而最为重要的是强调了变革的历程,认为学校改进是“内涵发展”,即学校内部人员的发展,学校文化的建构,建设学校的管理队伍和教师队伍,并最终提升学校整体的“造血”功能,也就是可持续发展的能力。这些内容都涉及到了学校内部条件的建构。此外,进行这个改进项目的大学人员都有着数学、语文、英语等学科背景,学科覆盖面广。每一位大学人员主要负责一所学校,学校发展主任们(注:此称谓是借用了香港的称呼,内地没有一个专门的称谓)在不同的学校里展开工作,他们之间的交流非常多。

参与这个项目的两所个案学校都发生了变化,在几年的时间里,获得了一定程度的改进。在获得改进以前他们有着相似的背景,即学校的资源、生源、师资等面临一系列问题,这些问题可以说是内地很多薄弱学校共同面临的问题,获得改进以后,在师资、学生等方面都发生了变化。虽然参与 S 大学项目的时间为 2006 年,但是两所学校开始改进的时间大致都可以追溯到更早的时间,E 中学起步于 2002 年,T 中学起步于 2003 年到 2004 年这段时间。这也从另一个角度说明,参与学校改进项目是促进学校改进的一个因素,但不是全部因素。我们对这两所学校进行研究的时间则从 2007 年至 2008 年初。下文就分别对这两所学校的具体情境进行描述。

第一节　走进E中学

一、学校的宏观情境

E中学坐落在北京市18个区县之一的H区南端，是一所城区公办纯初中校。学校占地11880平方米，有教学楼1栋，13个教学班，395名学生，其中借读生158人。在岗教职工52人，任课教师35人。领导班子由校长(兼党书记)，副校长(兼工会主席)，教学正、副主任，德育主任，总务主任，团委书记7人组成。学校拥有良好的社区环境(学校附近主要是军队工作人员的居住区)，不过这所学校主要的学生来源却不是附近的军人家庭，学生家庭环境背景有着较大差异。借读生占了学生总数的五分之二，这些学生分为两种情况：或者不是该校招生区域内的学生；或者是外地生，即来京务工人员的子女。学校在2007年进行了一项调查，抽取了初一至初三各一个班，共82名学生。结果显示：家长是军人、干警的学生只有2个；家庭月收入在3000元以下的学生有50个，在万元以上的有2个。

学校在教师资源方面也呈现出自己的特点。学校只有两名教师的工作经验在4年以下。工作经验在16年以上的教师占全部教师的55.9%，年轻教师较少。教师的原始学历状况基本上55.9%的教师是大学专科或以下学历，本科学历44.1%。通过继续教育，教师的后续学历为8.7%的教师是大学专科学历，本科及以上学历为91.3%，其中研究生学历教师为3人。

学校领导班子在2007年夏作了调整，7位领导中有4位年轻人，3位中年人，4位年轻领导均在教学一线担任教学工作。

二、学校的具体情境

Mitchell和Sackney (2000)指出，学校要想启动能量建构就要依赖学校中人员的需要，因此对于学校情境的深描和分析是必要的，因为对具体情境的了解能够为能量建构的启动提供线索。与此同时，学校改进强调学校是变革的中心。这就是说每一所学校都是独特的，外部的变革不能简单地将学校看作是相同的(Hopkins, Ainscow & West, 1994)，这也强调了对学校情境了解的必要性。

(一) 校史简述

任何一所学校都有自己的历史背景，学校的任何变革都是在这个背景之下进行的。

E中学始建于1979年，建校的时候是一所完全中学，1982年合并了另一所学校，转年校舍迁到目前的地点。1985年开始承办职业高中(属职普并存)，即职业高中取代了原先的普通高中，1995年初H区教育资源整合，学校成为了纯初中校延至今日。学校从建校到变为纯初中校的过程并没有给学校的发展带来什么优势，却使它成为了一所很难发展的学校。

(二) 艰难前行——这类学校要想发展很难

“作为一个像我们这种类型的学校，校长要想推动学校发展非常难，……”(ESI－Z校长－L1)[①]

这种“困难”表现在很多方面，包括学校资源的匮乏、学校领导的工作、学校的生源、教师的状态等，而面临着这些困难的学校就被归为同一类学校，即薄弱学校。Z校长认为，学校在2002年国家新课程改革之后才开始获得发展。因此2002年前后就成为学校情境变化的一个时段。下文主要从不同方面描述从1995年(Z校长上任)至2002年之间的学校。

1. 资源匮乏、经费有限

由于学校的资源匮乏、经费有限，学校的教学环境就较差，教师的待遇也不高，也没有经费进行教师的专业发展活动。因此，整个学校与外界的接触不多，相对封闭。

2. 领导班子构成臃肿，工作各自为政

在领导班子的构成和工作方面，首先，校长是无奈到任，到这所学校等于重新学习一个新的领域。E中学现任校长从1995年7月到校任职，他来这所学校之前是另外一所职业中学的副校长，他的到任是由上一级行政

① ES－表示某中学，I、D和FGI－分别代表访谈资料、文件和焦点团体访谈资料；访谈、焦点团体访谈后面的英文字母代表受访者；文件后面的数字代表文件的标号；后面的L代表引文的行数。

部门任命的，从职业教育到义务教育特别是初中教育，他自身也面临着挑战，因为他对这个领域并不熟悉，需要适应的过程。

其次，校长到任时，学校领导班子的问题主要表现在班子的构成和工作方式两个方面。一方面，领导班子的构成臃肿；另一方面就是在工作中没有配合和沟通，各自为政。领导班子的构成臃肿表现在学校领导的数量多。当时校级领导就有 5 位：校长、书记、一个副书记、两个副校长。虽然领导较多，但是工作的效率并不高；而且各个部门之间没有合作，互不干涉。

领导班子的工作没有沟通，不和谐，教师的工作也就无从谈起。教师也就形成了各自为政的局面。在这种情况下，学校的工作其实无从展开，发展更无从谈起。为了让教育教学工作有沟通，Z 校长启用原先的办公室干事取代了一个副校长的职务。

虽然校长意识到了学校领导班子的种种不和谐，也在尽力扭转这种工作局面，但是这绝不可能是一蹴而就的。除了中层领导和校级领导之间需要一个磨合的过程，当时的校长和书记之间的关系也不是十分融洽。所以校长将 2002 年作为学校发展的一个新阶段，还有一个重要的原因是 2001 年书记退休，自此之后，Z 校长兼任学校党支部书记。

总之，在 2002 年之前，学校的领导层面的工作处于一种不和谐、不稳定以及不断调整的状态。

3. 电脑派位掺水，生源数量质量下降

学校变为纯初中校以后，H 区又开始实行小学升初中的电脑派位政策，学生的来源从数量和质量上有了较明显的变化。首先，学校的变化使生源在数量上逐年下降。其次，这种变化对教师的教学、教师的情感以及学校领导采取什么样的改进策略也有着重要的影响。

1998 年，H 区的小学生升初中开始实行电脑派位[①]，派位来的学生家长往往通过各种办法将孩子转到其他自己认为满意的学校就读，即择校。E 中学 1998、1999 年的报到率较高。但是从 2000 年以后至 2006 年，不仅

① “电脑派位”是目前全国许多地区小学毕业生升入初中时采取的主要升学政策，它是与国家规定的在九年义务教育中实行“就近入学”和“免试入学”原则配套的一项政策。学生按照就近入学的原则由电脑随机派到附近的学校。

派位来的孩子越来越少,选择留在学校就读的学生人数也越来越少。本地学生来报到的少了,那么学校为了保证生源就要招其他类型的学生,即借读生[①]。

在学生来源复杂化,数量逐年减少的情况下,学生的质素也发生了变化,学生在小学所受教育的程度,学生的学习习惯、能力和做人的表现等方面都有着明显的变化。教师在教学中的体会最深刻,但他们深感无奈。

学生在这些方面的变化就意味着教师要改变以往的教育、教学方式,但关键是,要改变的教学方式是教师曾经体验到成功的方式,这无疑就使教师感到快要失去自信了,这其实是一种自我效能感的降低,就是以往的方式在现在的教学实践中没有效能了(Leithwood & Beatty, 2008)。

4. 担心生存,流动很大,缺乏自信,影响教学

在学校面临资源短缺、经费匮乏、领导工作不和谐、生源骤变的情况下,教师的状态如何呢? 首先,学校的职高被别的学校合并以后,教师担心学校的生存问题,担心自己的生存问题。对学校存亡的担忧造成了很多教师的流失,2001 年就调走了 6 名骨干教师。然而,仍旧留在学校里的教师也因为学校的薄弱而表现出极度的不自信。

此外,学校领导班子工作的不和谐也对教师产生了一定影响,使得整个学校没有一个积极向上的状态,没有一个和谐的氛围。在这种整体氛围下,其实也能想见教师在教育、教学方面呈现出的状态:教师和学生之间的关系紧张:排斥“差生”,挖苦学生,将自己的教学责任外推到学生身上;教师之间也没有相互合作的氛围;而且教师的教育教学观念是陈旧的,教师之间也缺乏合作。

(三) 获得改进的 E 中学

经过大约 6 年时间,学校采取了很多策略进行改进,其成果表现在很多方面,包括学校的整体变化、学校领导的变化、学校教师和学生的变化。由于学校改进的最终目的是提高学生的学业成就,这里仅以学生的变化代表学校改进的成果。其余方面的变化,将在学校改进的能量建构部分(第

---

① 凡无北京市正式常住户口的儿童、青少年在北京市普通中小学校就读的,均为中小学借读生。来源:北京市教育委员会网站 http://www.lgb.gov.cn/bjedu/77699226854752256/20050922/12359.shtml

五到第九章)呈现。学生的变化将分为几个方面:一,对学校的留恋;二,在校的表现;三,学业成绩。

1. 学生对学校的留恋

E中学毕业的学生很留恋他们的老师,留恋这所学校,他们与老师有深厚的感情,3年的学习生活给他们留下了美好的回忆,他们喜爱这所学校。在笔者访谈资料中很多地方体现出这种感情,碍于篇幅,兹不赘述。

2. 学生在校表现

学生的表现包括行为规范、学习态度以及对待同学的态度等内容,这些通过学校生活的方方面面表现出来,如学校的日常活动、学习生活的特殊事件以及班集体生活。

(1) 学生日常活动中的表现

学生在校的日常表现最能体现学生的真实风貌,他们不经意的举动都在传达他们的行为习惯和特点。笔者在E中学的研究过程中发现,讲礼貌、懂规矩基本上是E中学绝大多数学生显示出的风貌特点。对此,很多教师也有同感,并且有教师认为,学生的整体风貌好了,对她上课的心情都是一个正面的影响。

(2) 学习生活的特殊事件——考试免监

考试免监考这项活动是从2006—2007学年第一学期的期中考试前开始的,当时学校希望能够培养学生的自律行为,W2老师就主动向学校提出考试免监的申请。学校同意了,他们班成为"考试免监班",一连7场无人监考获得成功。为了引导更多的同学进行自主教育,2007学年,在全校范围内开展"申报免监班"活动,全校有一半的班级申报了"考试免监班",其中初二全年级申报,成为免监年级。结果在考试中没有一个学生作弊,学生的诚信和自律行为得到教师们的肯定。

免监考是学校的一项德育活动,通过这次活动培养了学生诚信做人的品质,不仅有助于学生自信心的建立,也使学生在"免监活动"中懂得了自律,激励了自强,在体验自律与自强的快乐中走向成熟。

(3) 热爱班集体

E中学的学生热爱自己的班集体,他们会因为喜欢班级而喜欢学校,也会因为喜欢班级而喜欢学习,更会因为喜欢班级而喜欢身边的同学,建立起良好的同学关系、师生关系。笔者在对初三学生进行焦点团体访谈的时候，一共有12个同学参加，访谈问题很开放，“我就是想了解你对学校满意吗？为什么？喜欢在哪？不喜欢在哪？”就这一个主问题，然后随机追问。学生的回答很多都和班集体有关，他们普遍表示，热爱学校和班集体。

3. 学生的学业成绩

从新课程改革以来，虽然在学生评价方面强调过程性评价、淡化终结性评价，但是H区的学校每年中考还是有一个排行榜，只不过这个排行榜原则上不向外公布。数据显示出学校在学生学业成绩的提升方面还是有成绩的，但是，这种成绩的体现是个别的，同时学校的教学能够促进及格率但是不能提升优秀率。

4. 学生的学业成绩的问题

尽管学生发生了很大的变化，但是访谈的过程中，教师们特别是参加中考的科目的教师都会提到学生的学习成绩，特别是中考成绩。这所学校的中考成绩不尽如人意。虽然学校被评为了课改先进校，但是Y1主任觉得有点惭愧，因为“我们在中考成绩上还是有一些差距的。这是苦恼、困扰学校领导和教师很久的一个问题。”（ESI－Y1－L583－584）

第二节　走进T中学

一、学校的宏观情境

T中学坐落在北京市F区，建校于1989年，是一所普通的初中校，1999年与另外一所学校合并成为今天的T中学。学校占地面积14856平方米，有14间专业教室包括舞蹈室和美术教室。现有教学班17个，其中有5个美术特色班。学生总数547人，正式生299人，借读生248人。

由于T中学独特的地理位置以及具有美术特色，所以这所学校的学生来源比较特殊。首先，T中学的大部分学生都是按照就近入学的原则，从周边的5所小学招收来的。但是，由于学校地处城乡结合部，部分学生的家长忽视对学生的教育，因为不愁吃穿，一部分学生的家长没有看到教育的必要性，对学生的学习期待很低。除此之外，由于位置关系，学校的借读生比较多。还有一个现象就是：义务教育的学校还必须招收一些需要特殊教育的学生，因为如果学生的家长不送孩子到特殊教育的学校，义务教育的初中校就必须接受这些孩子。这种情况也是教师们非常困惑的问题。

2003 年，学校正式成为 F 区唯一一所美术特色校，自此每年学校可以面向全区招收 60 名左右的美术特长生。由于是面向全区招生，这些学生的质素相对就好过其余的学生。但总体来讲，学校招收的学生在入学的时候，学习成绩基本处在全区的中下水平[①]。

学校目前共有教职工 104 人，干部教师共 93 人，73 人持有大学本科学历，一线教师 60 人，56 人教龄在 8 年以上。由于学校是美术特色校，所以"专任教师均毕业于美术专业院校，并有市、区级骨干教师和区级兼职教研员，他们都从教多年，有丰富的教育教学经验。"（TSD－33－L95－96）

学校领导班子的成员包括校长、书记、副校长、教学主任（2 位）、政教主任、总务主任和一名人事干部。校长、副校长和书记共同负责学校的事务，下面是分管的中层领导干部，政教处主任、教务处主任、总务处主任以及人事干部主要负责办公室的所有工作。

二、学校的具体情境

（一）校史简述

T 中学历史上经历了几任校长。到 1999 年，L 中学和 T 中学合并，原先 L 中学的校长任 T 中学的校长。两个学校的领导一起工作，两所学校的师生在一所学校上课。开始时，两所学校的教师、学生不能适应学校的变化，在心理、行为上都表现出了不和谐。

后来进入平稳过渡时期，L 校长离开了 T 中学，J 校长接任。J 校长是在 T 中学成长起来的，从一名物理教师到接任校长一职。T 中学改进历程的描述也是从 J 校长接任开始。正如 Z 教师所讲，学校在合并的时候比较混乱，领导无暇顾及教育教学，当基本完成过渡以后，学校才可能集中精力

① 学生入学时会参加 F 区举行的一次学业测试。从 2005、2007 两年研究数据来看，入学的学生的成绩处在全区的中等偏下的位置。

发展。但是，两所学校合并以后所面临的问题决不是两三年就能解决得很好的，当时J校长也不想接任这个工作，但由于是地方教育行政部门的人事任命，作为党员的J校长还是在2002年末走马上任了。

此外，在T学校发展的历史上，还有一个特点是其他学校不具有的，那就是美术特色学校的发展历史。美术特色是从L中学发展起来的，学校合并以后这个传统一直保留，但是当时只是学校有一个美术特长班，2003年经过申请，学校正式成为F区的唯一一所美术特色校。

（二）2004年以前的学校情境描述

T中学的改进历程以J校长上任为起点，下文对学校情境的描述也主要是她刚上任时学校的整体状态，包括学校的整体环境、学校领导的特点、学生、教师等方面。这种状态基本上是在2003、2004年以前的状态，因为学校从2003、2004年就逐渐开始发展。学校的教师也认为，这几年的变化特别大，从2003、2004年开始，学校形成了一种比学赶帮的氛围。（TSI-X老师-L361-363；Y老师-L343-346）

1. 办学条件不足

学校的操场和教学楼分别是在2003、2005年进行改造的，这之前学校的教学楼仍旧是水泥地面，门窗陈旧。教师认为，当时学校的教学设备严重不足，上课都没有条件。学校教学设备的不足对教师教学的影响是非常大的，甚至影响到他们对职业的投入感[①]。

此外，这所学校办学条件的不足还表现在图书馆的设施陈旧、体育器材的短缺、专业教室（包括实验室、音乐教室等）设备不足。虽然是美术特色校，但这所学校的美术专业教室、美术教学的设备也非常匮乏。

2. 学校领导的封闭

学校领导认为以前学校很封闭。封闭的原因是学校的成绩不好，没有自信。这种封闭表现在两个方面：一，不愿意开放学校、不愿意开放教师的课堂；二，不对外宣传自己。

① Dannetta（2002）教师对职业的投入感是指积极、有感情地对待自己的工作。

3. 教师的封闭状态

在T中学的发展过程中，有一个关键事件就是学校在2001年参加了S大学的一个教师专业发展的项目——A项目。从那时开始，有两位教授逐渐在学校开展教师专业发展工作，他们对教师的帮助很大。可以佐证的是，在访谈的15位领导和教师中，只有4位没有谈及两位教授的影响。

这两位教授代表A项目进入T中学是在J校长上任以前，但是她上任以后仍旧和这两位教授保持很好的关系，继续从事这个项目。A项目之初，外部的人员进入学校，而且又是专门进行教师发展工作，所以在工作开展的过程中，教师的一些特点就很快呈现出来。

首先，教师表现出封闭的特点，不愿意开放自己的课堂，不愿意展示自己，也不愿意接受他人的建议。在中国内地，校内或者校际之间为了促进教师的教学能力经常会有一些公开课(面向全校、全区乃至全国的教师开放自己的课堂)，但是，当时学校没有教师愿意上这种课，"一听上公开课，我们的教师全都躲"(TSI－S书记－L223)。这种状况显示出教师的封闭性，同时也显示出教师没有主动发展的意识和愿望。

还有教师表示，就算是学校安排了公开课，教师们既不愿发表意见也不愿意接受他人的意见。由于教师封闭自己，导致教师不知道应该怎样评课，同时也显示出教师之间没有合作的意识，抵触他人的建议和意见。

其次，教师封闭，没有主动发展、合作意识的状态是当时T中学的教师一个普遍的状态。因为当时两位教授进入学校对教师进行访谈的时候发现：教师没有接触过教师发展这个词(TSI－W教授－L28)。而这种状态与教师缺乏校际交流的机会是密切相关的。

最后，有学校领导认为，在学生观方面，过往教师埋怨学生的情绪非常严重。

教师认为，有了学历就不用发展了，再加上教师缺乏交流的机会，使得T中学的教师呈现出了封闭状态，教师之间缺乏合作，同时也显示出教师缺乏主动发展意识。这样的一种状态影响了教师的学生观，对教学效果的影响是不言而喻的。

4. 学生的行为、成绩不好

T中学的生源呈现出的特点主要体现在两个方面：学生的行为表现和

成绩。学生的行为表现能代表一所学校的校风。在笔者与三个年级的学生进行焦点团体访谈的时候，有学生说，他们在小学的时候，听到的关于这所学校的传言都是负面的。几年前，T 中学学生的行为表现并没有给附近的小学教师、同学留下好的印象，以至人们判断该学校没有良好的校风。在这种行为表现下，学生的学习成绩也处在全区 40 多所学校的后 10 名。这个成绩是指学生的初中毕业考试成绩。

5. 前任校长奠定的基础

在 T 中学的访谈中，很多人都提到了 L 校长(J 校长的前任校长)。因为在提及学校变化的时候，学校领导团队的成员和学校发展主任都认为 L 校长的一些工作对他们当时和现在的工作是有影响的或者说奠定了一定的基础。L 校长的影响主要表现在两个方面：其一，开始开放校门让 A 项目的教授进入学校开展工作；其二，努力在学校形成“和谐向上”的氛围。

首先，借助大学人员的力量发展一所刚刚合并的学校。W 教授在 T 中学的支援是从 A 项目开始的，之后她又成为了 S 大学学校改进项目的学校发展主任，对这所学校的支持有 7 年之久，因此她的工作也经历了两任校长，她认为 L 校长对这所学校的发展曾经是一个很重要的影响因素。因为他借助了大学人员的支援，接纳大学人员工作理念的同时又给了他们一定的工作空间。

正是 L 校长在 2001 年看到了教师专业发展的重要性，才开始借助外力进行学校的发展，并且给了大学人员一定的工作空间。就是在这样的空间里，学校教师也真的开始发展，即使几个骨干教师在 J 校长上任之际陆续离开了 T 中学(TSI－W 教授－L36－37)，但一些骨干教师还是在新课程改革之初就崭露头角，所以说这一切都为学校打开校门奠定了一定的基础。

其次，L 校长努力在学校培养“和谐向上”的氛围。校园里有“和谐向上”的雕塑，学校领导者告诉笔者，雕塑是 L 校长在任的时候建成的。L 校长在任的时候就根据学校的情况提出了在学校建立和谐的氛围，并且让全校教师都对和谐有自己的思考。此外，L 校长对学校的领导也寄予了希望，希望继任的 J 校长和 S 书记团结工作，她们一直遵循着老校长的教诲。

(三) 获得改进的 T 中学

经过大约 4 年时间，学校采取了很多策略进行改进，其成果表现在很多方面，这里也和前面介绍E中学时一样，仅以学生的变化代表学校改进的成果。其余方面的变化，将在学校改进的能量建构部分（第五到第九章）呈现。学生的变化将由两方面呈现：一，学生在校的表现；二，学生的学业成绩。

1. 学生的表现

学生的表现主要体现在日常生活中的行为规范方面。比如：笔者在田野研究中观察到了学生对学校环境的爱护。

“三个学生（两个女生一个男生）一起走，从楼道里往楼下走，走到楼梯口两个女生停住看到地上的一张废纸，另外一个男生就捡了起来。”（12月23日田野札记-L343-344）

2. 学生的学业成绩

学生学业成绩的提高是学校最明显的一个变化。衡量这个变化的标志是学生的入学成绩和中考成绩。一进T中学就能看到左边的砖石墙上悬挂着许多奖牌，其中之一就是“教学显著进步奖”。J校长说，2004年学校的中考成绩一下子由原先的后10名跃进到全区的前列，在40多所学校中排名16、17位，而且这几年一直得以保持（TSI-J校长-L264-266）。

总结：两所学校大致都经历了四五年的时间进行改进，学生无论是行为规范还是学习成绩都有了变化。在这个过程中，两所学校都实施了一定的改进策略，在不同层面建构了一定的学校改进的内部能量。下文将详细论述这两所学校所进行的能量建构。

第五章

学校改进中分享的目标的建构

第一节　分享的目标的界定

一、分享的目标包括三个层面——分享学校的发展愿景、发展目标和对学生的期待

为学校改进建构内部能量，首先需要确定学校发展的方向，同时这个发展的方向应该为学校成员所共享，惟其如此，学校的全体成员才能朝着一个明确的方向行动。这个发展方向的系统我们称之为分享的目标。本书将分享的目标划分为三个层面的内容：分享学校的发展愿景、发展目标和对学生的期待。首先主要是由于在对过往文献的分析中发现，不同研究对学校能量建构要素的论述分别涉及了这三个层面；其次，一些学者的研究显示这三个层面分别对学校改进起着重要的影响（如，Hallinger & Heck，2002；Leithwood，Jantzi & Steinbach，1999）。

从第三章第一节对能量建构因素的分析中可以看到，多项研究提及了学校发展目标对学校能量建构的影响。这些研究对于目标的具体论述综合起来包括分享学校的发展愿景、发展目标和对学生的期待三个层面的内容。

首先，Hopkins (1998，2001)提出合作计划是学校改进能量建构的一个因素。他指出，合作计划是指与学校未来的愿景相关的学校发展计划，为了实现广泛参与学校发展计划的制定过程，应该使教师个人目标与学校发展目标相结合。同时，他也指出，愿景的建立是革新型领导实践的基础，愿景应该指导发展计划的制定。这样看来，合作计划实际上包括了愿景，

也包括学校发展的目标。此外他还强调,学校员工共同制定计划的过程本身是非常重要的,因为这个过程可以让大家相互了解、消除偏见、形成共识。

其次,Fullan (2007)提出的分享的认同与动机,以及 Burrello 等人(2005)提出的分享的目标与原则都涉及到了学校发展的愿景。Fullan 提出的“分享的认同与动机”,是指学校人员面对变革的认同感和动机,即学校应该成为什么样子的一个共识。Burrello 等人则提出学校的目标是学校道德目标的建立,是学校之所以存在的理由;学校的原则是学校的核心价值观。这两点实际上也涉及到了愿景的建立。

Stoll (1999)和 Hughes 等人(2005)的研究则分别提出了“挑战低期待”和“对学生表现的期待”也是学校改进能量建构的一个要素。这个概念主要是指教师如何看待学生的学习,是否相信所有的学生都能学习,是否对学生的表现有所期待。我国很少用这个概念指代相关的涵义,大多会用一个较为宽泛的概念——学生观。本书则采用对学生的期待这个概念,因为相比较来讲,学生观这个概念太过宽泛。

从上述分析看,分享的愿景、分享的目标和对学生的期待,各自有着不同的涵义、属于不同层面的内容。在 Hallinger 和 Heck (2002)以及 Leithwood 等人(1999)的研究中,他们都将不同的层面分开论述,认为不同层面对学校改进的影响不同。Hallinger 和 Heck 提出影响学校改进的目标元素分为:愿景(vision)、使命(mission)和目标(goal)三个概念,愿景的基础是其道德和精神的本质,它是一个人工作的精神源泉,与价值观密切联系。在愿景的指引下,使命是人们工作的情感的目标(cathectic goals),而目标则是认知的目标(cognitive goals)。情感的目标是一组人达成认同和形成共同动机的源泉,是组织价值观的一种符号化的表达,往往是不可测量的。认知目标则是具体的、可测量的一系列指标,如:学生的出勤率、升学率等。

事实上,无论是情感的目标还是认知的目标,都已经是在学校愿景指导下更具体的目标了。因此,Hallinger 和 Heck 只将愿景和学校目标区分开来。将这三个层面区分得最清楚的要数 Leithwood、Jantzi 和 Steinbach 的研究,他们通过对革新型领导的实证研究发现,在学校改进的过程中,革新型领导为学校确立方向的实践会影响教师对学校变革的责任感、教师个体和集体学习的程度,以及教师对学生学习的观念。然而,为学校确立方向的实践就包括三个层面:分享的愿景的建立;分享的目标;对学生的高期待。

从既有的研究可以看到,如果对学校发展方向的体系进行分析,就会发现分享的发展愿景、分享的发展目标和对学生的高期待囊括了所有研究者的发现,是最全面的表述。为了指代方便,本书将这三个层面统称为“分享的目标”。

二、三个层面的界定

(一) 分享的学校发展愿景

愿景的基础是其道德、精神本质,它是一个人工作的精神源泉。对于一个组织来讲,愿景应该是一个真实、可信且有吸引力的对未来的描述(Naus, 1992,引自 Leithwood, et al., 1999)。一所学校的愿景是学校成员希望一起创造的未来图景和实现图景的价值观(Senge, 2000)。《现代汉语词典》(2005 年版)对“愿景”一词的解释是“所向往的前景”,由此可见,愿景至少包含两层涵义:对未来的描述;支撑这种描述的价值观。这个词及其解释是 2005 年才第一次出现在《现代汉语词典》中,此前中国内地很少用这个词。

Barth 曾经提出了六个有助于理解学校愿景的问题,这些问题很好地展示了愿景,特别是学校愿景的涵义,这六个问题是:

- 你想在什么样的学校里从事教学?
- 是什么使你选择从事教育?
- 你想让你自己的孩子进入一所什么样的学校?
- 你最想在什么样的学校环境工作?
- 如果你的学校受到威胁,你最不愿意放弃的事情是什么?
- 基于什么观点你不愿放弃这件事情?(转引自 Hallinger & Heck, 2002)

这些供学校成员思考和回答的问题,实际上就形成了学校的愿景。如果学校成员对上述问题达成共识,就是我们所讲的分享的学校愿景。

其实仔细分析这些问题就会发现，它们都强调学校成员对学校教育的价值观的认识，强调学校成员对学校发展前景的展望。所以，本书将“分享的学校发展愿景”定义为：学校成员希望一起创造的未来图景和实现图景的价值观（Senge，2000）。

从这个定义出发，可以看到 Burrello 等人所提出的学校的目标实际上是指学校的愿景。Hopkins 所讲的“合作计划”、Fullan 提出的分享的认同与动机都和分享的学校发展愿景密切相关。在中国内地，也有实践者将学校的办学理念等同于发展愿景，如“为了每位师生的发展”（裘志坚，2006）。

（二）分享的学校发展目标

学校发展目标的建立和学校愿景的建立密切联系，一旦愿景形成，学校就应该制定一系列的目标来实现愿景。因此，学校的发展目标是学校成员短期需要完成的为了实现愿景而制定的目标（Leithwood，et al.，1999）。这种目标相对于愿景来讲就比较具体，比如，学校在三年内提升教师专业发展的水平，培养骨干教师；形成高效的管理团队等。

（三）对学生的期待

Hughes 等人（2005）认为，对学生的期待体现了教师如何对待学生，它是学校能量的重要指标。事实上，就是教师对学生学习的信念。有的教师相信学校内的所有学生都能够学习，而有的教师则不相信学生都能够学习，因此就可能放弃对某些学生的要求、甚至教育。同时，有的教师相信他的学生能够和其他的同学一样，在学习表现方面有所进步，而有的教师则不相信或者没有期待。

第二节　E 中学和 T 中学建构的分享的目标

一、E 中学分享的目标的建立

在本章第一节中已经论述了分享的目标包括分享的学校发展愿景、发展目标和对学生的高期待。E 中学在进行学校改进的过程中，则建构了分享的发展愿景和对学生的期待，而分享的学校发展目标的建立则有待强化。

1. 分享的愿景目标的建立——平民教育，不放弃每一个孩子

学校发展的愿景是学校成员希望一起创造的未来图景和实现图景的价值观（Senge，2000）。学校发展的愿景关乎学校道德目标的建立（Fullan，2007），是学校之所以存在的理由（Burrello，et al.，2005），为学校未来的发展指明了方向。在E中学，学校领导和教师形成了学校共同的愿景目标。

2007年学校提出的愿景目标是：以人的发展为中心（原则），走内涵发展道路（途径），立足平民教育（原点），争创一流初中（过程），办人民满意的学校（归宿）（ESD－3—L5－6）。这个目标阐述了学校未来要创造的图景和实现图景的价值观：学校最终要成为一流初中，成为让人民满意的学校。实现这个目标就要立足平民教育，在这个过程中，学校的改进工作要以人为本，促进内涵发展。

内涵发展是近年来在中国内地广泛运用的一个词，但是对这个概念却很难找到一个明确的解释（郑金洲，2007）。郑金洲认为："课堂、课程、教师、学生是学校内涵发展的核心要素。"在E中学，内涵发展更多地指教师的专业化成长（ESD－39－L151）。因此，学校愿景背后的价值观其实主要突出了两点：平民教育和以人的发展为中心。

首先，平民教育所蕴含的学校教育的价值观是：主动接纳平民子女入学，关爱每一名学生，保证让所有的在本校就读的学生都能在原有基础上提高（ESD－4－L86－87）。简单来讲，就是不放弃每一个孩子。这种价值观和发展愿景基本上得到了教师们的认可。有的教师认为：

> 我们老师真的想做好，可是学生差的，……就是二三年级的水平。可是我们学校领导做的真的比较到位，领导叫我们不要埋怨学生，没法埋怨学生，就像妈妈对自己的孩子一样。领导感觉到确实是这样的生源，你们得尽力，尽量地改变这个现状，……再有就是全员德育，不要放弃一个人，让每一个同学都有进步，……我觉得也是，现在有些观念也得改变，特别是现在这个社会，学生真正缺少的有时候不是知识，虽然学生在书面的知识上，他可能不及格，但是在某一方面他可能做得挺优秀的、挺好的。（ESI－W3老师－L42－49）

教师们用自己的理解来阐释学校的愿景目标，这说明教师认同并且理解了学校的愿景目标。但是教师是否能够做到分享这一愿景目标呢？在E中学，学校愿景目标实现分享的过程，实际上是教师发生变化的过程。教师能不能从以往"损学生，挖苦学生"、"不接纳困难学生"而转变为关爱每一名学生呢？这可以从教师的表现中做出判断。

W3老师：我们班四个小男生，我给他们起的名字是艺术表演四天才，他们就是班级的后四名。他们一入中学，就是小学二三年级的水平，现在已经懂得了很多知识，我觉得已经是进步了。他们的表演绘声绘色，……我以他们为自豪。昨天有个孩子的家长说不来看他（四个学生中的一个）表演，他的母亲不认可他，不想来。孩子说他希望他妈妈来看看。因为他在学校已没有什么令他骄傲的地方了，听了这个话我真的挺感动的。今天我给他妈妈打个电话，就跟她母亲说一分为二地看待孩子，……在学校，他只有这一点能得到认可。孩子也有作为家长值得自豪的地方。后来家长说来。那这算不算是一种成功？这算不算孩子的一种进步？这也是一种进步。我觉得学校教育不仅仅是知识的传授，做人等方面都应该有。所以校长提出的全面育人等方面，我觉得也体现了这个方面，不要只看孩子的学习成绩好不好。（ESI－W3老师－L44－72）

W3老师觉得观念要改变，其实这个观念是指评价学生的标准，即学生要自己跟自己比；其次，全面地看待学生，挖掘学生身上的优点，教师要以她的学生为自豪。这和第四章所描述的教师排斥差生的情景有天壤之别。

学校的Y老师则利用节假日对班里的绝大多数孩子进行了家访，她希望通过家访让每一个孩子都有进步，全面发展。

原来（放假）我都是回老家，这次没有，利用节假日每天基本走两三家，……家长会把孩子的学校老师看不见的那一面告诉你，比如，我觉得他挺聪明的，怎么回家就不会写作业了呢？一问家长就知道，习惯不好，回家看电视，然后针对这样情况的孩子怎么办，就和家长商量一下怎么解决这个问题。……就这样，到现在为止我走了二十多家，占学生总数的三分之二吧,我感觉就我走访过的这些孩子跟我都挺亲的。因为他们家里的情况我都很清楚了。比如孩子家很远,来晚了,我觉得没有必要严厉的(批评他)。我能更理解他们了,家长也更理解教师了。……实话实说,我觉得像我们班学习最好的孩子,咱们还是愿意留下她的,她在学习上一枝独秀,……我觉得既然学习上我们班没有她的榜样,那在做人上绝对还是有榜样的。……那这个地方我要让家长明白,让家长能感受到,孩子在教育上可能有时班级活动不爱参加是不好的。再一个,让家长也比较放心地让孩子在这好好学。……然后对那些家庭条件不太好的孩子,我的家访方式就是讲一些在校好的表现,然后让家长感到自己孩子还是有优点的。班里有个孩子家里条件特别不好,家长素质也不是很高,妈妈天天打麻将,如果家访只是告孩子的状,那回家肯定挨揍。但还得让家长知道孩子在学校的情况,还不能让家长打他,所以我就说他在学校集体感、荣誉感特别强,他学习上不好,你如果拿集体荣誉感去刺激他,可能就有效。我就希望家长能保证孩子按时上学,给孩子做早餐,以强化他的荣誉感。这样时间长了,一些习惯一点点养成。……这个孩子的家长可能后来也是受点教育,较为配合,现在经常打电话问孩子的情况,我感觉是家长开始关注孩子了。(ESI－Y 老师－L346－375)

Y 老师对不同的学生采取了不同的家访方式,在沟通的过程中关注不同学生各方面的发展:学习优秀生要爱班集体,参加集体活动,学习成绩不好而有其他优秀品质的学生就从品质的激励入手培养良好的学习习惯。在 E 中学像她这样进行家访的教师很普遍。

学校的教师能够在工作中始终坚持关注、关爱每一个孩子,努力发掘学生身上的闪光点,不因为学生的学习成绩、家庭背景不好而歧视学生。这些都是学校的愿景目标、特别是平民教育的价值观得到分享的表现。

以人的发展为中心是愿景目标背后另外的一个价值观。在学校教师对待学生的态度上,能看到教师这项价值观的认同与实践。一位教师告诉我,她觉得学校的理念更新了,表现就在于考虑学生的发展了,这是以人为本的一种体现。还有教师说要走进孩子的心灵,从学生的角度来考虑工作。

W3 老师：学校有变化，我自己就有变化。以前对教育的看法也不是这样的，以前我觉得老师就是老师，学生就是学生，我觉得我跟以前不一样了，特别是教育的理念。……以前我觉得老师说一就是一、二就是二，不要违抗、违反。老师就是老师，不能乱开玩笑。现在有些事情跟学生商量，哪件事情对，哪件事情不对跟学生一块商量一块说，……（比如）现在初三挺累的，周四下午大会，有几个班级就让学生留在这学习，我也有几次把学生留在这学习，然后有个同学就给我提建议：周四放学，能不能不留我们？我们确实是想休息。本来周一到周五确实很累。我本来是想让他们把作业给做了。我不是必须要留他们，自己出发点是好的，大家相互学习、相互帮助。但是，想想看，学生还是孩子，他想休息，像这样，我就采纳了。以前我不是这样，以前学生一提出来，我就感觉学生怎么这么不懂事。好心好意留你，让大家互相帮助，反过来还给我提意见，不行，你越这样我越留你。这件事情之后，我说周四再也不留了，回家注意安全，回家要学习。……（研：怎么变化的？）我觉得可能有些校长开会说的一些事情。还有就是一些讲座，我们学校经常放一些讲座，看别人怎样做老师。有些时候，我觉得自己当老师不如别人，成天说呀教呀，没有真正走到学生的心灵，站在学生的角度。有时候，我试着站在孩子的角度去考虑问题。（ESI－W3 老师－L83－140）

W3 老师以前认为教师和学生是对立的，教师就是绝对权威，是管理者。后来她尝试着从学生的角度看问题，慢慢地就转变了自己的方式，更加尊重学生，以此为出发点来跟学生进行交往。在这个过程中，学校从校外聘请的专家的讲座和对教师的引导起到了重要的作用。这个过程就是对“以学生为主体”的认同和实践。

W2 老师说当班主任的秘诀是一心一意对学生好。

可以让学生离开父母，但是要让他们觉得没有你不行，诀窍就是一心一意对他们好。我觉得老师和学生应该是有距离的，这种距离应该是：正经事他怕你，平时他喜欢你，不能距离太近了，要有分寸，度非常重要。……原则（上的事）总是不让步，但非原则的总是宽容。……

比如说学业、做人、撒谎，我都是没完没了的。抄作业就是制止不了，因为轻松，可是呢，我会让他不抄。比如，有人监督，就是老爱抄作业的学生给他配一个贴身保镖，一天到晚地盯着他。然后我做的事就是感动他，数学不会我讲讲数学，讲不会的，我请数学老师帮忙。（ESI－W2老师－L28－45）

W2老师当班主任有自己的原则，恩威并济，影响到学生做人、学业方面的事她总是想尽办法帮助学生改正，这样做的信念是对学生的成长负责。学校的价值观得到了教师的认同以后，教师就会在实践中表现出来。这些教师的教育行为都体现出了他们对学校愿景目标的分享。

2. 对学生怀有期待

分享的目标除了包括分享学校的发展愿景，还包括发展目标和对学生的期待。E中学的教师和领导对学生的学习都怀有期待，学校领导和教师都承认学校的生源不好，学生的基础薄弱，但是当面对学校的教学成绩即中考成绩不好的时候，教师不会埋怨学生，而是找自己工作的差距，思考怎样改进教学，不再简单地归咎于学生基础和智商。这表现出教师和领导对待学生始终有期待，虽然是不是高期待还很难判断，但是他们都希望学生的表现能在原有基础上有所提升。

Y2主任同时兼任学校的语文课，他在任教这所学校之前一直在外省市的一所重点学校任教，他认为这两所学校的学生差异很大，但是面对这种差异他认为自己需要调整。

本校的老师，去年被初三的学生气得哭。问题生挺多的，今年特别稳定。我说，学生是一座山，他的状况、知识基础、学生组成，这是事实，就目前来看，你不可能换学生，不可能改变这种现状，只能通过改变自己的认识和方法，来达到让学生发展的目的。我还是用过去的方法来对待现在，显然我要碰壁的，学生是一座山，他过不来，我就得过去。（ESI－Y2主任－L33－39）

L老师在物理教学方面表现比较突出，而且在E中学加入S大学的学校改进项目后，她觉得自己很有提高，但是学生的学业成绩没有提高，她认为是自己教学方法的问题。

现在唯一我说不好的就是我那成绩，现在没有到我最辉煌的时候，我原来班的物理成绩都是在H区前20名的，但我现在达不到了。我的低分率、优秀率、及格率都能超区里的，但我现在找不到了。但我又不能埋怨学生，好像个人的教法上还要再调整调整。（ESI－L老师–L272－275）

无论是Y2主任还是L老师，都能显示出教师对学生是有期待的，不觉得学生不可教而认为自己没有找到好方法。教师们如果都从自己的教学上想办法，那么说明他们始终对孩子有期待，有信心。

3. 分享的学校发展目标——有待强化

虽然E中学在2007年制订了学校发展的目标，但是学校成员对学校发展的目标并不十分清晰。如果说分享的目标是教师个人目标与学校发展目标相结合的产物，那么E中学的学校发展目标不及愿景目标那样深入人心。

E中学在三年发展规划中制定了学校发展的总体目标：

坚持学校办学目标，着力建设"咱们"的文化，烘托学校文化氛围，强化教师自主成长的意识；坚持教师发展、学校发展的理念，引领教师走专业化之路，提高学校的内涵可持续发展能力；坚持锻造一批有影响力的学科教学骨干和学科带头人队伍，以名师创品牌，提高学校竞争力。力争在干部教师队伍建设、管理水平、教学质量和素质教育整体水平上不断提升。

转变教育观念，主动接纳平民子女入学，关爱每一名学生，保证让所有的在本校就读的学生都能在原有基础上提高，努力在生源数量和质量上获得较大改善。

学校办学硬件条件达到《北京市中小学办学条件》的标准；教职工福利待遇再上新水平。（ESD－4－L82－88）

对于这样的一个发展目标，领导、教师是否有认同感呢？Y1主任认为学校发展规划很重要，但是对于学校的发展目标，她承认没有完全记下来，

（学校发展规划）屡次在班子会上讨论过，……那我想这个问题是什么呢？就是没有把学校领导的意图转变为老师的思想。（ESI－Y1

主任－L33－37）

由此可见，Y1 主任还是认为学校发展目标的制定更大程度上还是反映了校长的思想而没有将教师个人的目标和学校发展的目标结合起来。

就这一问题，W 副校长指出：

……但我现在对于我们学校的再发展到底是一个什么清晰的（目标），最起码让我觉得有奔头，……我希望学校有这么一个（目标）。比如我们明年招生，要达到什么程度，那我们现在就要做工作了。比如我们就想招 6 个班，那我们就要动员所有的老师，我们就要全力以赴，把现在的教育教学工作做好，有吸引力，……不要嫌弃学生，别一听差生就说差生咱别要了，太困难了，哪有那么多好学生等着上你这呀，不可能呀。……我希望下一步学校的发展能让所有的老师、所有的干部心里清楚。清楚了学校的发展，就要找自己的定位，自己做出什么贡献。如果大家对自己的工作有清晰的定位，那工作肯定能有起色。（ESI－W 副校长－L806－817）

由此可见，学校的愿景目标并没有很好的转化为学校的发展目标。首先，如果按照 W 副校长的希望，那么学校发展目标应该是相对具体的，能够指导学校成员进行工作的。也就是说应该发展一个短期的目标让学校成员的工作都聚焦于此并不断朝向愿景的实现而努力。其次，如果要学校成员能够分享学校的目标并朝着这个目标去努力，那么学校的目标一定要与学校成员个人的目标相结合。正如 W 副校长所讲，让每个人都对自己的工作有一个清晰的定位。学校的愿景目标应该能够具化为教师希望在学生身上实现的目标（Leithwood, et al., 1999）。学校发展目标是学校愿景的具体化，当愿景为广大教师所认同的情况下，如何将其转化为学校发展的目标并与教师个人发展的目标结合起来是学校改进工作需要处理的一个问题。正如 Anderman 和 Wolter（2006，引自 Leithwood & Beatty, 2008）所指出的那样，当学校成员的动机和行为在更加具体、及时的目标上达成一致，才能使学校成员朝着学校的愿景前进。

二、E 中学如何建立分享的目标

在处境不利的学校里，对于领导者来讲，最重要的一件事就是和学校成员一起建立价值观和愿景(Harris & Chapman，2002)。E 中学的学校领导在使愿景目标和对学生有期待被教师所分享的过程中，起到了重要的作用，并且运用了一些具体的策略和实践。这些策略和实践包括：在全校范围内发展德育；促进学校成员的共同决策；愿景目标的情境性；校长的引领；校内宣传强化学校的愿景目标。

首先，学校在 2000 年左右提出了"发展德育"的策略，这就为愿景目标的提出奠定了良好的基础。学校最终目标是要成为一流初中、成为让人民满意的学校。愿景目标阐述了学校未来要创造的图景和实现图景的价值观，价值观主要突出了两点：平民教育和以人的发展为中心。将平民教育和以人的发展为中心的理念植入学校成员的内心，学校主要通过发展德育的策略。

学校面对生源的具体情况和教师对待学生的态度，提出德育应该先于教学。这就意味着教师不能因学习成绩的差异而排斥学生，教育始终要促进人的全面发展，因此教师需要关注每一名学生的发展。校长认为，面对这样的生源，培养他们做人是关键也是首要任务，在此基础上才能促进学生的学习。

> 先教育后教学，先习惯后成绩。就是重点我们要先教育孩子做人，要懂得如何做人，在此基础上我们抓学习。什么是我们的教育重点？先注重给孩子立规矩，培养好习惯，然后再谈学习成绩。……平民教育就是这样。(ESI－Z 校长－L192－198)

因此 E 中学办学策略的原则是：坚持以德育为首，教学为中心，……让每个学生都获得充分的发展(ESD－27－L14－16)。校长提出：

> 在对学生实施的全部教育过程中，要注重实施素质教育。在对干部教师的要求中，要始终坚持"民主、平等、尊重、理解，关爱每一个孩子"，要让所有的孩子喜欢老师，喜欢学习，喜欢班集体，喜欢学校，使每一个孩子都能快乐地学习、健康地成长。(ESD－50－L26－30)

将上述发展德育的思想付诸教师的实践既需要途径也需要时间。因此学校从 2000 年开始提出"发展德育"的策略，随后通过"全员德育"的途径实践这个策略。德育往往被看作是班主任的工作，但是 E 中学提出全员德育以后，就引导任课教师参与到德育工作中，要求任课教师要以人为本，以学生的全面发展和个性的健康发展为本，要能够结合教学挖掘教育内容，并能够在教学中抓住教育契机。所以他们所说的“全员”包括：年级组长、班主任、全体任课教师、行政人员、校工、保安、家长、社区。

2004 年 3 月，学校展开了“坚持教书育人　努力转变观念——开创学校课堂德育新局面”的研讨会，当时就要求教师：

> 1. 加强理论学习，转变教育观念，建立育人意识，提高自身修养；建立“以人为本”、“以学生的全面发展和个性健康发展为本”的意识；在工作过程中做到尊重学生人性、人权、人格；尊重学生间的发展差异，遵循教育原则、教育规律和学生自身成长规律。同时要求教师教学语言行为必须符合新课程改革理念的要求，（杜绝对学生不尊重）杜绝违背师德要求的言行，严禁讥讽、挖苦、体罚或变相体罚学生；（摘自学校计划）
>
> 2. 结合教材，挖掘教材中潜在的教育内容；
>
> 3. 结合教学过程中的活动现象，抓住契机，进行随机教育和养成训练。（ESD－44－L38－56）

在进行全员德育的工作中，德育主任改变了以往只培训班主任的方式，改为对全年级任课教师的培训。因为她考虑到，班主任不是固定不变的，有可能某些教师今年不是班主任但明年就成为班主任了，因此她改变了以往的工作方式。

全员德育的途径使每一位教师都关注学生的成长，而不仅局限于班主任。教师们在工作中应根据学生的特点慢慢关注德育，因此才有了 W3 老师说要走进孩子的心灵，从学生的角度来考虑工作；W2 老师说当班主任的秘诀是一心一意对学生好等等。从 2000 年到 2007 年的 7 个年头里，学校的德育工作已经有了成效，无论是从学生的表现，还是从班主任工作的描述中，都能看到学生、教师发生的变化。学生在学校生活中焕发出崭新的精神面貌：热情礼貌，有朝气，诚信，自律，热爱班集体，学习过程中能团结互助。教师们则在教学过程中发现应该先德育后教学，以班风带学风。在班主任工作中始终坚持关注、关爱每一个孩子，努力发掘学生身上的闪光点，不因为学生的学习成绩、家庭背景不好而歧视学生。教师在实施德育的过程中，由于看到了学生身上发生的变化而认同了学校的德育工作进而认同了学校的愿景目标。

其次，在愿景目标制定的过程中，促进学校成员的共同决策。在 E 中学愿景目标的形成过程中，教师也参与了决策。2006 年 11 月，E 中学召开了“学校建设现状诊断分析和发展策略研讨会”，会议的目的是通过对学校近年来发展历程及发展现状的分析，研究学校发展的成功经验和薄弱环节，研讨今后学校和教师队伍可持续发展的策略重点，寻求学校发展的突破点，确定学校发展的愿景。学校要求教师运用 SWOT（强弱机威）分析法，以学校管理和教师队伍建设为重点，以学校不同发展阶段的重点变化和教育教学过程中的真实故事为案例，梳理盘点学校的发展历程和发展现状（ESD－2）。

为了这次研讨会，学校从 9 月份就开始准备，布置了题目让大家思考。在此过程中，全校所有教师都参与了讨论，全校成员共同为学校未来发展途径献计献策，研讨会生成了学校发展的愿景目标，正式文件随后被教师代表大会通过。

可以说学校发展的愿景目标是学校的领导者和教师共同参与制订、决策的结果。这个结果不仅包含了学校领导者的期望，也包含了教师对学校未来发展途径的展望。正是因为教师参与了决策，所以学校发展的愿景目标比较容易在学校内获得认同和分享。

此外，校长的引领促使教师和校内的其他领导者对学生始终有期待。校长言明自己的学生观，并以此来影响教师。校长要求教师不要埋怨学生，要对自己的教学工作进行研究，找出问题的根本原因。

> “不言学生差，积极想办法”，我们学校是忌说学生差，……我们着重看孩子的优点。（ESI－Z 校长－L783－784）

Togneri 和 Anderson (2003)的研究中也同样发现，在学校改进成功的学区中，学区领导的共同特点是承认学生的学习成绩差，但是主动寻求解决办法。

最后，在形成共同愿景的过程中，学校领导者通过宣传的形式来不断强化教师的认识。比如，在学校每周四下午的全体教职工大会上，校长以讲座的方式不断宣讲他对教育的认识，从而影响教师。

三、T中学分享的目标的建立

分享的目标包括分享的学校发展愿景、发展目标和对学生的高期待。T中学在进行学校改进的过程中，形成了分享的学校发展目标和对学生的期待，而分享的学校发展愿景则有所欠缺。

1. 分享的学校发展目标——内涵发展、美术特色

T中学在加入了S大学的学校改进项目以后确定了学校的发展目标，就是“突出内涵发展，提升学校办学质量”（TSD－26－L70－72）。所谓内涵发展是指形成高效的管理团队、突出的教师专业化发展成效、以师生发展为本的校园文化、鲜明的办学特色、持续发展的能力（TSD－55－L11－13）。由此可见，学校的发展目标集中在管理团队、教师专业化发展、校园文化、办学特色和持续发展五个方面。在这五个方面中，学校坚持“以教师专业发展促进学校内涵建设的发展思路，立足学校真实情境，以校本研训为主渠道，促进教师的发展。”（TSD－29－L7－9）

学校领导和教师对学校发展目标的认同与分享主要集中在两个方面：其一，认同学校美术特色的办学目标；其二，促进教师的专业化发展。这两个方面基本上是学校发展目标的重点。W3主任认同学校的发展目标，她说：

> 学校订出自己的办学目标：2003年定美术为切入点，美育的突破口。我们的理念就是，以美辅德。……学校发展的目标我觉得绝对可以用校长这几句话来说明，每个学期学校得有工作思路：内涵发展、管理创新、搞好特色、树立形象。（TSI－W3主任－L258－265）

教师认为学校在关注教师专业发展方面的目标比较明确。Y老师说：

> 我觉得学校在课堂优化上、老师发展上是非常明确的。优化课堂教学，充分利用40分钟时间。不提倡早晚补课，因为觉着一个好老师就应该通过自己的课堂出效率，出结果，……但是，针对不同的学生可能达到不了的时候，要自己想办法，要去补。还有一个教师个人的发

展，特别鼓励教师个人的发展，上公开课、去外面学习、参加一些活动，都大力支持。（TSI－Y 老师－L502－507）

校长和书记对于学校发展目标的理解非常一致：强调办学特色，强调持续发展。

J 校长说："我觉得我刚开始时定位就是，头几年就是一个稳定，正常的教育教学能开展，大家能够越来越凝聚，这是最初的一个目标。然后稳定一段时间以后，你必须得发展，你不发展，大家就会对你失去信心。最终显示出来的就是成绩。这一段我们要保持相对的稳定提高。现在就是一个发展提高。这个发展的速度我觉得跟以前是不能比的。因为那段可能会有一个显著的发展，但发展到一个平台，因为就是这样一个综合的条件，再大幅度不可能了，所以我们就是稳定提高吧。还会往前走，但在成绩上可能不会再有大的变化，但是很综合的、细节的东西会越做越好。……我们学校现在定位就是一个特色鲜明的初中校。"（TSI－J 校长－L946－963）

书记同样认为："我们就想在同类初中校当中，我们要走在前面的，办出自己的特色，就是咱们的美术特色学校。……未来两三年我觉得应该是稳步提高，但是基于学校的生源状况，咱们必须得面对现实，咱们不可能往前进得太多。"（TSI－S 书记－L554－560）

由此可见，校长和书记对学校发展目标的理解就是根据自己的实际情况，学校要能够稳定提高，同时兼顾学校的美术特色。至于教师和中层领导的理解则大多集中在美术特色和教师专业发展层面。

上面的描述足以说明学校无论是从领导还是教师基本都能够对学校的目标有一个比较清楚的认识。当然在访谈的过程中也有几位教师并不是很明确学校的发展目标，比如有的教师认为学校的目标就是保住生源：

反正最低标准你得让学生来这学校吧，学生不来，将来这学校怎么办呀？你要让学生来，让家长信服，你是不是中考率各方面得上去呀，说白了，这都是挺实际的，家长说什么看软件、硬件，你不是最终还是看这些东西吗？（TSI－S 老师－L342－345）

那么到底学校是否形成了分享的目标呢？在建立分享的目标的过程

中，为组织确立目标是重要的，同时如果学校的个体成员能够将这种组织的目标转化为自己的行动就更加重要(Leithwood & Beatty, 2008)。也就是说，如果这些目标都能在教师的日常工作中得到体现，那么就可以说这些目标已经为大家所接受。

从2002—2003年至2007年的这段时间中，如果从教师在日常工作中发生的巨大变化看，在"教师专业化发展"和"办美术特色学校"这两个层面，学校成员是达成了分享的目标的。

首先，学校的发展目标是促进教师的专业化发展，希望教师在教育教学等方面有提升。经过四五年的发展，学校60多名教师中，有40多人承接公开课没有问题了(TSI－J校长－L236)，X老师认为近5年来，大家不怕上公开课了，大家都互相听课、互相评，而且都争着上公开课，这是学校的一大变化(TSI－X老师－L360－362)。这说明教师从封闭走向了开放，从不自信走向了自信。

X老师说，近两三年她开始做研究了，能写文章了，开始转变自己的观念去做一个享受型的教师，将教学过程当作一个享受的过程。在这个过程中，她又开始转变自己的教学观念：

> 将音乐课程中的基本理念同促进学生自主、合作、探究、创新的学习过程融合起来，通过提高开放式的、趣味性的音乐学习情景，激发、引导学生对音乐的好奇心和探究欲望，使欣赏能力、表现能力、审美能力得到全面提高。(TSI－35－L50－53)

Z1老师则从关注教师的教转向学生的学，并且带领整个教研组一起探讨如何实现从教到学的转变，以促进学生的学习成绩的提高。Z2老师则对语文学科有了新的认识：教师不是教那些知识而是让学生能够运用母语表达感情。

所有这些都体现了教师已经将自己的发展融入到了工作中，她们每个人都或多或少地在学校改进策略实施的过程中获得了发展，并且这个过程仍旧在继续。因此可以说，学校促进教师专业发展的目标已经在教师的身上体现出来，他们对教学的理解、对新课程观念的把握都是自身发展的展现。因此从这个意义上来讲，教师已经将学校的目标转化为了个体的目标。

其次,"办美术特色学校"也是学校发展的目标,这个目标也能够具体落实在学校的美育校本课程中。W3 主任负责这一课程的开发,她个人不仅在这个课程开展的过程中发生了改变——在开展活动的过程中更关注学生,而且也使音乐、体育、美术、劳动技术课的教师参与到了校本课程的实施中。X 老师认为,正是领导确定的这个目标使音乐课更受重视了,她自己也在教学中感受到了愉悦:

> 我们学校上美育课唱校园歌曲,整个学校都唱起歌来,这种东西真的能够带来愉悦,我再辛苦我能感受到愉悦,学生、老师都很愉悦。校长都很激动……(TSI－X 老师－L169－171)

学校的目标由于具体化到了教师个体的工作中,因此在教师专业化发展和办学特色这两个方面达成了分享。

2. 对学生的期待

T 中学的生源从严格意义上来讲并不优秀,这从学生入学的成绩可以看到,还可以从学生刚入中学的表现中体现出来。但是,教师不会埋怨学生。

> 我们学校的有些孩子不知道学习。可能他们家庭背景也很复杂吧,也挺可怜的,这种可怜也造成很多老师很讲究方法,讲究策略,就是你得让这个孩子爱这个班集体,爱这个老师,爱我的学科,然后这节课情绪我就调动起来,他才跟着你走。我是这样子,但我觉得我们学校有一部分老师都有这种共性。所以我觉得我们学校老师这方面挺能的。(TSI－Z3 老师－L231－237)

Z3 老师对自己和对同事的评价表现出 T 中学教师在积极想办法让学生学习。她没有使用"学生差"的评价,而用了"可怜",这个评价有对学生家庭背景的理解,也有对学生的理解。她认为,"没有教不好的学生,只有不会教的老师"。显然,这体现了教师始终不放弃学生,对学生的学习有期待。

W2 主任更明确地讲:"从来这个学校开始我就是这个观念,让我教的,就是这样,就是这帮孩子,我就得用我的方法教育这帮孩子。"(TSI－

W2主任-L448-449)她说:我从来不损学生,用心跟他们交流。有一个学生过生日,我提前写好了信给学生,希望能感化学生。学生的反馈是希望能好好学习报答老师(12月20日田野札记-L309-311)。这个学生的成绩并不好,但她采取了多种方式来影响学生。

3. 学校的愿景——校长的表述

T中学的发展目标非常清晰,而且也能在一定程度上得到教师的认同,但是T中学欠缺关于愿景的正式表述。校长认为自己身上肩负的责任促使她动脑筋工作,这份责任是她的支撑点。实际上这份责任也是她对学校发展的一个愿景:

> 我知道自己肩负的是什么责任,最基本的责任就是保证这些孩子能顺利毕业,根据不同的孩子保证有不同的发展;对待教师最基本的责任是能保证全校老师们最基本的、和他成长有关的需求。(TSI-J校长-L270-273)

关注学生的成长、每个孩子的发展需求以及教师的发展和需求是她对自己工作的描述也是对学校发展的愿景。也正是这样的愿景使学校的发展目标定位于教师的内涵发展等方面。但是,这仅仅是校长一个人的愿景,并不是全校成员共同的愿景。

四、T中学如何建立分享的目标

T中学的学校领导在促使学校的发展目标实现分享、让教师对学生有期待的过程中,起到了重要的作用,并采用了一些具体的策略和领导实践促成目标的分享。

首先,学校的领导者切实采用一系列策略推动"教师内涵发展"的实现。这些策略包括承办大型活动;选派教师外出学习;发展性教学评价面谈;课堂教学改进行动;教研组职能的转变等,这些策略都对学校发展目标的分享起到了促进作用。由于这些策略我们将在第七章(学校改进中的教师专业发展)进行详细论述,因此,在此只列举"承办大型活动"一例来展示这些策略对促进"教师内涵发展"的影响。

T中学在2002—2003年之前一直处于封闭的状态,教师们"一听上公开课全都躲”(TSI－S 书记－L223),就算是学校安排了公开课,老师们既不愿发表意见也不愿意接受他人的意见。这种状况显示出教师的封闭性,也显示出教师没有主动发展的意识和愿望。就在这种情况下,领导者开始敞开校门承办全国性的大型活动。

学校最初承办的活动是在 2003 年 11 月举行的一个全国性教师发展研讨会。来自全国的 70 名同行走进 T 学校进行听课、研讨、分享等活动。在这次研讨会上,学校一次性推出了 7 节公开课。以此为开端,在这以后的几年中,学校一直抓住机会承接类似的大型活动,包括 2007 年 3 月学校作为第一所接受初中建设工程验收的试点校,接受了市区领导的督导。同年 9 月又承接了一个某高校举办的教师专业发展的交流会,来自全市的 200 多人参加了现场交流会。此外,校长还将一个校长培训班的许多校长请进学校参观学校的教研活动。对于承接上述活动,J 校长认为:

> 在这几年的学校发展过程当中,是学校和上级共同承办一些大型活动,……让老师在活动的舞台上有一个展示,这对老师是很重要的。有这样一个展示的机会,教师得到的是一个自信心的提升,外边对学校是一个认可。对学校整体的发展也是一个推动。(TSI－J 校长－L161－164)

在这些大型活动的过程中,有的是需要学校的教师展示课堂,有的要展示教研活动,有的需要展示科研成果。教师们就在一次一次准备和展示的过程中,建立了信心,点燃了热情。目前学校的情况是教师争先恐后地参加类似的活动,展示自己的课堂,提升自己的教学实践。

其次,学校领导者尽量为教师创造机会。学校领导者为教师创造各种机会进行专业发展。以“承办大型活动”为例,当承办了大型活动以后,学校领导会让尽可能多的教师参加到活动中,也就是尽可能地多提供机会给教师。比如 2003 年学校的第一次大型活动,当时学校里有信心展示机会的教师也就是两三个人,但是校长就和 S 大学的教授商量,希望能多让一些教师参加,结果一共有 7 位教师进行了展示。校长的观点是“老师的展示就是在课堂,所以就要给他展示的机会”。(TSI－J 校长－L229－230)

此外校长促进教师观念的转变,并且提供精神上的支撑。仍旧以“承办大型活动”为例，学校在承办活动的过程中，学校领导尽量与教师沟通，努力转变教师的观念。这种观念的转变就是将展示的过程看成是自我改进的过程，而不是受到评估的过程。校长是这样说的，也将这种想法付诸实践。

J校长说在承办大型活动的过程中，她觉得自己做出的努力之一就是促进教师观念的转变。她告诉教师：

> 不要把各种检查当成一种负担，……一定要清楚，其实你把检查做主动，定位好了，你感觉就不一样了，咱们应该怎么去定呢？就把检查当做一次逼着自己梳理总结自己工作的机会，而且在梳理总结的基础上要有所调整，然后再迎接检查，把检查当成展示工作的机会。（TSI－J校长－L198－202）
>
> 当时一下子定了7节课，都是30多岁的中青年老师，当时难度特别大，有一个数学组长还有一个化学老师准备一段时间以后，被外来老师指出了他们课的很多问题，……回过来以后化学、数学、外语的老师都哭了，认为上不了课了。我就对他们说，……其实哭的过程就代表成长的过程，因为哭是你们知道了自己还有很多不够的地方，……要是自己认为挺不错的，在这个过程中没有看到自己的不足没有找到差距，那就没有任何意义了。我说没关系，只要这段时间跟专家一起研究课，又能知道自己在哪方面有不足，又能在这个过程中悟出一些教学的东西来，我说甭管课上到什么样，这就是你们的收获。（TSI－J校长－L178－187）

校长在这个过程中给教师以精神上的支持，不是用公开课的成败得失来评价教师而是切切实实地为教师成长铺路。

再次，学校领导者在学校树立导向。她们通过对教师的表扬和鼓励在校内树立了一种导向。这种导向就是，学校大力表扬那些勇于和乐于进行展示自己教学实践的教师，表扬那些在展示中获得成长的教师，并且为这些教师提供更多的学习机会。这就告诉教师们学校支持什么样的行动，从而在学校形成了一种导向。

此外，校长的引领促使教师和校内的其他领导者对学生始终有期待。

这种引领表现在学校领导的要求，比如，学校在 2007—2008 年的教学计划中，明确规定“参加学习和培训的老师把好的理念选择合适的方式向老师们传达交流。”（TSD－16－L51－52）这其实就是希望教师能够在学习的过程中，取长补短、为我所用，而不是埋怨生源不好。校长提出学校之间客观条件不同，不能简单类比，这个客观条件包括了生源的质量，因为学校不可能改变生源，所以就希望教师能够通过学习运用更好的策略进行教学。

以前我们开始开教学分析会报告什么的，有的教师就说，我的成绩不行，问题多，都是学生问题，基础不好，来源不好。但我们一点点引导，告诉他们学生就是这样的来源，基础就这样的基础，问题就这么多，你怎么办？你能通过你教育的策略手段工作让他改变了，那才是关键。（TSI－J 校长－L897－902）

最后，学校发展美育课程促进了“办美术特色学校”的目标的分享。2003 年 T 中学被批准成为 F 区唯一的一所美术特色学校，学校领导者共同制定了特色教育的目标：一方面抓美术特长教育，另一方面“以美术为切入点，以美育为突破口，以美辅德，以美益智”，以特长带特色，促进学校发展。美术特色与学校美育的有机结合就成为学校的新定位。（TSD－33－L62－66）但如何将美术特色融入到学校的其他活动当中呢？领导们一起研究，最后决定发展学校的美育课程。

正式确立美育为学校的一门课程是在 2004 年，学校领导特别是政教主任作为课程开发负责人，设定了课程目标、课程内容、课程实施和课程评价。课程的总体目标是：1. 培养学生的审美情趣；2. 提高学生的整体素质。课程内容包括美育讲座、社会实践、主题教育、参观、展板、艺术欣赏、美育格言集锦、名人名言赏析活动等形式。从服饰仪表美、语言美、环境美、心灵美、音乐美、劳动创造美等方面对学生进行教育培养，课后还要进行反馈和答卷。每周 1 课时，40 分钟。课程评价的方式是：1. 通过对学生的常规养成教育的月检查评比，落实教育的实施情况，对班级进行评价。2. 评比环境示范班、公物示范班、课间操示范班、免检班等来促进群体的发展。3. 评比文明礼仪之星、节能标兵、美术学习的优秀学生等推进优秀个人的发展成长。进行课程实施的教师主要是学校的美术、音乐、劳动技术课、体育课等几位教师以及校外聘请的礼仪教师等，此外学校还聘请了著名画家担任名誉校长和学校美育课程的指导专家。(TSD－34)就这样，学校通过一门校本课程，调动了多学科教师的参与，当教师看到学生行为规范、学习态度的变化的时候，都认同了学校美术特色学校的发展目标。

第三节　个案研究对分享的目标建构的启示

一、分享的目标的形成能够促进学校改进

两个案例中学在不同层面上实现了分享的目标，E 中学在学校的发展愿景上达成了一致，T 中学在学校发展目标层面上达成了一致。此外，两所学校都形成了对学生的期待。无论是愿景的分享还是目标的分享，抑或对学生的期待，所有这些都影响着学校改进，特别是教师的教育观和学生观。

E 中学在发展愿景实现分享的过程中，确立了学校未来发展的图景和价值观，从而使教师的教育观念和学生观发生了转变。教师认同了平民教育，不放弃每一个学生的理念，从以往“损学生，挖苦学生”、“不接纳困难学生”转变为关爱每一名学生。从以往埋怨生源、将学生的学业成绩低下归咎于学生转变为努力提升自己的教学实践，从以往以教师的权威为中心转变为以学生的需要为中心，从而使每一名学生都在原有的基础上有所提升。

T 中学则在发展目标实现分享的过程中，确立了学校发展的重点，促进了教师专业化的发展和学校美术特色的形成。教师在实现专业化发展的过程中，已经将学校的发展目标转变为个人发展的目标，从以往封闭、不愿公开教学实践的行为转变为争先恐后地展示自己的教学实践；从以往埋怨学生转为寻找自己的教学实践的问题。学校的教师和领导者还一起开发、实施美育校本课程，并在看到学生的变化后，进一步认同学校的发展目标。

由此可见，无论是发展愿景的分享还是发展目标的分享，都对教师的

教育观、学生观产生了重要的影响。可以说教师的教育观和学生观对其教学和学生学习的影响是重要的。在这两所相对薄弱的学校中，学校分享的目标的形成都与教师的改变密切相关，而学校希望教师所达成的这种改变其实目的最终都指向学校的教与学，特别是学生的发展。值得注意的是，这些策略的实施在学校都经历了一段时间，并不是立竿见影的。由此可见，教师对教育观、学生观的改变决不是朝夕之功。如果学校的领导者希望在校内实现目标的分享，还需要考虑采取相关的具体措施促进学校成员对目标的认同，最重要的是促进教师看到这些策略对他们教学的帮助，使他们看到学生的转变。

二、通过具体的策略实现目标的分享

两所学校制定的发展愿景或者目标都不是一纸空谈，不单单是文件中的口号，并且两所学校都通过具体的策略来促进目标的分享。Bainbridge(2007)在她所在的学校创造分享愿景的实践中也提出，在愿景目标制定以后，就需要将其由目标变为实践，而这个过程需要采取一系列的行动。在本项研究中，E 中学和 T 中学也经历了同样的过程。

E 中学在 2000 年左右就提出了“发展德育”的策略，这就为愿景目标的提出奠定了良好的基础。经过 7 年的发展，学校教师看到了发展德育对学生的重要性，同时也看到了这个策略的实施对自己教学的影响。“发展德育”的策略需要教师关注每一个学生、关注学生的全面发展，教师在面对生源变化的过程中，逐渐实施这个策略，并且看到了学生身上的变化。因此教育观和学生观发生了变化，逐渐认同了学校愿景目标背后的价值观。此外，E 中学还采用了共同决策的策略，让全校成员参与到学校愿景发展的过程中来。这个策略在既往西方的研究中被证实是一项有效的策略(Bainbridge，2007；Leithwood et al.，1996b 引自 Leithwood，et al.，1999)，在 E 中学同样取得了良好的效果。这主要是由于在共同决策的过程中，学校成员能够将自己对学校和对个人的发展愿景展示出来，从而让同事之间、教师和领导者之间加深了解，在解决分歧的过程中达成对学校未来发展的共识。

T 中学同样采取了一系列具体措施促进学校发展目标的分享，当学校采取了不同的策略进行教师专业化发展的时候,其实就已经将教师个人的发展目标和学校的发展目标相结合。这正如 Leithwood 等人(1996b,引自 Leithwood, et al., 1999)的研究发现一样:成功地促进学校发展目标达成共识的学校领导者都会不断地鼓励教师建立自己的专业成长目标,并且在这个过程中持续地与教师交流他们的目标。此外学校还积极“发展美育课程”,并以此促进了“办美术特色学校”的目标的分享。在发展美育课程的过程中,学校领导者和教师参与其中,当他们看到学生身上发生的变化的时候,也就认同了这项发展目标。

由此可见,无论是实现分享的发展愿景还是发展目标,都需要依靠与之相适应的策略切实将其转化为教师的具体实践。只有通过实践,教师亲身感受到了它们为学生、教学带来的变化才能认同学校的发展目标或者愿景目标。

三、愿景目标的制定要基于学校的具体情境

Fullan (1991,引自 Leithwood, et al., 1999)指出,学校的愿景目标应该是对学校希望解决的问题的真实反映,而不是一个理想化的对每个学校都适用的指导性表述。

E 中学在制定愿景目标的过程中,正是践行了这个原则。学校有三分之一甚至一半的学生是借读生,入学成绩也在 H 区处于下等水平,教师不愿意接受学习成绩不好的学生,由于学校近年来的生源主要是择校以后剩下的学生,因此教师的情绪、效能感也较为低落。在这种情况下,学校领导根据自身生源和师资的情况提出了平民教育、以人的发展为中心、促进内涵发展这样的愿景目标。学校提出的平民教育的理念促使教师不放弃每一个学生,从而对每一个学生都有一定的期待,目的是使每一个孩子都能接受良好的教育。教师们对学校价值观的认同进而使其对学生有一定的期待,即不放弃任何一个学生,让每一名学生都有进步。

T 中学的生源同样面临着和 E 中学类似的情况,但不同的是,学校因为特色校的缘故能够招收一批学业成绩比较好又有美术特长的学生。由于这些学生不是借读生,所以在一定程度上,生源情况要稍好于 E 中学。即便是这样,由于历史原因,教师和领导者都比较封闭,教师不愿开放自己

的课堂，也不接受他人的意见，教师埋怨学生的情绪也较为严重。领导者也同样因为没有自信而不愿意与外界交流。针对这样的情况，新校长上任以后首先打开了校门，强迫教师开放自己的课堂，采用多种方式促进教师的专业化发展。与此同时，学校进一步发展了美术特色学校的目标，以此来逐渐发展学校的特色，促进学生全面发展。

由此可见，无论是愿景目标的分享还是发展目标的分享，学校都应该根据自己的实际情况确定发展的优先次序和重点，并以此为突破口促进学校改进。

四、在促进目标的分享过程中，学校领导者起到了重要的作用

Leithwood 等人（1996b，引自 Leithwood et al.，1999）的研究显示，在帮助学校成员达到目标共享的过程中，学校领导者是一个重要的资源。在促进目标实现分享的过程中，学校领导者通过各种领导实践推动目标的形成和分享，这些实践包括：为教师创造机会、在学校树立导向、通过宣传的形式不断强化教师的认识。

T 中学的学校领导者积极为教师创造能够促进教师专业成长的机会，促进教师开放自己的课堂。同时还鼓励、表扬那些勇于开放自己课堂的教师。这些行为就在学校树立了一种导向，让教师将自己的发展目标与学校的发展目标结合起来。E 中学的学校领导者则在各种场合不断强化学校的发展愿景。

五、校长的引领在促进目标的实现过程中起到了重要作用

两所学校的校长都发挥了引领作用，包括促进教师观念的转变、促使教师和校内的其他领导者对学生始终有期待。两所学校的校长都言明自己的学生观，要求教师不要埋怨学生，积极对自己的教学工作进行研究，找出问题的根本原因。两所学校的校长还有一个共同的特点：他们改进学校的目标不是改变生源，而是提升教师的能量。这更符合学校改进的初衷，即无论生源如何，在校内努力建立完善的机制，促进学校自我改进的能力。

六、在学校改进的过程中，应该关注三个层面的分享的目标的建构

从两所学校在建构分享的目标的过程来看，两所学校都只在两个层面建构

了能量，E 中学表现在对分享的发展愿景和对学生的期待两个层面，T 中学表现在对分享的发展目标和对学生的期待两个层面。E 中学由于欠缺对学校发展目标的分享，而使学校成员觉得没能将个人的目标和学校发展的目标结合起来。T 中学则缺乏分享的发展愿景，校长对学校的发展愿景没能转化为全校成员的愿景，教师对学校文化的认同较为欠缺。从两所学校来看，缺乏的层面都或多或少影响到了学校的发展，因此在学校改进的过程中，应该关注分享的目标三个层面的整体建构。两所学校共同的地方就是都形成了对学生的期待。这就使得教师能够关注学生，关注他们的学业成就。

第六章

学校改进中学校领导的能量建构

第一节　领导的定义与学校领导的重要性

一、领导的定义

关于领导的定义有很多，人们总是根据自己过往的经验、当前的境况以及未来的期待而从不同的角度看待领导(Duke, 1996)。面对众多的关于领导意义的探讨，Yukl (1994, pp.4－5)指出："在领导研究的领域中，尝试解决对领导定义的争论既不可行也不必要，像社会学的所有建构一样，领导的定义是随意的、非常主观的。可能有些定义比其他的更加有用，但是绝对没有一个'正确'的定义。"由此看来，选取一个对研究有用的定义似乎是更实际的做法。所以本书将"领导"一词放在学校的情境下来考虑并进行界定。

本书认同 Leithwood 和 Levin(2005)的观点，给领导赋予一个一般的定义。因为如果过于详细地对其进行界定，很可能就将其意义变得琐碎而更加不容易理解。领导就是指引方向(direction)与施加影响(influence)。指引方向是为学校确立一个被广泛认同且有价值的方向；施加影响是指鼓励学校成员朝向广泛认同的方向行动(Leithwood & Levin, 2005)。当考虑领导的定义的时候人们总是将其与组织的改进联系起来，具体地讲，领导就是要为组织确立一个被广泛认同且有价值的方向然后以行动激励或支持人们朝着这个方向努力。

对于这个概念，Leithwood 在不同的文章和研究中均有论述(如：Leithwood, 2007; Leithwood, et al., 2006a; Leithwood, et al., 1999),

他认为指引方向和施加影响是众多领导定义中均体现出来的核心元素。首先他将“领导”和“管理”相比较,从而突出领导指引方向的特点。管理通常是产生秩序和一致性,其目的是稳定,而领导则产生建构性的变革,其目的是改进。在一个组织中,领导的主要影响就是使组织朝着一个被认同又有价值的方向进行变革。因此帮助组织成员确立一个受到广泛认同且有价值的方向是领导的一个重要特征。此外,目前有很多学者提出不同的领导类型,如教学领导(instructional leadership)、革新型领导、道德领导(moral leadership)、参与型领导(participative leadership)等。这些不同类型领导的一个共同特点就是通过不同途径对组织施加影响。如教学领导就是通过提升教师课堂教学的效能来促进学生的成长;革新型领导则希望通过发展教师实践来提升组织持续改进的能量。由此可见,不同类型的领导其目的都是为组织带来一定的影响,只不过影响途径的重点不同。

这样一个一般性的定义其实界定了领导的核心特点,因此在探讨不同类型、不同领导角色的时候都可以用这个定义来理解。在学校改进的过程中,校内不同人员往往扮演不同的领导角色,包括由校长、副校长等人员组成的校级领导者,还包括教师领导者,他们在学校改进过程中发挥的影响也往往不同。

二、领导的重要性

(一) 学校领导的重要性

就学生的学业成就来讲,学校领导是学校成功的核心元素(Murphy, 2007),而学校改进的最终目的恰恰是提升学生的学习成就。Leithwood等人(2006b)回顾了近年来的实证研究,总结出学校领导之所以如此重要的原因。由于这些领导研究主要集中在校长这一角色的身上,主要是指出校长领导的重要性。这些研究主要分为五类:

第一类是质化的案例研究。这些研究基本上是对一些不寻常学校的研究,比如特别优异的学校或者是特别糟糕的学校。这些研究显示出学校领导不仅对学生的学业成就有重要影响而且对一些学校条件也有影响。如 Reitzug 和 Patterson (1998 引自 Leithwood & Beatty, 2008)的研究发现,校长是通过关爱学生和赋权来影响学生的学业成就的。但是这些研究欠缺的是外部效度和普遍性。

第二类是大型的对学校领导总体效能的量化研究。主要体现在Hallinger和Heck（1996a，1996b，1998）所做的研究，他们的研究显示出校长领导对学生的学业成绩的直接和间接影响的总和虽然很小，但在教养领域有显著性。这类研究显示课室的实践对学生学业成就的影响更大。

第三类也是大型的学校领导影响的量化研究，但它并不检视学校领导的总体效能，而是观察一些具体的学校领导的实践对于学生学习成绩的影响。比如Waters、Marzano和McNulty（2003）的研究就检视了1970年代以来大约七十项实证研究，发现校长的二十一项具体责任能够影响学生的学习成果。

第四类是检视学校领导对学生学习投入感（engagement）的影响。因为学生的学习投入感与学生的学习成就密切相关。因此大概有十项大型的量化研究关注革新型领导对学生学习投入感的影响，结果发现前者对后者有积极的影响。

第五类是关于校长连任的研究，这类研究关注校长的连任或离职与学校改进的关系。Murphy和Meyers（2008）的研究显示，挽救一所垂死挣扎的学校的重要策略之一就是任命新的校长。

这五类研究都不同程度地显示了学校领导对学生学业成就的影响。如果从学校效能和学校改进研究的视角来看，这五类研究则可以分为两大类：学校改进视角下的领导研究；学校效能视角下的领导研究。质化的案例研究发现了学校领导不仅对学生的学业成就有重要影响，而且对一些学校条件也有影响，学校改进恰恰是关注学校应对变革的能量的增强也就是学校改进条件的创建，从而提升学生学业成就。所以说这类研究属于学校改进视角下的研究。其余四类大型的量化研究都可以归纳到学校效能的视角下。他们侧重探究学校领导与学生学习成果特别是学习成绩之间的关系，这类研究为进一步探讨学校改进中的领导实践提供了相当充足的知识基础。首先，正是由于确定了学校领导对学生学业成就具有重要影响，才使得学校领导的研究具有重要意义。其次，学校领导是怎样影响学生学习成就的；通过哪些因素产生的影响；对学生学习的哪些方面能够产生影响等问题的回答都为学校改进中学校领导的研究奠定了基础。

（二）教师领导的重要性

近20年来，教师领导的发展可以分为四个阶段。第一阶段，教师领导的产生促进了学校组织结构和教学职业特性的重塑。第二阶段，随着赋权和放权等策略在教育变革中的流行，教师领导促进了决策分享和参与式管理的形成。第三阶段，教师领导则从关注管理逐渐走向了对教学技能的关注。最后一个阶段，教师领导则被认为是一个促进所有教师投入到学校改进工作中的核心元素（Murphy，2005）。由此可见，目前教师领导在学校改进中的作用越来越突出，而且不断有研究指出教师领导在学校改进中的重要性（如 Barth，1988；Datnow & Castellano，2003；Smylie et al.，2003 引自 Murphy，2005）。

不同的研究都显示，教师领导者在促进学校改进过程中，主要从事的工作都与促进学校的教与学相关。一方面，教师领导者努力将学校层面的工作和课堂层面以及教师的专业发展工作建立联系。教师领导者在了解了学校改进的相关原则以后，通过与同事协作，努力将学校所建议的变革策略与教师课堂的教与学建立联系。通过这种协作，也为教师提供了专业发展的机会。教师领导赋权于教师，建立教师对变革的拥有感，让教师感到他们个体的发展是学校变革的一部分，而且教师领导还可以促进教师之间合作文化的形成。

另一方面，教师领导者在员工发展活动和课程与教学中承担责任。教师领导者是重要的专业技能和信息来源，他们可以通过寻求外部协助、资源和专家意见来帮助教师提升专业。此外教师领导者需要与教师建立密切的关系，从而使大家能够互相学习，促进专业社群的形成（Harris，2003；Murphy，2005）。

三、学校领导的角色

如果从领导的定义来理解，领导者的角色不一定是我们传统理解中的校长，Hallinger (2003)、Hopkins 和 Jackson (2003)都认为领导的功能不一定只有校长能发挥，校长不是唯一的领导者。如果把改进学校的努力局限或聚焦在校长一个人的身上将会消解校长的功能（Cuban，1988，引自 Hallinger，2003）。因此有研究开始探讨学校改进中中层领导的角色（如

Brown，Rutherford & Boyle，2000)，以及教师领导(teacher leadership)(如 Murphy，2005)和分散式领导(distributed leadership)(Spillane，2006;Lambert，2003)的角色。

在本书中，当谈及学校改进中学校领导的能量建构时，根据目前我国内地学校领导的实际情况，学校领导的角色主要指：学校领导团队(学校领导班子)和教师领导者(领袖教师)。因为无论是学校领导团队还是教师领导者都在学校改进的过程中起到重要的作用。

研究显示，在学校改进过程中，校长不是唯一的领导，其他领导者的加入和参与也可以对学校改进产生影响。学校领导团队不仅重要而且更加适合现存的学校结构(Mclver & Dean，2004)。学校领导团队通过提高问题解决能力、专业关系的发展等因素对于校内的教与学起到重要的影响(Chrispeels，Castillo & Brown，2000)。此外，他们在塑造学校文化的过程中也有着重要的影响(Lucas，2001)。

结合目前内地中学的实际情况和本书中的两所个案学校的特点，笔者发现在学校改进的过程中，学校的领导团队或“领导班子”往往起着重要的作用。学校进行教学以及相关事务商讨的时候都是由行政班子会完成，而行政班子会的参加者就是学校的领导班子。这个领导班子通常包括校长、书记、副校长、教学主任、德育主任、总务主任，有的学校也包括教职工工会主席。因此本书在讨论学校领导的能量时，首先会论及学校领导团队所建构的能量。其次，近年来在学校改进的领域，越来越多的研究开始探讨教师领导(teacher leadership)的重要作用(如：Harris，2003b；Murphy，2005)。在分析了 13 个教师领导的定义以后，Murphy(2005)指出，教师领导有两个核心的成分：一是代表了一种愿景；二是一种建立关系的工作。其目的是带动组织的参与者一起朝目标前进。这与我们前面所讲的领导的涵义基本上是一样的，只不过在这个过程中，教师领导者与学校领导者的区别在于：他们不会建造学校的愿景；他们对他人的影响是通过鼓励、合作等方式完成的，通常不会使用比较强烈的方式，如指示、告诫等。

因此作为一个教师领导者，Murphy (2005)认为其工作主要有两个方面：其一，帮助其他的同事，主要是指与同事建立积极的关系并促进同事间的合作活动,更核心的工作是榜样的示范作用(role modeling),即为他周围同事的发展提供榜样;其二,促进学校改进,主要是指教师领导者在学校的管理工作、员工发展活动和课程与教学中承担责任,其中的管理工作主要是与提升教与学相关的管理服务。教师领导者要能够了解学校以及个体教师的专业发展需要并且能够满足这种需要,进而对教师的发展进行评估,此外还要通过自己的行为为其他教师展示出专业发展的重要性。教师领导者还应该是一个课程发展者,他们能够积极地投入到课程改进的工作中,并通过这三种主要的活动促进学校改进。

第二节　E中学和T中学学校领导的能量建构

结合中国内地学校以及本书所呈现的两所个案学校的实际情况,本节将领导的能量建构分为两个层次进行论述。一是学校层面,即学校领导团队的能量建构;一是教师层面,即教师领导的能量建构。

一、学校领导团队的能量建构

(一) E中学学校领导团队的能量建构

1. 学校领导团队和谐关系的建立

在工作中,E中学的学校领导者之间建立了和谐的关系,这种和谐的关系是启动学校改进的基础。和谐关系表现为人际关系、情感的融洽。以往由于领导班子的工作没有沟通,成员之间不和谐,互相闹意见。经过几年的发展,E中学领导之间的和谐关系不仅影响了教师之间的关系,也对学校氛围起到了重要的影响。

H区在2007年对初中建设工程的实施进行了一次形成性评价,主要是通过问卷调查的形式完成的。在对全校教师的问卷中,显示出学校教师对学校工作环境是相对满意的,而且大多数教师认为学校有和谐的关系,有健康、积极向上的风气。

表 6.1　教师对学校氛围评价

	很符合%	比较符合%	不太符合%
对学校工作条件和校内生活环境满意	46.9	50	
在学校工作，我心情舒畅	47	47	5.9
学校人际关系和谐、健康	55.9	44.1	

由此可见，基本上全校的教师都认同学校和谐、健康的人际关系和氛围。例如 W2 老师觉得学校挺和谐的，并且认为领导和谐了，底下就和谐了（ESI－W2 老师－L530）。这足以说明学校领导在人际关系方面的示范作用，学校领导之间的人际关系好、情感融洽对教师是一个重要的影响，为学校氛围的营造奠定了一定的基础。

2. 学校领导团队成员能够协同工作

"协同工作"是指学校领导成员之间能够针对具体工作任务进行配合，从而更好地完成任务。但在这个过程中，学校领导团队的每位成员并不一定清楚学校发展的目标，对此目标也不一定完全认同。以往 E 中学的领导团队之间没有合作，自然教师的工作也就形成了各自为政的局面。在这种情况下，学校的工作无从展开，发展更无从谈起。经过几年的发展，学校领导者之间能够协同工作，从而促进了学校改进工作的开展。E 中学领导班子的组成主要是校长、副校长和中层领导，他们之间的协同工作基本上是指校级领导和中层领导，以及中层领导之间的相互合作。这种相互合作打破了以往部门之间不沟通、不和谐的状态。

比如针对校长的决定，Y2 主任认为协同统一是重要的。他表达了对校长决定的理解和自己工作的定位。

> 我一般地不会在公开场合驳回对方的观点。除非属于一般性的事，大家讨论的时候，各抒己见，……都是为了做好工作，考虑问题的角度不一样而已。不应该发生冲突，毕竟目标是一致的，而且是一个团队，而且他（校长）是团队的队长，我是团队的打旗的。为了完成任务，必须协同统一，我得首先服从领导，在此基础上完善这件事情。（ESI－Y2 主任－L468－486）

Y2 主任将领导班子看成是一个团队，在服从"领导"（校长、副校长）的基础上表达自己的意见,其目标是为了做好工作,在这个过程中,能够看到领导班子成员之间的相互理解。

此外,中层领导之间也能够协同工作。比如德育处和教学处之间的工作也开始慢慢融合,相互关注。

> Z副主任:像这届班子,这次评教评学,过去只是一个,就是教学,老师怎么样,课堂教学怎么怎么样。现在就将教育教学融合在一起了。Y1主任比较忙,主要是我设计问卷。这不就是由过去不自觉、各管各的,到现在我们的意识越来越加强,主动地把这些工作做起来。……我也是对班主任工作的关注从不自觉到自觉。……谁都离不开谁。不是班主任的工作就是Y1主任的事,我就管教学的事,我们觉得这两个真的分不开,必须绑在一起。(ESI-Z副主任-L132-144)

虽然E中学领导团队成员之间的协同工作更偏重对校长决定的服从和执行。但是这种协同工作能够促使领导在实施具体的工作中相互配合,从而推动一些具体的学校变革策略的实施。比如Z副主任提及的“评教评学”其实是学校为了深入理解学生的学习生活、教师的教学情况和班主任工作而进行的一项新的尝试。由于有了德育处与教学处领导成员之间的合作,这项工作在设计、实施的过程中进展顺利,而且为学校领导团队的成员对学生的学习生活等方面的情况搜集到丰富的资料。

3. 管理方式的变化——抓重点、成系统、有创新

学校改进的过程中,学校要了解自身的需要,安排学校发展工作的优先次序,要努力做到抓重点、成系统、有创新。E中学在改进的过程中,领导团队的管理方式由以往面面俱到但面面不能到的情况转变为能够按照学校的需要安排学校的发展重点。成系统是指学校领导所进行的相关工作能够围绕学校发展的重点进行安排,从而形成一个系统,也即学校的工作具有一致性。有创新就是能够变革原有的管理方法,以促进教师专业发展为宗旨,采用新的方法进行管理。

在管理方面,Y1主任认为学校近年开始抓重点工作了,而不是面面俱到了,同时也认为学校开始关注教师的发展、教师领导的发展进而到部门

的发展。

> 他(校长)对学校发展前进的目标或规划原来也制定,但我觉得制定得要么是太大,要么就是太空,要么就是太实,实就表现为就是完成几个工作。而像这种学校发展要抓重点的时候,我觉得那时是抓学校全面了,但没抓重点。……这反而拖累这个学校。……要抓重点,首先就来抓青年教师。其次,抓骨干教师,再往下走的话,我们其实现在抓的是什么呢?现在宣传的是一种校园文化。这个文化,我觉得,我们校长提的特别好,青年教师、骨干教师,我们现在抓教研组文化。(ESI－Y1主任－L227－283;L204－207)

由此可以看到,中层领导非常了解学校改进工作在不同阶段的重点,这样一来,Y1主任的工作就能和学校发展的重点相配合。

L教授是S大学负责E中学学校改进的学校发展主任,从2006年4月进入E中学工作,到2007年底有一年半的时间了,他看到学校领导的管理在发生变化。他举了以前和现在的例子进行对比:

> 过去一到学校,就感觉到,没什么章法。我说没章法,不是说他们没有要求,都有,但都是在那摆着,没有深度。(ESI－L教授－L78－80)

而现在教学处的工作,他就觉得更加有系统了:

> 我谈的一些想法,这一年多在Z副主任那里都能得到体现,……当我谈到有条主线,我们现在应该主要考虑什么,这一年我们应该着重什么事情,她能按照这个想法去做。只要在这一段时间,她始终强调这件事,把所有的事都能纳到这个系统里来考虑。……Y1主任做德育现在也是这样有线索了。那么从这一点讲,我觉得管理发生了很大的变化。(ESI－L教授－L322－328)

Z副主任也觉得目前学校的教学管理工作成系列了:

> 就是主题更明确了。比如这学期,咱们重点抓教学的反思,那就通过月考你怎么去反思、期末你怎么去反思,更具体,更细致了。教研组的工作也是一个反思,期中以后还有一个教研组汇报工作的反思,汇报的过程中就给他搭平台,让他去反思。……这次期中试卷分析,

就让他以教研组为单位,语文就研究初三的试卷,我们一块研究,给教研组长搭平台。改变过去大家你说、我说,说完了就完了的现象。(ESI - Z 副主任- L343 - 349)

在管理方式上的创新,Y1 主任举了例子:

比如说,过去是写教案、查教案,后来是查教学反思,查教学反思就能看出教师对课的琢磨和理解。……然后看到老师整体构架能力不行,就举行板书大赛,就是给老师一个很好的展示。我们就用这一个一个的活动促进老师的发展。(ESI - Y1 主任- L609 - 612)

E 中学以往对教师的教学进行评价的时候,通常使用问卷和通过听教师课的方式进行,2007 年第一学期,学校改变了以往的评价方式,通过与学生座谈的方式进行评教评学。

其实,学校领导在进行创新工作的同时,我们也能从这一个个事例中看到他们工作思路的变化,这些都显示出领导者希望通过这样的活动帮助、引领教师的发展,进行评教评学也是希望对教师做全面的了解,而不是因为一堂课的成效否定或肯定一个教师,这些都体现了领导者的工作更加以促进教师发展为目标。

(二) E 中学如何建构学校领导团队的能量

E 中学的领导班子从人际关系不和谐,工作中没有沟通、合作,各自为政,发展到领导团队成员之间情感融洽、和谐,在工作中协同工作并且对学校的管理方式进行了较大的变革。这些能量的建构非朝夕之功,也需要领导者们共同付出努力,表现在以下六个方面。

第一,学校领导团队结构的调整。

在前文(第四章第一节)对 E 中学的情境介绍中,提到了 2001 年学校干部队伍的调整,最主要的变动就是副校长主管德育和教学,同时兼任工会主席,校长兼书记,其他的领导在 1997 年的基础上没有改变。也就是说这届领导班子的大部分成员从 Z 校长上任到 2007 年一起工作了 10 年。2007 年,学校对领导班子进行了又一次调整,Z 校长称之为“蛇蜕”,认为是相对“痛苦”的。因为年龄、性格的原因,他是比较求稳的(ESI - Z 校长- L364),而这次调整的幅度比较大,所以这次变革对他来讲是相对痛苦的。

这次不仅在人员上进行了调整，而且在部门设置上也作了变更。更换了新的德育主任Y1，Y1主任此前作了两年的校长助理。教学主任是从外地进京的特级语文教师，在E中学已经工作了一年半。前任教学主任现任副主任，前任教科研主任现任教研员。总务主任改为一个新调来的年轻人。在领导班子里加入了团委书记，以前团委书记不是领导班子的成员。校长、副校长保留原职。此外是部门设置的变更：政教处改为学生德育处；教学处改为教学研究发展处（含原教科室工作）；总务处不变。新处室的名称体现了学校关注点的变化：学生德育处，关注学生；教学研究发展处，关注研究。教学研究发展处的职能也相对有了新的定位：强化教学管理，淡化教务管理。它的主要职责是：常规教学管理、教学指导、教科研指导、教研组文化建设、教师专业化发展、组织校本培训等。（ESD－18－L34－37）

这样调整的目的是什么？Z校长较为详细地作了解释：

> 我们的每个干部应该能独立深入地开展工作，能够引领工作、推动工作、促进工作，并且为群众信任和拥戴，这是目的，但现在还远远不够。但毕竟比过去老班子具有了基础，过去老化，最年轻的50岁，现在比原来降低了7岁。……我调整班子是希望把学校领导的管理工作做得更好。……几年前我提出一个口号叫“三个加强”：加强领导、加强管理、加强思想政治工作。……首先加强领导的自身建设，自身修养，加强领导班子的自身建设，加强领导干部的自身建设。然后再加强对全校的领导，指的是上级对下级的领导，包括学校的计划能力、执行能力，运筹能力、协调能力。加强管理，是每一级都要加强管理，……各部门有各部门的管理者……加强思想政治工作，是要加强树立一个正确的舆论，正确的风气。……其实思想政治工作是一种感情。（ESI－Z校长－L851－885）

Z校长强调，调整领导班子的初衷是希望把学校领导的管理工作做得更好。就是学校领导要有领导能力、管理能力和思想政治工作能力。领导和管理能力强调层级观念，每一级都要对自己的工作负责。思想政治工作更多地是强调情感的沟通。他认为情感上有沟通了，工作上的交流就更加容易了。

这次领导团队的调整实际上是将几位年轻的骨干教师提拔为学校领导者，目的是希望干部队伍年轻化及提升领导团队的领导力。此外变革了部门的职能，突出了学校发展关注的项目。最后校长对学校领导团队的成员提出了新的、更高的要求。这一切都促进了学校领导团队和谐关系的建立、工作的一致性和管理方式的变革。

第二，领导团队决策方式的民主化。

Y1 主任和 H 团委书记都认为，在展开学校工作的时候，校长能够给她们一定的空间。这种空间让她们觉得能发挥自己的能力，同时校长也比较尊重她们的意见。但决策的民主化并不代表校长放弃了决策权，而是决策的过程更加民主，更加尊重中层领导的意见。

学校的工作基本上都是由学校行政会决定，校长、副校长和中层领导一起商讨，然后在基本达成一致的前提下进行工作。领导班子决策方式的民主化促进了学校领导团队的成员在工作中形成协同性。中层领导对工作先有设想和计划，在此基础上领导团队的成员共同决策，即便是在某些决定中校长拥有最终决定权，但因为中层领导参与了整个过程，所以能够尊重校长的决定。

第三，校长给予中层领导者一定的支持。

校长对中层领导工作的支持表现在对工作中出现的错误的宽容，并且校长能够帮助中层领导完善她们的工作。Y1 主任说："我们校长挺包容的；再有一个，支招。"(ESI－Y1 主任－L914－916）这种支持也包含了对中层领导者的尊重和信任。因此来自校长的支持促进了领导团队和谐关系的建立。

第四，中层领导之间能够和谐工作，促进了领导工作的协同性。

虽然教学处、德育处、总务处分管学校不同的工作，但是他们在工作中能够互相考虑、共同完成学校的工作。比如学校组织"生评教"的工作，目的是了解班主任和学科教师的工作，本来班主任工作属于德育处，学科教师属于教学处，但是教学处在设计问卷的时候就考虑到如何评价班主任的工作，这就等于帮助德育处完成了这项工作。同样，德育处的主任也经常思考教学工作，思考德育如何配合教学工作。以往学校各部门之间没有沟通，现在学校中层领导之间的和谐工作关系使得他们在工作中能够彼此考虑、相互沟通。

第五，学校领导与S大学的学校发展主任密切合作，积极参与学校改进项目的活动，促进了管理方式的改变。

学校在制定学校发展规划的时候接受了L教授的建议，从而制定出优先发展教师的策略。在教学处设计工作的时候，Z副主任说L教授的帮助很大，比如教研的系列化要有一条主线，这些都是得益于L教授的指点。针对这点，L教授也提及，他的工作之一就是希望对学校管理产生影响。在双方的密切合作之下，学校管理方式由以往面面俱到转变为突出重点，由零散的工作状态发展到成系统，在这个过程中，学校开始采用多种方式促进系统的工作更有成效，即注重了工作方式、策略的创新。

第六，校长的示范作用。

校长是个学习者，他用自己的行动感动着其他领导。

> 我觉得校长挺让我感动的，……那么大岁数了，他个人的人格魅力，早来晚走，他很少闲着，完全是一种工作的思考学习，这点特别让我敬佩。……要知道一个老校长能这么不断地学习、思考，是非常难能可贵的。(ESI－Y2主任－L178－183)

(三) T中学学校领导团队的能量建构

T中学领导团队的能量建构表现在五个方面：学校领导团队的自信心增强；学校领导团队和谐关系的建立；学校领导团队工作的一致性；学校领导团队善于利用数据解决学校问题；学校领导团队发展、开放的意识增强。

1. 学校领导团队的自信心增强。

T中学的领导者在学校改进的过程中，首先建立了自信心。以往由于学校的成绩不好，学校领导者也没有自信。他们既不愿意开放学校也不愿意开放教师的课堂，更不对外宣传学校。但是从2003年末，在承接了大型的教研活动以后，学校领导看到了学校教师的变化，教师的教学能力获得了提升，学校领导的自信心就增强了。

W教授是S大学派到T中学进行学校改进工作的学校发展主任，在谈到学校领导变化的时候也认为，通过这些大型的活动，学校领导者：

> 第一是有自信，第二他(学校领导)就会真的是打开自己。他是把

自己体现出来，而且他会说，你给我提意见吧，随便怎么提，他是真的。（TSI－W教授－L142－144）

2. 学校领导团队和谐关系的建立

在T中学，学校领导团队的成员之间建立了和谐的关系。和谐首先是情感上的融洽，当然这种融洽也表现在工作中能够相互合作，能够听取不同意见，这些都有利于工作的顺利开展。

和谐的关系既是指情感的融洽，也是人与人之间的相互尊重。在T中学，校长和书记之间首先建立了融洽的关系，她们在工作中相互尊重，这主要表现在学校工作的决策方面能够互相聆听彼此的意见。此外，互相关心、支持各自负责的工作（详细内容可见下文，J校长－L130－139；TSI－S书记－L531－546的访谈内容）。除了校级最高领导之间建立了融洽的人际关系，校级领导和中层领导之间也形成了和谐关系，下面是笔者在T中学的观察：

中层领导和书记、校长有一些工作上的交流，可以看到她们之间的人际关系比较好。他们相互之间称呼名字，不会加一个行政的称谓，而且讲名字的时候只讲名不讲姓。这从一个层面反映出他们之间人际关系的协调。（10月23日田野札记－L23－25）

这种和谐关系不仅表现在人际关系的协调，还表现在工作中的合作。这种合作是可以表达不同意见的合作。

我们开行政会的时候，大家谁有好的建议，我们都会采纳。我们有时自己都说，咱们的个人能力都是挺平庸的，……有事大家一起商议、一起做，绝对比一个人要做得好，所以在我们这个领导班子里面，个人英雄主义的人很少。大家都希望，能够互相给建议、互相补台，大家共同去完成。（TSI－J校长－L630－636）

T中学领导班子所召开的行政会都能够体现出这种合作的状态。领导团队成员开会的内容全都围绕学校的工作层面，往往是提出问题进行解决，解决的过程就是大家商量的过程。在这个过程中也有不同的意见，但是大家都能够表达出来。

下午两点，我跟校领导一起开行政班子会。这个会的目的是总结期中以前的工作，并安排期中以后的活动时间等学校工作。……开会的情况是我第一次整体看学校领导班子的配合。……两点印象深刻：补课问题，校长坚持不补课；学校管理制度的制订，教师上课没有教案就应该罚钱。在这两点上大家的意见不一致，最后没有决定。但是主任和副校长都能各抒己见。（11 月 14 日田野札记－L118－158）

无论是什么问题，大家都能表达自己的意见，可能有的问题在会上没有达成一致，但是这并没有影响大家各抒己见。

3. 学校领导团队工作的一致性

“工作的一致性”是指学校领导团队的成员清楚地了解学校发展目标，并且认同这种目标进而进行工作。每一位成员的工作都朝向发展目标的实现，相互之间有良好的配合。T 中学的领导班子就表现出：能够为了共同的目标进行改进工作，在实施的过程中没有分歧。

L 副校长说：“班子要商量好了就一块往下推。比如，主任有时候开体育老师的会，让我们去那我们就去。班主任会也是，让我去我也去。班子需要互相配合，需要拧成一股劲，这样老师感觉他必须要这样做，不是说这是某某校长说的，那是某某校长说的。所以说这体现集体的意志，校长、副校长，包括中层，教育教学，包括后勤，要是教育教学有什么事，后勤都参与进来，是一股合力。所以班子在学校发展当中起了非常关键的作用，我跟 J 校长说过，现在的班子是一个最佳的组合。大家工作是累，但合作比较愉快，完事之后大家觉得有成效。”（TSI－L 副校长－L191－197）

如果学校领导对某一件事形成了决议，那么大家在执行的时候一定是共同进行，不会显示出任何分歧。这是一股合力，也是工作的一致性。

在 T 中学，工作一致性还体现在每一个部门都知道在学校改进中肩负的任务是什么，大家拥有一个共同的目标是学校发展，并且将焦点始终聚焦在教育教学工作中。

一个学校领导层和谐与否，最关键的就是校长和书记的工作关系，这两个位置如果关系处理不好，学校可能就不能获得发展。在 T 中学，校长和书记在谈到二人工作关系时的内容非常一致,而且都认为她们之间的关系对学校的工作非常关键,所以她们之间的工作也呈现出高度的一致性。

J校长说:"首先上边要正,我和书记没有矛盾,就不会让底下的人产生问题。如果上边不和,底下人不好判断,……对他们的行动肯定有影响。因此我和书记保证绝对一致,一致到什么程度?首先从我这讲,因为学校毕竟是以行政管理工作为主的,即校长负责制嘛,但我无论从姿态还是实际行动对书记都是绝对尊重的,这个尊重体现在:开班子会的时候,商量一件行政工作,比如我先说了我的态度和想法,但书记如果表现出和我不一致的地方,如果觉得她说的有道理,我不会觉得尴尬,我一定会改正自己的观点。我对书记尊重,配合得非常好。包括她到底下,她也对老师说,我对校长是百分之百支持的,只要她说的、决定的事即使有些偏差也会跟她一起去做的。我们两个互相的这种姿态行动让大家觉得我们是抱团的。最上层的领导是没有分歧的。大家下面少了很多琐碎的事。"(J校长-L130-139)

书记说:"因为是校长负责制嘛,所以我是尊重校长的意见,我要摆正自己的位置。有的学校,书记就干自己的事,什么党员学习、发展党员、调动职业思想政治工作、监督学校的工会、教代会等等,一些边边沿沿的工作,就是起到监督和保证的作用。J校长有什么事情也愿意商量,……有什么问题,我们都及时商量。所以教学的工作我也参加,……支部这边的工作,她都参加,出主意、找党员谈话,都参加。但比如行政工作、行政会、全体大会,就是校长主持,但支部这里就以我为主。……因为好多学校都发生书记校长矛盾的事情,从我们俩来说,坚持一个原则,老师们不会说出对方的不是。"(TSI-S书记-L531-546)

其次就是整个领导班子都能够在工作中为了共同的目标努力。比如T中学的每个新学期的教学计划都是在上一个学期末制定的,这和许多学校的做法不同。T中学这样的一种做法会给中层领导带来困难,即学期的期末是学校各个部门最紧张的时候,这样无形中就加重了中层领导的工作量。但T中学的中层领导认为这样做对学校的工作是有利的。

每个学期期末的时候都要把下个学期的教育教学计划搞出台。

不是开学初再出，因为出台以后，老师可以利用假期的时间去准备。包括我们德育的活动安排，都是上学期期末就要做出来。做出来之后，快放假的时候，就开相关的会，像教研组长会、班主任会，把这些计划提前征求他们的意见，也是在布置工作，然后开学后可能有些地方再调整一下。如果开学后再做这些，等于假期里老师就没有什么目标了。(TSI－W3 主任－L193－199)

虽然学校教育教学计划制订的时间不同，但是从学校的角度，他们能够将下一阶段学校优先发展的工作与教师沟通，教师也能够通过学校的教育教学计划将个人的工作与学校的工作结合起来，关键是学校和教师都获得了一定的时间来考虑学校和个体的发展。在这个策略实施的过程中，中层领导和校级领导者的工作呈现出了高度的一致性。

4. 学校领导团队善于利用数据解决学校问题

T 中学的学校领导非常善于利用学校的数据，并且将所有数据的分析结果全部用来解决学校改进中的问题，问题的解决又顺理成章地促进了学校的改进。这种数据包括很多层面的内容：诸如评价面谈的访谈数据，学生的学业成绩数据，教师对教研组工作的意见的数据，学生对校本课程的意见等等。她们运用这些数据来解决问题，从而促进了教与学的提高。

比如 T 中学经常根据不同的主题召开研讨会，在研讨会之前，她们会设计问卷进行前期调查，然后在研讨会上就这些数据进行研讨，并集体商量解决办法。如在 2006 年底召开的“基层组织建设研讨会”，学校就设计了调查问卷，在研讨会上大家就这些问卷中呈现的数据进行解释，并借此对教研组的发展提出了建议。

此外，笔者曾对 T 中学三个年级的学生进行了焦点团体访谈。访谈结束以后，J 校长立即采取跟进工作，记录下相关的数据，可见她很重视学生对学校的态度。然后她马上决定召开行政班子会，学校领导在听了笔者的汇报后，就开始集中解决访谈数据中呈现出的问题。

5. 学校领导团队发展、开放的意识增强

以往学校领导团队不仅不愿意开放学校，更不擅于宣传学校，发展学校的意识不强。经过几年的改进，学校领导团队的发展意识逐渐增强，这体现在两个方面：一方面领导干部有改进学校的渴求；另一方面学校领导自身希望发展。L副校长在T中学做副校长已经有15年了，她历经几任校长，一路看着学校的发展。她认为，一所学校的发展“关键在于校长，关键在于这个班子”（TSI－L副校长－L380－381）。而推进学校改进工作的原动力，就源于学校领导者的发展意识。从J校长的访谈中可以看到这种发展的意识：

其实管理需要你去发现问题，……我觉得在我眼里面，一个阶段要有一件事来挑动大家，在一段相对稳定的时间，要发现常规当中的一些问题。……我们定位就是在中等偏上或者中等（中考成绩），我们的目标就是保在20名之前，如果掉下去了，就说明我们工作没到家……（TSI－J校长－L246－268）

J校长对学校发展的关注是显而易见的，她认为学校的发展工作不能停滞。对此L副校长亦有同感：

因为在F区，我们是个非重点的小学校，前几年成绩也不是特别好，上边关注不到我们。所以只能主动地去求发展，主动去找人家，人家慢慢就认可我们了。（TSI－L副校长－L97－100）

这种发展的意识会促进学校领导自身的学习。L副校长说，领导自身也要发展，各种学习培训，学校领导都参加，要更新观念，否则无法指导教师的发展。

从干部这个角度，包括J校长，我是主抓教学的，我们都是一直参与的（S大学的A项目和学校改进项目），干部参与了，才能有新的意识，……所以干部要有不断学习、不断发展的意识，不管年龄大小，干部意识观念跟上了，你就能带动队伍影响他人，能去做老师的准备工作，……（TSI－L副校长－L13－17）

此外，开放的意识在学校领导的身上也体现得非常突出。她们从2003年末开始不断承办大型活动，不断邀请各种支援到学校进行指导，不断加强校际之间的相互交流、学习。这些都是一种开放意识的体现。

我就感觉到，办学，不能把校门关起来，你得了解别的学校，人家有什么长处，你要沟通、去学习。同时，你要拿别人的东西，你也要开

放自己，人家也需要到你这里来拿。（TSI－J校长－L759－762）

办学要开放，最重要的是校际之间相互学习。书记也认为开放对学校的教师有很多益处，所以一定要开放。

S大学来了以后，我们就感觉，必要的时候宣传一下自己，……给老师也带来了好多发展的机遇。用一个切身的例子来讲，就是区里的教研员如果对老师不了解的话，他就不可能到你学校来听课、认可你的教育教学的工作，如果宣传自己了，从区里教研员那里就有机会知道你、对你认可，你就有可能走出去参加区里的教研活动。（TSI－S书记－L207－212）

学校的开放，还会为教师的发展带来便利、提供机会，也影响教师开放自己的课堂和教学实践，因此领导团队的开放意识促进了教师的发展，也使学校融入到了一个学习网络中。

（四）T中学如何建构学校领导团队的能量

T中学的学校领导团队发展到自信心增加，具有发展、开放意识，善于利用数据解决学校的问题并且朝着共同的目标一起努力工作。这个过程也是学校领导团队建构能量的过程。他们是如何建构这样的能量呢？

第一，学校领导和外部人员建立密切的合作关系。

学校领导不仅和S大学的学校改进项目的人员建立起良好的合作关系，也和各种对学校发展有帮助的人员保持这种关系。在这个过程中，学校领导借助外部力量，支持一部分教师先发展起来，于是就获得了自信。

学校领导团队与S大学进行学校改进工作的人员建立良好的合作关系促成了他们管理方式的变革，即善于利用数据解决学校的问题。学校领导者认为这种利用数据解决问题的特点是受到了大学人员的影响。J校长认为，大学人员，特别是现在的学校发展主任W教授对他们的影响非常重要：一是工作方法上，有研究性质的工作程序越来越浓，有问题去解决、找原因。二是对教育理念、信息的补充，她“视野开阔，给我们的信息多，不但说怎么做，而且将学校成功的例子给我们”（12月19日田野札记－L205－207）。这也从一个层面说明，大学人员作为一个促进者，促进了学校领导者工作方法上的转变。此外，学校在采取一系列措施促进教师专业发展的时候，还邀请了区里教研室的人员为教师的教学实践的提高提供意见（详见第七章第二节）。

第二，领导间的相互尊重促进了领导团队和谐关系的建立，也促进了工作一致性的形成。

因为年龄的关系，校长和书记都给予其他的中层领导极大的尊重，校长和书记之间也互相尊重。这种互相尊重的关系促进了领导团队成员间情感的融洽，人际关系的和谐也促使他们在工作中更加有凝聚力。L 副校长说，她能体会到校长对她的尊重，从而更愿意帮助校长的工作。

第三，校长的表率作用促进了工作的一致性。

J 校长说：

> 事事我首先起表率带头作用……（很多事）我带着他们（中层领导）去做，比方说，教学监控方面，需要听课，我跟着一起去听课，那他们就不得不去听；要做这件事我跟你一起商量，然后你再去做，基本上都是这种工作模式。后来，一点点地，他们觉得我这人也不错，对他们也特别尊重，而且也给他们工作的空间，大家就一点点做起来了。（TSI－J 校长－L117－129）

在推动学校改进的初始阶段，校长带领中层领导一起工作，通过亲自践行学校改进的工作，传达她对学校改进的价值观和理解，这种具体的行动给其他中层领导以示范。具体来讲，校长一直思考着学校的发展，她在和其他中层领导一起工作的过程中，就将这种不断寻求发展的意识传递给了其他的领导者。逐渐地，大家就认同了学校的变革，同时也能够一起朝着共同的目标进行工作。

第四，校长放权于中层领导。

凡是属于中层的工作，校长就会给予足够的空间。J 校长说："我给予足够的权力，绝对相信他们，让他们做事的时候有那种成就感（TSI－J 校长-L121－122）。"这个权力甚至包括职权范围内的财政权，比如学校专门给教学和德育主任一定的资金组织教师外出学习，这个资金是由主任支配的，主任在谈到他们能够利用资金组织教师或者班主任外出时，就流露出很有成就感的神色。由此可见，校长对中层领导的信任和放权，不仅促进了学校工作的一致性，也利于学校领导团队成员合作关系的建立。

二、教师领导者的能量建构

（一）E中学教师领导者的能量建构

E中学教师领导的角色主要是由学校的骨干教师来承担的，骨干教师包括“学科骨干”、“德育骨干”、“教育科研骨干”、“科技艺术教育骨干”、“班主任带头人”。在学校改进的过程中，E中学从2003年之前没有骨干教师、学科带头人，发展到2008年1月[①]学校有市区级骨干教师9人，学科带头人5人，区里的兼职教研员4人，骨干教师占教师总数的50%以上。从数字来看，学校在不断地建构教师领导者的能量。骨干教师的发展不仅表现在教师领导者的专业发展，还表现在骨干教师对其他教师的影响上。

1. 教师领导者的专业发展

教师领导者首先在专业方面获得了发展。以W2老师的成长为例，她在知识、技能等方面有了明显的提高。W2老师是一名英语骨干教师，她认为学校在有意识地培养骨干教师，有什么任务都让骨干教师去做，在做的过程中她觉得自己不断提高。学校对骨干教师培养的一个重要途径，就是让她及其他年轻教师参加了S大学学校改进项目中开设的骨干教师培训，她认为这几年的专业成长得益于这个培训。

> 教学上学了不少东西。也不是学，因为我教的时间也不短了，它好像穿针引线，把我这几年的东西都穿起来了，让我在整理什么东西，那种感觉，让我思考着加以整理，很多方法做法都是以前做过的，但是不知道是什么。……这样一穿，好像一下子就明白了，该怎么教就怎么教。……此外，让我学会跟别人交流了，更善于沟通了。比如，我这次做课肯定是一个忙，三个帮，众人拾柴火焰高。有人帮你，就能做得更精致。应该有这个能力，不那么闭塞地在那做事。要不断地学习，别人提出来了，要不断地改。我们学校主任也给我提，格式啦、要求啦。我也拿去让别人看，觉得挺有收获的。（ESI－W2老师－L109－

① 本来笔者的田野研究是在2007年12月末结束的，但是随后校长、副校长经常将学校的动态用电邮的形式告诉我。所以这个数据是2008年1月的。

120 & L594－610）

W2老师的提升既包括专业知识的发展、技能的提升也包括态度的转变。比如参加培训以后能够理解教学策略使用背后的原因，这实际上是教学论知识提升，而且说课的知识和技能也获得了相应的提升。此外，比较重要的是她能够以认真的态度对待骨干教师的活动，以及在准备课的过程中逐渐体悟到与他人的沟通和交流的重要性，这实际上是一种开放、合作的态度。在学习的过程中她学会跟他人交流了，并且在不断跟他人交流的过程中生成了很多新的想法和内容。

2. 教师领导者能够帮助身边的同事

L老师是一名中年物理教师，H区的骨干教师，她同时也是学校理化生教研组的组长。她获得过H区的物理教学创新奖，这个奖在她之前只有H区的一所重点中学的教师得过，一个普通校的教师能拿到这个奖还没有过先例。她获了奖以后，就开始影响其他同组的教师。

> 我们学校有一个语文老师得了一个语文创新奖，我就把她的文章要过来，结果她没有文章，全部是学生的作品。我怀疑学生的作文作假了，她说不是，从初一教到初三一直练着写，学生的文章写得特别好。……我觉得我的物理也做了好多，比如有时开的物理的小论文会，搞的一些物理的墙报，让学生做的一些小试验。我就把这些资料一个一个积累，都是学生的作品，装订成册，我做了一个说明，……当时H区的创新奖最高奖1000元奖金，当时全区就给我一个。在我之前有某某附中获得过，像我们这种普通校获奖很让人吃惊。……（获奖之后）我培训他们（教研组的年轻教师）。告诉他们怎么做，然后让生物Y老师展示她要申报奖项的材料。让大家看，告诉大家注意哪些。……（ESI－L老师－L154－158，L162－165）（W副校长在2008年4月给笔者的电邮写到：Y老师获得了创新教学奖）

L老师获奖是受到了学校其他教师的影响，她不断思考他人成功的原因，并能为我所用。当她得到发展以后，她要求组内的其他教师也要去想、去做。组内的教师在她的影响下，也申报了教学创新奖。在申报的过程中，L老师能够帮助同事，鼓励身边的同事将自己的教学进行积累，并传授相关的方法,从而使身边教师的专业知识、技能和态度得到提升。

由此可见,L 老师充分发挥了骨干教师的作用来影响、引领、带动身边的老师。Y 老师就认为 L 老师对她的影响很大:

> 我们组长对我很有影响,她总是督促我们做这些事情。然后努力在创建一种组文化,我们组长经常说组文化、学校的事情要出力,等等。组长年龄比较大,威信也很高,方法也挺得力的,反正把我们鼓动得都在努力、拼命地工作。(ESI－Y 老师－L 303－305)

L 老师不仅仅是帮助教师去参与、申报奖项,其行为背后是想建立一种教研组文化,这个文化的建立可以使得大家都努力、拼命地工作。从某种程度上来讲,L 老师已经在从事促进学校改进的工作,她已经将同事个体的专业发展与学校改进的需要结合起来创建部门文化。

(二) E 中学如何建构教师领导者的能量

E 中学从 2003 年之前没有骨干教师,发展到 2008 年 1 月学校 50% 以上的教师是骨干教师。教师从以往的不自信、不积极,发展到成为骨干教师,不仅自身获得发展,还能影响身边同事。教师领导者能量的建构与学校所采取的相应的改进策略和学校领导团队所进行的领导实践密切相关。

第一,学校采用了三项策略建构教师领导者的能量。

第一个策略,学校在 2000 年开始发展青年教师,这为学校出现首批骨干教师奠定了基础。第二个策略是学校在 2003 年开始重点发展骨干教师。第三个策略是学校进行的教研组建设。

2000 年左右,E 中学的青年教师并没有把全副精力用在教学上,没有一个积极向上的状态,恰在此时,H 区"教师进修学校师训部"组织了一个"青年创新性教学模式"研修活动,这给 E 中学提供了和外界交流的机会。当时校长要求全体青年教师参加。研修活动持续了一年多,通过专家教师对年轻教师的培训,促进了教师课堂教学能力的提升和教学观念的转变,同时由于学校之间可以相互听课、评课,这也促进了教师的交流。Massell 和 Goertz (2002)的研究指出,当教师培训集中且持续一段时间(通常是一年以上),并且能够加强教学策略的分享的时候,教师会认为是非常有用的。

E 中学教师参加的研修活动之所以让教师觉得受用，也是由于它符合了教师的需求。

此外，通过研修活动，教师的积极性被调动起来，学校开始出现典型人物。

> 从那时青年教师就开始比教学能力，比教学效果，就开始跃跃欲试了。就由原来被动地学习（有时师带徒也有，但是老的说不动年轻的）转变为开始主动地学习，而且开始出现几个典型人物了，所以 2003 年 Y1 主任（当时她还是教师）就成为了青年学科带头人了。这个学校的变化还是从青年教师开始，它的影响力也是从青年教师开始造出去的。（ESI－W 副校长－L583－586）

可以说，这次研修活动为 E 中学教师领导者的出现奠定了基础，因为学校后来出现的骨干教师大都参加过这次活动。

第二个策略就是发展骨干教师。为什么要发展骨干教师？因为发展骨干教师是学校改进的重点，也是应该优先发展的事项。

> 学校最初薄弱在哪？第一薄弱在学生，学生的情况我们改变不了；第二，薄弱在校园的环境，校园的环境有些我们是能有所为的，有些是没法作为的，……第三个，我们可为的，但确实是我们薄弱的，就是师资。你师资上不去的话，你学校的认可度肯定就上不去。认可度上不去的话，家长一择校，不选你这学校，那生存都出现问题了，不要谈发展了。那怎么能保住生存，……只能从我们教师自身来做文章了。要老师做文章，提高师资，你要大面积普遍来提高，那就眉毛胡子一把抓，抓不过来。那就得有重点地来抓。那要抓重点，首先就来抓青年教师，其次，抓骨干教师……（ESI－Y1 主任－L197－205）

> 到 2003 年出现青年骨干教师之后，我们就想到了，不光青年教师要有骨干，那些 35 岁以上的教师也要形成一个骨干的领军团队，这样才能带着这个学校教师往前走。……以前一个巴掌什么科都抓，所有的老师都去推，可就忽略了骨干教师的作用，其实骨干教师的出现对整个教研组都是促进……（ESI－W 副校长－L588－591、L213－214）

由此可见，学校领导者对发展教师策略的认识是非常一致的，学校要想发展教师，就要有重点地去做，发展骨干教师就是要为学校改进建构适当的能量(critical mass)。

第三项策略是建设教研组。学校在建设教研组的时候强调两个方面：一个是组长的作用；一个是文化的建设。关注教研组长就是关注教师领导者，学校关注教研组建设的目的也是希望教师领导者能够起到示范、引领作用，帮助其他同事，同时也关注学校整体、促进学校改进。

> 因为教研组组长是一个教研组的魂嘛！他是台柱子。他的水平要上不去，整个教研组都上不去。那他在教研组发挥怎样的引领作用，教研组长得思考。现在实际上学校在推着下面一层的领导在思考学校的问题。(ESI - Y1 主任- L234 - 237)

这三项策略在学校发展的不同时段对骨干教师的发展起到了促进作用。不过需要注意的是，这三项策略不仅促进了骨干教师的发展，还对学校教师整体的专业发展起到了重要的作用(第七章和第八章将会对其进行详细论述)。

第二，为了建构学校教师领导者的能量，学校领导团队还想方设法为骨干教师创造各种机会。

这个机会分为两个层面：一，学校领导者提供机会促使教师成为领导者；二，教师成为骨干教师以后，学校还继续提供学习、锻炼的机会，包括外出学习，参加评比，做各级的公开课、示范课等等，甚至这种机会要多于普通教师。这在 2003 年以前的 E 中学是没有的，以前学校教师没有外出学习的机会。此外学校的骨干教师还要做市区级的示范课，这也给教师提供了锻炼的机会。值得一提的是，2006 年以后，S 大学专门设立了骨干教师系统培训班，这也为学校的教师提供了很多机会，因为这个培训是分学科的，因此很多学科的教师都有机会到 S 大学参加培训。有骨干教师就认为自己的提高和这些机会的提供是密切相关的：

> 就是因为学校给我提供的机会，我才有机会学习，要没有学校给我提供的机会，哪有这些收获和成果？因为我们学校有这些机会的时候，都让我去。我觉得挺荣幸的。……在教学上，要说进步，这一年进步是非常大的。(ESI - W2 老师- L123 - 136)

第三,在发展骨干教师方面,学校从 2003 年开始建立了一系列规章制度。

学校建立的规章制度包括:《关于建立校级“骨干教师”制度的意见》、《“学科骨干教师”评选办法》等。这些规章制度规定了评定骨干教师的条件程序和奖励办法,制度的建立引发了教师的热情,因为制度规定的都是专业条件,是体现一个教师的能力指标,不具有感情色彩。教师认为,学校制度的规定让教师认识到,只要能够达到这些硬件要求,你就能成为骨干。从制度上让人看到希望了。

> 虽然骨干教师是少数的,但骨干教师的标准和条件是适用于所有老师的。必须让所有老师都知道骨干教师的标准是什么。希望老师都能朝着骨干教师的标准去做。如果能做到这些,你就是骨干教师了。而且我们也宣传,有的时候,一个先进教师是大家评选出来的,可能里面感情色彩更浓一些,老师干得挺苦的,那今年就评他吧,有些情感在里面。可骨干教师的标准都是硬性的东西,科研程度、教学质量、创新成果,……感情色彩要淡,干得再苦,不够标准也不能成为骨干。我们也总宣传这个,所以现在我们的老师当骨干教师的热情挺高的,成为老师的目标。所以我觉得我们这种骨干教师的评选制度建立是很必要的。(ESI-W 副校长-L621-629)

为了使骨干教师的引领、示范作用得到凸显,学校在 2006 年加入 S 大学的改进项目之后,就进一步制定了《北京市 E 中学关于骨干教师学年“零成果”问责规定(试行)》(2007 年 5 月)。这个制度进一步规定:“学年内无显著成果要说明原因,认真进行自查反思。未尽骨干教师职责的,在下一个年度不再享有‘骨干教师’称号,年度考核不得评为‘优秀’等次。”(ESD-43-L21-23)

第四,提供条件,在校内宣传骨干教师的优秀经验从而展现骨干教师的示范作用。

2007 年第二学期,学校启动了 2007—2008 学年教科研系列活动,这次活动就是请两位骨干教师现身说法,讲述他们成长的经历。W1 老师讲述了如何进行教学反思,W2 老师则讲述了班主任工作。W1 老师做完交流，就有教师把她的材料借走翻看，看一看每次的反思是怎样写的。这充分显示了骨干教师的示范作用。

（三）T中学教师领导者的能量建构

T中学的教师领导者包括校内的“骨干教师”，还包括“教研组长”、“年级组长”、“备课组长”等。T中学教师领导者的能量建构，主要体现在学校教研组长的工作中。以往教师比较封闭，没有主动发展、合作的意识，T中学为了实现促进教师专业化发展的学校发展目标，就以教研组的转变为切入点，进行了一系列的变革。在这个过程中，教研组长作为校内的教师领导者就显得非常重要。在分析T中学的研究数据时，笔者发现该校虽然没有类似E中学发展骨干教师的策略，但是在建设教研组的过程中，教师领导者的能量也获得建构。

由于笔者访谈的教师中只有两位是教研组长，因此研究数据是有限的，下文仅能就这部分研究数据进行分析。虽然所引用的教研组个案不是全校建设最好的教研组，但因其近年来变化较大，因此较有代表性。

Murphy提出教师领导的工作主要有两个方面，由于前文已详述，兹不赘言，从研究数据来看，T中学教研组长的领导能量在两个方面都有所体现。

1. 教师领导者能够帮助身边同事

首先，在帮助其他同事方面。外语教研组的教师近两年来的变化比较明显，从最初不愿开放课堂到逐渐开放课堂、互相评课，逐渐形成了合作的氛围。Z1老师作为教研组长，在其中起到了重要的作用。她能够通过一定的策略促进同事之间和谐关系的建立，并且通过榜样示范作用，推动身边的同事积极地进行专业发展。

> 我们组这些事情（抵触听课）还是比较突出的，即使到现在为止，这个问题都存在。只不过就是弱化了很多，我觉得应该从情感上能和你的组员沟通。……从情感上沟通之后，然后我觉得表率的作用是非常重要的。比如说我，从2001年到现在，几乎是年年都在做公开课，无论是组里的，还是区里的，……再有一个，是在组里做公开课的时候，我们从那时开始就是小面积地做，……先小面积地，然后咱们全组做公开课，……这样先是在组里，后来再贴出海报，欢迎其他学科的教

师来听我们的公开课，就慢慢让老师接受。再有一个，就是毕竟做公开课和个人的发展、和个人的得益是结合在一起的。……要跟组里老师说明白，如果你有了这些硬件的东西，那么对你的个人的发展也好，或者说个人的利益，将来的评级也好，……这个思想始终在贯彻给老师，如果没有这个思想的话，因为人都是懒惰的，我想老师得过且过的心理还是会有的。所以慢慢地，大家也就接受了这种公开课、批评。因为大家觉得，如果不批评你，大家都好的话，可能就造成停滞不前，将来对个人利益就冲击了。教师慢慢也就意识到了。人家给你说了一些缺点的话，那你下次就能避免这些缺点，能有所进步。……（TSI－Z1 老师－L137－166）

由此可见，教师从不愿意开放课堂到逐渐开放是一个颇艰难的过程，Z1 老师非常强调"情感的联络与沟通"，因此她努力地构建一个相对和谐的教研组，为同事创造一个积极的工作环境。与此同时，只要有研究课、公开课她就主动承担，为组员起到一个榜样示范作用。教研组长从情感付出、示范到引导使教师逐渐开放了课堂。开放了课堂以后，教师逐渐开始接受同行的意见，这样就促进其专业的成长。

2. 教师领导者能够促进学校改进

T 中学的教师领导者还能够促进学校改进。这主要表现为教研组长能够在员工发展和课程与教学中承担责任。以往学校的教研工作没有研究的性质，教研组长只是在学校领导者和教师之间起一个桥梁作用，将彼此的要求和问题上传下达。但当学校采取了一定的改进措施以后，教研组长就在促进员工发展、课程与教学的发展中起到了领导作用。比如 Z1 老师能够在教研中突出关注学生、关注教材的整体性、年级与年级之间的衔接等重点内容，这些都显示出教师领导者在课程与教学、教师专业发展方面承担的责任。

从 1998 年到 2001 年，我们的教研虽然也提到议事日程上来，……但好像还是很模糊，教研组应该研究什么，到底教研组的职能是什么，好像不是很明确。一般认为，教研组就是上传下达，把上面的要求传达给组里就可以了，然后把组里的一些问题向学校反映。这个教研组长只起到一个桥梁的作用。后来就认识到，教研不仅仅是一个口头的问题，应该就某一个现象，哪怕是学生上课的一个点，来作为我们研究的一个突破口。……对学生的一些行为，包括他思想上的一些行为和上课的一些行为进行调研，作为案例。比如说学生为什么不喜欢这个学科，是学科教师的问题呢，还是教材的问题。……原来我们听的是老师，评课时也是这样，比如教师的精神状态怎么样，语言水平怎么样，这节课的设计整个的思路对不对。后来就转化成更多地关注学生。评课时就关注学生对这个教师的接受程度是多少，课堂的效度是多少，学生能掌握多少。(TSI－Z1 老师－L27－62)

原来没有过多地想过教研应该怎么样，……当时就觉得，各个年级自己干自己的，没有联系，而且教研时也是各个年级没有联系。……后来新课标，教材也变了，才知道看教材的时候应该从整体把握，然后再分年级，再分学段，才能够看教材。这样就是一个整体的感觉，初中是这样，然后你再关注高中是怎么样的。……教研组主要是一个整体的把握，包括一些学科的学习、培训，还有一些前沿的东西。我们还可以在某一个备课组出一节课，然后全组来评论这节课，这也是所谓的教研吧。等于说，大的活动的时候是以教研组为单位，全体都参与，那么小的备课组目的就是让它在大的备课组的计划下边要完成自己的小的教学计划。(TSI－Z1 老师－L93－240)

(四) T 中学如何建构教师领导者的能量

2003 年之前，T 中学的教师比较封闭，没有主动发展、合作的意识，甚至不了解教师发展的意义，但是经过几年的发展，学校的 6 个教研组都有了长足的发展。上述外语教研组的发展，在 6 个教研组中算是发展较慢的，即便如此也能够看到教师领导者所起到的重要作用。这主要是由于学校采取了相应的改进策略、学校领导团队进行了相关的领导实践，促进了教师领导能量的建构。学校采用的改进策略主要是“教研组职能的转变”。

2007 年初，学校领导在学校开展了一项课题研究，并以此作为推动学校改进的策略。这个课题是由全校教师参与的，题目是“变革教研组职能，实现教师专业化引领：以研究、指导、服务的教研活动建设教师学习共同体”。研究目标是希望调动学校干部教师的工作积极性和主动性。从教学管理者的角度讲，要求能够明确自己的服务、引导职责；从教研组长的角度讲，要求能够在教研中切实起到核心作用。最终使教研组成为一个引领教师专业发展、开放的学习团队，从而在学校中营造出良好的教研氛围，促进课堂教学的改进，提高学校教育教学质量。由此看来，所谓教研组职能的建设，就是希望教研组发挥其研究、指导、服务的职能，使其真正成为教师工作、研究的基地而不是被动完成任务的组织。在这个过程中，提高教研组长的工作质量是核心。

这个课题的具体研究内容包括三个方面：

1. 针对教研组工作现状的诊断分析研究。主要是充分调动一线教师参与教研组生活，将教研生活与自身专业发展联系起来，共同设计、确定各个教研组的研究与工作的重点，并制定出与日常教研有机结合的规划。

2. 整合学校人力资源，完善教研组职责与制度研究。主要是对学校干部、教研组长、年级组长、备课组长、骨干教师等人员的现有责任进行分析与修改，制定新的、具有服务、引领职能的制度建设。

3. 教研组开展不同专题的行动研究。各教研组确定了自己研究的子课题，包括：

◇ 教学教研的实效性行动研究；

◇ 以资源共享带动语文备课组团队建设的教学研究；

◇ 在有限的课时中体现无限的精彩——“小科”课程的特色教研在学校文化建设中的作用；

◇ “探究”学习与科学课程的教学实施研究；

◇ 基于学科性质加强教学反思的外语教学研究；

◇ 以人文课程的学科整合促进合作教研的行动研究。(TSD－51)

为什么学校要采取这项改进策略？这主要是基于学校领导者对学校教研现状的观察，也是基于对教师领导者工作现状的不满意。

说到教研组，作为一个组长，虽然只是业务方面的，但他一定要具备一些管理的素质才行，就是他能把大家凝聚起来，还能把老师当中在业务上个别的问题能共性化。因为之前的教研组长只是上传下达，这种工作模式比较多，但作为一个教研组来讲，都是学科老师，他要解决的就是这些老师在教育教学方面遇到的问题，你只有解决这些问题，老师才能有提升，从而能促进学生学习。所以我就感觉教研组这块有问题，去年我们正好有这样一个课题，就想做教研组这样一个变革。（TSI－J校长－L645－653）

J校长希望教研组改变以往上传下达的工作模式，希望教研组长能够解决教师在教育教学方面存在的问题。实际上就是希望教师领导者能够发挥帮助同事成长和促进学校改进这两项重要职能。

开展这样一个课题的另外一个原因就是希望促进教师之间的合作氛围。

我们想通过这个课题引导老师们的合作意识。现在是信息社会，整个社会都在讲合作，虽然老师的工作是个体的，比如语文科，同样讲一篇课文，各个老师都有自己不同的教学设计，但谁也不能说自己的设计就是最好的，大家应共同商量，看从哪个角度切入最好，中间的环节怎么设置最合理，最后能让孩子们收获最多。我们就想通过这个促进合作意识的提升。再有一个，我觉得一个教研组的活动，你就应该让老师们感觉到，解决这个问题以后，对大家都有帮助，才能乐意去参与。如果像上传下达的常务例会似的布置工作，那老师永远是被动的，但在这样一个活动中，把老师们的主动性调动起来，因为每个人都有每个人的经验，每个人解决问题的能力，大家共同来面对一个问题，这种研究解决的过程，我觉得教研组应该成为一个教师专业发展的基地。……我们就想在教研组内营造合作交流的氛围，让教师在教研组当中能够共同面对问题、研究问题、解决问题，然后提升，就是这样一个定位。（TSI－J校长－L653－695）

书记也提出，开展这个课题的研究也是希望教师之间能够有合作的氛围，因为注重合作的教师都能在教育教学中取得好成绩，特别是能够反映到学生的学业方面。

还是从抓学生学习质量的角度着眼的，我们搞合作教研形成合作的氛围，从那时想起来的，我们请过某某中学的校长做讲座，健康课堂，那个讲座对大家的启发特别大，……从那时起，我们就对教师之间

> 的合作越来越重视，而且我们有一个副科的Y老师，劳技科，但是班主任，她就是想尽一切办法把他的几个主科老师怎么利用好、调度好。她自己也付出了好多，比如语文老师今天没时间，她就帮语文老师完成一些工作，外语老师没时间，她就帮着督促学生背单词等。她们班的教学质量的确就是挺好的。那几个老师都愿意上他们班的课，因为她对班里学生的要求也严。……由此，我们也重视到教研活动，我们就想，为什么数学组氛围挺好，而且成绩一直也很不错，为什么有的组就不行。那数学组是怎么做的，我们有一个数学备课组，有三个老师，就抱成团。……以前我们尖子班老师都是配备非常不错的老师，但是上述三个不教尖子班的老师一起跟尖子班的老师备课，因为我们最后初三评价上，我们的导向是按整体成绩提升为标准奖励，提倡合作。所以我们就越来越重视教研组团结协作的氛围。（TSI－S书记－L441－457）

事实上，促进教师的合作氛围归根结底还是要促进教师领导者，特别是教研组长作用的发挥。正如Murphy（2005）提出的，教师领导者的主要工作内容之一就是与同事建立积极的关系并促进同事间的合作活动。教师领导者在促进合作氛围的过程中，应该起到核心作用。

为了配合教研组职能的建设，学校领导团队的成员也进行了相应的领导实践。

其一，调查研究，发现问题，推动教师领导者的发展。

虽然学校领导凭借日常工作中的观察，认识到了教研组存在的一些问题，但是并不能全面掌握教师的需求。因此，学校领导团队设计了调查问卷，以了解教师对学校教研工作的需求，然后将获得的数据反馈给教研组长，以推动教研组长改进自己的工作、提升领导能量。

其二，与教师领导者一起利用数据、共同研究，提升其领导能力。

学校领导团队在“促进教研组职能转变”这一策略的实施过程中，充分关注到教研组长的作用，于是就召开研讨会，与教研组长一同思考教研组的发展。第一次研讨会的目的是梳理教研组的工作思路，为此学校领导团队专门召开了由行政干部、教研组长、年级组长、市、区、校三级骨干参加的“基层组织建设研讨会”，讨论如何促进教研组建设、如何发挥组长作用，以及教研组未来的工作思路。学校领导者将先前的调查问卷数据同与会教师一起分析，共同制定促进教研组建设的策略，与会者为教研组的发展提出了很多好的建议和策略。第二次的研讨会以“行动、反思、建设”为主题，请教师对该学期的教研活动进行总结展示，教研组之间相互交流沟通，找出自己教研组工作中的不足，确定了每个教研组共同学习研究的工作重点。Z1 老师认为研讨会的帮助很大。

> 比如说今年年初的时候，我们专门在涿州开会，提出的是教研组的工作，我觉得这还挺前卫的，……就是当时让我们找出我们教研组的优势所在，不足在哪。你知道了不足，你才能知道怎么往前发展。那次会，我觉得对我们是非常有帮助的，或者说是比较重要的一次会。因为我们每个组都有一个课题，我们组是反思教学，反思中求发展。为什么会有反思中求发展，那是因为我们当时督导的时候出现了问题，不是大问题，课呀、关注学生度呀，咱们抓课堂。反观到课堂、反观到学生，所以我们就定了这个。我们是本着我们组的情况，提出了这个问题。也就是说，让我们组从这个角度去发展。所以我觉得那次会是给我印象最深的一次会。(TSI－Z1 老师－L288－303)

Z1 老师觉得帮助很大是因为那次会议让教研组长根据自己组内的情况进行了分析，在分析的基础上，组内教师和教研组长一起制定了本教研组发展的重点。有了重点，在未来教研工作中就便于开展工作也能促进教师教学实践的改进。在学校领导者帮助教研组长分析问题、确定教研组发展的重点的过程中，教研组长更加意识到自己作为教师领导者的工作，并且开始努力在教研组的工作中帮助同事、促进学校改进的工作。

其三，学校领导者改变学校的评价、激励方式以配合教研组长的工作。学校既然希望促进教师之间的合作氛围，就在评价方式上进行了调整，即教研组工作的优劣以整个教研组——包括三个年级的任课教师——的整体表现为标准，以此来配合教研组长的工作。同时学年的奖励更注重整体，即一个团队(教研组、备课组)优秀就奖励其中的每一个成员，单一成员取得好成绩但是整体不好就不能奖励。

> 比如每学年的奖励，我们奖励的是整体，而且我们还要在这方面加大力度，要整体好、整个教研组好、整个备课组好，我们奖励，每个人

都有奖。……就是教研组属于语文组，那语文组成绩三个年级要比的，成绩、课堂教学。数学组也是，如果成绩好，我们就表扬数学组，不表扬某一个人。所以我们的教师干部就有这种整体的意识。数学组也有成绩不好的，但我们不提，我们只看整体成绩，外语组也有成绩好的，但整体成绩不好，我们就说，你们外语组要努力。……在评价、奖励、讲评的时候，你就关注它（教研组、备课组）的整体……（TSI－L 副校长－L222－237）

其四，领导者深入教研活动，提供指导。

为了使教研组真正成为教师研究的基地，学校领导者还通过深入到教研组中参加教研活动进行具体的教学指导，从而为教研组长提供专业的支持、示范和帮助。

最后，提出要求，突出教师领导者的作用。

学校专门组织了一次由骨干教师、教研组长、年级组长和领导参与的研讨会。在研讨会上，教师领导者充分讨论了他们在“促进教研组职能转变”过程中应该承担的责任和开展的工作。此外，学校领导者还采取一系列措施推动教研组长的工作：

在管理上主要是推、促教研组长，抓教研组长，让他们参加区里的学习，逼他们写论文，然后学校把重头的东西都下到教研组，根据自己的情况，找准本教研组的位置、目标。每学期都有计划有总结。（TSI－W1 主任－L132－135）

第三节　个案研究对学校领导能量建构的启示

一、学校领导团队的能量建构

（一）应关注学校领导团队的能量建构

在西方既有的研究中（例如：Hallinger & Heck，2002；Leithwood & Jantzi，1999；Leithwood & Levin，2005；Leithwood & Day，2007；

Sleegers, et al., 2002; Simth, 2008; Stoll, Bolam & Collarbone, 2002)，几乎都是关注校长的研究，很少关注领导团队的研究，即便分散型领导的研究提及领导团队，也是指由教师、家长和学生等成员参与的团队（如Lambert, 2003)，这与本书提出的学校领导团队的概念也有所不同。本书所提出的学校领导团队主要是针对内地学校的具体情境。近年来内地开始有学者关注学校领导力的建设，并且指出：学校改进“涉及到所有的学校管理者”（李家成、吴遵民，2004）；“学校领导是‘一个团队’而不是校长一个人”（杨小微，2005）；学校领导力是以校长为首的领导班子的整体能力（陈玉琨，2008，引自杨朝晖、王尚志，2008）。从E中学和T中学的个案研究中可以看到，学校领导往往是由一个团队组成。这个团队是学校改进的核心力量，只有校长而没有其他团队成员的协同工作，学校或许不可能获得改进。因此在从事学校改进的工作时，应该关注学校领导团队的能量建构。

通过本章第二节的描述和分析，可以看到无论是E中学还是T中学，学校问题的决策都是以领导团队共同协商、校长最终决定的形式进行的。在这个过程中，领导团队的每一个成员都能够参与决策，然后最终具体工作的执行、监督都是通过教学主任、德育主任、总务主任甚至工会主席、人事干部[①]等实现的。从这样一种工作方式来看，只有决策而没有中层领导的实施，学校或许是不可能获得改进的。比如E中学在实施“发展德育”这一策略时，校长提出了德育课程的目标，具体负责德育课程的设计和实施的主要是德育主任，她在很多方面认同校长为学校设定的德育目标，于是设计了具体的学年课程目标、内容等。在实施以后，也获得教师的认同，觉得“考虑学生的发展了”。T中学也是如此，T中学是美术特色校，根据学校的具体情况，学校领导一起研究，决定发展美育课程以体现特色、促进学校发展。在这个过程中，政教主任担任了课程开发负责人，设定了课程目标、课程内容、课程实施和课程评价。两所中学的例子都说明，在学校改进的过程中，学校领导要形成一个团队才能促进学校改进。

① E中学设工会主席由副校长兼任。T中学设人事干部，主管学校的人事工作、工会、老教协、安保这几项工作。

（二）学校改进中学校领导团队的能量建构

在学校改进的过程中，领导团队对学校的变革起着重要的推动和影响作用，不过学校仅仅拥有一支领导团队是远远不够的，更为重要的是这支领导团队应该具有一定的能量。虽然两所学校的个案研究不具有普遍性，但是从两所学校在改进过程中呈现出的共性来看，它们可以给其他正在和准备改进的学校以启示。

到底在推动学校改进的过程中，学校领导团队应该建构怎样的能量？总结起来有以下几个方面：1. 学校领导团队应建立和谐的关系；2. 学校领导团队工作方式的变革，即学校领导工作的协同性和一致性；3. 学校领导团队管理方式的变革，又包括两个方面内容：一方面是学校管理抓重点、成系统、有创新；另一方面是学校领导班子善于利用数据解决学校问题；4. 学校领导团队对待变革的态度，即领导干部具备发展、开放的意识。

1. 学校领导团队应建立和谐的关系

成功的领导团队需要成员之间建立良好的关系，从而使其能够一起工作(Lambert, 2003)。学校领导团队的成员之间应该建立和谐的关系，这种和谐的关系是启动学校改进的基础。和谐关系表现在两个方面：首先表现为人际关系、情感的融洽；其次表现为在学校改进过程中，学校领导者具有团队意识和合作意识。人际关系、情感的融洽是人与人情感的联络，包含着相互的尊重与信任。学校领导团队成员之间建立了这样一种关系，就为学校整体形成一种健康、积极向上的风气奠定了基础，在这样的氛围中工作，教师的心情舒畅，进而学校的变革会较为容易开展。

此外，学校领导团队的成员具有团队意识和合作意识也是和谐关系的一种表现。Harris 和 Lambert (2003)也提出，高能量的领导团队的特征之一就是这种团队意识和合作意识。每一个领导者都勇于承担责任，认为自己的工作表现代表了整个领导团队的风貌，这样团队成员的合作能就够顺利推动学校工作。前面提到领导是指领导者的影响和指引方向，那么领导团队能够具有团队意识和合作意识就意味着他们在学校变革的过程中，对学校成员产生的影响和指引的方向具有一致性，教师的工作就有一个共同的指引，学校改进的进程也会因此顺利很多。此外 Harris 和 Lambert (2003)也指出，当领导团队的成员具有合作意识的时候，往往需要每个成员都全身投入到学校工作中，相互信任，而且在进行决策的时候已经知道自己扮演的角色和将要承担的责任。

2. 学校领导团队应变革工作方式，促进领导成员工作的协同性和一致性

由于中国学校组织的特征具有科层化的特征，学校系统中的权力等级关系是由校长、主任、年级组长、教研组长、班主任、一般教师构成的金字塔结构(杨朝晖、王尚志，2008)。因此在学校工作中权力关系明确，各项工作的实施往往是从上至下逐层开展，自上而下的实施方式容易造成各个部门之间缺乏沟通、中层领导和校长之间缺乏沟通。但是在学校改进的过程中，学校的全体成员不仅应该有着共享的愿景、发展目标，同时学校领导团队的成员之间也应该能够打破以往自上而下的工作模式，在工作中达成协同性甚至一致性。

前面分析过工作的“协同性”和“一致性”两者有一定的分别。领导团队工作的一致性会更有利于学校的发展和团队在发展中最终要达成的目标。但是根据学校的情境不同，协同性的工作方式是学校某个发展阶段所需的。从 E 中学和 T 中学的个案研究来看，在学校改进的某个阶段，这两种方式都能促进学校的改进。但值得注意的是，协同工作虽然能够使学校的工作和任务顺利完成，但是由于不清楚学校的发展目标，在很大程度上可能会影响学校的持久改进(Hallinger & Heck, 2002)。

3. 学校领导团队应变革管理方式

学校领导团队变革后的管理方式表现为两个方面：一方面是学校管理抓重点、成系统、有创新；另一方面是学校领导团队善于利用数据解决学校问题。

抓重点是指在学校改进的过程中，学校要了解自身的需要，安排学校发展工作的优先次序，能够按照学校的需要安排学校的发展重点。成系统是指学校领导者所进行的相关工作能够围绕学校发展的重点进行安排，从而形成一个系统，也即学校的工作要有整体性、一致性。有创新就是能够变革原有的管理方法，以促进教师专业发展为宗旨，采用新的方法进行管理。

每一所学校都是独特的，在确定学校改进的工作时，应该关注学校的

具体情境，在仔细分析学校情境的基础上，学校应该确定优先发展的工作，而不应该面面俱到，如果面面俱到可能结果会事倍功半。学校在进行改进的过程中，总是头绪纷繁，有很多内容需要改进，比如课程与教学、教师的专业发展、学校的结构和文化等等，不知从哪儿入手。所以先从哪项工作开始，就需要根据学校的情况确定优先发展的重点项目。

例如 2001 年之前，E 中学的处境非常困难：教学资源匮乏，经费紧张，教学环境条件差；校长无奈上任，领导工作不和谐；生源数量和质量下降；教师流失、缺乏自信，工作待遇不高；教师之间没有合作，教育教学观念陈旧。这样的一种情况持续下去就会导致学校的恶性循环，长此以往，不要讲发展就连生存都会困难。仔细分析学校的困难处境就会发现，“生源数量和质量下降”是学校不能控制的，“教学资源的匮乏，经费紧张”借助外部力量是可以逐步改进的，但是“领导工作不和谐，教师缺乏自信、合作以及教育教学观念陈旧”却是需要学校从内部进行改善的。在这样一种情境下，学校需要重振士气、转变教师的观念，同时在学校建立一种和谐向上的氛围。于是 E 中学的学校领导者根据学校的情境，首先提出了“发展德育”的策略。在德育课程实施了几年以后，学生的表现有了改善、班主任的教育观念开始改变，学校也逐渐形成了一种和谐的氛围。学校得以在这些方面改进的原因之一就是学校领导。特别是校长，在判断了学校的情境之后，选择了切合学校情境的德育课程来改变教师的教育观念、师生关系、学生的行为习惯，最终在学校形成一种关爱学生的环境、一种和谐的氛围。再如“教师缺乏自信、合作以及教育教学观念陈旧”也是可以从学校内部进行改善的。要想短时间内提升全校教师的专业水平并不是件容易的事，于是学校就决定优先发展教师领导者，即骨干教师。有了骨干教师的发展以后，学校就开始不断出现教师领导者，而教师领导者不仅仅能够在自身的专业发展方面有提升，而且能够帮助身边的同事进行专业发展，从而带动了整体教师的发展。

学校管理的成系统实际上是希望学校发展工作在一段时间内围绕学校发展的重点进行，这样工作就会呈现整体性和一致性。研究显示，高效能的学校改进都很关注改进策略实施的一致性（Hopkins, 2005）。

在管理方式上的创新方面，T 中学以往对教师的教学进行评价的时候，会通过问卷或听课的方式进行，后来学校改变了做法，运用了评价面谈的方式，即学校领导团队的成员分别进入学校的 1—2 个班级，通过与学生聊天的方式进行评教评学。这种做法使领导者对教师的了解更加全面、立体，同时也能够更有针对性地进行教师专业发展工作，而不会仅仅因为一堂课的成效否定一个教师。

高效能领导的一个主要特征就是能够探究地运用数据（或者信息）进行决策、解决学校或者教学问题。在学校改进策略实施的过程中，这种数据包括很多层面的内容：评价面谈的访谈数据，学生的学业成绩数据，教师对教研组工作的意见的数据，学生对校本课程的意见等等。通常利用数据进行探究，往往会采用行动研究和探究的方法，当学校领导者通过收集数据进行问题解决的时候，他们就会进行反思、对话，探讨教师、学生的想法，了解在校内发生的事情，从而对影响学生学习的问题进行解决（Harris & Lambert，2003）。

在 T 中学，学校领导者非常善于利用学校的数据，并且所有数据的分析全部用来解决学校改进中的问题，从而促进教与学的提高。比如学校领导团队的成员在评价面谈后，会对从学生那里获得的教师的情况进行分析研究，然后不同的领导者分别利用这些数据与教师进行谈话、交流：为什么全班 98%的孩子都喜欢某位教师的课，还有几个学生不喜欢？是不是教师对那几个学生的关注不够？那几个学生是什么类型？如何改进教学？领导者和教师会就这些数据进行研究，然后改进、提升自己的教学实践。教师对此的反映是，一开始对这种方法有顾虑，但是通过这样的分析，觉得对自己的教学非常有帮助。现在他们能够主动与学生沟通，了解自己的教学情况。

4. 学校领导团队积极对待变革，具备发展、开放的意识

一所学校要发展，决不能封闭大门。当学校领导团队具备了发展、开放的意识的时候，大门自然打开，随着信息的交流，学校之间的沟通、学习自然会促进学校的改进，学校领导者对待变革的态度也会更加积极。

学校领导团队的发展意识体现在两个方面，一方面领导干部有改进学校的渴求；另一方面学校领导团队自身希望发展。Lambert（2003）提出，学校领导要持续稳定地改进学生的学业成就和发展。这其实就意味着学

校领导者要自始至终与全体学校成员共同工作，促进学生学业成就的提升。若要达到这个目标，学校领导就一定会有改进学校的渴求。比如在T中学，L副校长认为：一所学校的发展“关键在于校长，关键在于这个班子”。学校领导者有了发展意识，就会采用一些办法改进学校，而且这种发展的意识还促进了学校领导自身的学习。L副校长说，领导自身也要发展，各种学习培训，学校领导都参加，要更新观念，否则无法指导教师的发展。

开放的意识是指办学要开放。学校的开放，会为教师的发展带来便利、提供机会，也影响教师开放自己的课堂和教学实践。此外，开放办学还促进了校际之间的交流与学习，使学校融入到一个学习网络中。比如在T中学，学校领导团队从2003年末开始不断承办大型活动，不断邀请各种支援到学校进行指导。教师在这个过程中，胆子大了，敢于向外人展示自己的教学、开放自己的课堂了。这就为在校内建构专业学习社群奠定了良好的基础。

（三）学校改进中如何建构学校领导团队的能量

学校领导团队在学校改进过程中建构的领导能量对学校改进起到了关键的作用。那么领导能量是如何建构起来的？领导者在建构领导能量的过程中需要外部的支援，也需要他们自己付出一定的努力。如何能够使学校领导团队建立和谐的关系；如何在进行学校领导工作的时候具有协同性和一致性；如何在进行学校管理的时候做到抓重点、成系统、有创新，并且善于利用数据解决学校问题；如何最终使学校领导团队能够以发展、开放的意识对待变革。这些方面的能量建构的途径主要有五种：一，学校领导者和外部人员建立密切的合作关系；二，领导班子决策方式的民主化；三，校长的表率作用；四，校长给予中层领导一定的支持；五，领导团队成员间的相互尊重。

一，领导能量的建构需要学校领导者和外部人员建立密切的合作关系。两所个案学校都在改进的过程中与外部人员建立了密切的合作关系。外部人员包括大学支援学校改进工作的人员，也包括其他相关教育部门、高等院校支援学校的人员。因为外部人员特别是有针对性地进行学校改进支援的专业人员，可以帮助学校领导团队乃至校内人员，认清学校的情势，制定学校发展的优先次序，并且能够促进学校改进的进程，为领导者的发展和教师专业发展提供资源(Tung & Feldman，2001)。在E中学，学校领导者与S大学的学校发展主任密切合作，促进了学校领导管理方式的改变。学校在制订学校发展规划、各部门在制订工作计划的时候都会征询大学人员L教授的建议，因此制订出优先发展教师的策略，并且在教学处设计工作的时候也努力做到教研工作系列化。

二，领导班子决策方式的民主化可以促进领导能量的建构。决策的民主化并不代表校长放弃了决策权，而是在学校工作的过程中，这种决策的过程更加民主，更加尊重中层领导的意见。在学校改进的过程中，相互倾听并且能够考虑彼此的意见是领导能量建构的一个指标(Harris & Lambert，2003)。中层领导和校领导能够就学校发展工作互相倾听、考虑彼此的意见，就使得领导团队的成员对学校工作有良好的沟通，这才能在沟通的过程中解决冲突。分享的决策方式就使得学校领导团队在工作中能够密切合作，朝着共同的目标迈进。E中学和T中学的工作基本上都是由学校行政会决定，校长、副校长和中层领导一起商讨学校工作，在基本达成一致的前提下再分头执行。

三，领导能量的建构需要校长的表率作用。校长在不同方面的表率作用会对中层领导产生影响。优秀的领导者能够增强他人的领导力(Fullan，2001b)。校长可以通过示范作用，影响其他的中层领导从而增强他们的领导力。E中学校长的表率作用体现在校长的专业学习精神影响着其他领导，并促使其他领导加强学习。T中学校长的表率作用体现在校长身先士卒，带领中层领导一起工作。

四，领导能量的建构需要校长给予中层领导一定的支持。校长对中层领导工作的支持表现在对他们在工作中出现的错误的宽容，还表现在对中层领导的信任。E中学的校长能够在工作中帮助中层领导完善他们的工作，面对错误很包容。T中学的校长则对每个中层领导负责的工作给予高度信任。

五，领导团队成员间要相互尊重。在T中学，因为年龄的关系，校长和书记都给予其他的中层领导极大的尊重。校长和书记之间也互相尊重。L副校长就能体会到校长对她的尊重，从而更愿意帮助校长的工作。这使得领导团队建构了和谐的关系。

二、教师领导者的能量建构

(一) 学校改进中教师领导者的能量建构

从E中学和T中学的个案中可以看到,在学校改进的过程中,进行教师领导者的能量建构,主要应该关注以下几个方面的内容:一,促进其专业发展,使其起到榜样示范作用。二,在同事间建立和谐关系,促进教师之间的合作。三,提升其研究能力,使其承担起课程与教学的责任,同时推动其他教师的专业发展。这三个方面也正如(Harris, 2003b; Murphy, 2005)等人提出的教师领导的能量建构相似,他们认为教师领导者不仅应该能够帮助身边的同事,还应该能够通过教学与课程等方面的管理工作,促进学校改进。

一,促进教师领导者的专业发展,使其起到榜样示范作用,帮助身边的同事。

在学校改进过程中,教师领导者的核心作用之一就是榜样的示范作用。他们的示范作用往往表现在与教学相关的专业提升方面。因此对教师领导者的能量建构,无一例外地要从教师领导者自身的专业发展开始。教师领导者需要机会和条件在校外或者校内进行相关的专业学习,接受新的信息和资讯,而且在专业知识、能力、态度等方面获得提升的同时,对自己的教学实践进行变革、使学生的学习发生变化。所有这些变化不仅使教师领导者肯定自身的专业发展,同时也能够影响其他教师。教师领导者的榜样示范作用往往是通过教学成效的改变而体现出来的,在教师领导者获得了发展以后,他们应该通过自身的示范作用,帮助身边的同事。

E中学的L老师就是看到了校内其他教师的教学成果,然后向其学习从而获得专业奖项的教师。在得到奖励以后,她在教学知识、能力方面都获得了自信,此后她又不断到校外进行学习、参加培训,继而又成为了其他教师的榜样。与此同时,她也开始有意识地帮助其他同事。在T中学,Z1老师作为教研组长,遇到公开课、示范课,自己首当其冲地发挥表率作用,从而带动身边的同事也进行类似活动,先在备课组做,然后再到教研组。经过这样的磨练,不仅教师的教学实践慢慢开放,教师也在这个过程中获得了专业的提升。

二,在同事间建立和谐关系,促进教师之间的合作。

Hargreaves(1992)曾经指出,教师的职业容易产生孤立的文化,然而学校改进又恰恰要求教师打破孤立,建立一种真正的合作文化。因此,教师领导者的领导能量之一,就是在学校改进的过程中促进教师之间的合作。由于教师领导者往往是在课程和教学中承担主要的领导工作,而其本身也是一名教师。因此他们可以在教学工作的最前线,通过帮助同事之间建立和谐的关系,为教师之间的合作奠定基础。

正如同"成功的领导团队需要成员之间建立良好的关系从而使其能够一起工作"(Lambert, 2003)一样,教师之间同样需要建立良好的关系,这是他们合作的基础。教师领导者可以根据校内的具体情境、通过很多种不同的方式,影响其他的同事,从而建立和谐的工作环境、营造合作的氛围。例如:通过增进教师间的情感交流,或者教研组长以身作则、事事为先的示范作用。

在T中学,教师经历了从不愿意开放课堂到逐渐开放的艰难的历程,在此期间,Z1老师作为教师领导者非常强调"情感的联络与沟通",因此她努力地构建一个相对和谐的教研组,建立同事之间的良好关系,为同事创造一个积极的工作环境。与此同时,只要有研究课、公开课她就主动承担,为组员起到一个榜样示范作用。教研组长从情感付出、示范到引导,使教师逐渐开放了课堂。开放了课堂以后,教师逐渐开始接受同行的意见,从而促进其专业的成长。

三,提升教师领导者的研究能力,承担起课程与教学的责任,同时推动其他教师的专业发展。

使教师领导者具备研究能力,也是其领导能量建构的一个重要内容。当教师领导者能够通过收集、分析教师教学以及学生学习的数据,解决教师在课程与教学、专业发展中的问题的时候,他们的领导工作无疑可以促进学校的整体改进。如果说教师领导者要通过自身的示范作用帮助身边的同事的话,那么通过提升研究能力承担起课程与教学的责任是更加重要的途径。教师领导者不仅自身要能够理解学校发展对课程与教学、教师专业发展的需要,还需要通过研究确定自身工作的内容和重点,从而有针对性地促进其他教师的专业发展。

正如T中学开展的研究工作一样，数据并非仅指数字，即学生的学习成绩，还包括很多其他的信息，比如调查问卷（教师对自身专业发展的希望、对教研组的工作的希望、对课程与教学的要求，等等），这些问卷的结果都是数据，都是教师领导者可以开展工作的信息。此外，教师领导者还可以利用自身的研究能力，帮助其他教师提高相关的能力，将研究的习惯贯彻到日常的教学中。在日常的教学中，学生的学习表现、学生在学习过程中的遇到的问题和困难、教师在教学中遇到的困难都可以是教师研究的数据。

（二）学校改进中如何建构教师领导者的能量

1. 学校应采用恰当的改进策略促进教师领导者的发展

采用恰当的策略是指根据学校的具体情境，通过一些方法有针对性地培养一批乐于尝试改革的教师，这些教师就可以成为学校改进的启动力量。这些方法往往可以促进教师领导者的成长，使他们逐渐具备领导的能量，这样不仅能够帮助身边的教师进行专业方面的提升，同时还能成为推动学校改进的力量。这也是Murphy（2005）所提出的教师领导者在学校改进过程中应该起到的作用。

这些方法可以通过促进个体的专业成长来实现，比如为一些乐于改进自己教学的教师提供机会到校外进修或者交流，从而拓阔视野，并将所学用来进行教学的改革。还可以通过促进校内组织的发展来实现，比如在中国内地学校的组织架构中，教研组承担着学科教师的专业发展任务，同时也是教师进行专业发展需要依赖的主要团体。那么教研组的建设或者发展，就需要教师领导者（如教研组长、备课组长）的出现，从而帮助和影响其他教师的专业发展，最终促进教研组成为一个小的专业学习社群。

无论在E中学还是T中学，他们都不约而同地关注教研组的建设。E中学由于特殊的学校情境，还采用了促进教师个体专业成长来促进骨干教师发展的策略。T中学则主要关注教研组的建设，通过促使教研组职能转变的策略，培养、促进教师领导者领导能量的形成和建构。

2. 创造机会，推动教师领导者的发展

创造机会，是指学校领导者能够通过不同的方式促进教师领导者的发展。主要方式有：为教师领导者个人的专业发展提供外出学习的机会；提供锻炼的机会，如参加评比，做各级的公开课、示范课等等；提供平台，让教师领导者的优秀经验能够传播给其他教师。这个方式不仅能够激励教师领导者自身的成长，还能使教师领导者的示范作用得以体现，在增强其自信心的同时一并影响身边的教师。E中学出现骨干教师以后，就举行了一系列科研活动，其中之一就是让骨干教师现身说法，讲述他们成长的经历。活动以后，很多教师向报告的骨干教师请教相关的经验。这个过程事实上也推动了骨干教师的成长。

此外，学校领导者还可以根据学校教研组存在的问题，搜集教师的意见与建议，然后将相关信息反馈给相关的骨干教师，从而推动他们的发展。比如在T中学，学校领导者就利用调查问卷获得的数据来推动教研组长改进自己的工作，进而提升领导能量。

3. 提出要求，促进教师领导者的发展

学校可以对教师领导提出相关的要求，从而促使他们建构相关的领导能量。所谓“要求”可以通过一些学校制度来体现，例如：评选“骨干教师”的条件和奖励办法；“骨干教师”的成果问责等。这些制度如果能够客观地反映学校希望教师领导达到的专业水平、能力指标，那么教师就能够朝着这些要求去做、去争取。这样不仅可以增加校内教师领导的数量、保持教师领导的质量，还可以保证教师领导在学校改进中所发挥的作用。

此外，提出“要求”还可以表现为将学校领导者的权力下放。将教师专业发展相关工作的决策权下放到教研组、学科组、备课组，由这些组织决定本组的工作重点和目标，然后每个学期制订恰当的计划，在学期结束的时候进行总结，并且要求所制订的计划能够配合学校改进的整体目标。

4. 改变学校的评价、激励方式，配合教师领导者的工作

学校要形成一个专业性的学习社群，就要在校内建立一个合作的氛围。在这方面学校可以改进现有的评价和奖励方式，使这些方式能够有助于合作氛围的形成。比如学校在评价教师工作的时候，除了可以进行个体的评价，还可以通过对教师所在的组织进行整体性评价，从而决定教师是否应该获得奖励。中国内地的学校，一位教师往往不仅属于一个备课组，也属于一个教研组。学校如果希望促进教师之间的合作氛围，可以以整体教研组或者备课组工作的优劣为标准进行奖惩，以此来配合教研组长、备

课组长的工作。如果一个团队（教研组、备课组）表现优秀就奖励其中的每一个成员，单一成员取得好成绩但是整体不好就不能奖励。优秀的标准是教学观念、教学质量的提高，学生学习表现、学业成绩的提高。

5. 学校领导者团队应提供指导，与教师领导者一起利用数据、共同研究

在进行教师领导能量的建构过程中，学校领导团队起着举足轻重的作用。所以领导者团队的成员应该深入到教研活动中提供指导。为了使教研组真正成为教师研究的基地，学校领导者要能够深入到教研组中，参加教研活动并且进行具体的教学指导，从而为教研组长提供专业的支持、示范和帮助。此外，学校领导团队的成员，要能够与教师领导者一起收集、分析关于教师教学、教师专业发展等方面的数据，并以此为依据进行相关的教研活动。了解教师在教学方面存在的问题，并且能够根据搜集到的信息解决问题是教师领导者需要具备的能力，具备了这项能力能够使教师领导者帮助身边的同事，同时也能推动学校改进的进程。

在T中学，学校领导者在“促进教研组职能转变”这一策略的实施过程中，充分关注到教研组长的作用，于是就召开研讨会，与教研组长一同思考教研组的发展。学校领导者将先前的调查问卷进行反馈并且和与会教师一起分析，共同制订促进教研组建设的策略，还与教师领导者一起讨论了如何促进教研组建设，如何发挥组长作用，以及教研组未来的工作思路。然后在学期末的时候，对该学期的教研活动进行总结展示，教研组之间相互交流沟通，找出自己教研组工作中的不足，然后再根据这些数据确定每个教研组共同学习研究的工作重点。

第七章

学校改进中教师专业发展的能量建构

第一节　教师个体专业发展和专业社群发展的界定

一、教师个体专业发展的界定

目前对教师专业发展的界定莫衷一是，在第三章提及的关于学校能量建构的研究中，有多项研究都提及教师的专业发展是学校能量建构的重要组成部分，但是各家对专业发展的理解也都不尽相同，从表 3.1 中也能够看到他们之间的区别，有的研究强调教师学习（Barth，1990；Hopkins，2001；Stoll，1999），有的研究强调教师知识、技能、能力、道德的发展（Youngs & King，2002；Hopkins & Jackson，2003；Gordon，2004）。

Barth 提出的教师成为学习者，最主要的观点就是希望教师成为能够并且乐于主动思考、审视、批判自己的教学行为的人。与此同时，还希望将自己的教学实践与他人分享。

Hopkins 所提出的教师专业发展更倾向对教师学习方面的关注。他认为以课堂为中心的专业发展才真正利于学校改进。因此他非常强调教师在教学过程中，技能、教学策略、能力等方面的提高。

Stoll 所提出的教师学习则包括知识、技能、信念、个体学习动机、生活和职业经验。

由此观之，提及教师学习的学者都是在强调教师某一方面特征的改变，反思教学的能力或是教学技能，或者是知识、信念等方面。这其实与教师专业发展的概念并没有什么大的差异。

Youngs 和 King 所提及的教师专业发展指教师个体知识、技能、性向(disposition)的发展。与他们持大致相同观点的还有 Sleegers 等人(2002), Fullan (2007)。不同的是,Sleegers、Geijsel 和 Van Den Berg 用"态度"来代替"性向"的概念,Fullan 则没有提及"性向"这一要素。

Hopkins 和 Jackson 则提出教师个体的能力建构是知识、技能的建构以及积极且具有反思性的知识建构能力,也就是教师对教学实践的反思能力。Gurr、Drysdale 和 Mulford (2006) 也运用"态度"来代替"性向"的概念,此外还提出了专业发展网络的建立。实际上,专业发展网络已经或多或少地涉及了专业社群的特征。

Gordon 认为教师专业发展的涵义包括很多方面:教师自我概念、自我效能;认知的发展;教学论发展;道德发展;生理发展以及这些维度的整合。

此外,Hughes 等人(2005)还运用了量化的方法进行研究,由于是量化研究,因此他们只提出了诸如:同侪观察、不同的教学方式等指标来表示教师专业发展的涵义。这些指标实际上都可以归纳为教师的技能或者能力。

通过上述分析可以看到,无论是教师学习还是教师个体的专业发展都指向教师某些方面的改变。这些方面主要包括知识、技能、能力以及性向或者态度、信念。Guskey 曾于 1986 年提出了教师个体专业发展的过程(见第三章第一节图 3. 1),这个过程包含了教师专业发展的主要内容:知识、技能和态度信念。由于性向主要指教师对学生学习的信念、责任感,以及对学生的专业态度等(Gordon, 2004),因此本书认同 Guskey 的提法,将用态度、信念来代替性向的概念。在本书中,教师专业发展就是指教师在个体的知识、技能和态度、信念等方面的提升。

二、教师专业社群发展的界定

在第三章提及的学校能量建构的要素部分,笔者总结出多项研究都提及了教师专业发展社群。不过从这多项研究的论述来看,他们主要是对专业社群的特征进行了描述,然后通过这些描述来界定专业社群的涵义。那么具备了怎样的特征就称之为专业学习社群呢?

通过对多项研究的分析发现,大多数学者认为专业社群主要应具备以下特征：

1. 合作：校内、校外人员一起工作。（Youngs & King，2002；Fullan，2007；Stoll，1999；Hopkins & Jackson，2003；Gordon，2004；Gurr，et al.，2006）

2. 共同探究、反思：探究、反思教学，反思学校数据资料，从而用于学校发展。（Sleegers，Geijsel & Van Den Berg，2002；Burrello，Hoffman & Murray，2005；Youngs & King，2002；Gordon，2004；Hopkins，2001）

3. 分享的目标、价值观：学校成员对工作有共同的目标、共同的价值观。（Youngs & King，2002；Fullan，2007；Hopkins & Jackson，2003；Gordon，2004；Burrello，et al.，2005）

4. 集体责任感。（Youngs & King，2002；Stoll，1999；Burrello，et al.，2005；Barth，1990）

总括起来，研究者们认为专业社群主要包括的特征有分享的目标、价值观；合作；共同探究、反思和集体责任感，但是鉴于这些研究者并没有非常深入地解释每个特征的涵义，因此本书参考了 Stoll 等人（2006）对近 25 年来专业社群文献的分析，以及上述的文献分析结果，总结出专业学习社群的特征（详细内容见第三章第一节关于“专业学习社群的特征”的论述）。

第二节　E 中学和 T 中学教师专业发展的能量建构

根据第三章所提出的能量建构的框架，教师的专业发展可以划分为教师个体的专业发展和教师群体的专业发展即教师专业社群的建立。下文将分别对这两所个案学校在这两个方面的能量建构进行论述。

一、E 中学教师专业发展的能量建构

（一）教师个体的专业发展

正如本章第一节对教师个体专业发展的分析，教师个体的专业发展包括知识、技能和态度、观念的变化。通过一系列学校改进策略的

实施,近年来E中学的教师发生了很大变化,从教师个体的专业发展来看,其变化主要表现为教师教育观念的变化和教师教学行为的变化也就是技能、能力的变化,技能、能力的变化主要表现为探究反思能力的增强。

1. 教师教育观念的变化

以往E中学的学校领导班子不和谐,校内的教师也没有一个积极向上的状态。在这种整体氛围下,教师和学生之间的关系紧张:排斥"差生",埋怨、挖苦学生,将自己的教学责任推到学生身上等等现象屡见不鲜。可以说,教师的教育观念是落后的,学生观也是有偏差的。不过,近年来进行的学校改进工作使得E中学的教师在教育观念方面发生了深刻的变化。这种变化体现为教师能够全面育人、关注每一个学生、关爱学生、在教育教学管理中能够以学生为主体。无论是班主任还是任课教师,一起为学生创造了一个充满关爱的环境。

在E中学,教师教育观念变化的过程同学校分享的愿景目标形成的过程是密不可分的,因为学校的愿景目标就是倡导平民教育,以人的发展为中心。平民教育所蕴含的学校教育的价值观是:主动接纳平民子女入学,关爱每一名学生,保证让所有在本校就读的学生都能在原有基础上有所提高。因此教师能够认同并且实践学校的愿景目标就在很大程度上体现了他们教育观念的变化。由于本书第五章第三节已经对教师"关注学生、关爱每一个孩子"的内容做了较为详尽的描述,所以下文将全面、概括地将教师教育观念的变化作一个总结。

首先,教师能够充分发掘每个学生身上的闪光点,让他们在自己有特长的地方充分展示,从而做到关注每一个学生的成长。比如W3老师对学习成绩不好但是有表演天赋的学生非常关注,她甚至以他们为自豪。Y老师对学生进行家访,几乎走遍了学生的家庭去了解学生的情况并与学生家长进行沟通。在沟通的时候,针对不同的学生进行不同内容的访谈。这不仅反映了教师能够关注学生、理解学生,更反映出教师对学生的关注是细致入微的。

此外,在E中学,教师对学生倾注了无限的爱。例如,Y2主任认为应该用民主的态度对待学生,把学生当成自己的孩子。而笔者在田野期间观察到的初二年级组长对学生的关心，更体现了教师对学生的爱。

> 在学校吃午饭的时候，我看到某老师留下了一袋教师们用餐后剩下的馒头。她看到我脸上不解的表情，就说，我们年级有个学生爸爸进监狱了，妈妈走了，孩子跟奶奶一起过。以前奶奶有最低保障金，后来听说奶奶还有女儿，就连低保也不给了，这袋馒头是给她和奶奶当晚饭的。我们一般都会把剩下的主食给这个孩子，让她带回家。（10月26日田野札记－L26－33）

其实在这所学校，这样的例子不胜枚举：比如W2老师在学生丧母之后给予学生的支持和母爱，W3老师对残疾学生的关爱（ESD－22；ESD－39－L1119－1136）等等。教师的关爱对学生的学习也有着积极的影响，上述事例中的学生都在学习成绩方面有了显著的提升。

教师教育观念的变化还表现在教育教学中，能够做到以学生为主体，尊重学生、平等地对待学生。L教授是这个学校的发展主任，他看到了教师在这方面的变化。

> 过去老师教书，是一种，说实在的，是一种在训斥下，在加班加点（地教学生）。现在老师在强调学生主体了。自主，表现在咱们免监、免考，它的社会活动的开展越来越丰富，这是老师以学生为主体呀！（ESI－L教授－L641－643）

付出终有回报，家长和学生在这方面对教师的评价也很高，在“初中建设工程”的形成性评价中，有98.8%的家长认为“教师关心孩子并经常与孩子进行沟通交流”（ESD－32－L852），而且分别有95.2%的家长和90.5%的学生认为教师能够公平地对待每一个学生（ESD－32－L2013－2044；ESD－33－L1631－1664）。

教师在教育观念特别是学生观方面的变化促进了师生关系的融洽，同时也对学生的学习有着很大的促进作用。W3老师说，从来没有人给她过生日，除了母亲记着她的生日，没有人记住她的生日，可是有一天全班学生给了她一个惊喜，给她过了生日（ESI－W3老师－L74－79）。W1老师说，她和学生是真情地对待彼此，相互走过三年的时光（ESI－W1老师－L189－190）。在学习方面，学生也比以往有提高，W2老师说，考试免监以后,学生更加自信、自律了,学习成绩也提高了,全班成绩从年级最后一名一跃成为第一名。

而有的学生说,因为老师的家访让她和母亲感动,所以发奋学习。还有的学生因为数学教师的事迹感动,他们不讨厌数学了(ESFGI -初三学生-L124; L120 - 122)。

由此可见,教师关爱学生,以学生为主体的观念改变了他们的教育教学行为,使得学生的学习动机和投入感加强。学校改进的研究显示,对于薄弱学校的改进有很多核心因素需要关注,其中一个就是对情感领域的关注(affective/emotional domain)(Reynolds, et al., 2006)。Zhou (2007)对上海闸北八中进行的学校改进研究显示,在一所以基础薄弱学生为主的学校中,建构一个充满关爱的环境对学校改进非常重要。

2. 教师教学行为的变化

以往 E 中学由于没有足够的经费,学校与外界的接触不多,教师的专业发展活动也无从展开。校内教师几乎没有到校外学习的机会,也很少有专家、校外人员来学校进行讲座。从 2000 年起学校开始为教师创造机会,发展到 2008 年,教师在教学行为方面发生了一些变化,这些变化主要表现在两个方面:教师反思和探究能力的提高;自觉、开放态度的形成。

(1) 教师的反思与探究能力的提高

教师的实践具有巨大的可以挖掘的价值,而挖掘这种价值的主要工具就是反思,反思是教师学习的核心动力(陈惠邦,1998)。同时学校范围内的探究和反思也是学校改进的重要能量建构因素之一。以往的研究显示,当教师的专业发展能够聚焦于探究学科问题和教师的教学的时候,这种探究对教师学习、实践和学生的学习都有着积极的影响(Darling-Hammond & Sykes, 1999; Lytle & Cochran-Smith, 1994; Smylie et al., 1998; Wilson & Berne, 1999)。当西方的研究开始重新界定教师专业性的时候,他们也认为探究是体现教师专业性的一个方面(Conway, 2001)。

在 E 中学,教师的反思和探究能力逐渐提高。E 中学几年前开始要求教师写教学反思,在这种要求下,教师在完成任务的过程中尝到了收获的滋味,于是开始自觉地进行教学反思。W1 老师认为自己的变化在于通过写教学反思自己开始琢磨教学了,以前教完了就完了,写了教学反思就可以思考自己的教学。后来她发现一开始自己写的教学反思内容与自己任教的数学学科关系不大，于是就逐渐改变了反思的内容，努力反思数学教学。在这样的过程中，她看到的是学生身上的变化，并且自己也开始觉得有的可写。现在她一直坚持围绕着自己的课题有意识地进行教学反思。可以看到，教师通过写教学反思不断形成了自己的探究、研究的习惯，这充分证明了教学反思是教师学习的核心动力。

W1 老师：比如现在这个课后写反思，这是学校强迫的，我觉得很有必要，他为什么强迫，因为它太有用了，所以老师都去做。……学校应该是这样去做的，总有不执行的。但对大多数老师还会是受益的。

研：写了对你的教学能受益吗？

W1 老师：怎么会不受益？最起码你写之前，你得拿着笔先想想，比如这件事值不值得写，比如哪件事是值得我写的，你肯定要想。其实老师更多的是你干了是一方面，你更多的时间应该去想，逼着你去想，你今天哪做得好，哪做得不好。

研：您能不能自觉地去想？

W1 老师：我就每天强迫自己去想。因为我觉得这些对我有用。有什么用呢？因为我原来教一轮就教一轮，教完就完了，现在我不，我就有意识留一些东西。比如说，这一块没讲好，肯定不会返回来讲了。最起码我复习的时候会补回来。还有一个呢，在旁边写上，也许哪一年你又回来了，又教初一了，那你就要注意了。原来我那教案用完就扔了，就再也不动了。现在，就从最近开始，我就把我的教案全都拿出来看，哪块有什么借鉴的，其实原来也记过，一笔两笔，没那么细。现在就写细致点了。……原来好像是没觉出什么的吧，可能也没想那么多。……现在不老说叫反思反思，原来那就叫反思。（笑）……

研：我觉得您挺爱思考的，而且我觉得您好像本身就有变化。

W1 老师：的确，我也是有一些变化。……就是在教学上能琢磨了。原来教完了就摞在那，现在教完了就琢磨琢磨。（研：为什么您想去琢磨了？）我觉得还是一种需要，想提高吧。自身提高，提高学生，提高教学质量，各个方面。

研：有没有一个契机，您琢磨之后，您真的看到收获了？

W1老师：也有一些，但收获不会特别的大。应该还是有所变化的，更多的变化还是在学生身上体现的。其实在自己身上有时也有，比如我老写一些东西，我就觉得真有得写，比如我记了，让我写，我就真有得写。……一周写一点，真的是这么想的。后来真写不出来，憋呀。

研：自己逼自己写？

W1老师：对。而且我不写到底（页末）不结束。

研：多长时间写一篇呀？

W1老师：一周一篇。就是跟教学有关系的，一周一篇，有时批着作业就想写，赶紧拿笔写。就这样坚持写下来了，写下来之后，把所有写过的东西找出来，装订成册，后来发现都全了，可能只有一周是补上去了。

研：您从什么时候开始写的？

W1老师：2006年9月份，新初一。说白了，写完了之后，我一看，没有什么用。为什么呀？就是我写面上的活动特多，跟数学知识联系的东西特少。……后来就开始关注了，后来教案就写知识联系，就开始往那边靠了。……（ESI－W1老师－L342－419）

W1老师写教学反思一开始就是无意识，甚至都不知道什么是教学反思，后来因为教学偶然有触动就写了一篇反思，然后就坚持写，自己逼着自己写。在这个过程中反思的内容也有所不同，一开始写的和学科教学的关系不大，后来就开始关注学科知识，她觉得反思有用也是因为关注了学科知识，可以对以往的教学进行弥补、对未来的教学留下启示。此外，她觉得写教学反思有用是因为写的过程让她开始琢磨教学了。从W1老师的介绍来看，她更关注教学内容的反思。2008年，W1老师又给了笔者一份她最新的教学反思。从W1老师的反思可以看到，反思的内容涉及教学设计、方法，以及课堂、课下学生的表现等等。可贵的是教师认为："是学生的疑惑，大胆地表达心理感受，提示我要解惑答疑。我们是在一起研究学问，边学边问，这样的课堂是学生的，学生主宰教学节奏，我是服务者。"教师能体会到根据学情进行教学的时候教师角色的转变。

2007年底，W1教师还曾经对自己所教班级的期中考试成绩进行了一次试卷分析，针对自己学生的考试数据进行了分析并且实施了改进的措施。这已经体现出 W1 老师开始能够利用数据进行教学实践了，这已经是一种探究意识了。

运用反思提高自己的教学实践，还有 Y 老师的例子，对 Y 老师来讲，她认为写反思对自己的教学很有帮助。

Y 老师：说实在的，反思经常写，因为我对自己的要求就是，每一个教案都要有反思，因为一节课上完了，三四个班，哪好，哪不好，优缺点，我觉得都要写进去。感觉听完以后(她指的是 S 大学的 G 教授在 E 中学做的关于教学反思的讲座)，反思的深度能提高一些，不那么浅了，能深入地再思考一下了。

研：您能给我举个例子吗？我挺感兴趣的。学校检查吗？教学反思。

Y 老师：学校要求是一周有一篇就可以。我们组教研的时候就说反思和教学设计、教案怎么写，当时我跟组里提了个建议，……老教师在 40 或 45 岁以上，……我就建议有个简案，有个反思。像我这个年龄，我觉得我就要有详案，然后上课之前，我跟组长说，我又设计一个简案。简案下面直接把反思放在这。上完课，比如我生物学科不可能一节课全讲，还有两三分钟，我就能把我反思写完，这节课我立刻想到的就写进去。……比如：我讲到细菌，计算菌群的数量的时候，与数学有关，计算对学生来说难度较大，学生的数学基础有一定差距，一定要让学生清楚这样的数据是在细菌最适宜的环境中推论出来的理论数据。24 小时繁殖出多少多少细菌，会把地球怎么怎么样，当时立刻就有学生说，老师你这样不对，这样的话地球不就完了嘛。当时我一愣，想：讲计算，应该算完了就完事了，结果他们提出这样的问题。后来我反思一定要告诉学生，没有合适的环境细菌不可能滋生、繁殖。这样的问题得让学生会分析实际情况是有一定的差距的，但这样的数据会说明一定的问题。我上完课就这样处理一下，我感觉会好点。

研：您感觉对您下一轮再教这个可能就有帮助？

Y 老师：对。到下一轮再讲的时候，我一是再看一下简案，再看一下提纲，然后根据反思知道某个环节需要补充，这样对我这个年龄段的老师的教学感觉是促进,又不会给我增加太多的负担。……就这样弄一下,下一轮的时候,我就想根据反思再写教案,然后再根据原来的详案、反思再进行一下修改,这课等于就备出来了,我感觉还是挺有帮助的。……我觉得教学还是挺有乐趣的。(ESI-Y老师-L149-210)

Y老师在备课的时候,不仅有详案还自行设计了简案,并且坚持每一节课都写反思。她能够针对教学过程中出现的问题及时进行反思,这种反思对她未来的教学是有帮助的,而且她能在其中感受到教学的乐趣,这说明她没有将反思作为一种任务而是通过它享受到教学的乐趣。

教师在科研方面的提升也是教师探究能力的体现。Y老师在自己的教学过程中发现,由于生物学科不是中考科目,在初二年级以后学生的学习热情就降低了,针对这一情况她设计了免考的形式和变换教学环境的方式来提升学生学习的积极性。这个过程其实也是教师利用数据进行探究的过程。当然,Y老师也承认她进行探究的一个很大动力来自学校领导的要求。Y老师就以她自身的成长讲述了自己科研工作取得的成绩。

研:刚才您讲到了班主任工作,那您来了之后,在整个教育教学方面您觉得自己有收获吗?或是您自己有成长吗?有发展吗?

Y:我觉得是有成长有发展的。像这次H区创新奖,我得到了教学创新奖,我觉得能得到这个奖有两个方面,一个就是我当时报奖的就是教学评价手段的创新,还有一个就是教学环境的创新,这评价手段的创新也不是平白无故就得到的,是2006年7月份,我书读完了,应该是参加学校大会的时候,放暑假之前,校长安排了一个任务,就是我为学校献一计,然后我就在家里冥思苦想怎么给学校献计,……后来上网查,无意中(看到)一个评价免试的说法,我就结合自己学科(生物)的特点,我这个学科到初二的时候就麻烦了,……因为它不考试,又不是主学科,学生就不好好学了,于是我就想,我能不能把这个东西向校长建议一下,我就想,给校长建议这样一个活动不太可行,因为主学科不可能免试,因为要中考。(我)就想从自己的学科开始,我尝试一下这种评价方式的改革,结果是从2006年7月份开始有想法了,然后就跟领导一说,可能其他领导不一定能接受,但是我说完以后,Z校长正好在我们理化生组列席会议，他立刻就表示赞同。然后我就准备实施，到现在实施了将近有一年了，我觉得这种评价手段比较新，在初一的下学期和初二的上学期这一学年的时间段内，这种手段能激发学生学习的积极性，因为这一时段内，生物学是不考试的，就是不通考，没有什么压力。然后他就不好好学，这样我就把期末考试化整为零到各个阶段去考，对学生来说，平时考，期末可以省事了，这就像Z校长当时所说，把结果性评价转换成过程性评价。其实我没有这么高的理念，当时我讲完以后，Z校长立刻就给我返回这么一句话。我觉得这话说得好，然后开始实施，在实施过程中总结一下经验，然后把这个作为一个教学评价手段的创新报上去了。挺意外的，就获奖了。

再一个教学环境的创新就是，……因为政教处跟我说，让我做一些课外的科技类的活动。然后我就请人帮忙，就带学生去花房，做了几次活动，我觉得在活动的过程中，学生还是有收获的，然后自己再把这种活动整理一下，做了一个教学设计，感觉这是一点。再有一个，培养学生的信息技术能力，我多带学生们上机房，做一些练习，这样我觉得学生特别喜欢学生物，这样环境改变以后，新的环境激发学生的积极性，我称之为环境的改变，报的时候都报成创新了。对学生的学习真的挺有帮助。然后在组长的催促下把这两方面的内容整理一下交上去，交上去之后就评上了创新奖。所以我觉得所有的这些成绩真的是和学校的工作有关系，对我是有促进的，对我的成长来说也是起了主导作用。真是这样，我不是那种特别善于思考的人，我属于那种领导有任务我会很认真地完成的那种人。所以像我这样的人能有一些成绩，我觉得领导的督促很重要。他要求我去做，我才去做，自己的主动性不是特别高，但是有了这样的督促，我努力也就有一个方向了。(ESI－Y老师－L76－109)

如果学校的教师都能够进行这样的反思探究的话，学校就更容易成为一个专业化的社群。但从研究数据中也能看到在E中学，学校是将W1老师作为一个典型向教师展示的，所以能证明只有部分教师逐渐提高了自己的反思与探究能力，学校还是有部分教师是在应付差事，以交任务为原则(ESI－Y1主任－L663－667)。因此就全校范围来讲，教师在反思与探究方面的能力,还是有待提高的。

(2) 教师自觉和开放态度的形成

以往教师不喜欢被人听课,也不会主动听他人的课。现在教师不光能够听他人甚至其他学科的课,而且能够开放自己的教室让他人来听课。这充分体现了教师一种自觉、开放的态度。

Z校长说,E中学的课,可以随便推门就听。当笔者在田野研究的过程中希望听某位老师的课时,从来没有老师反对过。W1老师也认为,至少同学科组之间的教师互相听课没有问题,跨学科的课她也会听。

研:比如其他教师提出想听您的课,这种现象多吗?或者是您愿意让别人去听您的课吗?

W1老师:从我这里,愿意。

研:别人愿意让您听吗?

W1老师:我一般听的是数学组的,都还可以的。我们这次开学,我还真听了我们组初二某(数学)老师的课,连着听了好几节,挺好的。比如初一的那年轻教师,我也想听听他的课,人家特别大方,来吧。……

研:跨学科您听吗?

W1老师:我就听我们班的。比如上物理,我听听物理,听听科学,听听刚工作老师的,英语咱比较弱,听听。我是这样。听不同学科的以我们班为主。或者学校有那种公开的,那咱们学习学习去。人家课上有什么东西,你这学科也能借鉴过来。有机会可能就去。别人学习,咱也别太保守。大家听听,最起码能提点意见。(ESI-W1老师-L448-461)

学校教师将自己的课堂开放了,同时他们也能以一种开放的态度借鉴其他学科的优势。此外,教师自觉学习的意识也加强了。

要说再学习,也可能是这几年正赶上初中建设工程,然后给老师提供的外出学习的机会也多了,老师也都希望出去锻炼锻炼、学习学习,都强烈地要求。以前一说让谁出去,就以种种借口推托。现在一说,都抢着,挺愿意去的。就都知道出去学习是一件好事了,也都愿意

学去了。我觉得这是挺好的变化。(ESI－H 团书记－L19－23)

(二) 教师专业社群的发展

根据本章第一节对教师专业学习社群的界定,这部分内容尝试对 E 中学的教师群体发展进行分析。第一节提出教师的专业社群特征有四:教师能够聚焦于反思性专业探究;学校成员间能够合作、相互信任;集体责任感;教师个体和团体的学习得到促进。E 中学的教师群体在进行专业活动时,形成了两个特点:教师教学实践的非私有化;教师之间的合作。

1. 教师教学实践的非私有化

教师能够聚焦于反思性专业探究包括四个方面的内容,其中之一就是教师的去个体化实践(Louis, et al., 1995; Lauer & Dean, 2004),即教师教学实践的非私有化。教师能够通过相互观课、案例分析等方式来不断检视自己的实践。E 中学的教师在进行群体活动的时候,近年来逐渐形成了教学实践非私有化这个特点。

这一点在 E 中学体现在教师不反感他人来听课,同事之间能够互相听课,推门课[①]这种听课方式也已经为教师所接受。针对学校的研讨课,教师能够相互评点并且做到直言不讳。教师在这种活动中通过相互观课、案例分析进而不断检视自己的教学实践。在上文教师个体发展的分析中("教师教学行为的变化"),有一项是教师的自觉和开放的态度,当每一个个体都具备开放的态度时,教师的群体就能够实现教学实践的非私有化。E 中学教师之间的这种教学实践的非私有化已经发展到相对成熟的阶段,这已经是教师专业社群的标志之一了(Stoll et al., 2006)。

2. 教师之间的合作

以往 E 中学的教师之间并没有相互合作的氛围,通过近年来的改进工作,教师之间的相互合作已经成为 E 中学教师进行专业活动的一个特点。Hord 等人(1989,引自 Loius & Kruse, 1995)将教师合作的行为分为三种:协同工作(cooperative),共同掌权(collegial),合作(collaborative)。这是三种不同的合作层次:协同工作是最基础的社会互动,即教师相互帮助,更有效率地完成工作,比如协助开好家长会、帮助其他教师备课,这种合作可以

① 推门课就是在教师没有准备的情况下,领导和其他教师可以随时听课。

没有共同的价值观作基础。共同掌权的关系就是教师对教学实践和学生的学习进行讨论,教师较少谈及学生之间的争吵,更多的是关注与未来教学活动相关的问题或者学校能够改进学习的途径。合作的本质是共同发展,教师可能一起探讨如何更好地发展教学实践的技能,在互动中产生新知识、新思想乃至新的课程,从而使自己具备更好的专业技能为学校的成绩做贡献。

E中学教师间的合作主要涉及了协同工作以及共同掌权这两个层面。以W1教师所在的年级组为例,教师能够以年级组为单位,他们在工作中相互支持,帮助其他教师更好地完成工作。此外,他们还会一起探讨一些话题从而促进各自的工作。这些都体现了协同工作的特点。

W1老师指出,同年级组的老师相互影响对教师的成长是有帮助的。这种帮助体现在情感方面的沟通、支持,也体现在对教师学习的积极性的影响,还有就是大家可以共同研讨。

> W1:比如,原来某老师当过年级组长,特放得开,鼓励你。现在的组长也挺好的,关心你,知道你不容易,让你觉得:人家这么大年纪还兢兢业业,我也得好好干。都为工作,不是为个人。比如某老师,特别爱学习,我跟她一开始就搭班,她特别爱学习,一有什么学习机会就一起去。……但我有一种感觉,你和什么人接触是挺重要的,就是和你共事的人是什么人,说白了,就是一小环境吧。这个环境里人的追求,这个影响是最重要的。因为我们都是以年级组为办公室嘛。所以我觉得这个影响对我来说挺大的。(ESI-W1老师-L199-207)
>
> 研:您现在呆的这初二年级组对您的影响大吗?
>
> W1:现在应该影响还可以吧。现在也是自己琢磨自己,但我们交流的机会比较多。在交流的过程中,你有思考,你也会有行动,有了思想就有了行动,交流比较多。……从组长带头,经常就坐在一块,就聊点什么。其实大家七嘴八舌在聊着的时候,都有心地在琢磨点东西。只不过有时说不说出来是另外一回事了。琢磨成熟了可能再跟大家交流,琢磨不成熟,自己再去想。……我们这个年级组长他特别好强,他在年级里面不甘落后,所以对我们要求也比较高,有时偶尔提点要求,我们就努力去做。当然有时他也说不出什么好招来,就给你们制造机会,

大家都坐在那说说吧。经常地大家碰碰头。他也传播，比如他会说，谁干什么了，你们都学学。每个人身上都有点不同的优点吗，我们借鉴过来。其实这样挺好的。（ESI－W1 老师－L258－282）

对 W1 老师来讲，跟她一起工作的教师是很重要的，无论是感情上的支持还是个体学习上的影响，都能带动她。此外，年级组的环境对她的影响也很大，W1 老师所在的年级组在组长的带领下能够相互交流，在这个交流的过程中大家就会有思考，进而有行动。但是从 W1 老师的谈话中也能看到，她并没有谈到学科教学上的交流。

Y1 老师也讲述了班主任工作之间的交流，她觉得老师能毫无保留地将自己的经验告诉她，让她感觉很舒心。

我原来是在东北的一个大专当老师，……但真正像接手初中这种班主任没有做过。我真的是不知道该怎么做。现在初二年级我觉得班主任的能力都挺强的，想法特别多，然后我就去初二班主任那里问，哪个班好，我就问那个班的班主任。我问的老师（W2 老师、F 老师）把方方面面的都毫无保留地告诉我，而且帮我出主意。比如 W2 老师，他就告诉我卫生怎么办，……都不瞒着、不掖着，而且他给你出主意。有的时候，我带他们班的课，我就留心看他们班的墙上贴什么，有些我就不明白，我就去问他，你贴这个有什么目的？你干什么用的？你想调动学生的什么？他就给你讲，他就告诉你贴出来还要怎么鼓励他。我觉得这种毫无保留的帮助挺难得的。像 W2 老师是紫金杯的班主任，肯定有他独到的地方，也是毫无保留，我每次问，他都告诉我，而且到什么程度，就是指导非常细的细节。所以我觉得这种人际关系感觉特别的舒心。（ESI－Y 老师－L50－63）

合作的另一个层面——共同掌权式的合作在 E 中学也有体现，从以下这两个场景可见一斑。

场景一：

下午 3:25，和 Z 校长聊了没多久，我们就一起听另外一个老师的语文课去了。这是一节校级研讨课，语文教师讲对联。印象比较深的是：全校的讲评课上，我觉得学生的状态很好。回答问题很积极，学生积极参与小组讨论。在评这位教师的课的时候我发现Q老师和D老师有不同的意见，但是都表达出来。Q老师说：她特固执，我们一起讨论的时候，让她赏析，她不赏析。D老师说：试讲的时候没讲完，所以没加赏析，而且第一次的时候，她设计的对联都比较难，初一的学生不见得答得上来，后来就降低难度并且增加了梯度，我觉得她修改得挺好的。（10月26日田野札记-L44-50）

场景二：

今天中午，我在教室吃午餐，听到三个老师边吃饭边聊天，两个老师讲英语写作的问题：为什么让学生用英语表达这么困难？谈着谈着，一旁的语文老师说，我觉得他们的语文表达都是不错的，为什么语文行，英语就不行呢？接着他们就这个话题开始讨论。（11月8日田野札记-L270-272）

针对同组语文老师的课，教师间能够将不同的意见表达出来。教师在吃午饭的时候谈的是学生的学习，很显然教师的关注点在教学。这足以说明教师之间能够就教学实践和学生的学习进行讨论。

二、E中学如何建构教师专业发展的能量

E中学的教师从教育教学观念的陈旧，排斥“差生”，师生关系紧张，教师之间没有合作发展到建立了以学生为主体、关注每一名学生、关注学生的全面发展的教育教学观念，也形成了良好的合作氛围，教师较之以往更有自信。这些变化是如何发生的？教师专业发展的能量是如何建构起来的呢？从E中学学校改进的历程可以看到，教师专业发展的能量建构与近年来学校所采取的改进策略密切相关，也得益于学校领导的诸多实践，总括来讲可以分为如下八个方面。

第一，学校采取恰当的策略促进教师个体的发展。

E中学教师个体的专业发展体现在教育观念的变化和教学行为的变化。学校领导团队采取了一系列的策略推动了教师在这两个方面的发展。

首先教师教育观念的转变与学校领导团队的价值观密切联系。学校领导团队的价值观通过两个主要策略体现出来：一是发展德育策略的提

出;二是学校愿景目标的确立(详细内容见第五章第三节)。学校在2000年左右就确立了优先发展德育的策略,后来在2007年明确了学校的发展愿景。这个过程是学校领导团队价值观逐步体现的过程,也是学校教师在这种价值观的引导下,教育观念逐步发生变化,从而对学校的价值观逐步认同的过程。发展德育策略的提出不仅是根据学校生源的特点,也是源于校长个人对教育的理解。Z校长认为,学校教育特别是E中学这类薄弱校的教育,其目的是先教学生做人然后才是抓教学。

当学校在2007年将愿景目标写进学校文件的时候,平民教育这个概念就形成了,Z校长提出平民教育是面对"匮乏的贫困生"而从事的教育活动,平民教育就意味着"关爱每一名学生,保证让所有的在本校就读的学生都能在原有基础上提高,……"平民教育的目标就是培养学生先做人后学习。这就充分体现了Z校长本人的价值观:关爱每一个学生,培养学生的人品,让学生在原有基础上有所提高。这里原有基础主要是指学生的学业成绩的基础。校长的这种关注人品的思想,不仅体现在对学生的要求方面,还体现在对自己、对教师的要求中。"领导一个学校,凭什么?首先是凭人,评价一名教师首先看他的人品。"(ESI-Z校长-L598-599)在这样一种价值观下,学校要求全员德育、全面育人。

Sergivanni (2007)认为,学校领导最根本的任务就是在道德层面,让校内成员相互联系,让校内成员与他们的工作相联系。这种道德联系源于学校成员对共享价值观和信念的投入。E中学的教师就是在工作的过程中,认同学校提出的价值观并逐渐转化了自己的教育观念。

其次,教师个体的发展得益于学校所采取的教研活动系列化这一策略。特别是教师的反思与探究能力的提高与学校对教研活动的要求密切相关。"教研活动系列化"的策略是指学校对教师的教研活动进行整体(或系统)规划。以往E中学的教研活动是没有系统性的,虽然每个学期都有教研活动,但是这些教研活动之间的关系、最后要达成的目标并不清晰,也没有关照教师的需求。因此很多教师觉得参与教研活动没有什么收获。于是学校由2007年第二学期开始,开展了以"学科思维品质与学习习惯"为主题的系列研究活动,"以初一语文、数学为研究学科,以说课、录课、分组观看研讨、任课教师反思、跨学科全员交流、专家点评、教师反馈等形式开展活动。通过跨学科交流研讨,引导全体教师重视对学生习惯的培养,关注学生的有效学习,建设有效课堂(ESD－18－L147－150)。由此可见,这个系列的研究活动的目的是引导教师通过反思、研究能力的提高建设有效课堂,最终提高学生的学习成效。

学校指定教研活动的目的主要是因为学校在2006年底明确了发展愿景目标以后,开始寻找发展的突破口。随后E中学就将"以校本教研为基础,加强学科建设"作为了突破口,即学校改进优先发展的项目。具体地讲,就是"学科建设的目标是:第一,形成学科核心力量。首要目标是形成一支具有核心竞争力的教育教学的骨干支撑力量。即学科教师具有较强的教学能力、丰厚的知识背景、独具魅力的人格特征、令人心悦诚服的教学风格。第二,提升学科教育品质。学科建设不是为了达到某种形式化的、装饰性的目标,而是应实实在在地提高学科教学的质量,提高学科教学的实效(ESD－54－L15－20)。"

学校发展的重心明确地放在了教师专业发展上面,明确提出关注学科教育。而关注学科建设需要一个切入点,因此学校就根据自身的教学情况,提出了以"学科思维品质与学习习惯"为主题的系列研究活动。由此可见,此时E中学的教研活动已经有了明确的目标,并且能够围绕这个目标设计连续、系统的教研活动。这一系列活动的背后就是希望培养教师的反思、探究能力。

L教授是这所学校的发展主任,学校当时就是在他的指导下提出这个课题的。L教授认为:

> 关于教学研讨会(即指"学科思维品质与学习习惯"为主题的系列研究活动),也要推出一个案例来进行研究,实际上是大家怎么去研究教学。要给这么一个过程,要慢慢地感受。比如像参加培训的这些老师知道,但是全校老师是不是都知道如何去研究教学?……先不上课,先给出教学设计,……然后把它印成文字稿给老师,让老师们去琢磨她的教学设计,然后再听她这课。这样就不一样了。……就是引导老师更深入地去做课前准备、有目标地去进行教学。所谓教学效果应该在这方面做得更到位一些。……但有一样,是不是我们的教学工作还不到位,你到位了未必好,有很多综合因素,那我们的教学是不是不到位?不到位在哪?比如准备工作,你上课备课如何备的?你备课考

虑的是否很到位？你是不是对学科的理解到位？如果你理解没到位，那就事倍功半。所以现在要解决这个问题。（ESI－L教授－L867－887）

事实上，搞这项活动的目的是想让教师们知道怎样研究教学，之所以安排一系列活动，是希望教师从不同的角度思考自己的教学，从课前的准备、思考一直考虑到最后的教学效果。

这种研讨活动当时是E中学第一次搞，学校领导的设计思路是形成系列，不走形式。在过去10年，Z副主任一直是学校的教学主任，2007年9月领导班子调整，因为年龄的原因，她成为副主任，以帮助扶持年轻的新主任。她认为：L教授来了以后对学校的教研工作有很大的影响，她觉得最大的变化就是教研活动形成系列了（参见第六章第二节）。学校将教研工作系列化不仅是针对一个课题的研究，而且还将平时的常规工作联系起来。学校教研工作的这种系列不单单是线性的系列，更是一种网状的系列。本来W1老师进行的教学反思就是日常教学中对教学过程的反思（详见上文“教师的教学行为的变化”的论述），是一种“散点式的反思”（赵明仁，2006），但是当学校不断强化反思的时候，学校设计的一系列活动为W1老师反思能力的提高提供了机会。而期中考试的试卷分析就使得教师开始利用学生的数据进行教学分析并且对学生的学习有进一步的指导，逐渐由散点式的反思形成了探究的意识。

针对教师个体的专业发展，学校采用了三项改进策略：发展德育的策略、建立学校分享的愿景目标、教研活动系列化。前两项是针对教师的教育观念，最后一项则是针对教师教学能力的提高。当然，单单实施这些策略而没有学校领导团队在这个过程中的支持、督促、指导等实践，不一定能达到建构专业发展能量的目的。因此配合这些策略的实施，学校领导者还进行了其他一系列的努力。

第二，学校领导团队对教师提出的要求促使教师提高。

近年来，学校要求教师每周必须写一篇反思笔记。在这种要求下教师开始写反思，并且在此基础上逐步提高了对自己的要求，例如Y老师每节课后都写，W1老师也是坚持每周写。这种要求也促成了教师反思能力的提高，她们两人都认为这种强迫是很有必要的。

第三，学校外请专家进行有针对性的报告对教师的提升也有帮助。

Y 老师认为，S 大学的教授进行的一些讲座对她有帮助。

学校请一些专家讲课，我挺喜欢听的，感觉像有高人在指点。专家讲课不是针对某一个学科的，而是覆盖很多学科，还是挺好的。……L、G 教授讲的，我感觉小学科，像教学反思的那个，怎么写、写哪些内容，还是挺有启发，挺有思考的。（ESI－Y 老师－L167－178）

此外，学校领导邀请一些优秀的教师来学校进行讲座，他们优秀的教育经验能够促使教师反思自己的行为和观念。比如，学校领导请来某某中学的优秀班主任进行讲座，还播放优秀教师的事迹让教师观看。W3 老师说学校领导邀请相关教师进行的讲座使她产生了变化。

我觉得可能有些是校长开会说的一些事情，还有就是一些讲座，我们学校经常放一些讲座，看别人怎样做老师。有些时候，我觉得自己当老师不如别人，成天说呀教呀，没有真正走进学生的心灵——，站在学生的角度。……一个女教师，优秀班主任，她家访，每天学生给她留一句话。那件事情听后触动我，使我去年圣诞节给全班每个学生写了一张贺卡，每个人大概二三百字，写上学生的优点，那天我看到学生现在还留着呢。最近，这个甘蓝右的事迹，也让我感动的，也会让我想想怎样去做。（ESI－W3 老师－L118－140）

第四，学校领导团队在不同场合的持续宣讲，不断强化教师教育观念的转变。

Z 校长认为教师教育观念的转变是“重视加强思想上的领导，致力于教育观念转变和科学教育思想的确立（ESD－25－L45）”的结果。W3 老师也提到了，她自己的学生观的转变受到了“校长开会说的一些事情”的影响。

第五，学校领导团队给予教师的支持和鼓励。

如果教师提出专业学习的需要，领导者能够提供相应支持的话，这对教师的影响会很大。Y 老师说：

去年教代会的时候，我和教学处的 Z 主任说起过，我提出想去别的学校参加教研活动，学校领导挺支持的。（ESI－Y 老师－L161－162）

H团书记也说：

> 尤其上个学期吧，出去学习的人特别多，但是好像也没有因为谁出去学习而耽误了正常的教学工作。然后学校从教学处这块也特别配合给老师调课表，尽量满足每个老师外出学习的要求。也都配合得挺好的，也没出现什么很大的问题。然后教师就感觉领导是很支持你出去学习，给你创造这种条件和机会。（ESI-H团书记-L180-184）

领导的鼓励，特别是对教师新的尝试的鼓励对教师也是一种影响，“一旦老师在科研上有点什么成绩，我感觉比老师还高兴呢。有时我拿了证书给主任看，主任高兴得不得了，替我高兴（ESI-Y老师-L23-25）。”Y老师能够获得教学创新奖，在学校推行免考的方式也是因为她提出这个建议之后，校长马上对她给予肯定，而且还给予了一定理论上的指导，这坚定了教师尝试新想法的信心。

第六，学校领导团队为教师树立榜样、典型。

学校领导者在校内为教师树立典型、榜样，根本目的是为教师建立一种导向，即学校支持什么样的行为。H团书记从一个历史教师的角度讲述了她感受到的树立典型对教师的影响。

> 研：你刚才也说，老师去外出，愿意去学习了，你觉得老师为什么愿意出去学了？以前为什么不愿意出去学呢？就从你一个普通老师的角度来看。
>
> H：我觉得以前就是眼界特别窄，就盯着自己教的那点课，老觉得自己把学校这点课教完了，就好了。现在可能也是看到几个典型的进步的例子，像某某某老师就是通过出去学习，自己提高得特别快。现在有些老师也看到人家那种进步了，也知道人家是通过不断地外出学习呀提升自己，然后让自己有挺大的进步。可能树立起几个这样的典型或榜样了。老师们也开始意识到了，而且也愿意出去学去了，以前一出去学就觉得是耽误时间，然后耽误课，还有当班主任的，我这一走了，这班怎么办？顾虑特别多，后来我就感觉有几个老师敢于出去，有这么几个典型的那种案例，其他老师也看见了，人家都能出去，也不耽误自己日常的生活、教学，该带班的班也带得挺好。为什么自己不敢

出去学习去？后来可能就这一关一过了，老师们思路也打开了，也愿意去了。（ESI－H团书记－L167－179）

第七，学校领导团队为教师创造机会、提供条件，激发了教师自觉学习的欲望。

领导者不断地为教师创造外出学习的机会，这主要是从2000年的青年创新教学研修班开始，但是能够满足绝大多数教师外出学习的愿望还是在学校参加了S大学的学校改进项目以后。“初中建设工程”组织各类学习培训，几乎轮到每位教师（ESD－38－L18－19）。H团书记说：

我觉得可能学校给提供的机会也多了。以前好像出去学习也很少，就集中在几个老师，什么学科带头人，教研组长啊，有这机会去接受培训。后来可能我们也是赶上这时候比较好，“初中建设工程”一开始，就大面积的，什么春风化雨呀，还有好多，我都叫不上名字来。给大家的机会也多了，然后大家看别人都在学，自己再不学也不行了似的。（ESI－H团书记－L180－184）

第八，学校领导团队深入课堂了解教学情况，促使教师开放课堂。

在E中学所有学校领导团队的成员都要听课，教师也要在每学期听一定数量的课。在2007—2008学年第一学期，学校领导者听课的数量最多达到43节，最少的也有13节（ESD－18－L245－331）。W副校长说：

我们要求所有的干部深入课堂，主要是发现问题，因为我们听课基本上都是推门课，不事先通知老师。我们每个学期每位老师都要做一节研究课，就是研究，你的研究课题要有所体现，这是组内的，没课的老师可以去听，我们学校领导肯定要去听的。更多的是推门课，不通知老师就听课。现在你随便去一个班，说我听你的课，没问题。这是我们学校一个挺大的特点，大家已经知道了，习惯了，我们去听课可以发现一些问题，因为老师平常的课才是检验平时的状态，研究课都是作过充分准备的课了；再有我们是去帮助老师改进教学方法、教学环节等等，对老师也要有必要的指导，只有能直接感受，你指导的才能到位。（ESI－W副校长－L308－315）

三、T中学教师专业发展的能量建构

T中学的学校改进之路主要聚焦于教师专业发展能量的建构。T中学的教师专业发展能量建构可以划分为教师个体的专业发展和教师专业社群的建立。下文将对这两个方面进行论述。

（一）教师个体的专业发展

教师个体的专业发展包括：知识、技能和态度、观念的变化。下文将从这三个方面分别论述T中学教师的变化。

1. 教师专业知识的变化

以往T中学的教师认为有了学历就不用发展了，教师很少到校外进行交流，这使得T中学的教师呈现出了封闭状态，不愿意开放自己的课堂，不愿意展示自己，也不愿意接受他人的建议。经过一系列学校改进措施的实施，比如“承办大型活动”和“选派教师外出学习”等策略（详见下文标题四的论述），促进了教师个体的专业发展。在这个过程中，教师知识层面的变化表现为：学校教师视野的开拓，对新的教学方法的掌握，对学科认识的改变以及对外部信息的了解。在T中学，教师知识的变化主要体现在对新课程改革提出的一些新的教学方法、学科性质的认识、理解和掌握以及对外校有益经验的学习。

Y老师和Z1老师都谈到了自己在准备公开课的时候学到了新课程改革提出的新的教学方法。Y老师是一名劳动技术课老师、班主任，在准备公开课的过程中到外校去听课、学习，跟校内外教师进行交流，在这个过程中，她接触到了新课程改革要求的一些新的教学方法，比如小组合作、学生自评、互评等合作学习的方式在课堂上的运用。由于以前没有接触过，她就利用在外校学习的机会，掌握了这些方法并且在公开课上加以运用。她认为这种学习对她来讲是一种飞跃，这种飞跃体现在她学习了新知以后有所感悟，有所收获，而这种收获又能促进她的教学实践。

Y老师用一次准备和一次正式做公开课的实例，生动地讲述了她在教学中的飞跃——教学方式的更新以及以学生的发展为中心的教学观念的生成。

上公开课对自己是一个飞跃。因为很多人帮你备课，……其实这一节课不光是你自己的功劳，而是凝聚大家的心血和经验。所以以后你再上课的时候，你就会有一定的提高。……比如说我第一次上公开课的时候，是做一个劳技学科的改革课程，是中国结的编制。当时给我的时候，我就觉得，上就上吧，但备起课来，真是挺难，因为它要求的就是现代教学理念，那是我第一次接触小组合作，……小组合作、学生评价、自评、互评、老师点评，我是第一次接触这种教学方式，当时真的就跟背东西似的，因为也有试讲，在别的班，效果特别不好，然后自己也找资料，去某某、某某、某某重点中学，……我就去请教那些知名的老师，让他们帮助我看教案，看我的设计思路，那时还没有什么教学设计，就我给他讲一遍，他们就提出了很多的环节、漏洞等等，我回家再琢磨，……虽然那段时间我特别苦，但我那次上得也挺成功。以后再有公开课的时候，自己好像心里就有把握似的，因为我经常到那三个学校听课去，听课特开拓眼界，……它的教学思想、教学活动、教学方式绝对跟你在这学校不一样。我印象最深的就是某某学校，它在上手针课的时候，把所有的线和东西都放在前面，学生想拿什么就拿什么去，这是培养了什么？……这就是培养了学生一个自觉拿放东西的习惯，就一个生活的习惯。虽然我觉得这细节很小，咱们可能都看不上眼，……我觉得这就从细节小节中抓住学生。……就是去这些学校听课开拓了自己，现在一说课、评课，也比较有东西，完了再看一些相关的书。

研：你刚才说的小组合作、自评、互评，这些形式是要求你必须用上，还是……

Y老师：不是，跟自己的课型有关系。那次我的课就是一种设计课。设计图纸设计完了，它是一个美术班，设计完图纸，讲自己的寓意，讲完之后，就当场编制，成功之后展示，在这个展示过程中，有成功的，有不成功的。有做得好的，有做得不好的。但是，有的学生说：虽然小组合作不是特别默契，很生疏，做得不是很漂亮，但是我们的心意是什么，我要表达出来。我觉得培养了学生什么？我当时点评的时候就说：虽然你的作品没有完全完成，但是你让老师感悟到了，你这个作品的最重要的意义不在于它是一个多么漂亮的中国结，而在于你们全组人的齐心合力，你们的创意，我相信你们下课之后会完成得更好。同学不是提出很多建议吗，你们归纳之后，再进行制作设计，希望作品更加完善。希望学生遇到失败的时候，咱们学生怕失败，有的时候做着做着做不成功了，就放弃了、生气了，我觉得这也是意志品质的磨炼。（TSI－Y老师－L227－290）

从Y老师的描述中可以看到，她从外校学习到的这些内容已经体现在她的教学实践中，在实践中，小组合作所要求的——利用合作的形式发挥学生的主体性，培养学生的合作精神——这样的理念已经呈现了出来。此外，新课程提出的三维目标——情感、态度及价值观的目标也在她的课上有所体现。比如她在外校手针课上学到的“在教学细节中培养学生的良好习惯”——对学生自觉拿放东西的习惯的培养，或者说是生活习惯的培养——这样的思想已经体现在她自己的课堂上。当学生没有做出中国结的时候她能够给予鼓励并且肯定其合作精神，更重要的是告诉学生，课上的不成功并不代表失败，希望他们在课下继续完成，渗透了她对学生意志品质的培养。

Z1老师是一名英语教师，也是一名教研组组长，她承认，在和专家交流的过程中她才知道，原来英语课可以采用很活跃的方式上，从而改变了自己传统、死板的教学方法。2003年她还参加了学校的大型展示课活动，在这个过程中，她认识到同样的教材还可以有不同的教学方法，从而学习了新的教学方法。

2003年关于教师发展问题，学校发起的那次做课活动，那次活动，当时做课也是赶鸭子上架，不知道这课应该怎么上，所以就哭嘛。但给我打开一个全新的（视野）是什么，就是原来按部就班地去上课，因为那个北京版教材管得很死，同样是那套教材，专家指导完之后，就活一些了，不是讲完单词，讲句型，我才知道这课还能那么讲。刚开始确实不知道专家跟我们说的是什么。（TSI－Z1老师－L304－310）

Z2老师在参加了校外的培训后，更加体会到了语文学科的性质，“觉得语文不是一个教知识点的问题，它是带着情感的一种师生的沟通。语文更主要的任务是让学生会用母语，会用母语来更好地表达自己的感情。”

(TSI –Z2 老师– L51 – 56)这说明,她已经体会到了新课程改革中强调语文学科人文性的特点。事实上,对于学科性质的认识,往往影响着教师的教学实践,如果教师能够理解语文就是教学生学会使用母语,那么她在课堂上就不会强调字词句篇的割裂学习。

最后,T中学教师专业知识的变化还体现在眼界的打开、对外部知识的吸纳上,比如学校要求外出教师对自己的学习成果进行经验分享,这是一种利用个体影响群体的方法。每一位外出学习的教师回校后都会在全校进行交流,这样就将信息传递给了其他教师,起到一种间接学习的作用。

由此可见,教师在学习了新的课程理念,接触了新的知识以后会影响他们个体的发展。Mitchel 和 Sackney (2000)指出,当教师的学习能够引发其深层改进的时候,这种学习往往建基于一种"能量建构模式"(capacity-building model)而不是"缺陷模式"(教师知识的差距往往反映了教师个体的缺失)。教师不欢迎这种建基于"缺陷模式"的学习,当他们变革教学,或者接受新观念时,如果有人从旁支持并且进行培训,他们往往不会感到工作量繁重,但是如果培训将教师的需要最小化,那么教师就会觉得增加了工作量。(Wegnall,1996 引自,Mitchel & Sackney, 2000)

2. 教师教学技能、能力的变化

在T中学,教师的教学技能的变化既包括教学方法的变化也包括研究能力的变化。

教师教学方法的变化主要体现为:教学中,教师能够以学生为主体。W2主任在参加了培训以后,开始反思自己以往的教学,发现以往的教学无论是在教材的钻研还是对学生数学学习过程的理解上都缺乏整体意识。因此她利用所学知识进行了新的教学设计,更加关注学生数学学习的整体性,并且让数学的学习与生活密切联系,从而体现了以学生为主体的特点。

> 从教近20年,我觉得我在把握初中数学的某一个知识点、重点、难点、考点上还是比较好的,但听了某教授的"整体"意识,我才知道作为一个数学老师,我在数学教学中站的高度不够,审视教材不够全面。他(某教授)强调,作为初中数学老师,一是明确数学知识是一个系统整体,二是数学学习是一个整体认识的过程。(ESD – 38 – L1 – 3)

在这种认识的指导下，她改进了自己的教学方法。

> 设计了一份单元数学设计“数据的收集与表示”，从课本中我了解到本知识点贯穿九年义务教育学生学习数学的全过程（1—9年级），从小学1—3年级对数据的收集、整理、描述和分析过程有所体验，到4—6年级经历收集、整理、描述和分析数据的过程，掌握一些数据处理技能，再到初中从事收集、描述、分析数据，作出判断并进行交流的活动，掌握必要的数据处理技能，由浅入深地使学生体会数学与生活的关系。（ESD－38－L20－25）

最后，她指出：

> 作为教师，在钻研教材的时候，就要整体把握、区别对待，教学时不能平均用力，分析透彻哪些是学生已具备的知识能力，哪些是学生的盲点、弱点，恰当整体把握教材知识逻辑结构和学生的认知结构的连接点，遵循学生学习数学的心理规律。（ESD－38－L34－39）

由此可见，在接受培训的过程中，W2主任个人学科教学论知识逐渐丰富，同时这种知识指导她进行教学方法、设计的变革和改进，而这种变革恰恰是以学生的学习为主体的。

X老师是学校唯一的一位音乐老师，以往在教学中并不关注学生的感受，后来，她将教学当成一种享受的过程，在教学过程中努力调动学生学习的主动性，以学生对音乐的感受为主并且鼓励这种感受的畅快表达。于是她看到学生的潜力和令她吃惊的表现。

> 起初教学的时候，我感觉我的专业素质比我交给学生的东西高很多，……我的能力应付这种工作很简单，后来发现不是那么回事。……你要教他，要把他教会。而且要在教会的过程中，让他觉得很高兴，你也觉得很愉悦。这个是最难的，这是当老师最难的一个地方。……这几年，我真的想很享受这个工作，但是你要想把课上得很享受可不容易。你很愉悦地做你工作的时候，你会反过来，我为什么这节课会不高兴呢？我哪一点做得让学生觉得我还不错呀？我哪一点让学生掌握了呀？你就不断地在总结它。比如说我们学生不爱唱歌，那我就有意识地让学生去唱，你要让学生唱，你就要去做调查。我

> 一个完整的歌都不会唱,我唱歌一跑调同学都笑我,初中生都好面子了吗?你在做了这些调查之后,你就觉得确实是这么回事。这个歌不熟我就不敢唱,不熟的歌我唱我也跑调。……我把歌教会了,我怎么来教你,让学生觉得不可笑了,那你就要想很多方法。我现在讲巴音、讲民乐这些很深的东西他们都不觉得可笑了。比如说,你先讲劳动号子、川江号子,以前我可能上完这个课,放完这段录音,学生什么感受,我什么感受,我可能一点都不考虑,反正他们也一点不喜欢这样的音乐,反正他们也是这样一种状态。但是你换一个思路,你把这个课上得很高兴的,比如我就让学生们去感受、创编这种号子,他们就把我当成萝卜,他们自己坐在地上划龙舟,你就会觉得学生怎么会有这种反映,他们的表现会让你大吃一惊,我真的觉得比外面的公开课效果还好。这不过是我的一节普通课,给我的冲击特别大。……然后我又用很多调动他们情绪的方法,川江号子本身很难听,(教师唱号子),然后我就大着胆子唱(教师唱),学生就跟上我从平水到激流险滩的节奏,然后学生就突然站起来了,但是我没有制止,后来我就分成小组,让学生把握劳动号子的几个点:歌唱性、集体劳动、一领众合,他们创编让我大吃一惊,唱:划龙舟,一个人打着鼓,下面就坐在地上打着鼓,有声音、有状态、有节奏,他们把我那节课的东西都理解了。我觉得孩子们给我上了一课。(TSI-X 老师-L190-296)

起初,X 教师对自己的专业能力充满信心并且觉得专业能力强就可以教好课,但是后来开始发现,其实把学生教会并且在一种双方都享受的状态下进行教学是非常难的。于是她开始关注学生,开始做调查并且有针对性地进行教学。在教学中,她想方设法调动学生学习的主动性,以学生对音乐的感受为主并且鼓励这种感受的畅快表达。于是,她看到了令她吃惊的表现。虽然她说是"学生给她上了一课",事实上,这一课是她自己创造的,这说明她开始改变教学方法,关注学生感受、调动学生学习音乐的积极性,于是,课堂发生了巨大变化。这就体现了她的新的教学观念,她认为音乐课要让教师和学生都在享受的过程中渡过。

无论是 W2 主任还是 X 老师,她们的教学都是因为考虑到了学生,教学方法的设计都是从学生的角度出发才收到了促进学生发展的效果。

至于教师专业能力的提高，表现在反思和研究能力两个方面。教师反思、研究能力的提高，主要表现在教师对自己教学的反思，以及对学生学习数据进行有意识的整理和研究。

教师对自己教学的反思主要体现在教师对自己潜在教学观念和自己教学实践中的失误的反思。反思的类型主要集中在描述性反思。描述性反思往往是对一个事件、情境的反思，基本上是对一个事件的叙述，在叙述的过程中反思多于描写，如果出现深刻的理解，那么这种反思往往会有一个批判性的分析（Mitchel & Sackney，2000）。比如，W2 主任对自己数学整体意识缺乏的反思实际上是对自己潜在的教学观念的反思，也就是应用理论的反思（theory-in-use），经过这样的反思，她在随后的数学教学中就开始关注学生数学学习的整体性。

> 原来自认为教学不错，成绩也不错，但参加了 S 大学教授的课，才知道自己的眼光是短浅的，仅仅考虑一个题目中考会怎么考，当然这是做老师必须思考的，但做老师不应只考虑中考，还要考虑孩子的长线发展，一个知识点不应只考虑中考是否要考，还要考虑高中是否在这个点上继续突破。就是从整体把握教材这块儿我感触还是挺大的。我做得还不够，只是考虑中考。只是想和落在笔头上又不一样，落在笔上，肯定要仔细想想，从理论到实践，你要写出来。同时，理论不清晰的时候，要上网查资料，这个过程又能得到好多新的信息。（TSI－W2 主任－L190－200）

教师的研究能力体现在对学生学习数据进行有意识的整理和研究。X 老师在发现学生不爱唱歌以后就进行了调查，然后根据调查中的数据在教学中采用一定的方法来让学生喜欢唱歌。这种有意识的收集数据并进行研究、采取行动的过程其实已经是一个很好的行动研究的过程了。Z3 老师在进行美术教学的时候都会对新的班级进行调查问卷然后采取相应的教学方法（TSI－Z3－L603－309）。Z2 老师也在教学中运用了行动研究对写作教学进行改进（TSD－43）。从教师们的变化可以看到他们反思、探究能力的提升对于学生的积极影响。以往的研究显示，当教师的专业发展能够聚焦于探究学科问题和教师的教学的时候，这种探究对教师学习、实践和学生的学习都有着积极的影响（Darling-Hammond & Sykes, 1999; Lytle & Cochran-Smith, 1994; Smylie et al., 1998; Wilson & Berne, 1999）。

3. 教师态度、观念的变化

以往T中学的教师不仅封闭、不愿意接受他人的意见，而且在教育教学中埋怨学生的情况严重。近年来教师态度、观念发生了变化，体现在自信心的建立，开放意识的形成，师生关系的融洽以及以学生为主体教学观念的形成。

首先，教师的自信心是教师能力信念（capacity belief）的一种体现（Lethwood & Beatty, 2008）。T学校的教师在2003年之前很少上公开课，没有承接过一次大型的活动，L副校长认为就是因为没有自信。一旦学校敞开大门，教师有机会展示自己，并在这个过程中得到提高获得认可以后，她们就建立了自己的自信。这种自信不仅源于教学实践的提升，也源于一种勇气的建立。正如W2主任所说，"无论如何，我敢这样做了"，这是一种敢于突破自己的勇气的建立。教师迈出了第一步并获得了收获就会提升自己的自我效能感，这种自我效能感[①]对于教师的教学有着重要的影响。研究显示，教师关于自己专业效能的信念与她在教学实践的效能、学生的学习密切相关，并且提高了教师对教学和学校改进变革投入的可能性（Ross, 1998; Smylie, 1990 引自 Leithwood & Beatty, 2008）。在T中学，教师的这种自信或者自我效能感在很多教师身上都有体现。

其次，教师开放意识的形成是一种教学实践的非私有化的体现。教师开放的意识体现在她们能够对同行开放课堂，展示自己，准备接受来自同事的公开评价。教育教学实践的非私有化其实已经是教师专业社群形成的特征之一了。在T中学，这种开放一开始是小面积的，即只是属于一部分人的行为，发展到现在已经属于绝大多数教师的行为。学校绝大部分教师全都做过不同类型的公开课，这一点已经能证明教师的开放意识已经形成。

① 教师的自我效能感是一种对一个人完成任务或者实现目的的能力的信念（Leithwood, 2007, p. 617）。

学校领导者对这个变化感受很深：

刚开始，一听上公开课，我们的老师全都躲，现在都争着上，如果去不了，老师们就会觉得遗憾。……就是老师开放的心态也越来越好。（TSI－S 书记－L222－224）

现在我们的一线老师，我觉得他们承接过各种公开课的比例能达到百分之六七十，就在我们 60 多人的一线老师中间，40 多人没问题了，而且现在老师们自己对外交流学习的意识也比以前要强了。（TSI－J 校长－L217－240）

此外，通过评价面谈策略的实施（详见下文标题四的论述），T 中学的师生关系更加融洽。在 T 中学，这种师生关系的融洽是通过学校领导将师生双方的信息进行沟通后产生的。教师在了解了学生的需求以后能够反思自己，并且接纳学生的意见进行改进。比如 T 中学的一位数学教师了解到一位学生对她不满后，她反思了自己的教学并且进行了改进。下文是教师自己的描述：

主任说："就是坐在靠窗户倒数第二个的女生，眼睛大大的"，我马上脱口而出："某某某"。主任接着说："下课后我把她叫过来问了问，她也没说出什么，就说她不了解你，可能是你对她关注不够。"这次的反馈对我的触动很大，我想了许多，我回忆着这个叫某某某的女孩子给我的印象，不多说话、性格内向，还有点胆小，因为她太不突出了，我既没有批评过她也没有表扬过她，我的关注点都在调皮捣蛋、惹是生非的学生身上，表扬的都是班里学习成绩突出、表现积极的学生，她默默无闻、不爱说话，怎会想到她呢？她肯定会觉得老师忽略了她。不过，站在她的角度来看问题，她是多么希望老师也能发现她的存在呀！

我们经常说，教育要面向全体学生，关注全体学生的发展，可在实际的工作中，却经常达不到这个目标。如果学校领导不进行访谈活动，我可能根本不会注意到这种工作失误。那么，该如何来弥补我的工作失误呢？我想到，……最好的办法是能够让她自然地，而不是生硬地感受到老师对她的刻意关注与关爱。

终于机会来了，在一次数学课上，当我巡视学生们做题时，我发现

> 她的解法既简单又巧妙，我当时就在她的题目上画了一个勾，还写上了一个好字，我看到她满脸笑容，感受到了极大的满足。当我请同学们到前面来把自己的解法讲给大家听，很多同学都争先恐后地要求到台上来，可是某某某同学却没有丝毫反应。在大家把各自的解法说完后，我说我再讲一种解法，于是就把某某某同学的解法说给大家听，同学们听完后都觉得这种解法最简单也容易理解，都说老师太聪明了，为什么自己就没有想到呢？这时，我才告诉全班同学，其实这个解法并不是老师想出来的，而是某某某同学第一个想出来的。全班同学的目光马上齐刷刷的盯住了她，都是羡慕和赞叹的眼神。我马上又说："某某某同学虽然平时不爱说话，其实她也很聪明，我已经发现她在好几次作业中采用的解题思路和方法很独特，也很巧妙，同学们课下可以与她多沟通和交流学习中碰到的问题。"后来我发现每当下课后总有同学围在她周围，有时讨论问题，有时聊天；班里的活动也有了她的身影，有的学习困难的同学说就愿意找她讲题，因为她有耐心，讲得明白。
>
> 一个学期下来，我和全班同学都明显感觉到了某某某同学的变化，她不仅在学习上而且在与同学的交往上变得越来越自信，同时也更加关心班集体，经常利用中午休息时间主动打扫教室卫生，担任数学课代表后也尽心尽力。她的进步让我感到了由衷的高兴，是学校采取的对老师的评价方式让我没有忽略这么一个不起眼的学生。
>
> 尽管已经从事教育工作十几年，以上案例还是让我深刻认识到：其实每个学生都具备极大的潜能，为师之道的首要任务就是要用适当的方式来发掘学生的潜能，激发他们积极向上的愿望，否则，就有可能事倍功半，教学如此，教育也是如此。（TSD-45-L23-56）

教师知道教育要面向全体学生，但是在实际工作中还是忽略了某些学生，通过学校领导的反馈，她对自己的工作进行了反思，并且采取了一定的改进措施，也收到了良好的效果。从这位教师的案例可以看到，通过这件事，教师在反思自己的教学工作：要努力用适当的方式发掘每一位学生的潜力。由此可见，在一个师生关系融洽的氛围中，教师的自我效能感会提高，而这种自我效能感又能对学生的学习产生深远的影响（Goddard &

Goddard，2001，引自 Leithwood & Beatty，2008)。

最后，T 中学的教师体现出了以学生为主体的教学观念的变化。这种变化深刻地体现在教师的课堂上。X 老师在音乐教学中，从以往不在意学生在课堂上对音乐的感受发展到尊重学生的音乐感受、激发他们的创造性，就是一种从关注教到关注学的变化。在 X 老师的音乐考试课上，笔者就看到了这种以学生为主体的教学观念的具体体现。

> 下午 2:25 第二节课，初二五班 X 老师的音乐考试课。我很好奇，想看看 X 老师怎么考音乐。老师提出考试的要求：自信，准确。考试的形式是：必唱曲目和选唱曲目。必唱曲目是《青藏高原》。老师坐在钢琴前带领学生复习一遍《青藏高原》。到最末一句学生的音准不好，老师又带领唱了一遍。这次老师、同学都满意了。然后就开始考试了。先是两个女生拿着音乐书，站在教室前面唱必唱曲目，最后一个音还是不够好，老师走到钢琴前，帮助他们将这个音唱准。……这节课引起我注意的是有一个女生，非常紧张，不仅一个人唱，而且唱不出来，脸憋得通红，唱了第一句下面就唱不出来了，音准也不好，完全没有放开嗓音，像是在哼歌，她紧张得手在抖。这时老师过来了，跟她一起唱，但是女生还是不敢唱，最后只剩下老师的声音了。老师又换了一种方式，坐到钢琴前给同学伴奏，这次，女生的声音好些了，老师带着这个女生唱，女生的嗓音渐渐放开。最后终于完整地唱完了这首歌。下面的同学没有一个人嘲笑这个女生，反而在下面轻声哼帮助这个女生。……”(12 月 19 日田野札记- L242 - 260)

这节考试课的目的就是让学生能够完整地演唱一到两首歌曲，学生唱不出来的时候，教师能够想尽各种方法帮助学生而不是按照评价的严格要求让学生尴尬地站在教师前面。这是一种学生观的体现。

类似的事例还有，Y 老师的在劳技课中对失败的小组进行鼓励；Z3 老师了解了学生的特点，通过调整自己的教学方法，让学生在美术课上不仅能画还能体现个性。这些都是学生观的具体体现。这种学生观的变化还体现在教师的教研活动中，Z1 老师说，她们全组的教师在教研活动中都从以往的“只研究教”转变为“研究学生如何学”。L 副校长对教师课堂观、学生观的评价是准确的：教师确实在这方面发生了变化从而建构了个体专业发展的能量。

(二) 教师专业社群的发展

以往T中学的教师没有主动发展以及合作的意识。近年来，由于学校实施了一系列的改进策略，教师群体发生了转变，这表现在：点燃欲望，整体提高；逐渐主动开放课堂；形成合作的氛围。根据本书对教师专业学习社群的界定，下文将对T中学的教师群体发展进行分析。本章第一节中提出教师的专业社群特征有四个方面(即教师能够聚焦于)：(1)反思性专业探究；(2)学校成员间能够合作、相互信任；(3)集体责任感；(4)教师个体和团体的学习得到促进。T中学的教师群体在进行专业活动时，形成了两个特征：教师能够聚焦于反思性专业探究；学校成员间能够合作。

1. 教师能够聚焦于反思性专业探究

教师能够进行反思性的探究包括教师教学实践的非私有化；能够就教育问题进行对话并且能够运用新知识；为了满足学生的需要，经常将新的观点、信息运用于教育教学问题的解决。

教师能够聚焦于反思性的专业探究的前提就是教学实践的非私有化。在教研组职能转变这个策略的实施效果中，这一点体现在教师之间能够互相听课。推门课这种听课方式也已经为全体教师所接受。在听课以后，教师能够相互评点并且做到直言不讳。教师能够通过相互观课、案例分析进而不断检视自己的教学实践。从本书第六章第二节对T中学教师领导的描述中来看，外语教研组原本是T中学发展状况不是很好的一个组，但是经过几年的改进，教师之间已经由不愿意开放课堂发展到能够互相听课、评课。此外，从上文对T中学“教师开放意识形成”的描述来看，校内教师之间的这种教学实践的非私有化已经发展到相对成熟的阶段。

此外，在T中学的教师中，教师能够就教育问题进行对话并且能够运用新的知识，也能够做到为了满足学生的需要，经常将新的观点、信息运用于问题解决的过程。例如数学教研组的Q老师在教学中遇到了困难就会回到办公室与其他教师交流，交流经验以后，Q老师能把她学到的知识用于实践并收到良好效果。

我们初一数学备课组是学校的优秀备课组，每个学期初我们先做好学期进度及周进度，平时经常在一起谈论教法与教学内容，遇到学生不好理解的内容，大家一起说各自教法，上完课的老师对课上的成功与失败及时反馈给还没上课的老师，对一些经验与技巧毫无保留地相互交流。在初一第二学期讲到负整数指数幂的运算时，根据负指数幂定义：一个数的负指数幂等于它正指数幂的倒数，在计算分数的负指数幂时学生错误率高，于是我到办公室就说，这节课效果不好，某老师听后对我说："这个我告诉你怎么和学生说，记住四个字：'底倒指反'。"我就按她告诉我的方法教给了学生，以后再做这样题时，基本都不丢分。这样的例子在我们组内经常有，我特感到欣慰有这么好的一个备课组。（TSD－31－L19－31）

初一语文备课组的教师则能够就新课程的教学内容不断研讨，相互交流教学实践的成败并将学到的新的知识应用于自己的教学中。

合作的方式，有的人认为只要是共同发现一个问题、共同研讨一个问题、共同解决一个问题，这就是合作。其实不然，合作应该有更多的形式。我们备课组在很长的一段时间里，也都是在"共同发现一个问题、共同研讨一个问题、共同解决一个问题"这样的过程中实施我们的教学，只求达到"共识"。但后来我们发现，其实每个班的学生情况不同，每位老师素质情况也不同。感觉有些需讨论的问题，在这个班可以研讨得很好，在另一个班就行不通。有些教学环节，这位老师处理得就很好，但换一位老师来处理就出现了很多的问题。由此看来达到"共识"应该是合作的前提，寻求个性发展、使合作能够促进每位教师的发展，才是合作的最终目的。所以我们备课组再一次地调整了我们的合作方式。我们会经常集中听某一位老师的课，集中说这位老师在教学中的优与劣，优点的地方，全组学习，尝试着把别人的优点变为自己的。不好的地方，就再听课，再找出问题所在，必要的时候，会让其他的老师也讲讲同样的内容做一下示范，让有问题的老师通过别人的示范发现自己教学中薄弱的地方，换个角度看看问题。这样反复多次之后，我们备课组的三位老师已经习惯于在讨论共同的问题的同时，一定要再多说说适合自己特点的、适合自己班级学生特点的设计、方法、思路等等。教师的发展就在教师的个体差异与学生的不同情况磨合的过程中体现了个性的一面。(TSD－44－L61－77)

无论是Q教师所在的数学教研组，还是初一年级的语文备课组的教师所进行的教学探究，都已经是教师专业社群的标志之一了。

2. 教师之间的合作

教师之间的相互合作也是T中学教师进行专业活动的一个特点。Hord等人将教师合作的行为分为三种：协同工作、共同掌权、合作。从T中学初一语文组的合作就可以看到，他们之间的合作已经属于第三个层次，即合作。教师们合作的核心是互相依赖的感觉，没有合作难以实现更好的教学实践。

这些教师能够一起探讨如何更好地提升自己的教学实践，并在达成共识的基础上发挥自己的个性。并且在大家互动的过程中，能够交流自己的特色给其他教师。在这样的互动中，教师们产生了能够运用于自己课堂的新方法，从而使自己具备了更好的专业技能。在T中学不仅一个学科的备课组呈现出这样的特点，理化生教研组在跨学科的交流中也能体现出学习新知识、新观点从而使自己具备更好的专业技能的合作特点。

由于教研组发展之间的不平衡，目前还不能说T中学成为了一个教师的专业社群，但是一部分教师已经开始了较为深层的合作，并且所有的合作都聚焦于教学实践的提升。Elmore和Burney (1997)指出：分享的专业技能是教学变革的驱动力。当教师合作的时候，他们能够理解和生成新的专业实践，在这种合作中，教师很可能创造出解决学生学习问题的有效办法，由此可见，学校正在向成熟的专业社群迈进。

四、T中学如何建构教师专业发展的能量

T中学的教师从以往封闭、不愿意开放自己的课堂，不愿意展示自己，也不愿意接受他人的建议、不了解教师专业发展的意义、缺乏合作意识等状态转变为逐渐向一个专业学习社群迈进，不仅教师个体获得了专业发展，教师群体间也进入了深层次的合作状态。这些变化主要是缘于学校近年来所实施的一系列改进策略和在策略实施过程中，学校领导团队所进行的一些领导实践。下文将从九个方面进行论述。

第一，学校领导团队实施的改进策略主要针对教师专业发展，这些策略在几年内收到了不同的效果。

这些效果有的是通过某个策略直接产生的，有的是五种策略综合起来呈现出来的效果。这些策略包括：承办大型活动；选派教师外出学习；发展性教学评价面谈；课堂教学改进行动；教研组职能的转变。

“承办大型活动”这一策略已经在本书第五章作了详细的论述，兹不赘述。下文将对其他四项策略进行论述。

首先，T 中学在承办了大型活动、敞开校门以后学校教师获取了新的信息，在准备课、展示课的过程中获得了知识，提高了技能，同时也看到学生的变化。因此教师们开始建立自信，学校的领导者也逐渐建立了自信。在这个基础上，T 中学提出了“选派教师外出学习”的策略。外出学习是指走出校门到其他学校进行学习，包括区里、市里和外省市的学习，也包括到国外的进修学习。

从 2003 年开始，T 中学不断为教师提供外出学习的机会，这种学习主要有几个方面：其一，参与高校、市、区教委组织的培训，比如，S 大学近四五年举办的冬令营、夏令营。这种活动主要是研讨性质的，其中还组织学校领导、教师与外省市也从事 A 项目的学校的教师进行交流，包括座谈、听课等（TSI－L 副校长－L60－62）。还有 S 大学学校改进项目组织的培训，比如组织数学、语文、英语、物理等教师每周一次的专题研讨活动，学校共选派了 11 名教师参加研修（TSD－26－L72－74）。另外北京市教委和区教委都有组织教师的培训，比如“春风化雨”等活动。其二，学校领导者外出学习时发现好的经验也会带教师外出观摩。其三，还有一些市、区不定时组织教师的外出学习，这样的机会也很多。比如，校长和主任带领教研组长、骨干教师到外省市某某中学座谈、听课、跟教研组一起活动。还有例如英语教师到英国进行短期的进修学习。

教师外出学习需要经费、时间，还需要学校调整课表、安排代课教师，这在某种程度上其实给学校领导带来了麻烦也增加了开支。为什么学校领导还鼓励教师外出呢？L 副校长认为：

L：让老师只在校内听课，就那几个人，太熟悉了，听多了就不想听了，时间长了，在全区内听得多了，也就疲惫了，谁都想求新，出去之后，就能感到焕然一新、眼前一亮。每次出去都会有不同的收获。或者你看的当中、听的当中、跟别人交流当中，总会有启发。以课间操为例，我看了别人的形式，我们学校也有，相互比较我就知道我们学校可以怎么搞。所以出去看一看，想一想，你肯定开拓眼界。而且学习不是照搬，你回来还有一个消化。联系实际，比较之后，可以选择最佳的方式去推动学校的工作。有的东西你自己可能想都想不到。尤其学科教学上，就应该让老师出去看一看，看了以后肯定对他有启发。完事，他就会结合实际思考自己的课应该怎么调整，教学方式和理念的转变都是互相影响的。开放以后对教师的促进是全方位的，所以我们鼓励教师外出，鼓励教师去学习。当然经费、时间上都要投入一些，对教学秩序也会有一些影响。但反过来，他的课堂教学效率高了，就会利大于弊。

研：鼓励教师外出学习，是不是希望教师看到其他东西，对他有一个刺激，希望他能反思自己的——？

L：对。反思自己，然后主动地改变自己，而不是靠学校要求。要求他不是被动的，靠他主动地吸取一些东西，主动地反思、主动地调整、主动地提高。（TSI－L 副校长－L448－513）

由此可见，让教师外出学习开拓视野，反思自己的工作，在原有的基础上提高、创新从而改进课堂教学是领导选派教师外出学习的初衷。

此外，2004 年学校开始实施“发展性教学评价面谈（简称评价面谈）”，这是一项教师评价策略，后来区教委将这项策略在全区推广。评价面谈是以学生、干部为评价的直接参与者，以教师日常教学行为为基本内容，通过干部直接征询学生—汇总研究改进建议—再向教师直接反馈的方式，为教师改进教育教学行为提供依据和策略的一种发展性教师评价方式（TSD－26－L102－104）。这一策略主要是由 J 校长提出，领导团队的成员决策并全员参与实施的。通常的做法是：首先由主管干部组成团队进入班级，与全班学生进行群体访谈，就该班主要任课教师的情况了解学生反映，时间通常是一课时。随后参加访谈的干部及时汇总信息，研究反馈策略。主要是就学生的反映信息交换意见，结合相关任课教师的情况共同达成反馈建议。接着干部召集该班任课教师开会进行面对面反馈。在此过程中，干部、教师进一步结合具体问题协商教育策略，改进教学的具体方案或行动。最后进行必要的跟踪。就有些值得跟进观察的班级教师进行继续研讨。(TSD-26-L104-111)

评价面谈按学年进行，每学年在每个年级2—3个班中开展课堂教学评价面谈活动。因为有的教师会同时任教两个班，这样其实就几乎把整个年级任教的教师情况进行了了解。这种评价方式进行了一段时间以后，评价的时机就更加灵活，比如：

初三了，有调班，我们进那个新班，了解学生的变化。或者初一一个学期了，问问对学校有哪些整体的印象，哪些地方需要学校、教师调整，学生满意不满意……(TSI-L副校长-L142-146)

J校长详细描述了学校领导团队实施评价面谈的具体操作过程，在她的描述中我们可以看到学校领导是如何设计访谈问题，如何打消学生顾虑，如何在访谈中引导学生的。

我们一般是这么去做的，由我们管理干部组成的评价小组下到班里面，跟全班同学进行一个集体访谈。……就三四个人，人不要太多，因为人多的话，孩子们可能会拘束，成员一般有我，有时有书记，再加上两个主任，我们就下去。举个例子，比如我们去初二(1)班，找一个自习课，我们进去以后，就跟孩子们说一下：我们抽时间，来跟同学们聊一下天，了解同学们在学习过程当中对老师教学上和对他们的管理上存在的问题，同学们觉得老师还有需要再调整的。最后的落脚点就是：教师如果能不断地调整自己，能够适应学生们一个学习的需求，学生的学习就能够更好吗？这些说完以后呢，就完全由学生来说，通常我们就以科来说，因为怕学生说得分散，我们也不好去归纳，我们就给学生打消顾虑，说我们只是管理领导，你们有什么问题，老师有什么表现，你们可以跟我们说，说完之后，我们不会把你们说的告诉老师，但我们会通过管理让老师去调整，然后能更好地为你们学习服务。我觉得现在的孩子们不像以前了，顾虑不是太多，因为他们也看到了这个学校老师的状态。现在来看，如果不是老师个人太偏颇了、问题太多了，……其实孩子都很善良的。而且孩子们表达，首先一般先认可老

> 师，我觉得其实学生看老师，他不分德育呀、教学呀，他不分，他看老师非常立体，而且通过访谈我们能感觉出来，其实学生说的远比我们观察到的要细致得多。我们观察到的永远是各位老师在我们这些人面前表象的东西，但各位老师大多数时间都是在孩子面前。学生一般地都先肯定老师的优点，会说，老师对我们非常好，特别认真负责。我们就问他，你能举个例子吗？一般情况下，他说的是具体事例，他会说，哪个教师特别认真负责、特别有耐心，我晚上有一道题不会，给他打电话，那老师正吃饭呢，就能放下筷子给我解答很长时间。……然后说到教学的时候，其实现在孩子能说出很多，比如说，有的同学说，因为自己学习不太好，老师在班里对我的关注就少一点等等，说的内容非常非常丰富。所以说从我们的访谈当中，我们看到的老师是一个立体的，在孩子们眼里边，他不是就教一个科目的老师，其实对同学们的人生方方面面都有影响。这里面有老师人格的东西、有老师的基本素质的，还有什么节约的，真是方方面面的。包括有的学生就说，有的老师有的时候批评我们，转弯抹角地批评等等，把老师教育不妥的地方也能说出来。当然在说的过程当中，也有比较偏激的，毕竟咱们是成年人，一听这孩子可能是个别的问题，或者比较偏激的，那我们就会引导一下，问，他说的这个问题，别的同学有没有类似的感觉？一般能得到客观的信息以对老师进行公开公正地评价。（TSI－J 校长－L442－476）

从J校长的描述中，可以看到这是一个非常开放的访谈，从中可以全面地了解教师的情况，在访谈过程中学校领导不仅向学生讲清目的还能做到打消学生的顾虑，才得以让学生敞开心扉，同时还能具体地引导学生将教师的情况较为具体、真实地描述出来，并且会在一些觉得可能有偏颇的地方征求全班同学的意见以求得公正的评价。

其实这种策略已经成为学校领导进行日常工作的一种方法。

> 11月13日下午，学校图书馆。参加者：初一（3）班5个男生、5个女生，两位教学主任。这个班在这学期换了一位语文老师，今天下午两位教学主任就语文老师的更换情况了解学生的学习情况。针对教师的授课、指导、分析、作业等情况做了一个了解。主任鼓励学生讲出

自己学习的感受。学生都能表达自己的意见，而且讲到了教师教学的很多方面，包括两本语文练习册的使用情况。结束的时候主任说：我们会跟老师及时反馈。你们有什么问题可以跟老师谈，或者跟课代表交流，跟老师反馈。咱们的学习成绩很好，要跟老师配合，把成绩进一步提高。（11月3日田野札记-L93-98）

主任告诉我，由于这个班更换了语文教师，所以希望了解一下情况，看看学生的需求，有没有需要教师进行调整的地方，以便及时反馈给教师。这次的评价面谈属于小规模的，而且不是全体学生参加，可能不是一次正规的评价面谈，但是这说明这种评价方式已经深入到了学校日常的教学工作中。

按理说，如果是一所学校的同事，在一起工作很长时间的话，学校领导其实应该对每一名教师都是比较了解的，那为什么他们还要对教师进行这样的评价呢？J校长指出，主要的原因就是感觉当时学校的评价工作做得不太好。

因为那个时候做的评价，……不是年年搞。三年，就是初一学生一直到初三毕业，才跟老师算个总账。后来我就感觉，这没有用啊，学生都考完了，成型了，你再奖励，好的就那样了，不好的顶多拿不到钱，咱们的奖励应该还要调动他后一段工作。当时就感觉，这种奖励是秋后算账，但等算完账以后，那些孩子已经走了，没有帮助了。（TSI-J校长-L486-492）

由此可见，评价面谈的一个初衷就是通过了解学生对教师的评价促进学生的发展，评价的目的是希望教师能在教学的过程中不断改进从而促进学生的成长。当然这个“算总账”的意思也更多的指向对中考成绩的评价。

此外，校长强调了对教师的教学进行评价的时候，评价的主体应该是学生，不能仅仅是学校领导者。

因为老师在工作时，看不出自己工作中存在的问题，但这个问题光我们（学校领导）看出来不行，学生感觉老师行不行这才是最重要的。所以我们在评价的时候，我们就把评价的点、评价的主体定位到学生了。（TSI-J校长-L478-480）

这一点也是促使学校进行评价面谈的原因。以往的管理往往是学校领导者对教师进行评估，这是一种上对下的管理。但是教师评价的最终目的应该是促进学生的发展，所以学校领导认为，学生应该成为评价的主体。

那么是什么原因促使学校领导将评价的主体定位在学生身上了呢？

> 因为就是一些老师，我们看着，我们感觉上，觉得这老师各方面都不错，为什么成绩就不行呢？就有这种情况。还有，就是我们感觉不错，可下面学生有些反映，反映这老师哪些不行，这就让我们感觉，可能有的老师在管理人员面前的表现和在学生面前真实的表现是不一样的，也是我们可能不了解的。比如我们下去听课，有的老师的表现可能就和他平时在学生面前的表现是不一样的。主要是这些原因。也有一些就是学生对个别老师的方式方法、个别老师的一些反映等等，我们也想了解一下，这些问题在班里有多少同学认可？会不会就是一个个别问题。学生对老师了解的面和我们不一样，可能更真实。这其中也有S大学的W老师和Z老师的帮助，她们那时来学校，就经常跟老师、学生聊天，有时就把一些情况反馈给我们，我们一听，有些是我们不知道的，我们就觉得这种和学生坐在一起交流的方法挺好的，能挺细致地了解咱们老师在学生面前真实的表现。（TSI－J校长－L614－625）

促使学校领导进行评价面谈的另外的原因就是，她们感到平时自己对教师的了解还是不够全面。学生的反映促使领导思考如何能够更好、更全面地了解教师。此外就是受到了大学专家在学校中进行教师发展工作的影响。

总之，领导进行评价面谈的原因是多方面的，包括：对以往评价方式的不满；对学生主体性的关注；以及对教师进行全面了解的渴望。评价面谈的实施不仅促进了师生关系的融洽，比如上文中提到的数学教师的事例，也促使教师对自己教育、教学方法进行反思。

2006年，T中学还实施了“课堂教学改进的行动”策略。自T中学加入了S大学的学校改进项目以后，学校确定了“突出内涵发展，提升学校办学质量”的发展目标（TSD－29－L6－7）。在这个基础上学校进行了课堂教学改进的行动。课堂改进的行动主要有两种形式：从校外请专家对教师的课堂教学进行诊断、指导；校内学校领导定期、不定期听"常态课"(即没有经过准备的课堂教学过程)。

课堂教学改进的行动主要聚焦在教师的课堂教学中。2006 年，学校请来了 S 大学的 8 位教授到校听课，进行诊断指导。这次听课集中在五个学科，主要听两种课型：新课教学和复习课。

> 共听课 43 节，专家利用课间和课后的时间及时与授课教师交流，挖掘课堂行为背后的理解和认识。之后专家和学校管理干部对听课进行了分析汇总。学校组织了全校教学工作会，由主管干部向全体教师反馈课堂诊断的基本情况，并根据具体问题提出要求。(TSD－26－L192－198)

紧接着，2006 年 10 月，F 区教育学院分院的教研员 26 人走进学校，开展了全科教学指导。整个活动听课 48 节，每个教研组都与教研员分别举行恳谈会，就听课情况进行坦诚交流。活动后，主管教学的干部在全校教师会上就这次活动进行集中反馈，并联系具体情况，以确定下一步的教学和教研要求。

至于学校领导的定期听课，时间是每学期开学的第一周。这种听课已经形成惯例，就是普遍听——将大部分教师的课听一遍。干部下到班里听常态课，采取推门听课的方式。不定期听课实际上就是在学期中间重点听一些课，选择听那些比较弱一点的老师、新调进的老师、管理上有问题的老师的课。(TSI－L 副校长－L128－131)

为什么要听课，为什么要专门请专家进入学校进行听课指导。最直接的原因就是 L 副校长说的：工作要抓重点。这个重点是什么？"课堂教学……始终是一个重点的东西，因为要质量嘛，课堂是一个最重要的渠道，所以课堂我始终不能放，这就是一个重点。"(TSI－L 副校长－L561－563)"课堂教学之所以是重点就是因为教师每节课的教学效果直接影响着学生的发展。"(TSD－48－L20－21)

另外一个原因就是学校的发展目标定位于突出内涵发展，学校认为内涵发展的关键就是教师自身综合素质及专业水平的发展提高。为了促进教师了解新课程的理念、改变教学观念,所以学校始终关注课堂教学。

最后一个原因就是,学校领导在日常的管理中发现教师在课堂教学中存在诸多问题,为了解决这些问题,学校"确定以课堂教学的问题为切入点进行研究改进,提高课堂效益,更好地促进学生的发展。"(TSD－48－L23－24)

在实施上述所有策略的基础上,2007 年初学校领导团队在学校开展了一项课题研究,并以此作为推动学校改进的策略——教研组职能的转变。这个课题是由全校教师参与的,题目是"变革教研组职能,实现教师专业化引领:以研究、指导、服务的教研活动建设教师学习共同体。"课题的研究目标就是希望调动学校干部教师的工作积极性和主动性。从教学管理者的角度讲,能够明确自己的服务、引导职责;从教研组长的角度讲,能够在教研中切实起到核心作用;从教师的角度讲,能够参与教研活动。最终使教研组成为一个引领教师专业发展、开放的学习团队,从而在学校中营造出良好的教研氛围,进而促进课堂教学的改进,提高学校教育教学质量。(关于课题具体的研究内容及意义在第六章第二节二(四)已作详细解释,这里不再重复)

所以说,从 2003 年开始,学校以建构教师的专业发展能量为突破口,不断发现问题、不断提出相关的改进策略,这些策略形成合力一同促进了教师个体乃至群体的专业发展,正如上一个标题所展示的一样。教师之所以发生了诸多方面的变化,主要是这些策略的推动。当然在这些策略实施的过程中,学校领导的实践也起到了推动作用。

第二,学校领导团队积极开放校门。

T 中学在促进教师建构专业发展能量的过程中,始终秉持着开放的原则。开放校门主要表现为两个方面:一是与外界保持良好的关系,努力为教师的教育、教学实践展示提供平台。二是聘请专家进入学校对教师进行专业支援。校长的观点就是:只要是对教师发展有利的活动,他就会积极支持、配合。由于校级领导与外界特别是上级部门建立了良好的工作关系,所以学校争取到了一些机会,比如举办大型的活动,从而为教师展示自己创造了条件,提供了舞台。教师觉得正是领导创造的这些条件使他们获得了成长。

我觉得在领导这方面,学校领导做的还是挺会抓住机会的。我们学校校长就抓住了A项目，当时虽然思路还不是很清晰，但还是抓住那次机会了。就是一个平台，老师们开始反响，这算是我们学校发展的第一阶段。第二阶段还是S大学过来，然后第三阶段就是初中建设工程，又带动我们学校发展。……这就是校长给老师们搭建的平台，像去年我们学校就承担了第一所初中建设工作验收的督导，当然了，当时老师们也特别紧张，特别累，但因为是第一所，所以有了一定的知名度，给外界留下了深刻的印象。……现在我们再出去，有时就能听到别人对我们的评论。另外校长还承接一个校长培训班的校长们来学校参观教研活动，……这类活动对老师们就是一个促进，因为就要进行准备。因为校长敢于承担这样大型的活动，所以一次一次地把老师们调动起来了。校长抓住机遇的魄力还是不错的，也提升了学校的知名度。（TSI－W2主任－L158－184）

而聘请校外专家对教师进行专业支持这一领导实践，也得到了大多数教师的认同。Z3老师说：

包括W教授，包括名誉校长都是，包括我们教研员之类的，就是（学校领导）很重视这种高水平的老师对我们年轻教师的引领。……那几个专家在这一呆，在做人上、在做学问上，我们无可厚非，往那方向去发展。我觉得领导跟老师想的东西就是不一样。我们想的就是这件事本身，领导想的可能就更大一些。……我给不了你的，别人可以给你呀。（TSI－Z3老师－L473－479）

Y老师觉得领导从外面请专家进行的讲座很有收获：

有些时候请一些校外的知名老师，开讲座，我觉得这也挺好的。我们请过好几个，像石家庄某中的现场说法等等。然后还有听魏书生的讲座，等等。我当时觉得，自己跟人家差得太远了。听完他们的讲座，多少受些启发，尤其这些老师都是当班主任的，所以对自己怎么管理班级、怎么控制班级等方面，我觉得影响挺大的。（TSI－Y老师－L293－297）

由此可见，学校领导团队能够改变以往封闭的作法，“开放校门”实际上就是增强了校内人员与校外的沟通，在相互沟通的过程中，教师获得了一种发展、成长的推动力,也学习、接触了不同的信息,同时在自我效能感方面也得到了提升。

第三,学校领导团队尽量为教师创造机会。

学校领导者能够为教师的专业成长创造尽可能多的机会,包括:同意教师承担某项任务、提供外出学习的机会、为各个学科的教师发展提供平等的机会。

S老师以往不愿意承担班主任工作,就算学校硬性指派也不参加。但是后来从她的内心想发展的时候,她要求担任班主任,并且最后发展成了一名优秀的班主任,在她的管理下,班级学生的毕业成绩比入学时有了很大的提升。在这个过程中,她很感谢校长给她的机会。

> S:最开始的时候,死活都不带班,……后来又想带,那学校肯定就想到,当初让你带你不带,现在你又想带了,那你站到学校的角度,学校也有它的道理。后来申请了又申请,我亲自找的校长,校长同意了。所以我带班,一个是说为了我自己的利益,还有后来那种需求心态,还有一种,我说既然校长让我带班,我不能带的太差了,回来让校长在学校面前不好说话。
>
> 研:就是她挺支持你工作的?……
>
> S:对呀。其实你说,一个班的学生的发展和班主任有没有关系,关系太大了。有时你班主任一句话,也许就把这孩子给毁了,但也许就把这孩子的潜力一下子就给激发出来了。其实我觉得学校领导也一样的,一个道理。(TSI-S老师-L253-266)

当S老师有工作意愿的时候,校长适时地为她提供了机会,从而激发了S老师的潜力。

此外,T中学的教师们都很认同学校领导者提供的外出学习机会。

> 学校领导,像主管教学的领导还有其他科的领导给我们提供一些信息,到外面去听课,像我们语文组去某中听课,去北京某中听课。我们全体出去,领导给我们协调好课表,协调好时间,到外面听课取经。因为这是同层次的,或者比我们好一点层次的,领导也给创造很多这样的机会。组织老师们去听课、向同行学习,我觉得这也是能够推动

老师们向前发展的。(TSI－Z2 老师－L36－42)

现在只要有机会,政教主任就带几个班主任或任课老师走出去到外省市去学习。(TSI－Y 老师－L302－304)

Y 老师觉得学校没有像有些学校一样不重视副科教学,也为副科教学的教师提供了很多机会,这一点她很认同。

她不管主科副科,只要是为学校争荣誉,全力以赴地支持你。这点特别地好。校长能做到这点,让我们感觉到了,所以为什么几次都能评奖,一个是北京市评上的,一个是全国的也评上了。这就是,她给我一个信息、一个导向,你去做吧,学校全力以赴,那我觉得老师真的会拼了命去做,争取拿到最好的成绩。(TSI－Y 老师－L162－166)

教师对学校领导努力提供教师专业发展的机会非常认可,这种机会的提供使他们也觉得要把工作做好。

第四,学校领导团队能够提供精神上的支撑。

这种精神上的支撑实际上是一种鼓励,是一种支持,更是一种认可。当教师们谈论精神上的支撑时有很多感情因素包含其中。

X 老师在教学中遇到困难时,领导的支撑能够让她体会到工作的满足。

我觉得这几年好很多,就是从我的感受来说。重要的并不是实际上多给我一个人来帮我干活呀,重要的是从精神上给我很多支持。……她们(学校领导)会安慰我。她们说的毕竟不一样:也不是孩子不努力,没有经过这种训练,可能跳起来就是很困难,而我又要拿一个专业的眼光去要求他们,有时我自己也发现我对孩子太苛求了。但毕竟是美感的东西,我不满意的时候,我会很不舒服,当我遇到这种情况,当我告诉他们时,他们,不管是校长还是主任,都能做到鼓励我。……在精神上给我支持,其实有时候人就需要那个。慢慢我觉得自己做的事有意思了。(TSI－X 老师－L57－73)

对学校领导的支持,Y 教师觉得在感情上难以割舍。

我记得 J 校长说过,做事情不要看在我的面子上。其实我觉得有些时候,作为领导者,如果他领导得特别优秀的话,管理特别到位的话,有些时候,真的,他也知道不是为你去做,但是就好像那种感情割舍不开,去做某一件事情。如果领导特别重视这个学科,作为我个人来说,不仅要把我的知识底层各方面拓展,而且思想上各方面都起到一些带头的作用,应该干出点成绩来。我觉得应当用成绩来回报别人对你的关爱和对你的认可。(TSI - Y 老师- L201 - 206)

第五,在全校范围内树立导向。

学校领导者往往借助对教师的表扬和鼓励在校内树立一些导向,这些导向让教师知道应该如何做。比如为了鼓励教师展示自己,校长就提出学校会重点培养那些上公开课的教师,而且还会给他们提供更多的机会。教师也能感受到这种导向,并且逐渐发生变化。

我觉得以前一个学校的导向也没有这方面强,它就管理,但管理上没有这种导向。第二个呢,因为以前老师谁也不上,但氛围、环境改变了,大家都上的时候,大家就想上了,这是一个环境的带动。这还是一个管理,原来导向不是很明确,现在上公开课的导向特别明确。像这回上全国的课,学校选人上各学科的公开课,大家一看,选出来的这些老师都是平时经常上市区级公开课的,而且教学功底都比较强的,没上的老师还生气呢,因为有的老师报名了,但班级有限,上不了。其实我觉得这种风气是好的……而且鼓励教师多上公开课,……而且要鼓励教师写论文,这是鼓励教师自己的发展吧,多写论文多写文章也是自己的发展。我觉得这方面抓得挺实实在在的。(TSI - Y 老师-L219 - 223; L236 - 245)

此外,还有一种导向就是教师外出学习要为我所用。在这一点上 Y 老师也很认同,她认为到外地学习就要学对自己有用的东西,没有就不要学。

第六,学校领导团队能够提供充足的支持——提供经费、安排时间。

T 中学的领导在这方面表现得很突出,参与访谈的所有教师都认为学校为她们的专业发展提供了充足的支持,主要表现在时间、资金方面。

对于我们专业老师,学校还给了一个什么样的空间呢?……让我们出去看画展，给我们时间和经济支持。好多学校看画展是不管你的，你自己看吧，但我们看画展回来能报销。……原来我们是共同用一个教研组时间，然后大家一起去，但怎么可能有那么合适的时间，不坐班，大家又都在，几乎没有。后来就跟学校争取，每个老师看完之后，把票给组长，然后再去报了就结了。……我就利用周六周日的时间。这点挺好的，这两年的机会特多。（TSI－Z3 老师－L518－529）

这个教研组的教师也觉得能够跟美术教师一起看画展，学习欣赏绘画对自己是一个提高。

（外出学习）都是上班时候去呀。别人得给你代课呀。我觉得原来根本想都想不到，现在也开始有了，也不错。……我要出去，别人就得给我代班吧。虽然可能一个星期你没在，但学校领导有一种前瞻性，她有一种眼界，不要看着眼前的得益。你走了一个星期班里会乱，我觉得如果鼠目寸光不会有大发展。你要想让学校也飞跃，必须有前期的基础和投入。他们（学校领导）现在有这些，在这方面做得还是比较不错的。（TSI－Y 老师－L322－327）

比如说我排舞蹈，他们（学校领导）就很支持，我要排合唱，他们也支持，时间、设备，……就是我需要什么东西他们能满足。（TSI－X 老师－L31－33）

有了这样的支持，X 老师说："我们和区里最好的学校平等地竞争，我们不输给他们。"（TSI－X 老师－L22－23）

学校领导团队所提供的支持不仅为教师创造了学习的机会，还为学生的成长创造了条件。

第七，学校领导团队提供专业方面的指导。

这主要表现在两个方面：一方面，领导者深入教研活动，提供指导。为了使教研组真正成为教师研究的基地，学校领导还通过深入到教研组中，参加教研活动并进行具体的指导。教师认为这一点也对教研活动是一个促进：

这两年我发现学校参与到教研活动当中去了。原先是没有，原先就是孤军奋战，给我的感觉是，把你踢到那以后，你就生死由命吧。做好了就没问题，做不好反正就是你的问题。现在我发现整个学校参与进来，给每个组配一个中层干部，那小领导在老师面前跟老师在老师面前肯定是不一样的。这样的话，就稍微好一些。（TSI－Z3老师－L354－358）

另一方面，与教师就学生的数据进行研究，提供专业指导、帮助教师进行改进。这一点特别明确地体现在评价面谈中，教师对领导这方面的实践就非常认可。因为她们觉得领导是在帮助她们成长而不是评价或鉴定，所以对她们的教学实践的改进有帮助。比如Z1老师就讲述了她的经历：

上一学年，我教初三，那个班是一个合并班，是一个好班，班里的学生就反映，L副校长后来跟我说，我的英语说得太快、太密，但这里面说明一个什么问题，她就跟我分析，实际上90%以上的孩子喜欢你这样上课，但为什么有百分之几的孩子不喜欢呢？他听不懂呀。她就分析，这是从6个班抽出来的孩子，这里面有我自己的两个班，另外两个班是另一个教师教的，可能上课说英语比较多，还有另外两个班由于老师本身的语言素质比较弱，所以在一二年级的时候说得比较少。所以他到这个班之后呢，就很困难。可能是他语文数学好，才到这个班来的，外语可能相对比较弱一些。那这个时候，就要调整。这是一个，语言上的问题。再有一个，我可能太高估他们了，所以通过这个我就知道，我要把我的难度降下来。如果没有这个评价面谈，我这么讲，可能学生也就过去了，那意义也就不大了，最后的成绩肯定也是上不去的。这样就通过这种评价面谈找到了老师身上的不足。……她就让你分析出学生为什么会反映这种情况。所以这一点慢慢地我们也就接受了，并不是学生反映出来之后，领导就把我们臭批一顿，那我肯定接受不了。我也是在做工作，只不过就是方式方法上不太合适。我也是出于好心，你凭什么批评我，指责我呀？所以这个肯定就会造成冲突。如果说本着个人的发展也好，学生也好，那相对来说就平衡得多了。（TSI－Z1老师－L322－361）

第八，学校领导团队让教师参与学校发展的研究。

学校在促进教研组职能转变的过程中，召开过不同主题的研讨会。例如在由行政干部、教研组长、年级组长、市、区、校三级骨干参加的“基层组织建设研讨会”上，大家一起讨论如何促进教研组建设，如何发挥组长和骨干教师的作用，以及教研组未来的工作思路。这时教师觉得发挥了自己的作用。

> 当时现场会上让我们老师自己分组讨论，就是针对骨干教师在学校应该发挥什么样的作用，在教研组应该发挥什么样的作用，在整个学校发展上发挥什么样的作用，说得很具体的点，包括在课堂上发挥什么样的作用。然后骨干教师自己就给自己整理出了最少16条。都是非常具体的点，这实际上是给自己套枷锁，但就是心甘情愿，就觉得应该这样子。比如在教研组我们起码应该给教研组长有建设性的建议，然后配合工作，在年级组这块，应该跟年级组长联系，然后把自己好的想法和具体的工作通过年级组落实下来。这点我倒是用了。比如学校不是没有给我校本教材研究的课时吗，后来我就跟初一年级组长去交流，我要做这件事情，相当于做研究一样，做学生的研究跟做别的研究不一样，只能成功，不许失败。就是最起码要让学生有所获益。倒是得到她的支持了，然后我就在三个班做，效果挺好的。学生作业比那边的专业班都好。（TSI－Z3老师－L468－478）

由此可见，让教师参与学校发展的研究时，教师非常乐于进行这样的工作，尽管这种工作可能带来自己工作量的增大。同时，当教师按照自己提出来的建议进行工作时又对学生的学习产生了积极影响。

第九，学校领导团队提出要求，引导教师的专业发展。

例如学校领导提出教师要写课后反思。教师就认为经常写课后反思提升了她的写作能力，觉得对自己总结个案很有帮助。

第三节　个案研究对教师专业发展能量建构的启示

一、学校改进过程中，应兼顾教师的个体发展和专业社群的发展

在学校改进过程中，教师专业发展的能量建构是一个重要的因素，这

已是不争的事实。从两所个案学校的改进历程来看，学校在教师专业发展方面的能量建构也确实使教师看到了学生所发生的变化。与此同时，两所个案学校也显示，如果在学校改进的过程中，只有教师个体能量的建构而没有群体的发展，同样会影响教师的发展。这正如 Darling-Hammond 和 McLaughlin (1996)、Hargreaves (1995)、Lieberman (1995)、Little (1993)等人所指出的，要促进教师的专业学习，应始终聚焦于教学的改进，同时应该为教师提供协同探究、互相帮助的机会，从而使教师能够有机会与同行联系。

因此学校改进过程中，如果学校仅仅着重于培养个别教学成绩突出的教师，而忽略了专业社群的建立是很难推动学校向前发展的，也很难使学校持续改进。因为教师个体的专业发展和专业社群的发展是相辅相成、互相促进的。例如在 T 中学，教师个体的发展促进了教师群体的发展，表现在教研活动中，教师逐渐开放自己的课堂，这首先是属于个体的行为。同时教师群体的发展也促进了个体的发展，比如初一语文备课组的合作就充分发挥了教师的个性，然后再与组员交流、分享。

二、学校改进过程中，应如何建构教师专业发展的能量

（一）根据学校具体情境，采取相关的发展策略

Leithwood 等人(1999)的研究指出，革新型领导进行教师专业发展的工作主要包括三个方面的领导实践：提供个体化的支持；激发教师对教学实践的思考；示范重要的价值观和实践。不过从两所个案学校来看，促进教师专业发展不仅需要领导的实践，同时领导者还需要能够根据学校教师的具体情况采取相关的策略。领导的实践应该通过这些策略的实施体现出来，从而使教师真正获得发展。

促进教师专业发展的研究数不胜数，但是在学校改进的过程中，针对一所学校的教师，无论采取哪种策略都应该从学校的具体情境出发。学校领导者要清晰地了解、分析校内的情境和教师的现状，从而制定相关的策略。在 E 中学，之前教师的普遍特点是没有一种积极向上的状态，教师和学生之间的关系紧张，教师的教育观念落后。与此同时，学校的生源又主要是一些成绩并不优秀的孩子和家庭相对贫困的借读生，这些学生又恰恰需要教师的关爱。因此学校领导团队就从改变教师的教育观念入手，通过

一系列的策略改变教师的教育观念。在教师的教育观念发生变化的情况下，教师亟须解决的是专业发展的问题，即如何能够通过校内、校外的活动和学习改进自己的教学实践，此外，教师对教研活动也提出了更高的要求。在这种情况下，学校近年则实施了"教研活动系列化"的措施。从而使教师的教学行为逐渐开始发生变化。

再比如，T中学针对学校封闭、教师封闭的情况，首先提出了"承办大型活动"，将校门、课堂开放的策略，此后每个阶段都会针对教师在专业发展中存在的问题和需要实施相关的措施，从而使教师个体和群体得到了全面的发展。

（二）学校领导如何在校内促使个体教师和专业社群得到发展

从前文（本章第二节）来看，两所个案学校都通过改进策略促进了教师个体和专业社群的发展。尽管在这两个方面两所学校呈现出的改进效果并不一致，但是，两所学校在建构教师专业发展能量的过程中，还是有许多共有的经验值得借鉴。

1. 学校领导团队应提出要求促使教师提高。

Leithwood 等人（1999）提出学校领导者可以通过"激发教师对教学实践的思考"来促进教师的专业发展，为了实现这一目标，可以实施一系列的领导实践。这些实践包括：挑战教师业已形成的、对工作的假设；鼓励教师不断评估自己的工作；不断反思自己的教学实践等。本研究也在这方面印证了 Leithwood 等人的研究发现，同时根据两所个案学校的经验提出，在进行教师专业发展能量建构的过程中，学校领导者应该能够对教师的专业学习提出相关的要求，从而促进教师的提高。这些要求包括：鼓励教师尝试新的教学方法；要求教师不断反思自己的教学实践，并将其通过文字表现出来；要求教师不断外出学习，拓展信息、提高自己；要求教师外出学习以后与自己的同事分享学习所得。

E中学和T中学的领导者在建构教师个体和专业社群的能量的时候，都对教师的一些专业行为提出了要求。比如两所学校都要求教师进行教学反思。在这种要求下，教师开始写反思，这就促成了教师反思能力的提高。有的教师还认为经常写课后反思提升了写作能力，对自己总结个案很有帮助。这些事例说明，在教师专业发展的能量建构过程中，学校领导者要有预见性,要善于发现对教师发展有帮助的行为或者措施,然后对教师提出具体而明确的要求。

2. 学校领导团队应该开放校门。

Leithwood 等人(1999)认为,进行教师的专业发展需要学校领导者平等、人性化地对待他的同行,要实现这样的目的,不仅需要领导者平等地对待每一名教师,也需要学校有一个开放的政策。E 中学和 T 中学的研究也发现,在学校改进的过程中,学校领导者应该打开校门办学,从而使教师能够获取外部信息、获得专业支援、获得展示教学的平台。开放政策,主要是指学校应加强对外交流的力度,使教师在一个专业网络中获得发展,包括引进相关的专业支援,也包括支持教师外出学习,与其他的学校、高校或者专业机构建立良好的关系,进行专业交流。

比如,两所学校的教师都反映学校请来专家进行有针对性的报告对自己的发展有帮助。教师都认为贴近他们教学工作的、能够为他们的教学提供启示的讲座是有帮助的。E 中学的教师觉得专家介绍如何进行教学反思,就很有帮助。在 T 中学,学校领导有意识地聘请专家对教师的教学实践提供指导(如课堂教学的诊断)对教师也有很大的帮助。这说明,如果学校领导能够了解教师在专业发展上的需要而又有针对性地引进校外支援培训教师或者进行教学层面的指导,对教师的发展是很有帮助的。

3. 学校领导团队应给予教师支持和鼓励。

Leithwood 等人(1999)指出,学校领导者为“教师提供个性化的支持”是建构教师专业发展能量的重要领导实践。这种支持表现在平等地对待每个同事;了解教师的需要;为教师专业发展活动提供资金和实践方面的支持;鼓励教师尝试新的教学方法等。本研究也显示,学校领导者在建构教师专业发展能量的过程中,应该从不同方面支持和鼓励教师,包括:提供资源和时间上的支持;精神上的支持;对教师进行教学尝试的鼓励;通过言语或者行为表示对教师工作的认可。

E 中学和 T 中学的教师都认为,学校领导对他们在专业学习上提供的时间、资源方面的支持对他们个人的发展是有影响的。T 中学的教师特别提出精神方面的支持能够让教师对教学的投入感增加。这种精神方面的支持是当教师在教学中遇到困难的时候能够从领导那里得到安慰、理解和鼓励,这让教师觉得自己的工作是有意义的。此外E中学的教师认为，正是领导对自己的教学变革的鼓励增强了教师将想法付诸实践的信心，鼓励也就成为了一种推动力量。还有，学校领导对教师工作的认可对教师也有着重要的影响，哪怕是在一种非正式的交谈中表现出来的认可能都使教师感到满足。

4. 学校领导团队通过为教师树立榜样、典型从而建立一种导向。

能够在校内示范重要的行为和价值观，就是为学校教师提供了一种导向，即学校支持什么样的行为。学校领导者应该借助对某位(些)教师的表扬和鼓励在校内树立一些榜样，这些榜样的树立就让教师知道应该如何做。此外，学校领导者还可以通过自身的行为和价值观，为教师树立导向。Leithwood等人(1999)同样认为，示范的作用在建构教师专业发展能量过程中是重要的。

在T中学，为了鼓励教师展示自己，校长就提出学校会重点培养那些上公开课的教师，并且给他们提供更多的机会，如外出学习、骨干教师的评选等等都会优先提供给这些教师。因此其他教师感受到这种导向，并且逐渐发生变化。再比如，学校领导团队的成员通过评价面谈的方式了解教师教学中的问题，这就给教师做出了示范，教师也纷纷开始积极地和学生沟通，努力改进自己的教学。

5. 学校领导团队为教师创造机会，提供条件激发教师自觉学习的欲望。

学校领导者应该为每位教师提供平等的机会，从而促使教师进行专业发展。目前，有些学校因为追求中考、高考的成绩而重视语、数、外等主科，却忽略其他科目的教学，甚至减少一些课程，比如美术、音乐、体育等的课时。这些课程的任课教师自然就会因自己的教学科目不受重视而失去了一些专业发展的机会，或者没有动力进行专业发展。因此，学校领导团队应该能够了解教师发展的个体需要以及满足学生全面均衡发展的需要，从而为每位教师提供个性化的支援。

在T中学学校领导能够为各个学科教师的发展提供平等的机会。比如重视劳技课、音乐课，并且为这些教师提供同样的发展机会，这些机会的提供使得教师感受到学校领导对他们个体发展的重视和支持，同时也建立了一种氛围，当大家都出去学习的时候，很多教师的学习欲望就被点燃了。

6. 学校领导团队应该适时提供专业指导。

在学校改进的过程中，学校领导者应该能够针对教师的需要提供专业的指导。专业的指导包括：进入课堂进行教学指导（Leithwood, et al., 1999）；深入教师的教研组活动，提供相关的意见；提供利用数据解决问题的方法，促使教师进行教学研究。

两所学校的领导都深入课堂了解教学情况，促使教师开放课堂，并且对教师的课堂教学进行诊断。除此之外，T 中学的学校领导还针对评价面谈的结果，有针对性地对教师的教学实践提出改进的建议。教师对领导这方面的实践非常认可，因为他们觉得领导是在帮助他们成长而不是评价或鉴定，所以对他们的教学实践的改进有帮助。

如果说在学校改进的过程中一定要关注教师的专业发展几乎成为了一个常识的话，那么中国内地的很多学校都在进行着这项工作，但是为什么有的学校能够真的促进教师的专业发展，有的则不能呢？从上述分析来看，关键因素之一恐怕在于学校领导者的工作。学校领导者要在教师发展的过程中进行很多支援工作才能够使教师的专业发展成为现实，所以上述六点就是结合了前人研究的结果和两所个案学校的研究所提出的建议。

三、建构教师专业发展的能量，应该结合学校其他方面的能量建构

Newmann 等人（2000）、Youngs 和 King（2002）的研究发现，学校在进行教师专业发展的时候应该同时建构着学校其他方面的能量，只有同时建构多方面的学校能量，才能最终实现教师发展和学生发展的目标。两所个案学校的研究也同样显示出，无论是教师个体还是群体的发展，都有赖学校其他方面的能量建构，包括：分享的愿景的形成；领导团队管理方式的变革；学校结构和文化的改变等等。

在 E 中学，教师个体的知识、技能和态度观念的能量的建构也与学校其他方面的能量建构相关。首先是由于学校领导团队进行了德育课程的建设以及确立了学校的愿景目标。学校在 2000 年左右确立了优先发展德育的策略，后来在 2007 年明确了学校的发展愿景。在这个过程中，学校教师的教育观念发生了转变，表现为关爱学生，以学生为主体。同时，学校

"以人为本"的文化也在这个过程中逐步形成。其次，教师反思、探究的能力与学校领导管理方式的变革有关系。学校突出教研活动的系列性，在一段时间内要求教师写反思，组织各种活动引导教师反思，并且引导教师从一般性的反思逐渐形成系统的探究。教师个体自觉、开放态度的形成，也使学校初步具备了教师专业发展社群的特征，即教学实践的非私有化。再次，学校的结构的变革，比如工会组织的活动促进了教师之间的团结与合作；还有学校和谐的氛围也促进了教师之间的合作。最后，教师自觉学习的态度与教师领导的确立相关，身边的榜样促使教师更加自觉地学习。

第八章

学校改进中的组织能量建构

第一节　学校结构与学校文化的界定

在本书第三章提及的十一项关于能量建构的研究中，有七项研究都提及了组织能量。总括而言，组织能量主要指维持组织或者学校持久发展的系统(Hopkins & Jackson，2003)。Fullan (2007)认为，这个系统就是指学校的基础结构；而 Stoll (1999)、Gordon (2004)则认为，组织能量不仅包括学校结构，还应该包括学校文化。因此下文将分别对学校结构和学校文化进行界定。

一、学校结构的界定

Sleegers 等人(2002)、Hopkins (2001)、Gurr 等人(2006)都提出，决策的参与、组织结构和一个安全的环境都属于学校的结构。但是这些研究并没有深入下去针对学校结构的概念进行探讨。Hadfield (2003)则撰文探讨了学校结构，他指出，能量建构要有支持性的结构安排，这些安排要能够将学校内不同成员的活动联系起来。比如：创设为教师共同探讨教学计划的时间，为问题的解决建立团队和小组的结构。

根据不同研究的结论，我们发现，学校结构的定义，特别是在学校改进背景下提出的这个概念，研究者没有达成一个共识，目前可以暂且将其理解为，促进学校改进的系统性的安排，这种安排可以包括很多要素：如参与决策(学校给教师提供参与学校决策的机会)、创设为教师建立共同探讨教学计划的时间，为问题的解决建立团队、小组的结构、人事的安排、制度的变革、安全的环境等。

二、学校文化的界定

Stoll (1999)认为，学校文化要有积极的氛围，学校人员间要有信任、开放的态度。Gordon (2004)则认为，学校文化包括外部的支援、建立信任和支持，分享的决策，批判性的反思，愿景的建立，支持实验和冒险、探究、合作、重构等因素。Hargreaves (1992, p.219)对学校文化的论述较为著名，特别是他对文化的形式的界定。他认为文化的形式就是指"一种文化内部成员之间的联系形式以及关系建立的特征"。Leithwood 等人(1999)、Deal 和 Peterson (1999)则提出学校文化是指学校成员共享的价值观、规范、信念和假设。

正如 Hargreaves (1994)所言，学校文化是一个复杂的概念，因为它是模糊的，我们只能看到表面的现象，比如，看到人们在孤立的或者割据的文化中工作，还是合作的环境中工作。但是学校文化对于学校改进来讲又是非常重要的，因为学校文化对于学校生活和学习的影响远远大于教育部、督学、学校委员会甚至校长(Barth, 1990)。

事实上，无论是人与人之间的一种关系或者联系，还是学校成员的某种态度，都反映了学校内部人们的价值观、规范和信念。Elbot 和 Fulton (2008)指出，应该以共享的价值观、信念和行为为基础，有意识地建构学校文化，因为它是学生和教师成长的中介。因此，本书更加认同 Leithwood 等人(1999)、Deal 和 Peterson (1999)对学校文化的界定，即学校文化是指学校成员共享的价值观、规范、信念和假设。其中价值观是指一个机构的良知，它定义着一切行为和决策以及人们所想所为的优与劣、好与坏；规范是对行为、衣着和语言的集体期待，只是没有明确地表达出来而已；信念是指我们理解以及应对身边世界的方法，是对真理和事实有意识的认知(Deal & Peterson, 1999)。

第二节　E 中学和 T 中学组织能量的建构

一、E 中学组织能量的建构

上一节已经论述了组织能量分为学校结构和学校文化两个部分。下面就从这两个层面对 E 中学进行分析。

（一）学校结构

学校结构是校内支持性的结构安排，这些安排能够将学校内的不同成员的活动联系起来（Hadfield, 2003）。在能量建构的文献中，多数学者提到的促进学校改进的学校结构包括提供机会让学校成员能够参与学校决策、为教师建立共同探讨教学计划的时间、人事的变革、制度的变革等。从能量建构的视角看，E 中学在学校结构方面建构了一定的能量，这包括：让学校成员参与学校决策，重组了领导班子，制定了一系列制度。这样的结构对学校改进是有影响的。

首先，学校在加入 S 大学的学校改进计划以后就召开了一个发展策略研讨会，这个研讨会在召开之前就希望学校全体成员为学校发展提供策略，分析学校的强弱机会从而明确学校未来发展的愿景目标和优先次序。让学校成员参与学校决策，是学校为改进而进行的学校结构的建设。这种改变促进了学校分享的愿景目标的形成。

此外，学校在 2007 年 9 月重组了新的领导班子，将原先的处室更名、合并而且将团委加入到学校领导的行列。因为学校团委主要负责学生工作，学校对学生的关注使得校长将这个部门也加入到领导班子中。政教处改为学生德育处；教学处教科室合并改为教学研究发展处（ESD－28－L129－130）。从新处室的名称来看，也体现了学校关注点的变化：学生德育处，更关注学生；教学研究发展处关注研究，而且教学研究发展处的职能也相对有了新的定位：强化教学管理，淡化教务管理。它的主要职责是：常规教学管理、教学指导、教科研指导、教研组文化建设、教师专业化发展、组织校本培训等。教学处 4 位管理人员人人都是教学工作的研究者、管理者、指导者（ESD－18－L34－37）。此外新聘任了 4 位年轻的领导，希望能够使学校管理工作做得更好。学校领导班子的重组推动了学校的工作，因为学校领导之间能够协同作战，而且促进学校领导者的管理方式发生了积极的变革（详见第六章第二节），从而建构了学校领导的能量。

再有，学校在改进的过程中制定了一系列的相关制度，包括《关于建立校级“骨干教师”制度的意见》、《“学科骨干教师”评选办法》、《“德育骨干教师”评选办法》、《“教育科研骨干教师”评选办法》、《评定校级科技艺术教育

“骨干教师”条例》、《“班主任带头人”评选条件(试行)》、《骨干教师“0”成果问责制》等。这些制度促进了教师特别是骨干教师的发展。

此外,学校还通过建立相关的奖励制度促成教师之间的合作,促进教师对学生的关注,促进了学校文化的形成。W 副校长认为,要促进“咱们的”文化(详细解释见本节标题二)的形成,相关的奖励制度是有效的,E 中学改变以往奖励个人的方式而关注群体的成绩进行奖励,改变以往关注学生的终结性评价转而关注过程性的评价。

比如原来体育老师带队外出参赛,都是各带各的,回来之后,成绩好的,奖励,不好的没有。但现在不一样了,一个成绩好,全组老师都有份,不好,所有的人都没份。包括初三的奖励也是,初三原来就是按分给老师奖励,现在就不是,我们首先从平时过程管理,在过程中学生是一种很正常的发展,学生在原有基础上是提升了,包括思想品德、还有形式上的纪律、文明程度等等综合评价,我不管最后的分怎么样,这部分达到了,就要奖励,而且奖励年级组所有的老师。大家就知道,靠我一个人的努力是不行的,或者说我不努力,别人受影响我有责任,这样他的观念就转变了。(ESI－W 副校长－L252－260)

我们对年级教师评价的时候,一看平均数的比较,还有一个就是提升度的比较,比如前面那届差了 5%,但你这届差了 1%,那你这届就算是有提升的。这样一来,老师心里也比较服气。这样,他既抓优秀生,但对学习差的学生也不放弃。这也就实现了我们学校的一个要求:不放弃一个学生。这不能是一句空话,你应该让老师实实在在地知道,他应该怎样做才能达到。光凭优秀这一段,不能光顾着好学生,而不管差学生,我们在对教师考核时,是将借读学生的成绩都纳入的,那老师能放弃借读生吗?有的学校不管借读生,因为中考不计算借读生的成绩。而我们是一视同仁的。我觉得我们真是大教育观,因为借读生也是孩子。我们的老师不歧视孩子,不因为孩子的家庭背景不理想而歧视他。(ESI－W 副校长－L505－514)

借读生往往在中学毕业考试的时候要回到原籍参加考试,就算在北京参加考试了,他们的分数也不会记入学校的成绩中。这就造成很多学校在追求中考成绩的情况下是不会关注借读生的，因为对学校的成绩没有任何影响，甚至在教室排座位的时候都把借读生排在教室里位置最不好的座位上。E中学在评价教师的时候也考虑学生的学习成绩，但是这种评价是一种纵向的比较，衡量教师的成长，而不是用整个H区的排名评价教师。这样一来，教师的压力就会小一些。此外，学校在评估教师的时候也将借读生的成绩纳入。所以这个学校的老师对待借读生的态度就如同对待非借读生一样。

最后，学校工会创设集体活动时间和机会，以促进教师的合作、人际关系的融洽。学校工会定期或不定期地组织诸如运动会、外出旅游、新年联欢会等活动，为教师提供了促进相互了解、增进感情的机会。通过这些活动使教师们有机会化解彼此间的龃龉，一起谈论教育教学工作。这些改变促进了学校和谐氛围的形成，也促进了教师间的合作。

比如学校曾组织"圆缘圆"运动会，W副校长希望这样一种活动能够促进学校形成和谐、团结的氛围。

> 我们举办这些活动，是把很多思想融合到活动中，不是单纯说教。我们应该和谐、应该团结。即使我们举办的一些竞赛活动，也是个人奖项少，集体奖项多，就是突出要有集体的意识。由原来的小圈子调到大圈子了。老师的职业特点容易个体化，关上门，自己教自己的，学生就是我的私有财产，现在跳出来了，我们是一个群体。为什么我们强调"咱们的"文化？有的时候我们在跟老师谈问题的时候，不要一有事就是你们领导怎么怎么样，或者是我们组如何如何。现在还要强调"咱们"，强调我们大家，共荣辱，荣誉是大家的，问题也是大家的，大家要站在学校整体的利益上来考虑问题。教师的责任心、责任意识也就不一样了。(ESI－W副校长－L148－156)

在E中学，工会活动往往以小组的形式开展，领导者会将不同部门的人员分在一个组，这样就通过活动促进了相互的了解，也帮助大家在工作中沟通。

> 我们学校教工的活动一般由工会组织。工会开展了不少活动，很多活动都是以工会为主。所有活动我们都是以组为单位，工会小组，

因为平时教育教学，教学有教学处，教育有德育处，这两个组在工会中是一个组，但在工会中的活动就将两个部门融合在一起了。在工作的时候就彼此相互考虑到了，我在做教育工作的时候遇到一些困难可以通过教学帮助解决，教学的这边遇到什么工作，德育这边也可以。活动时的融合就可能帮助平时工作的融洽，这样相对来说也是一个互补。这也起了融洽老师之间的感情的作用，一个桥梁的作用。我们这样的活动挺多，有老师之间的，也有老师和学生之间的，这样老师之间的关系好了，老师与学生之间的关系应该说也是不错的。（ESI－W副校长－L395－403）

（二）学校文化

E中学以前是一盘散沙，学校领导团队之间不和谐、教师之间也不和谐，更谈不上相互合作，因此学校无法发展，但是近年来，E中学将学校文化的建设作为一项改进的策略，所以学校氛围发生了很大的变化。那么，E中学建构了怎样的学校文化呢？

1. 学校在某种程度上形成了一种共享的规范。

规范是对行为、衣着和语言的集体期待，只是没有明确地表达出来而已。经笔者观察，感觉到E中学的教师普遍对学校有感情，而且有一种主人意识。校内的教师对学校有一种拥有感，这种拥有感使教师能够将自己的工作与学校的发展联系在一起。例如Y老师家访的时候也会想着她的工作对学校的意义。而且在元旦的联欢会上，老师们写在卡片上的祝愿语不约而同地都与学校的发展相关。这是教师在行为上的一种集体期待。

下面以Y1主任在接受访谈过程中的一席话为例，看得出，她非常在意学校的将来，这说明她对学校有比较深厚的感情。

如果我们藏着掖着对我们学校的发展没有什么好处。希望你（指笔者）帮着我们提炼出一些东西，第一生存；第二发展。从我这说，初中工程建设完了之后怎么办？在生存、发展中遇到哪些问题，避免哪些问题，我有时也在想，我们2008年以后怎么办？这个学校要是没了，我不愁找工作，但在这个学校已经形成了的感情，不是说丢开就能丢开的。（ESI－Y1主任－L468－472）

学校成员对学校的拥有感，体现在学校生活、工作的各个方面。学校于2007年12月28日举行了新年联欢会，这次联欢会的组织者之一，H团书记的感受深刻：

> 以前学校组织点什么活动，总有相当一部分老师处于比较消极的那种状态，就是我刚来这个学校的时候（2002，笔者加）。再加上当时可能年纪大的老师比较多，最近几年变化挺大的。像昨天那个活动（元旦联欢会），包括之后的会餐，大家都挺投入、挺积极的。我们学校以前组织什么活动，人总也到不齐。总有人不愿意参加活动，或者因为种种原因。但我看昨天那个，给我挺突出的一个感觉就是大家都到了。……就是能主动参与学校的活动了，这点让我觉得挺好的。（ESI-H团书记-L13-19）

> ……以前组织什么活动呀，包括出去玩，老有老师不参加，就不愿意参加这种集体的活动，不把自己当成学校的人似的。现在大家这种主人的意识吧，反正比以前强多了。（ESI-H团书记-L38-40）

从教师是否愿意参加学校的活动也能看到教师对学校是否有认同感、拥有感，如果把自己当成学校的人，那么教师就会有一种主人意识。

Y老师在谈到家访的时候，她承认这样做的动机一方面是从学生的角度出发，还有一方面是从学校的角度出发。对学校，她有着良好的愿望：

> 好孩子留下了，成绩上来了，学校就能收到更好的孩子，这不就是一个良性循环了吗？（ESI-Y老师-L331）

当今社会，甚至主管的政府机构衡量学校的标准主要是中考的升学率，这是无法回避的一个现实。教师也会从这个角度去考虑自己的工作，这是无可厚非的。关键是这里面体现了教师已经把学校的发展和自己的工作结合在了一起。

2. 学校在一定程度上形成了共享的价值观和信念。

价值观是指一个机构的良知，它定义着一切行为和决策以及人们所想所为的优与劣、好与坏。信念是指我们理解以及应对身边世界的方法，是对真理和事实有意识的认知。关于学校共享的价值观，已经在上文“分享的愿景目标”中进行了论述，在“平民教育”和“以人为本”这两个层面，E学校的教师和领导者形成了共享的价值观(详见本书第五章第三节论述)。从分析中,我们也不难看到教师教育观念的转变。这种价值观直接决定了校内教育者的行为和决策的优与劣。

此外,和谐是E中学一直致力于营造的一种氛围,和谐也是学校开展一切工作的基础。在和校内成员的访谈中,教师和领导无一例外地讲到了这所学校和谐的氛围。他们非常认同这种和谐的氛围,认为学校领导和教师之间、教师和教师之间、教师和学生之间甚至领导和学生之间的关系都呈现出了一种和谐的状态。学校教师对待学生、学校和同事的这种信念是和学校价值观的建立密不可分的。学生的感受也从一个侧面体现了教师的教育信念。

> 研:如果初三毕业了,你们回忆起这所学校来,印象最深的是什么?
>
> 学:这里有这么多好的同学、老师,能想起很多特别美好的事情。(ESFGI-初三学生-L28-29)

H区在2007年年中,对初中建设工程的实施进行了一次形成性评价,这次评价显示,大多数教师对于学校的氛围是满意的。Y1主任指出,学校的氛围好主要是因为干群关系好。

> Y1:……很多老师就说,这种心情上的愉快在E中学的时候不知道,出去之后才发现。这种心情、这种氛围太舒服了。很多就是到别的学校之后感觉到,这个学校太舒服了。
>
> 研:舒服是指人际关系吗?
>
> Y1:人际关系的舒服、干群之间的舒服。领导和老师不是那种上下级之间死硬死硬的关系,而是一种我们能够互相融通、互相交流、互相碰撞的关系。我觉得这是感触很深的一个东西。(ESI-Y1主任-L69-75)

领导者和教师之间的关系良好使得教师觉得人际关系舒服,上下级之间的关系不是那么明显或对立,而是能够交流、碰撞。

Y老师刚来学校一年半,她用了很多“感觉好”、“愉快”、“有劲”这样的词语来形容这段时间的工作心情。她说自己感觉好完全是因为心情舒畅,心情舒畅有很多原因，其中一个原因是学校的氛围好。

> 从我来了之后，我就感觉好，(因为)心情特别舒畅，其实我的工作量是挺大的，一周 17 节课，……然后还有实验员工作、班主任工作，不过我身体比较好，我感觉工作不是特别累，感觉很愉快。……以初一年级为例，班里有个别差生，领导不会因为有个别差生而指责班主任，政教处可能更关注这个班，帮助班主任把这个班带好。所以从德育教育这个角度讲，我作为一个班主任，心情还是挺愉快的。然后从教学的角度讲，感觉教学几位领导真的是希望老师们去搞科研，也是在积极地支持、指导老师的科研工作。然后一旦老师在科研上有点什么成绩，我感觉比老师还高兴呢。有时我拿了证书给主任看，主任高兴得不得了，替我高兴。所以我感觉学校的氛围特别好。我来这一年半了，感觉真是特别愉快，感觉干这个工作挺有劲的。(ESI－Y 老师－L16－26)

无论从当班主任的经历还是当一名教师的经历，Y 老师都觉得能够从领导那里得到支持，当她取得成绩的时候，领导能和她一同分享，做到“和谐共享、共荣”。

学校氛围应该是身处学校无时无刻都能体会到的一种环境。笔者于 11 月 1 日的田野研究中有如下记录：

> 9 点到校，观察学生的课间操，学生在做课间操的时候，老师们在操场的后面打排球，踢毽子。校长也和教师一起打排球。(11 月 1 日田野札记－L55－56)

学生、教师和领导一起活动，领导随和、教师随意、学生惬意，没有谁监督谁的场景，这也是一种融洽的氛围。

由此观之，学校的和谐不仅在于教师之间的人际关系好，还在于领导与教师的关系不生硬，还表现在学生在学校的生活状态。考试没有人监督，做操也不需要教师监督，这是一种宽松的环境。

二、E 中学如何建构学校的组织能量

E 中学在学校改进的过程中，进行了结构的变革，在一定程度上逐渐

实现了共享的规范、价值观和信念。学校在结构和文化层面的能量建构是和学校领导的改进策略密切相关的。

第一，在学校结构能量的建构过程中，校长的决策起到了重要的作用。

在学校结构层面，学校成员共同制定发展策略、学校领导班子的重组、学校相关制度的制订和学校工会的活动都是学校领导者决策的结果。如果学校领导者不认同这些变革的话，学校的结构是不可能变革的。特别是校长在这个过程中起到了关键的作用，学校领导班子的重组是校长痛下决心的结果，在制订发展策略、制订制度等各方面，校长也起了极大的推动作用。这些结构的变革都对学校的改进起到了一定的推动作用。此外，学校领导团队所进行的一系列结构上的变革，都与学校领导班子的重组密切联系。而且在学校领导班子重组的过程中，校长的决策作用较为突出。

第二，在学校文化层面，学校提出的改进策略促进了学校共享的价值观、信念和规范的形成。

学校领导团队在学校改进的过程中，采取的一项比较重要的策略是构建“咱们的”文化。“咱们的”文化是 2006 年 5 月 Z 校长在一次会议上正式提出的，但事实上，“咱们的”文化的建设绝不是在 2006 年突然之间提出的，并且其内涵也在不断地发展。

这个改进策略的提出经历了很长的时间，主要可以分为两个阶段：第一个阶段是在 E 中学参加 S 大学的学校改进项目之前，这个阶段学校文化表现出来的特点是创建和谐的校园人文氛围；第二个阶段是在加入改进项目之后，学校文化不断丰富，不仅包括校园文化、教师文化，还包括学生文化、校风等。

第一阶段：和谐的校园人文氛围

学校文化的提出和学校的情境是密切相关的。几年前，学校一盘散沙，于是校长提出创建和谐的校园文化，当时他的出发点是：“如果大家都把学校的事情都当成咱们自己的事情，精气神、凝聚力、干劲、氛围肯定会提升的……”（ESI－Z 校长－L230－231）后来，在 Z 校长发给笔者的一份文件中，记录了他对学校文化创建背景的较为详细的解释，而且在其中，不同时间的学校文化的涵义得到了不同的诠释。

2000 年前后，学校的实际情况是生源少、办学规模小、学生家庭贫困、教师待遇低(身处H教育大区,上述特点更为突出)。特别是教师队伍的不稳定,仅2001年就调走了6名骨干教师。面对这种困境,我们要想求得学校生存稳定,就必须有一个和谐的团队。但我们很难像众多学校那样靠"待遇留人"、"政策留人"。我们必须依靠一种精神——一种面对现实顽强拼搏、咬定青山不放松的精神,并把这种精神演化为团队的共同价值观,齐心协力,共渡难关。于是,我们提出了能体现团队的共同价值观的"咱们的"文化——相互理解、相互关心、相互促进。目的在于引导教师形成共同的愿景,共同关注学校的生存与稳定,并为之做出努力,做出贡献。(ESD-39-L29-36)

当时学校面临的最大困境就是不能留住优秀教师,这时Z校长就提出了要有和谐的团队,在这个团队中要有共同的价值观,能在相互理解、关心和促进的基础上共同关注学校的生存与稳定。到了2004年,教师又出现了职业倦怠的情绪,在这种情况下,学校文化的内涵就得到进一步丰富。

2004年前后,学校已经逐渐稳定,教师之间复杂的矛盾得到化解,学校面临的是如何发展的问题。但学校生源质量差、教师水平参差不齐的现实却没有得到改变,教师面临诸多压力——个别生管理压力、学生成绩压力、自身发展压力等,职业倦怠情绪在教师中蔓延,面对这样的情况,"咱们的"文化需要进一步发展,提出"进了咱家的门,就是咱家的人,咱家的人就要平等地受到关爱和关心,要让老师们感受到学校的温暖,感受到应有的尊重,个人价值得到实现。(ESD-39-L40-45)

其实,无论是2000年还是2004年,学校文化的提出有一个共性:就是面对教师出现的情感(emotion)[①]问题,学校领导希望创造一种氛围来化解。然而在Z校长看来,这种氛围的确立其实起关键作用的还是用感情为纽带而形成的和谐氛围。

Z校长:"咱们的"文化,它有亲情、友情、同志情、师生情,干群之

① Leithwood和Beatty(2008)将教师的工作满意度,倦怠等情感统称为"emotion",因此这里也采纳情感这个词。

间的感情，在这种情感的氛围中，他没有后顾之忧，然后我们再给他创造条件，使他能够得到发展。……（过去）培养一个又到别的学校去了，人又多拿钱，工作又轻松，学生又省心，教学质量还高。

研：您怎么面对这个问题呀？

Z校长：那就是一个“咱们的”文化把他拢住了，大家不愿意走，降低流失率。老师们很爱我们这个团队，很喜欢我们这些同事，宁可在这儿少拿点钱，他喜欢我们这个氛围。宽松、和谐，这说不清、道不明，我也说不清楚。……政策留人，待遇留人，我都不行啊，只能感情留人了。我们的核心价值观就是“咱们”，你离开了这个团队，你就没有“咱们”了，大概剩下的只是管理，只是你干活，只是成绩，干得好就评价你，你中考的优秀率上去了，你能得一万两万奖金，但它没有那份感情在里面，我们这儿不是这样。……以前学校干群关系紧张着呢，学科进修，老师之间老通气，领导不好，如果人际关系不好，没有和谐的环境，可能再好的学校老师也不愿意去，可能就愿意留下了。（ESI－Z校长－L977－990）

学校成员之间相处融洽，人际关系良好，相互之间有感情，就形成了一种宽松、和谐的氛围，这是学校文化建设的初衷。当然，这其中也透着一些无奈，即在物质、待遇对教师不具备吸引力和竞争力的情境下的一种权变。

第二阶段：“咱们的”文化的正式提出

在“咱们的”文化正式形成的过程中，S大学的项目对它起了一个推波助澜的作用。就是在加入这个项目之后，学校领导团队的成员才一起在当时的学校情境基础上将“咱们的”文化的内涵进行了丰富。W副校长清晰简洁地讲述了这个过程。

初中建设工程开始时要做规划的时候，就有一个校园文化的建设。这种文化的建设，我们原来零零碎碎地也有，都是单打独斗的，但怎么使它成为一种大家共同追求的方向，共同规范的行为，大家共同认可的一种思想，我们就是在初中建设工程的时候才开始重视。我们的班子就坐下来认认真真地琢磨，我们学校的特点是，老师都是相对来讲比较和谐，不封闭，尤其在教育教学上，平时磕磕碰碰肯定有，但是总体来说比较和谐，这种和谐，应该是实实在在的，不是表面上的和谐，你好我好他也好，有时候关系过好的时候，在比如评课等方面往往评价好的东西就多一些，但可能心里并不是那样想的。所以我们就想，就从和谐身上做文章，让和谐成为实实在在的、真正是表里如一的相融。一开始就提出来，提反对意见并不是不和谐。校长当时也说，就从评价说，当面夸赞你那你就减 50%，真是批评你了，你就容纳过来，然后再去分析。就是从教师的关系开始琢磨。后来是师生之间的关系，师德，因为教师跟学生有时态度比较生硬，所以就提师生之间的关系。后来发展到学生也要有文化建设，要和学校的目标一致起来。后来校长就把它定位于“咱们的”文化。（ESI－W 副校长－L2－16）

2006 年 4 月，E 中学加入了 S 大学的学校改进项目以后，学校就正式采用“咱们的”文化这一名称，而且进一步充实了它的内涵。也就是说，当学校的人际关系良好，学校成员之间有了比较融洽的感情基础以后，学校领导团队对学校文化的内涵进行了进一步的丰富。

“咱们的”文化呈现为“和谐共处、和谐共建、和谐共享、和谐共荣”的精神文化状态和行为文化状态。它包括以人为本的教育理念、教师文化、学生文化、校风以及和谐的文化状态和行为。这四个方面的具体解释如下：

一是以教师发展和学生发展为本，坚持对每一个孩子负责，对孩子们将来的发展负责，对每一个孩子的家庭负责的教育理念。

二是以“创建开放合作的群体学习意识、个体开放品质、集体团队精神”为核心，以“严谨、笃学、思辨、创新”的教风为内容的“教师文化”。

三是以形成“勤奋、乐学、多思、善辨”学风为目标，以提高学生思想道德（人品）和综合能力素质为根本的“学生文化”。

四是以建设整洁、优美、清新，富有教育性的校园环境为途径，学生行为习惯充分体现“明理、诚信、健康、和谐”的良好校风。（ESD－39－L18－28）

为什么要用“咱们的”文化给学校文化命名，Z 校长的解释是“我只要一说我们学校就肯定把你排除在外了，从语言上。尽管我们、咱们一字之差，但意义不同。这是一种非常传统的融合的思想意识。后来中央说以人为本。我们这也是以人为本。”（ESI－Z校长－L215－217）Z校长认为“咱们”这个词从语义上就有一种融合的思想，咱们和我们的区别在于包括听者和不包括听者，包括听者在内就是把对方也当成了主体，并且将听者和说者融为一体。这不仅是对人的尊重也象征着一个团体的形成。

Z校长认为，“咱们的”文化的内涵主要有两个方面：其一，以学生为本；其二，开放、合作的教师文化。首先，学校要以教师和学生发展为本，对每一个孩子负责。“咱们的”文化以学生发展为本，倡导的是一种有教无类的思想。

> 我们的孩子我们能不能不管他们富、他们穷，不管他们丑、他们美，不管他们是聪明还是傻子，不管他们基础好坏，我们都把他们当成咱们自己的孩子、当成咱们自己的事，把它干好行不行。“咱们的”内涵，这是我们多年的积淀，既有传统的也有现代的。（ESI－Z校长－L1043－1047）

其次，学校文化建设包含教师文化，这种文化的核心是开放和合作，即对教师个体来讲要开放，对群体来讲要合作。

> 教师专业成长应该是自主的。我自己想发展想成长，这是一个原动力吧，教师的成长应该永远呈现一种自主的积极的状态，教师的成长应该在开放的环境当中，这首先得有自己的开放意识，然后就是发展的过程必须是合作的过程，孤家寡人是不行的，必须在一个合作的状态合作的过程中，教师的个人专业才能得到发展。……（ESI－Z校长－L930－934）

合作能力，是要在共处、共建、共享、共荣的状态下实现。因为每个教师的特点不同，要互相尊重，在这个前提下大家共同发展学校，各尽所能。

> Z校长：“我想合作，我跟着大家走，这不行，在一个团队里，团队精神的展示，是它要共享的，我老靠着你，你让我干什么我就干什么，我只跟着团队走，这不行。合作能力得是共处、共建、共享、共荣，用教师，包括评价教师，也是这样的……”（ESI－Z校长－L427－430）

首先是和谐共处，这是基础，大家互相尊重，互相认可，每个人有每个人的不同特点，要融合、要尊重。……我们和谐的目的是为了共同建设我们共有的家园，办好我们的学校。这就要求大家要呈现积极的、向上的、健康的工作状态，工作上要有创造，要努力要出成绩，共同建设我们的学校。总之要建设、要发展。（ESI－Z校长－L930－934）

在谈到教师文化的时候，Z校长还特别强调了教育、教学的非私有化。他认为：

既然是“咱们的”，那好，你的课堂不是私有的，班级不是私有的，你的学生不是私有的，任何一个学生，任何一个班级都不是私有的，然后我特别强调了：出了问题也不是私有的，年轻老师大胆地去做吧。一个班级，不是班主任单独负责的，是由所有任课老师来负责的，也是学校其他部门应该负责的。所以我们学校还有一个规定：学校的活动要全员参加，年级的活动要年级的全体老师都参加，班级的活动班级任课教师都参加。但我们做得还不够，一个是我们没有时间去积淀，也没有时间去总结，但我们就坚持了下来，这个提法应该是也有相当长的一段时间了。（ESI－Z校长－L220－228）

Z校长强调了教育、教学的非私有化，这体现了一种合作的思想，同时也呈现了一种共同承担责任的思想。校长要求校内的所有教师对学生都负有责任，同时这个最后的教育结果也由大家来承担。这无形中就给了年轻教师以宽松的环境进行教育教学方面的尝试，打消了教师心中的顾虑。

在学校文化的内涵不断丰富的过程中，可以看到学校从提倡和谐的人文环境进而发展到关注教师发展、学生发展，并且提出了相应的教师文化和学生文化以及相应的校风要求。学校的价值观就在这个过程中进一步发展，由形成良好的人文氛围，实现学校的凝聚力发展为关注教师、关注学生的发展，并且对教师和学生的发展提出了更高的要求。总结起来，也就是在和谐的基础上求发展，和谐不是最终的目标，这种氛围的形成是为了促进教师和学生的发展，而这也是学校改进的根本任务。

除了“咱们的”文化这一策略的提出，发展德育以及与学校成员一起制定学校发展愿景目标都有助于形成学校共享的价值观、信念和规范。这方面的内容已经在“分享的目标”和“教师教育观念的改变”部分进行了论述(详见第五章第三节、第六章第二节)。

第三,校长情感的付出促进了学校和谐氛围的形成。

Z校长对其他领导和教师的影响就是真诚和真情。

> 我觉得就是以真诚换真诚,以真情换真情。……你的学识、品质、能力,尽情地、淋漓尽致地、百分之百地放在你的事业上……(ESI－Z校长－L354－355)

教师对此亦有感受:

> Y1主任:“(校长)跟老师的关系亦师亦友,特别好。很多事情是在后面鼎力支持。年轻人谁都有犯错误的时候,从校长来说,我指出你问题,但是我给你改正的空间。这样你就感觉到在工作的时候没有后顾之忧,心情是愉快的。……这种心情、这种氛围太舒服了。……人际关系的舒服,干群之间的舒服。领导和老师不是那种上下级之间死硬死硬的关系,而是一种我们能够互相融通、互相交流、互相碰撞的关系。”(ESI－Y1主任－L66－70)

这充分说明校长在情感上影响着身边的教师,从而为学校良好氛围的形成做出了示范。

第四,学校领导团队不断强化教师对学校文化的理解。

领导团队的成员在面向全体教职工的会议中都会加强对“咱们的”文化的宣讲。这些会议有的是校长主持,有的是德育主任或教学主任主持。这说明学校的领导班子都在有意识地共同宣传“咱们的”文化。而且很多学校文件中都或多或少从不同方面强调了“咱们的”文化。

表8.1　宣讲“咱们的”文化的学校会议一览

会议/培训的文件名称及日期	宣讲内容
(3) 教职工大会讲稿,2007年4月12日	学校文化建设——“咱们的”文化
(8) 加强教研组文化建设　促进教师专业发展,2007年10月9日	“咱们的”文化内涵,教研组文化
(9) 加强校本教研　建设有效课堂,2007年11月22日	“咱们的”文化——教师文化

续 表

会议/培训的文件名称及日期	宣讲内容
(10) 教师代表大会(使用稿),2007 年 3 月 22 日	学校发展——"咱们的"文化为引领
(12) 教职工大会,2007 年 11 月 1 日	"咱们的"文化内涵,教研组文化
(28) 新学年聘任大会,2007 年 6 月 28 日	"咱们的"文化内涵
(36) 营造全员德育氛围　推进班级文化建设,2007 年 12 月 13 日	班级文化

第五,通过树立典型的教师个案进行引导。

W 副校长在总结学校文化形成的过程的时候还提及了,"树立典型,要让教师知道学校认可的是什么样子的教师和工作状态"。

然后就是树立典型,每个组发现了特别和谐的,哪件事做得特别好的,然后宣传、鼓励,这就是导向呀,……(ESI－W 副校长－L250－252)

第六,通过变革学校的结构促进学校文化的形成。

学校结构的变革包括:通过建立相关的奖励制度促成教师之间的合作,促进教师对学生的关注;通过一些学校活动融洽学校成员的关系。前者很好地促进了学校年级组、教研组的合作氛围,以及教师对借读生、对每一名学生的关注。后者促进了学校和谐氛围的形成。

三、T 中学组织能量的建构

(一) 学校结构

从能量建构的视角看,T 中学在学校结构方面建构了一定的能量,这包括:1. 为教研活动和教师外出学习安排时间、提供资金;2. 制定了相关的奖励制度;3. 为校本课程提供时间。

首先,学校在加入 S 大学的学校改进计划以后就承担了"教研组转变职能"的课题,学校在实施这个课题的过程中确定了固定的教研时间。所有教研组在每周二或周五有固定的两节课作为集中教研活动时间(TSD－51－L21)。与此同时,只要教师有外出学习任务,学校都从时间、资源上支持,包括调课表、安排代课教师、出资金等方式以支持教师学习。(相关内

容详见本书第七章第二节）

此外，还制定了相关的奖励制度，以促进团队合作。比如，学年的奖励注重整体。一个团队（教研组、备课组）表现优秀就奖励其中的每一个成员，单一成员优秀但是整体不好也不能奖励。这样就促使教师在教学方面互相帮助、通过密切合作提升整体水平。

最后，由于学校安排了美育校本课程以及其他门类的校本课程，因此专门为校本课程安排了课时。

（二）学校文化

从研究数据来看，T 中学形成了一种开放、向上的文化氛围。这种氛围在某种程度上是一种学校成员的共享的规范。近年来的教师状态和2003 年之前相比，变化非常大，最重要的一点就体现在目前学校已经形成了一种开放、向上的氛围。这种氛围的形成和教师的自主、积极的发展状态密切相关。

X 老师讲述了她身边同事的变化。

X：就是这几年大家不怕上公开课了，我觉得早几年很少，起码是近 5 年吧，大家都互相听课，互相评，而且都争着上公开课。……但这绝对是一个大的变化。

研：就是有的老师听完课，也会直截了当地提意见吗？

X：对，直接说，哪个地方好，哪个地方不好。可能有的组做得好一些，有的组差一些，但这个以前肯定是没有的。以前很少上公开课，现在就不停地在上公开课。（TSI－X 老师－L359－367）

Z3 老师说：

学校的变化先从软件说起，老师更注重自身素质的提高，开始有意识地外出学习，学习回来注意而且能根据学校情况应用于教育教学。我觉得最突出的就是做课，……都愿意去展示自己，没有上的都觉得挺可惜的。和 2002 年相比，是一个明显的变化，当时要把课硬塞给老师，老师们不敢、不愿接。现在接公开课不怵了，不害怕了，有头绪了。（TSI－Z2 老师－L69－75）

W1 主任说:

> 现在有大型活动,都采取自愿报名,在学校平衡的基础上推研讨课、公开课,不让上还有意见。现在就形成这样一种风气。另外就是形成一种氛围,比如,原来 W 教授找老师谈,都不愿意跟她谈,现在老师们都追着她,请她指点,现在是这样一种氛围。什么力量呢?我觉得就是一种氛围,一开始没有这种氛围,慢慢就形成这种氛围了,学校也有这种机制。(TSI-W1 主任-L108-120)

在田野研究中,笔者发现,学校一楼的走廊里经常张贴有如下内容的海报:

海 报

> 2007 年×月×日,某某老师在初××班上常规课一节,欢迎老师听课! ××组(教研组名称) 2007 年×月×日

访谈的老师都觉得学校有一种氛围,促进大家发展。这无疑是学校成员在行为上分享的一种共同规范。

在 T 中学,学校领导通过一系列策略的实施形成了学校开放、积极向上的文化氛围。但是这仅仅止于学校成员间的一种行为规范。学校文化还应该体现在共享的价值观和信念层面,价值观和信念的分享应该是使学校文化更加持久牢固的内容。事实上,T 中学仍需在学校文化的改进方面深化、努力。

四、T 中学如何建构学校的组织能量

综合上述学校结构和学校文化层面的能量建构的论述来看,这两个层面的能量建构都是和学校领导的改进策略密切相关的。

第一,学校领导团队的决策起到了重要的作用。

学校领导团队能够配合相关的改进策略变革学校的结构。为了促进学校合作教研氛围的形成,特别安排了固定的时间进行教研。在物质奖励制度的制定方面也是鼓励教师形成合作的团队。这些结构上的变革在一定程度上为学校教师专业社群的形成创造了条件。

第二，在学校文化层面，校长对学校改进所持有的目标起到了重要作用。

校长希望学校形成“一个培养的机制和平台”，这个培养机制就是：

> 一个学校的文化氛围，是一个学校的文化。这个学校文化就是让所有来到这个学校的教师都能够感受到，在这个学校你不进步不行，你要发展，但在你发展的时候，你有什么需求，学校会支持你。我觉得让他有这种感觉，形成这样一个文化的氛围，到这个学校的教师都要努力地发展自己。（TSI－J 校长－L842－853）

这其实也是校长希望在学校努力营造的氛围。

第三，学校文化的形成与学校实施的改进策略密切相关。

学校开放、向上的文化氛围的建立就和学校领导团队采用的建构教师专业发展能量的改进策略密切相关，这些改进策略包括承办大型活动；选派教师外出学习；发展性教学评价面谈；课堂教学改进行动；转变教研组职能。

比如，Z1 老师就认为教研组的发展和学校的这种文化氛围密切相关。

> 如果不是学校大力提倡发展的概念，我们也谈不到教师发展，谈不到关注学生这一项。所以说，学校领导从整体来说，也就是从大会小会上，也不管是请外面的专家老师也好，或者是让我们外出去听课、去学习也好，那么它总体的目的就是让我们促进教研。……教会了我们教研应该怎么搞。现在又提出了教科研，原来仅仅是教研，从教研到科研的一个提升，肯定是有一个指导的、有一个方向性的东西。……所以我觉得没有学校这个氛围，……应该也就无从谈起现在这些发展。（TSI－Z1 老师－L273－282）

由此可见，学校文化的形成是渗透在每一个改进策略中的，这些改进策略共同对学校中的每一个人产生影响从而形成了一种规范。

第四，通过变革学校的结构促进学校文化的形成。

前文提到的学校领导团队在时间、资金、相关的奖励制度等方面的变革，都促进了学校向上、开放氛围的形成。因为这些结构方面的变革让教师感受到了专业成长的重要性和紧迫性，因此大家都希望抓住机会实现自己以及所在集体的专业成长。

第三节　个案研究对学校组织能量建构的启示

一、学校改进过程中,学校结构的变革应该能够配合改进策略的实施

学校改进策略的实施过程中,往往需要学校打破以往的惯例,从而促进学校改进策略的顺利实施。从本章第二节的分析可以看到,学校结构的变革不是凭空进行的,它们往往是伴随着学校改进策略的实施和需要而进行的。比如当学校确定发展的优先顺序、确定愿景目标时,学校教师就需要参与到决策中来,不然很难达成共识而阻滞改进的进程。因此在建立“分享的愿景目标”的过程中,就一定要改变以往单纯由领导者决策,然后上传下达的结构,而转变为全员参与,达成共识。

再比如,当学校鼓励教师外出学习的时候,就一定要给予时间和资源的配合,如果还保持教师原来固定的工作时间,而没有弹性作息的话,就无法支持教师的学习。因此学校也要据此进行结构上的改变。

Newmann 等人(2000)、Youngs 和 King(2002)以及 Gurr 等人(2005)的研究都显示,学校在进行教师专业发展的时候需要同时建构着学校其他方面的能量,只有建构多方面的学校能量,才能最终实现教师发展和学生发展的目标。学校能量的其中一个要素就是学校结构。从两所个案学校的改进实践来看,不仅是教师专业发展的时候需要建构学校结构的能量,学校改进过程中,各个方面的发展都需要有学校结构变革的配合。

二、学校文化的变革渗透在学校诸多改进策略实施的过程中

学校文化是指学校成员共享的价值观、规范、信念和假设。创建、形成一种学校文化是一个艰难的旅程,从两所学校的个案研究来看,学校文化形成往往是渗透在学校多种改进策略实施的过程中完成的。很难断言,有一种策略可以直接改变人们的价值观、规范或者信念。这些内容的改变往

往是通过不同的活动、形式慢慢形成的。

比如，学校分享的愿景目标的形成使教师对学校之所以存在的理由形成了共识，也使全体成员认清了学校发展的方向。在这个过程中，学校潜移默化地形成了一种认同，即"关心每一个学生"（如 E 中学）或者是"教师要进行专业发展"（如 T 中学）。再比如，在建设教研组的过程中，促进教师之间合作氛围的形成是重要的工作。为了配合相关策略的实施，两所学校都进行了结构的变革，领导者都作出了努力，随后学校教师慢慢在工作中形成合作的风气，虽然改进的策略是针对教师专业社群的能量建构，但实际上，学校的文化也在悄然形成。

因此在学校文化的建构过程中，不应急于求成，应该根据学校的情境，将学校所希望形成的价值观、规范乃至信念渗透在学校改进策略的实施过程中。

三、学校改进过程中，如何建构学校的组织能量

（一）学校结构变革过程中，学校领导团队应发挥决策作用

在学校改进的过程中，学校领导团队应适时进行决策，从而促进学校结构的变革。从目前中国内地的学校管理体制来看，校长拥有学校财政权、执行权和决定权。因此，校长应该能够将学校的决策配合学校改进的进程，特别是在学校结构方面，比如资金、时间、人事等方面，发挥重要的决策作用。当然，有的学校校长虽然拥有这些权力，在做出决定之前，他还是会同学校领导团队的成员达成共识，一起推行学校结构的变革。

在两所个案学校中，E 中学的校长会进行最终决策，T 中学的校长则更倾向于决策之前取得领导团队的共识。无论哪种方式，他们都能根据学校改进策略实施的需要，适时改变学校的相应结构，从而促进学校改进的进程。

（二）校长在学校文化变革的过程中，应起到重要的引导和示范作用

学校文化的变革不是朝夕之功，校长在这个过程中应起到引导和示范作用。所谓引导作用，就是校长首先要明确学校办学的定位、明确学校改进的方向和最终目标，清楚表达学校要追求的价值观、规范和信念。所谓示范作用，校长要能够将他所表达出的这种学校文化转化为日常的行动，

在学校生活中示范这种价值观、规范和信念。

在T中学,校长希望学校形成"一个培养的机制和平台",这个培养机制就是一种向上的学校文化。那么校长就会在日常的行为、活动中,表达自己对学校文化的认同,甚至将这种认同渗透在学校工作的各个方面。因此就对全体教师产生了一种引导作用,全体教师从而清楚地知道,学校认同什么、不认同什么。再比如,在E中学,Z校长对其他领导和教师的影响就是真诚和真情,希望通过这种行为的示范,促使学校良好氛围的形成。

(三)学校结构的变革应促进学校文化的变革

在学校改进的过程中,学校领导团队所进行的结构变革,应该能够促进学校文化的变革。无论是资金、时间、制度、人事抑或分享决策等方面的结构变革,都应该以促进学校文化变革为前提条件。只有这样,学校结构和学校文化的变革才能相辅相成,共同形成学校的组织能量。

E中学通过建立相关的奖励制度促成教师之间的合作,促进教师对学生的关注;并且通过一些学校活动融洽学校成员的关系。结果就很好地促进了学校年级组、教研组的合作氛围,以及教师对借读生、对每一名学生的关注,也促进了学校和谐氛围的形成。学校为教师和学生提供了一个良好的学习、工作环境,从而形成了学校的组织能量。

第九章

学校改进中的课程与教学的能量建构

从能量建构的视角来看，学校的课程与教学的能量，并不是指我们平常理解的教师在课程设计、实施乃至教学策略、教学方法论等方面的提升，这些内容基本都在教师专业发展能量建构的部分涉及。这里所涉及的“课程与教学的能量建构”实质上是从一个相对宏观的层面审视，即在学校改进的过程中，学校整体的课程安排、设计所呈现出的特征。比如，学校课程是呈现多样性、一致性还是校本化。此外，“教学能量”就是指那些能够促进、支持教师教学的相关条件的特点，比如资源、教学技术等。

第一节　学校改进中课程与教学的界定

一、课程一致性与校本课程

在西方学校改进的文献中，特别是在本书第三章提及的有关学校能量建构的文献中，大多数研究都显示，学校改进过程中，在学校课程方面，应该建构课程的一致性。课程一致性是学校应该建构的课程方面的能量。

课程一致性（alignment of curriculum or curriculum coherence）就是指，在一段时间之内学校应该有一个包括课程、教学、评估和学习氛围在内的总体框架，并且使用这个框架来指导一系列为学生和教师准备的计划。此外，教师的工作条件、学校的资源分配都应该支持这个框架的实施（Newmann et al.，2001）。“课程一致性”之所以成为课程能量的重要内容,主要是因为在国外学校改进的文献中,课程一致性是高效能学校的一个特征(Murphy & Hallinger, 1988)。但这种一致性是基于国外具体的教育情境而提出的,即学区或者学校的课程是由学校或地方独立制定的,比如在加拿大安大略省有统一的课程标准,然后学校的课程是根据省里的课程标准自行制定的,课程设计是由每一位任课教师完成的。于是每所学校的课程就呈现出了多样性,这样往往就需要由学区制定一些政策来促使地方课程和省里的课程标准保持一致,因此学校课程、教学也往往需要达成一致才能使学生更好地完成省里的要求。

与国外不同的是,中国内地目前只有一个国定课程①,不同课程也只有少数几个版本的教材可供选择,因此学校与学校之间在课程和教材的使用上基本是一致的。虽然 2001 年课程改革推行,课程实行三级管理,鼓励学校建立校本课程,但是由于校内教师基本不用进行课程设计,教学计划也基本没有差异,因此本书提及的两所个案学校里,学校的课程、教学计划基本上都是一致的。就这两所学校而言,学校课程本身就是和国家课程一致的。因此,在课程能量建构层面上,中国的学校改进基本不需要考虑课程的一致性。

与此相反,笔者通过对两所个案学校的研究发现,在新课程改革背景下的学校改进过程中,建设校本课程反而成为了课程方面的能量。两所个案学校都根据各自的情境,在三级课程体制下,发展出了适合学校的校本课程,并且都有效地增强了自己学校的能量。

二、教学能量

在学校改进的文献中,并没有多少研究提出"教学能量"这个能量因素,只有 Youngs 和 King(2002)、Fullan(2007)的研究提出了这个概念,他们对教学能量的解释基本是一致的,即教学的能量主要指支持教学的新资源和技术。比如,支持教师教学的高质量的教材;实验室设备;充足的工作间等。

---

① 不包括上海,它在实施上海市的新课程改革。

第二节 E中学和T中学课程与教学能量的建构

一、E中学课程与教学能量的建构

在E中学，学校领导团队确实进行了课程改革并且推动了学校改进，那就是“发展德育”的策略的实施。Zhu和Liu(2004)认为中国内地的德育像一个伞形概念，包括了共产主义教育、政治、法律、道德、心理等。德育工作一般通过两种形式进行：一种是学科为本的德育(subject-based moral education)，另一种是课外活动(extra-curricular activities)。但是，从E中学“发展德育”的策略来看，这项工作具备了课程要素：即目的、学习经验的提供和组织，学生评估，这已经属于课程设计的范畴了(黄显华、霍秉坤，2002)。因此，本书将“发展德育”这一策略归为学校的课程。

虽然中国内地的学校不存在西方文献中所谓课程一致性的问题，但是学校领导团队还是为“发展德育”这一课程建构了一定的课程能量，表现为“德育课程的校本化”，并促进了学校改进。

首先，学校形成了属于学校自己的德育目标。班主任在这样目标的指导下进行的工作取得了良好的效果。学生在学校表现的热情有礼貌而且自律、热爱班集体，师生关系融洽。

2000年E中学根据自己的办学目标，制定了学校的德育工作目标：三爱、三守、三会、三化(最后一项内容是2007年增加的)，即“爱党、爱国、爱集体；守法、守纪、守规矩；会说、会做、会学习；校园化、课堂化、生活化。”这四个“三”涉及了爱国主义的教育，合格公民的教育，学生社会交往、沟通能力、自我管理能力的教育，劳动意识和学习习惯、态度、方法的教育。同时学校还要求这些教育在课堂上、校园里、生活中发生，从而内化为学生的一种道德认识。校长对这四个“三”做了具体的解释：

> 爱党、爱国、爱集体，但首先，在义务教育阶段，初中的孩子首先要爱集体，然后再谈爱国，做的时候应该倒着走，尤其是基础教育阶段，

首先抓人的培养;守法、守纪、守规矩,守法是合格的公民,守纪是在任何一个组织里守规矩,尤其中国人要讲规矩,是中国的传统。有的年轻教师都这样,不会用礼貌用语,张嘴就你,你的,我就教他们跟家长说话,一定要说您。这可是做人的规矩呀,这个教育不应该学校给,应该家庭给,但是参差不齐,我们得教我们的学生懂得规矩。(ESI－Z校长－L160－167)

三会:会说—说实话不说谎话,说文明话不说脏话,知道尊重别人,懂得礼貌用语,做到言表心声、词能达意,把话说清楚、说明白;会做—会做人、做事:知道感恩,知道自律,知道关心他人、关心集体,与他人平等相处,友好合作,热爱生存环境,知道自己的事情自己做,生活上会自理,能主动参加家务劳动和公益劳动等;会学习—爱学、乐学,有良好的学习习惯和学习能力,学会学习。(ESD－27－L43－48)

三爱、三守、三会,我们就把它作为德育主题,或者说是德育目标,开始推的时候,大家一开始不接受,……要想实现我们的德育目标,那么必须要使我们的德育校园化、课堂化、生活化。德育的过程要在课堂上发生,要在校园里发生,要在生活中发生。"化"是个动词,当然主题报告、主题教育要有,但更多的德育应该是这样。为什么很多学校搞了很多的活动,但孩子们没有具体的行为表现?或者是有很多不文明的表现?这就是没有真的把德育变为自己的一种道德认识。什么叫德育?我说过德育的过程就是内化的过程,就是我们怎么让我们的说教、活动,让我们的教育的内容真的内化成学生的一种道德认识。然后在纷繁复杂的社会生活当中,他可以判断真善美、假恶丑,然后选择自己将要实施的行为,选择道德行为。这就够了,学校的德育就叫做有效了。非此都是无效的教育。(ESI－Z校长－L171－186)

这四个"三"实际上已经是很具体的要求了。前面三个"三"是对学生思想、道德、行为的一种规范;后面的一个"三"是途径即是一种全员德育的要求,同时也是一种理想——让学校的教育成果不仅在课堂上、校园中表现出来,也在生活中体现。

校长总是希望将这些目标通过每个学年、学期的具体目标和计划来实现，但这些目标并不见得能被教师理解和接受，这时候，德育主任的角色就很关键了。

Y1 主任是 2007 年 9 月上任的，之前她一直任 E 中学的校长助理，同时是这个学校的历史教师。她的想法在很多地方和校长的想法很一致。Y1 主任不仅认为德育对学生的作用相较于智育更重要，同时也指出了德育的"立人"功能。当被问及德育工作目标的时候，她提及了两个方面：班级文化的建设和学生的习惯和自主两方面。这两方面也体现了校长提出的"守规矩，会做人、做事"的德育目标。

> 研：就是您觉得教学和德育是密不可分的。
>
> Y1 主任：德育可能更凸显一点。一个孩子可能学习不好，但是他为人正直，品行端正。也许这个孩子学习特别好，但是在做人这方面不懂事，那说实在的，不用选择了。因为你学习好坏是你智力高下的问题，但是你做人的品行，那就是一种习惯的养成，必须从现在认真对待。
>
> 研：您德育的工作目标是什么呀？
>
> Y1 主任：目标我今年是给这样一个定位，一个是对班主任的定位，就是建立班级文化，我今年的重点是这样，先推动班级文化，然后明年再推动年级文化，之后再推动整个校园文化。然后我对学生的定位是这么思考的，这一年我主要培养学生两方面：第一，养成习惯，就是基本的做人习惯、规则，没有规矩不成方圆，这种基本的规则你是不能有折扣的，这是肯定的。其次，就是自主，让学生自主管理，在这两个方面我是在做文章。结合在一起，学生的自主和班主任的班级文化，揉在一起共同来推动学校的德育工作。（ESI－Y1 主任－L309－321）

由此可见，德育主任认同学校制定的德育目标，并且根据这样的目标制定相关的计划，设计相关的活动，从而推动德育目标的实现。

其次，学校根据德育目标设计了适合本校学生的丰富活动，这些活动的安排也是精心设计、有序进行的。教师觉得这些活动越来越以学生为主体了，并且教师在实施课程的过程中，也体验到了学生的成功（ESI－Y 老师－L387－389）。

2007年以来,学校组织了很多活动,希望通过这些活动实现德育的目的。在这些德育课程内容中,学校每个月有一次板报评比活动,以及主题班会活动,这和班级文化建设是相呼应的;还有在2007年10月上旬,有免检、免监班的申报。这些活动都是从不同的角度培养学生的道德品质,比如爱国、诚信、自主、感恩等等。

最后,在实施课程的过程中,学校鼓励每个班级建立属于自己的班级文化,体现班级的特色,因此学校13个班都有着自己独特的班级文化。

学校在对班主任工作的要求中不仅强调常规工作,也将班级文化建设作为工作重点。关于班级文化建设,Y1主任有自己的想法,并以此引导着学校的德育工作。首先,她有一个较为长远的规划,班级文化建设仅仅是起点,最终的目的是校园文化。其次,她在工作中发现班主任对学生的发展影响很大,于是她不仅关注班级文化建设,同时也通过班级文化的评比活动增强学生的自信,督促班主任和学生一同思考班级的教育问题,从而推动班级发展。

研:为什么您把这个学期的工作重点放在班级文化方面呢?以前的德育工作没有做这些吗?您就说现在是怎么想的?

Y1主任:这个星期我座谈了两个班的学生的评教评学[①]。同一个教师教两个班,但这两个班的反差很大,为什么有这么大的反差呢?我就觉得,班主任在这里面的作用太大了。班主任的作用是整个影响了学生在这三年的发展。你这个班级文化那你就要去琢磨了。班主任老师在你这个班级里面的作用是什么?然后学生在这三年应该得到什么样的发展?所以我为什么要做班级文化这篇作文,班级文化,第一,通过班级文化这样一个评比,让学生能够表现自己,因为现在学生有的挺不自信的。再有一个,通过这样一个班级文化的彰显,互相学习,互相借鉴。然后也让这个年级因为这个班级的存在,班级文化的彰显更有活力。比如过去宣传就是板报,各班出了板报拉倒了,我现在就把所有的板报拿照相机照下来,放到橱窗来参评,然后下一步我就打算办班级的壁报,壁报也是班级文化的一个展示,期中考试之

① 评教评学是对教师的一种评价方式,通过与学生座谈了解任课教师和班主任的工作情况。

后，我就打算有这么一个活动，就是整个学校班级文化的一个展示，我给你一块地，然后你把你在教室内部的东西挪到教室外面，其实就是地点的一个内一个外，但它的意义和作用就很不一样。

研：对，我也同意。为什么您觉得意义和作用不一样呢？

Y1主任：学生原来就是在封闭的班级环境之中，现在我让你走出这个班级，这就是我说的，现在打班级的牌子，不打年级的牌子，从班级内部视野拓展到外部，同时把你班级文化的显示在过程之中，你班级的教育理清思路了。你不可能什么东西都往外弄，班主任和学生就共同思考，因为如果是在屋里的东西，你可能就无所谓了，没有条理，但真正在外面展出的东西，你一定会去思考的。那班主任和学生一起思考的话，从我这来说，我的目的是去推动他们思考。让班级文化推动班级发展的一个很重要的载体。这是我今年的工作思路。（ESI－Y1主任－L324－345）

后来，班级文化建设的设想变为了现实：

教学楼两侧的橱窗由以往的学校骨干教师、优秀班主任的大头照，变成了学生综合实践活动的展示，每个班都有自己的口号，每个班都有自己的照片和参加活动的体会。（12月26日田野札记－L277－279）

以下是一些班级的口号：

初一(1)：　团结协作，勇者无惧

初一(2)：　团结互助、展示自我，力争上游、潜力无穷

初一(3)：　体魄健康，意志如钢，初一(3)班，一定争光

初一(4)：　吃好、玩好，一切都好

初一(5)：　五班五班、勇夺桂冠、齐心协力、共创佳绩

……

从这些口号中，我们能感受到每个班级的特点，比如初一(1)班倡导团结，不畏难的精神；初一(2)班不仅倡导团结还尊重个性，班级有昂扬向上的精神。但是也能看到有的班级的文化有待提高和规范，比如：吃好、玩好，一切都好。这没有展现出一个班集体的风貌。

但是另一方面,在教学能量方面,E 中学也存在一些问题,比如没有为教师提供他们教学所需的、必要的新资源和技术。由于教学资源仍旧紧张,学校实验室的设备陈旧、资源不够齐备,有的甚至不能供师生正常使用。因此 E 中学在教学能量方面的建构仍旧有所欠缺。

二、E 中学如何建构课程与教学的能量

由于 E 中学在教学能量方面的建构有所欠缺,下文仅就课程能量的建构进行论述。

学校德育课程的发展主要是由于学校的德育课程适合学校的情境和学生的特点,因此,德育课程的校本化就是 E 中学对课程的能量建构,并且学校领导团队在德育课程能量建构过程中做了大量的工作。

第一,学校领导团队协同工作,共同促进学校课程的校本化。

Z 校长提出了学校德育课程的目标,德育处负责学校课程的设计、实施和发展,但是在这个过程中,学校领导班子一起商量德育课程的实施和发展,以此推动课程的校本化并使其顺利实施。

比如校长要求全体领导班子的成员参与德育课程的实施。他提出"德育要托起教学,做教学的保障、教学的基础",他希望每一个干部都要参与到德育工作中来。基于这样的要求,在学校"评教评学"的过程中,教学处的主任就将班级的德育内容、班主任工作的评价容纳进问卷中,从而将教育、教学结合在一起。她说,之所以这样设计是因为教育、教学密不可分。

第二,学校领导团队在课程实施过程中给予班主任以支持。

这种支持表现为学校领导者对班主任工作给予特别的关注或者专业上的指导。Y 老师认为这种支持对她的工作情绪(emotion)有帮助:

> 以初一年级为例,班里有个别生,领导不是因为有个别生而指责班主任,政教处可能更关注这个班,帮助班主任把这个班带好。所以从德育教育这个角度讲,我作为一个班主任,心情还是挺愉快的。(ESI-Y 老师-L19-22)

W2 老师认为自己做班主任工作也得益于学校领导的帮助。

> 从 2000 年开始我用自己的想法建立班集体,领导也帮我,给我出

主意。2000 年的时候我在外面学习，每个礼拜走两个半天。这个班三年下来中考的成绩很好……(ESI－W2 老师－L14－16)

第三，学校领导者对班主任的工作给予及时的肯定也是对班主任工作的一种促进。

学校领导者能够在非正式的场合对班主任的工作通过言语给予认可，这种认可显示了领导者对教师工作的关注。班主任认为这些非正式的鼓励、认可对他们的工作是一种促进。

班主任在工作中普遍希望得到认可，W3 老师告诉笔者，这种认可不是大会小会的表扬，而是通过聊天等能从言谈话语中感受到的领导者的认可。“有时候办公室，问一问聊一聊，有时候比如学校有活动呀，在操场上，在走廊里遇到了，他会说一声：比如你们班的活动挺不错的。……”(ESI－W3 老师－L158－157)她认为这就足够了。

三、T 中学课程与教学能量的建构

T 中学在课程与教学方面建构的能量就是“德育课程的校本化”和“提供支持教学的资源和技术”。

(一) 德育课程的校本化

政教主任是负责学校德育工作的，因为 T 中学是美术特色校，因此学校从 2003 年开始就将德育课程与美术特色结合起来，从而创设了美育校本课程。在创设美育校本课程的过程中，学校同样建构了一定的能量从而促进了学校改进。这种能量体现在以下几个方面。

首先，学校根据自己的特点进行了课程设计，课程目的指向培养学生的审美能力，提升学生的整体素质，而这些课程目的又具化为一系列的行为目标，即学生日常行为规范的养成。因此在这几年中，学生在学校的日常行为越来越规范，形成了良好的风气。

正式确立美育作为学校的一门课程是在 2004 年，学校领导特别是政教主任作为课程开发负责人，设定了课程目标、课程内容、课程实施和课程评价。(前面已有详细叙述，兹不重复)

但是也应该看到，从学校课程设计上，美育课程的总目标似乎太空泛，很难落实，特别是很难在学生身上体现出来。学校领导者也意识到了这一点，因此特别在课程设计中强调：美育课程要在学生具体的行动中体现出来。

学校希望通过美育课程看到学生的变化，而且这些变化都应该表现在具体的行为中，下面就是一些具体的要求：

> 一级落实：推车进校园，见到老师、同学问好；放学与老师、同学再见。课上问好，迟到报告，说话举手，课下不打闹。楼内轻声慢步不打闹，进出办公室轻敲门喊报告，事后道谢说再见，轻轻离去不打扰。升国旗、唱国歌、望国旗、讲仪表，着校服，讲整洁，不讲排场，不吃零食，废弃物不乱抛。半桶水涮墩布、集体荣誉最重要。在家孝敬父母，尊敬长辈，自己的事情自己做，帮助家长做力所能及的事，积极参加社区活动。在校外注意自身的形象，公共场所懂理、守纪，遵守交通规则。二级落实：爱自己，自觉优质达到一级落实要求。热爱生活，具备坦率、真诚的生活态度，主动积极地与他人建立交流、同情和理解的关系。充满爱心，自觉、愉悦地去实践道德的善。行为举止优美。用自己的实际行动爱校、爱家、爱国。（TSD－34－L86－99）

从这些要求中可以看到，美育课程对学生的要求就是日常的行为规范，学生从着装仪表、行为举止到关注环境、关注他人都应该达到一定的要求。

为什么学校要设计、实施美育课程？显而易见，因为学校希望将美术特色融入学校的其他活动中，同时也是针对T中学生源的具体情况而设定的，目标就是要培养学生良好的行为习惯。W3主任指出：美育课程的提出是基于学校对学生美术学习特点的观察以及对原先德育工作的不满意。

> 我们的学生都学美术，他们肯定与其他学校的学生有所区别，而且学生多学习美术，对他学习其他课程也有迁移的作用。……我们也看到美术班的孩子比其他班的孩子要好得多，学习上和其他方面都要好。于是我们就想：如果把整个美育课开起来，就能通过美育讲座使整个学校有个提升。因为德育比较枯燥，有很多贯彻执行的东西，如果我们把它和美育相融合，就能把生硬的变成大家能接受的方式。比如学生服饰问题利用美育讲座来引导，效果就好得多。（TSI－W3主

任－L36－43）

其次，学校还根据课程目标设计了丰富多彩的活动，由不同学科的教师负责不同的讲座，并且主题教育的设计也开始以学生为主体。进行课程实施的教师主要是学校的美术、音乐、劳动技术课、体育课等几位教师以及校外聘请的礼仪教师等（TSD－34）。

实践证明，这样的设计是有效果的，表现为学生开始喜欢美育课，而且能够将学到的服饰美、环境美等讲座的内容内化为自己的日常行为。

此外，T中学的美育课程内容丰富多彩，访谈中W3主任较为详细地介绍了美育校本课程的内容和实施，比如课程内容中的美育讲座，就包括服饰仪表美、语言美、环境美、心灵美、音乐美、劳动创造美等。另外三位美术老师分别作了“服饰仪表美”、“环境美”，“言行美”等系列讲座。主题教育则包括“中学生十大文明形象”的宣传和教育、文明格言警句、节约能源等教育活动。（TSD－54）

那么，相关教师是怎样进行课程实施的呢？W3主任举例说明：

去年我们的体育老师讲的是奥运体育之美。他不仅讲运动中的美，还会讲这些体育明星是如何成长起来的，比如，赵文卓是北京体师毕业的。也就是说就算是武打明星也要有基础，学生就特别爱听。……北京市中学生的十大文明形象，只讲就比较枯燥，我们就让每一个班就文明形象表达出来，可以运用各种形式。有的班用小品、有的用歌谣，我们就做成了光盘展示出来。（TSI－W3－L60－74）

（二）提供支持教学的资源和技术

学校领导在促进教师专业发展的过程中，能够提供教师所需的一切资源（关于这一点，在本书第六章和第八章已经进行了详细的论述，这里不做重复）。教师认为学校领导的支持是竭尽所能的。

前一段我们出去有一个教学竞赛，我需要一个手提电脑，需要学校提供时间，跟学校说了之后，我们学校就两台，书记一台，校长一台，说完之后，校长马上找我们的电教员去问还有没有，没有，就用校长的。毫不犹豫的，这点是非常支持。（TSI－Z3老师－L122－125）

四、T中学如何建构课程与教学的能量

首先,学校领导团队协同工作共同促进学校课程的校本化。

美育课程的提出是学校领导集体商议的结果。大家在对美术特色校的思考中和对学生的实际情况的思考、观察中生成了美育校本课程。学校领导团队的成员一起研究、开发德育课程。由于学校美育课程是与德育工作密切联系的,学校政教主任主要负责学校的德育工作,因此政教主任负责进行了课程开发与设计。但是,美育课程的开发是学校领导团队成员共同研究的结果。

在开发美育课程的过程中,学校领导设计问卷进行调查,以了解学生的学习状况并保证课程质量。T中学开设了多门校本课程,美育课程只是其中之一,因此学校教务处每学期至少进行一次学生问卷调查,以了解学生对课程实施的意见、建议。(TSD－22－L27)

针对学校的问卷调查,学校定期召开校本研讨会,以促进校本课程的发展。研讨会上任教校本课程的教师和学校领导一起分析、研究学生的调查问卷。研讨会提供所有开课教师一个相互交流、讨论的空间,目的就是不断改进校本课程。下面是学校一次研讨会的会议议程:

- 调查问卷反馈。20分钟
- 大会交流:授课体会:谈收获和问题。30分钟　分组讨论并汇报:针对问题谈今后校本课程设置及管理的改进建议和措施。30分钟
- 校本课程建设讲座辅导。　30分钟
- 大会总结要求。　10分钟(欢迎关注校本课程建设的其他老师们积极参加)(TSD－42－L17－25)

其次,领导参与其中,虽然一些美育讲座是由教师进行,但是所有的统筹工作都是政教处人员进行,包括聘请教师到校进行讲座,而且在很多讲座中,学校都是要求全员参与,目的是让学科教师也担负起育人的责任。

最后,学校专门为美育校本课程提供课时,每周1课时,40分钟。

第三节　个案研究对课程与教学能量建构的启示

一、课程校本化是学校课程能量建构的途径之一

对比西方学校改进研究的成果，在中国内地的两所个案学校的研究中发现，课程的一致性并不是课程能量建构的内容。与之相反，在国定课程一致的情况下，学校发展校本课程是课程能量建构的途径之一。

两所个案学校都建立了德育校本课程，以此来推动学校改进。“德育”的工作其实是中国内地每一所学校都要进行的，但是这两所学校的成功之处就在于学校领导把这项内容校本化了。他们能够根据学校的情境和可利用的资源、优势来建构学校改进的能量。T 中学是美术特色校，因此学校领导就根据学校美术教师的丰富资源来实施课程，后来又扩展到了其他学科的教师。E 中学的学校领导则根据学生的特点建构课程目标，由于中层领导能够领会校长的思想又具有较强的执行能力，因此使德育课程顺利实施。

二、学校领导团队应协同工作，共同促进学校课程的校本化

在建构课程能量的过程中，学校领导团队起到了关键作用。他们并没有将课程的设计完全交给某一位领导团队的成员，而是协同工作共同设计校本课程。两所学校的个案均显示，学校领导团队一起商量德育课程的实施和发展，总体思路达成一致以后，德育处负责学校课程的设计、实施和发展。结果是两所个案学校的校本课程都取得了成功。

三、学校领导团队应对实施校本课程的教师予以支持

在实施校本课程的过程中，学校领导团队的成员应该支持课程的实施者——教师。这种支持包括专业上的指导，如为教师提供专业意见，为

教师提供辅导讲座,提供必要的物质支援等等;还包括对教师工作的肯定和认可,如时常在不同的场合对教师的工作、成绩和付出予以肯定,以及适当及时地给予精神甚至物质上的奖励;当然也包括学校领导对相关教师在工作中出现的偏差和错误给予谅解和包容。

第三篇

学校改进的外部支援

本书第二篇以两所学校的个案研究为例，介绍了学校在改进的过程中应该建构哪些方面的能量，以及如何进行相关的能量建构。这一篇中的两章将主要论述学校改进过程中所需的外部支援。目前，对学校改进进行支援的主要途径是通过大学与中小学的伙伴合作，社区、家庭和学校的伙伴合作等途径。与此同时，学校也对大学和社区、家庭产生了影响。这一篇将主要分为两个章节：第十章介绍大学与中小学的伙伴合作；第十一章介绍社区、家庭和学校的伙伴合作。

第十章

大学与中小学的伙伴合作与学校改进

第一节　伙伴合作对学校内部能量建构的影响

Connolly 和 James(2006)提出,在英国以伙伴合作形式进行的学校改进项目日益增多,甚至成为了英国教育政策的一个主要特点。事实上,这种情况也出现在其他国家,比如美国近年来也将全面学校改革作为一项教育政策推行,而全面学校改革的很多模式是以伙伴合作的模式出现的。中国近年也有越来越多的合作项目,如香港、北京、上海、台湾等地都相继开展了类似项目并且取得一定成效。这一节主要探讨以伙伴合作形式进行的学校改进项目对学校内部能量建构的影响。

需要说明的是,这节内容不是关注学校改进的效能——即通过伙伴合作,学生学业成绩、态度获得的增值等——而是通过对既有研究的分析以及北京两所个案学校的研究,来揭示大学与中小学的合作历程对学校改进过程的影响。也就是说,在大学与中小学双方追求共享目标的合作过程中,伙伴合作帮助学校建构了哪些能量,从组织到文化,从领导到教师到底能够产生怎样的影响。由此可以了解外部支持对学校改进的作用,同时也能够使学校在寻求外部支持时,具有更清晰的目标。

本节将分成两个部分:一,探讨伙伴合作进行的学校改进项目对学校内部能量建构的影响;二,探讨伙伴合作中外部变革能动者对学校内部能量建构的影响。

一、伙伴合作项目对中小学内部能量建构的影响

既有的研究显示,以伙伴合作形式进行的学校改进项目对学校内部能

量的建构是有影响的（Warren & Peel，2005），特别是作为一个合作项目能够提供学校自身所不具备的相关的改进知识以及人力、财力等资源的时候。这种影响可以从学校内部能量建构的五个维度来分析。

（一）伙伴合作项目对教师专业发展、专业社群的影响

研究显示，大学与中小学合作进行的学校改进项目对学校内部能量最主要的影响之一就表现在教师的专业发展方面（Watson & Fullan，1992；Borthwick et al.，2003；Sinclair & Harrison，1988）。在伙伴合作过程中，大学能够通过各种方式帮助教师提升专业能量，从而促进教师知识、专业技能的提升乃至态度、价值观等方面的转变。具体来讲，伙伴合作对教师的影响表现在如下几个方面：

首先，伙伴合作项目通过建立专业学习网络，帮助教师提升专业知识、专业技能，同时使教师在感情方面得到支持。伙伴合作的学校改进项目往往是一所或者几所大学同时与诸多中小学进行合作，这样大学就拥有一定的资源，组成跨校的专业学习网络，为教师与校外的同行建立联系，从而促进他们的专业发展。这种网络可以使教师和其他学校以及大学人员一起就某些问题进行商讨，通过对具体情境的探究过程，获取知识、开拓视野，最终共同促进学校改进（Sinclair & Harrison，1988）。

Watson 和 Fullan（1992）的研究显示，加拿大的学习联营项目，帮助学校教师与其他学校建立互动的关系，教师利用这个网络获得了分享、讨论和观察的机会，从而促进了专业的成长。香港优质学校改进计划是香港中文大学与多所香港的中、小学形成的伙伴合作计划，这个计划针对不同学科教师和管理人员设置了不同的跨校专业学习社群，比如针对中文科的“双乘计划”，英文科的“MEET（Moving towards Excellence in English Teaching，迈向卓越：英文教学社群）”，小学课程统筹主任[①]的“小学课程统筹主任学习社群”和数学科的“信心教师”等。吴美贤（2009）的研究显示，

① 小学课程统筹主任的主要职责如下：协助校长领导学校的整体课程策划及推行有关计划；辅助校长策划并统筹评估政策和推行评估工作；领导教师或专职人员改善学与教策略；推广专业交流文化；及负责适量的教学工作（约等于校内教师平均教学负担的 50%），以试行各项策略，从而进一步推行课程发展。教育局（2008）《把小学课程统筹主任职位改为常额职位》文件，http://www.edb.gov.hk/，2009 年 9 月

英文教师在参加了 MEET 的活动以后，不仅获得了专业知识，学习到了一些新的教学方法和技巧，更开始反思自己的教学信念。江哲光、卢燕君(2009)对数学教师的研究也显示了上述结果。郑美仪(2009)的个案研究则显示，两名小学的中文教师在参加了中文的双乘计划以后，不仅个体的能量得到提升，还在学校改进过程中发挥了变革能动者的角色，将自己学习的理念带到备课活动中与同事分享。

Borthwick 等人(2003)的研究显示，这种学习网络的建立打破了学校原有孤立的状态，使教师感到他们的感情得到支持，感到还有人关心教育、关心他们的工作。朱嘉颖(2005)的研究也显示，伙伴合作通过为教师建立专业学习网络而使教师找到同道中人，使他们不再感到孤独无助。

其次，伙伴合作项目通过培训、工作坊、讲座和跟进支援等方式，促进教师的专业发展。专业发展培训、工作坊与上述的专业学习网络有所不同，培训往往是大学人员进行课程设计，通过培训，希望教师在教学知识、技能等方面达到一定的目标。工作坊也是由大学人员预先设计，针对某一个或不同主题进行的培训。同时伙伴合作的优势在于，能够在培训或者工作坊等活动之后进行跟进的支援。

Erskine-Cullen(1995)的研究显示，学习联营项目开设暑期学院、工作坊等形式的活动为不同学区提供不同的培训，从而促进教师的专业发展。Watson 和 Fullan(1992)的研究显示，在暑期学院的培训之后，项目的人员还会进行跟进的支持，这就使教师和学校管理者能够重新审视专业发展。后来他们仅仅将培训、工作坊看成是教学实践变革的起点，但是将专业发展看成是终身学习。香港优质学校计划的研究显示，绝大多数教师认为，“联校教师专业发展日的工作坊/讲座”[①]能够增进专业知识，并且会向其他同事推荐(赵志成，2009)。再如，北京市初中建设工程项目中，S 大学与 16 所薄弱中学的伙伴合作采用培训的方式培养学科骨干教师，促进他们的专业发展。在这个过程中，参与培训的教师通过系统研修的形式拓展了专业知识，提升了教学技能，并且对教学观、学生观进行了反思(杨朝晖、王尚志，2008)。由此可见，香港和北京的计划同加拿大的计划一样，他们都

① 这项计划为所有参与计划的学校组织的一次集中性的专业发展活动。

会在这些培训、工作坊之后，根据每所学校的情况和要求对教师进行跟进支援。

此外，来自大学的"专家"在伙伴合作中对教师专业发展的影响也是非常重要的。由于他们在伙伴合作中，往往会因应学校的具体情况而进行校本的支援，对教师专业发展的帮助就会显得更加具体和丰富，因此，这一部分将在下面一个标题"外部变革能动者对学校内部能量建构的影响"中进行详细论述。

事实上，上文所讲述的跨校专业学习网络的建立，从某种意义上就是在为教师搭建专业学习社群。不同学校的教师为了共享的目标，建构起互相信任、互相支持、鼓励的社群文化，在这个过程中，教师能够通过相互观课，通过聚焦且深入地探讨教学乃至科组管理等问题来不断检视自己的实践（吴美贤，2009；江哲光、卢燕君，2009）。这也就是 Louis 等人（1995）、Lauer 和 Dean（2004）等提出的教师去个体化实践的特征。这个特征是专业学习社群的特征之一。郑美仪（2009）的个案研究显示，某校参加跨校学习社群的两位教师通过参与活动，形成了一个小组学习社群，在工作、学习上互相帮助、合作交流，同时还能够把在计划中学到的内容带回学校，与校内的同事分享、讨论和实践，甚至一起进行课堂研究，也就推动了校内学习社群的逐渐形成。

（二）伙伴合作项目对领导能量建构的影响

除了教师的专业发展以外，一些伙伴合作项目还对学校领导能量的建构产生影响。伙伴合作形式的学校改进项目都希望在学校内部建构改进的能量，从而使学校能够形成自我完善的机制，获得持续改进。在这个过程中，为学校积聚能够启动、推动变革的关键能量（critical Mass）是改进工作的主要内容之一（Erskine-Cullen，1995；Ainscow & Southworth，1996；赵志成，2009）。积聚关键能量就是通过为学校培育教师领导以及提升学校管理者的领导力，从而使他们成为校内变革的能动者，将自己所学以及专长扩展到学校，影响学校的其他教师，最终推动学校范围内的改进。这种关键能量不仅包括学校的领导者，更主要的是来自校内的领导教师，有研究称为核心小组（Cadre）（Ainscow & Southworth，1996；卢乃桂，2007）。

研究显示，伙伴合作项目对于校内教师领导的培养是有着重要影响的。首先，有些项目鼓励或者要求部分学校管理者和教师组成核心小组，然后通过对这些人员的专业支持，为学校培养领导力，其中就包括教师领导。如加拿大的学习联营和英国的 IQEA，这两个项目都是集中对学校管理者和教师进行专业发展的支援，然后帮助他们启动、推动校内的改进工作。比如在上文中提到的学习联营项目提供的暑期学院的培训就有一部分是专门为学校的核心成员而设计的，包括新的教学策略的学习、人事管理的专业发展、课堂管理、领导发展等方面内容，培训促进了学校协作文化的形成，并且为学校人员提供了支持性的网络，进而不断地提升他们的专业能量，将教师培养成为高效能的领导者，最终使小组成员成为学校变革实施的核心人员（Erskine-Cullen，1995；Watson & Fullan，1992）。

英国的 IQEA 项目则利用校外的活动，例如会议、讲座等形式，促使教师领导从不同的角度看待学校问题，促使他们不断思考学校发展的问题，将所学应用到学校的变革中。此外，他们还利用校本培训来刺激教师进行创造性的讨论。当学校改进的核心小组的人员发现自己面对困难的时候，各种伙伴形式成为了力量的源泉。教师领导者和项目的成员建立的伙伴关系给了他们信心，在大学人员的帮助下，教师领导者在与校内的同事建立工作伙伴关系的时候更加有技巧；与校外人员一起工作更加有效能；让教师在校内的工作显得有价值（Ainscow & Southworth，1996）。

伙伴合作项目还可以利用他们的资源优势集中为学校培养教师领导。比如，上文提到的香港优质学校计划的多个跨校专业社群团队，它们成立的宗旨就是“让主管中、英、数及课程的主任教师每个星期聚首学习一个下午，把所学的带回学校做教学行动研究及试验（赵志成，2009）”。这样就强化了他们的课程与教学的领导，同时使他们能够在学校将所学扩散。S 大学的学科骨干教师的培养，也是同样的道理，骨干教师不仅获得了个体的专业成长，他们还在各自学校的校本教研中发挥了辐射作用（杨朝晖、王尚志，2008）。

（三）伙伴合作项目对学校发展目标的影响

伙伴合作项目很关注学校发展目标的制定，这是双方开展合作的基础。伙伴合作对学校发展目标的影响表现在以下几个方面：

首先，伙伴合作帮助学校将发展目标聚焦于学生的需要和学业成就。

Sinclair 和 Harrison(1988)对马萨诸塞州“学校改进联盟”项目进行的个案研究显示:伙伴合作能够在学校改进的初期帮助学校收集学生学习进度的信息,从而使学校聚焦于学生的需要和特点,因为校长有时候往往会以改进校内的服务而不是学生的学习为先。除了在改进初期帮助学校聚焦教学以外,大学人员还通过各种途径帮助学校始终聚焦于改进的最终目标——学生的学业成就。比如,和校长、教师一起检视、讨论学生的学业成绩从而使他们聚焦学生的学习;再比如,定期参加学校会议,提供建议,从而使学校始终聚焦学生的学习(Warren & Peel, 2005)。

其次,伙伴合作还帮助学校人员通过合作进行发展计划的制定。在学校改进发展计划制定的过程中,伙伴合作鼓励学校广泛吸纳校内成员的意见,让校内成员通过合作,制定学校发展规划,这个合作的过程对保证计划实施的质量和校内成员的责任感非常重要(Hopkins, 2002)。

(四) 伙伴合作项目对学校组织能量的影响

伙伴合作对学校组织能量的影响表现在两个方面:一方面是学校结构的影响;另一方面是学校文化的影响。

首先,学校的结构是指学校支持性的结构安排,包括时间、资源、制度和参与决策等内容。伙伴合作可以为学校带来资源,特别是物质资源,使学校能够获得一些基金,或者在硬件设施方面得到改善,比如校舍、教学设备等(Borthwick et al., 2003;杨朝晖、王尚志,2008)。

其次,学校文化主要指学校成员共享的价值观、规范、信念和假设。但此前鲜有研究探讨伙伴合作项目对学校文化的影响。S 大学的伙伴合作经验显示,项目通过有针对性的培训,对学校进行理念的提升和引领,同时采取一系列跟进措施,从而在一定程度上影响学校文化的改变。比如校园文化的改变,学校会议文化、学校典礼等方式的改变(杨朝晖、王尚志,2008)。也有研究显示,在伙伴合作促进教师专业发展的过程中,逐渐使学校的教学文化产生改变,进而促进了学校文化的转变,教师对待变革不再持保守的态度(朱嘉颖,2005)。

综上所述,以伙伴合作形式进行的学校改进项目有两个主要特点,其一,能够发挥项目的优势,集中大学和学校的有利资源,即大学专家的专业知识、技能、专业精神和学校的优秀经验,有针对性地对学校的教师、教师领导者和学校领导者进行专业发展及领导力的提升。其二,伙伴合作项目可以帮助学校建立网络,让学校乃至教师、领导者在改进的过程中相互交流分享、打破原先的封闭状态,促进教师专业发展和社群的形成,对教师领导者和学校领导者进行领导能量的建构,同时还可以使教师得到感情上的支持。

需要说明的是,在既有的文献中,除了上文涉及的能够在 ERIC 资源库和华人社会中找到的实证研究以及经验研究以外,针对伙伴合作项目对于学校改进的影响这一主题进行的研究较为少见。如果将上述伙伴合作项目对学校改进影响的四个方面的阐释与学校改进内部能量建构的五个维度相比较的话,就可以发现,伙伴合作实际上对于学校内部能量的建构是有影响的,除了课程与教学方面的能量建构,对其他四个方面也均有影响。但是基于目前的研究现状,很难说伙伴合作项目对于课程与教学没有影响。不过,任何一项伙伴合作的项目总是由项目中的人——我们称之为"变革能动者"——实施的,因此外部变革能动者对学校内部能量的建构将有着更为深刻的影响,下文将集中讨论外部变革能动者的影响。

二、外部变革能动者对学校内部能量建构的影响

在以伙伴合作形式进行的学校改进中,将伙伴合作计划付诸实施的大学人员是重要的因素之一。本书中将这些人称为外部变革能动者[①]。外部变革能动者与学校人员一起工作,其目标是帮助学校变革,提升其作为教育系统的功能(Louis, 1981; Chan, 2009; Tajik, 2008; Hamann, 1992)。在其他研究中,亦有称为"学校变革支持者"(school change facilitators)(Williams, 1996),"外部支持者"(external facilitators)(Cox & Havelock, 1982; Tung & Feldman, 2001),"外来顾问"(external consultant)(Fullan, 1991),"改革设计团队"(reform design teams)(Datnow, Hubbard & Mehan, 2002)等等。自从 1960 年代中期就有学者开始研究外部变革能动者的重要性,Miles 等人(1988)提出,外部变革能动

① 在本文中,由于涉及到不同的改进项目,其对外部变革能动者的称谓又有所不同,因此这里将混用外部变革能动者、大学人员和学校发展主任等名词。事实上,他们都具备外部能动变革者的特点。

者之所以重要是因为他们的工作可以促进学校内部的发展。大学人员作为一个批判的诤友可以提供压力和支持,从而促进或者帮助学校应对变革。通过提供专业知识、支持和指导,帮助学校建立改进的内部能量(Harris, 2002)。这些研究与我们对香港优质学校改进计划中的外部变革能动者(学校发展主任,school development officer, SDO)的研究结果是一致的[①]。下文将从能量建构的五个维度对其影响进行分析,在分析的过程中,以我们对香港优质学校改进计划的个案研究为例。

(一)外部变革能动者对学校发展目标的影响

在帮助学校进行改进的过程中,帮助学校进行诊断,了解自己的强势和弱势,从而确定学校的发展目标往往是在初始阶段要进行的工作(Richert, Stoddard & Kass, 2001)。外部变革能动者不会代替学校确定目标,他们往往作为一个协助者,利用自己的专业知识,通过帮助学校分析学校现有的数据,并对这些数据进行探究和解释来影响学校发展目标的制定。比如,Harris(2002)就发现,在威尔士的学校能够收到学校效能方面的数据,但学校往往不知道如何分析这些数据来帮助学校,大学人员就可以帮助学校理解、运用这些数据,这样学校就可以进行自我评估,同时聚焦于变革中的关键性问题,从而制定学校发展的目标。

在对香港优质学校改进计划中的SDO进行研究时发现,SDO在进入学校伊始会努力理解学校,同时帮助学校理解自身,从而确立学校发展的优先次序。理解学校是指对学校文化、学校需要的了解,主要通过正式和非正式两种途径进行。非正式的途径包括:进入学校前的数据收集、其他同事的介绍以及在校内的观察。正式的途径是指在校内进行的情势检讨(stocktake)[②]。其实,无论何种途径,SDO都是在对学校的既有数据进行探究,通过这些方式理解学校,同时还帮助学校理解自身,使双方都认识到学校的需要所在,从而安排学校发展的优先次序。

(了解学校的情况有)formally(正式的)、informally(非正式的)。

① 这项研究的成果在第三届两岸四地"学校改进与伙伴协作"学术研讨会发表,2009年5月。

② 情势检讨:即利用量化和质化的方法,全面搜集校内人员对学校现状的评估和判断。通过对资料的收集、分析与讨论,学校发展主任对现状有一个初步的了解,也使学校人员通过数据了解自己的优势、劣势以及需要完善的地方。

> Formal(正式)的就是,做 stocktake(情势检讨)……(通过这些途径)看学校需要的 area(地方)是什么。……但很多学校参加的时候可能是买一个 service(服务)的心态,即是譬如说:我觉得学校这里有需要,那他就买一个 project(项目)回来,或是买一样东西回来做帮手。但是我们的 agenda(议程)都是想帮他们梳理一下,究竟是否真是有这个需要,和帮他们排一下 priority(优先次序),我们不想沦为一个 service provider(服务提供者)。……现在多了这种和学校的 interaction(互动),那个互动,帮学校去理解自己。(SDO2I/L32－98)[①]

外部变革能动者利用自己的专业知识通过对学校数据的解释、探究,帮助学校更加清晰地认识自己,从而制定发展目标,安排学校发展的优先次序。事实上,这种基于数据的探究和决策,是带领全校员工建立一个愿景,然后通过收集分析数据,找到学校现状和目标之间的差距,并确立变革的优先次序(Feldman & Tung, 2002)的过程。

(二) 外部变革能动者对教师专业发展、专业社群的影响

1. 外部变革能动者对教师专业发展的影响

外部变革能动者对教师专业发展的影响分别表现在知识、技能和态度、信念等方面。操太圣(2003)分别研究了香港与上海两项院校协作进行的学校改进项目,发现在外部变革能动者的专业支持下,教师的效能感有所提升。在香港的个案学校中,教师对专题研习这种新的教学方式有了更加深入的了解,并且自己具备了带领学生完成某一主题研习的能力。有的教师从大学专家身上获得了新的理念,或者新的教学技巧。在上海的个案学校中,教师则建立了专业自信。钟亚妮(2007)的研究也发现,在香港的一项伙伴合作的学校改进项目中,教师在协作过程中发生了积极改变,增进了专业知识和技能,并对教育形成了新的理解,同时还对教师的专业认同有了更明晰的认识。外部变革能动者对教师的支持还可以提供情感方面的支持。比如,在协同教学的过程中让教师拥有学习的成功感,给予教师情感的支持(朱嘉颖,2005)。

① SDO 表示学校发展主任,后面的数字是研究者为发展主任进行编号,I 表示访谈,D 表示文件,L 表示访谈转录稿的文字。

外部变革能动者影响教师专业发展的途径通常包括校内的培训、示范教学,在与教师的工作中不断提出问题刺激教师反思,传授新的教学方法和成功的案例等(Harris, 2002; De Jong et al., 2002; Durrant et al., 2004)。外部变革能动者对教师专业支持不同于其他人员,他们工作的特殊性在于:其一,专业支持具有校本性。外部变革能动者往往是针对学校的特殊需要或者校内一组教师的需要。这种培训的提供首先是非常及时的,研究显示在成功的学校改进项目中,这一点非常重要(Earl & Lee, 1998)。同时,学校变革能动者了解学校的情境,这一点能帮助他们确定培训的方法,从而能够使培训内容适应校内教师的需要。其二,专业支持具有跟进性。他们能够在培训后跟进,并且在培训的基础上提供持续的支持(Harris, 2002)。

郑美仪(2009)的个案研究显示,当教师在跨校学习社群的培训中学习到解决学生写作困难的相关教学内容时,教师会有意识地重新检视和反思自己学生的写作困难,并主动邀请学校发展主任与校内教师一起订立非常规写作的校本目标,并且向他们介绍多元化写作形式的例子。这就体现了学校发展主任专业支援的校本性和跟进性。此外,De Jong 等人(2002)对荷兰两项学校改进项目研究时发现,外部变革能动者在对不同学校进行改进的时候会采用不同的策略。比如,在对沉沦学校进行教师专业支持的时候,他们的工作主要聚焦于个体教师的技能提高。然而,对高效能的学校进行支持的时候,他们就将工作聚焦于教师领导和团队的建立。

在对香港优质学校改进计划中的学校发展主任进行研究时发现,四位受访的 SDO 都在一定的专业领域有其专长,在访谈中,他们都谈到在进行学校改进工作时,当帮助学校确定了发展的优先次序,并与学校人员建立了信任关系之后,他们主要的工作之一就是向学校提供专业层面的支持。这些工作主要与提升教师的教学能量,促进教师的专业发展相关。他们主要通过举行工作坊、共同备课、指导教师教学、示范教学、协同教学、与教师共同设计课程等途径,提升教师的专业能量。例如,SDO1 举例,在一所中学,通过专题研究来提升教师专业能量。在这个过程中,她运用了指导教师教学、示范教学、共同进行课程设计等方式,让教师感受"每个学生都可以学习"及"爱学生"的理念。SDO3 则提出,协同教学是一种相互学习的过程，也是对教师最直接的支持。

每年中二的同学都会做 project learning（专题研习）……我就会教那级的老师带领该级的学生外出。我要求老师带领学生，给学生做很多 tasks（任务），其中一些 task（任务）是 involve 老师（让老师参与）的，这使他们有机会 nurture（培养）他们的关系。因为平时在校园（让老师增进与学生的关系）是很困难的。（此外）每一次"大课"，我都要求老师要在场，看看我怎样跟学生上课。老师在观察我上课的时候，会发现我用不同的方法应对学生有不同的反应，我心想，你偷走其中一种方法吧，偷走一种方法在课堂上尝试已经很好。然后会有老师告诉我，把我的方法在别的科目上试用。这样，其实老师看到不只是在知识层面上教导学生，而是令学生觉得自己真的能学会……（SDO1I/L492－500）

如果学校在课堂上想做一些"学与教"，我会好 welcome（欢迎）跟老师一起进课室，一起教学，因为当你跟一些老师在课室一起施教时，是一种互相学习，我觉得这是对他们在教学上最直接的支持。（SDO3I/L239－241）

由此可见，学校发展主任在校内针对教师的需要，通过与教师协同教学、一起工作渗透教学理念、示范教学方法来提升教师的教学能量。在这个过程中，教师不仅能够接触新的教学方法、学习教学技能，同时在教学理念上也会受到影响。学校发展主任的支援不仅是校本的、及时的，同时支援都有跟进性，因为协同教学不是一次性的，往往会有共同的课前的设计和课后的反思与检讨。

2. 外部变革能动者对专业社群的影响

在第三章第一节中论述了专业社群的四方面特征，即教师能够聚焦于反思性专业探究；学校成员间能够合作、相互信任；教师拥有集体责任感；教师个体和团体的学习得到促进。操太圣（2003）对香港和上海两个伙伴合作项目的研究显示，在两地的学校中，教师的批判性反思意识都得以加强。比如教师将专题研习视为一种强调学生主动学习的新的学习方式，是一种"活动教学法"。在这个过程中，教师自觉反思自己过往的教学行为，反思自己在专题研习中扮演的新角色。上海个案学校的教师则对课堂教学的反思能力增强了。这其实都是在外部变革能动者对教师的专业支持下进行的改变。钟亚妮(2007)的研究也发现，在香港的个案学校中，在学校发展主任的支持下，教师的团队也有所发展，比如10位率先对班级管理工作进行改革尝试的教师一起协作，然后逐渐扩散到全校。上述研究显示了外部能动变革者通过对教师的影响从而逐渐影响到学校专业社群的形成。但是专业社群的形成过程也是学校文化特别是教学文化、合作文化逐渐改变的过程。所以专业社群的形成还有赖校内环境、氛围等提供适宜社群形成的土壤。

在对香港优质学校改进计划中的学校发展主任进行研究时发现，SDO在进行专业支持的时候往往会扮演着诤友的角色，促使教师反思自己的教学行为，从而培养教师的反思能力。

> 我试过一起协教，然后课堂完结之后我就问："刚才的情况你觉得怎样？是否可以再改？"我会提点(问题)。(SDO3I/L122 - 123)

(三) 外部变革能动者对领导能量的影响

1. 外部变革能动者对教师领导者的影响

上文论述了伙伴合作项目在进行学校改进时会有针对性地培养学校领导，其目的是培养校内的变革能动者，为学校的持续改进积聚能量(卢乃桂，2007)。外部变革能动者进行校本支持的时候，会关注教师领导者的培养。外部变革能动者对教师领导者的影响除了上文提及的影响教师的专业发展以外，还表现在领导力的培养方面。外部变革能动者在与教师一起工作的过程中，会通过出谋划策、指导领导技巧、引导思考和探究、示范、鼓励、支持等途径培养教师的领导力(Ainscow & Southworth, 1996; 郑美仪，2009；张佳伟、卢乃桂，2009)。

在对IQEA项目的研究中，Ainscow和Southworth(1996)总结道：大学人员会通过培训，推动核心小组的教师(领导教师)进行思考以及创造性的讨论；大学人员会帮助教师拟定他们的问题，帮助、引导他们寻找可能的解决方法；当学校面对课程变革，政府对学校不断提出要求的时候，大学人员会为领导教师的工作提供动力；最后，大学人员的工作方式以及他们培训领导小组的方式给领导教师做了示范，即示范一组成年人如何学习，如何能够一起合作从而更有效地完成工作。

张佳伟、卢乃桂(2009)在对香港优质学校改进计划进行研究的时候也发现，学校发展主任通过鼓励安抚、出谋划策、指导等方式提升科主任Z老师的领导能力。比如指导教师主持会议的技巧、提出让教师多做示范的方法带动其他教师等。这些都收到了良好的效果，提升了这位科主任教师的领导力。

还有科主任教师在学校发展主任的指导下学习到了观课技巧，主持会议技巧等，她的领导力的提升获得了校长和其他教师的肯定：

> 甲教师的主持会议技巧逐渐改善，例如校长在2009年1月参与中文科的核心小组会议，认为甲教师能抓紧机会，引导组员探讨及制订非正规写作的目的，又能够在讨论优化单元的做法时，以问题方式引导组员说出做法，甲教师形容自己是与同事进行了“专业对话”(professional dialogue)。其他参与会议的同事亦意识到甲教师的明显改变，认为她今年度主持会议时，让他们感觉“良好、开心、没有压力”，讨论内容有焦点，使会议的进行有效率，又尊重同事的意见。(郑美仪，2009)

在这个过程中，学校发展主任除了指导相关技巧外，更引导教师对实践进行检讨和反思，在不断学习的过程中，教师的领导力得以提升。除此之外，甲教师在学校主持科组会议前，学校发展主任与她讨论有关技巧，甚至向她示范。会议后，学校发展主任又与她进行检讨和反思。

2. 外部变革能动者对学校领导者的影响

外部变革能动者对学校领导者的影响主要是指对那些在学校拥有职务的管理者的影响，主要包括以下几个方面：工作方式、管理方式和对待变革的态度等(Feldman & Tung，2002；梁歆，2009)。外部变革能动者并不代替学校进行工作，但是需要采用相应的策略影响学校领导者。影响的主要途径是通过会议、深入谈话、提供建议等方式。

笔者在北京进行的两所学校的个案研究显示，在大学人员的影响下，两所学校的学校领导者在工作方式、管理方式和对待变革的态度等方面都有所改变。比如,其中一所学校领导工作呈现出一致性,即领导团队的成员能够朝着一个共同的目标进行合作。在管理方式上,学校领导班子善于利用数据解决学校问题。对待变革的态度也呈现出发展、开放的意识。所有这些变革,他们觉得大学人员的影响是重要的,认为他们为学校创造了开放的机会,通过提建议的方式引领学校领导利用数据解决学校的问题,使他们的工作更加具有研究性质(梁歆,2009)。在 Feldman 和 Tung (2002)的研究中,学校管理者认为外部变革能动者是一个指导者,带领学校经历变革的全过程,头脑里有一幅变革的远景。通过深入谈话、每周一次一对一的会谈和充当诤友等方式,使领导者对待变革的态度发生了变化,他们认识到变革必须在两个层面发生:教室实践和学校文化、愿景的转变,同时使领导者更加关注学校的整体发展。此外,外部变革能动者还帮助领导者发展领导技能,即赋权予他人。

在对香港优质学校改进计划中的学校发展主任进行研究时发现,在帮助、促进学校改进的过程中,SDO 都认为学校领导是影响学校改进一个较为重要的因素。因此,他们在工作中很注重对学校领导的影响。从访谈和文件的内容来看,学校领导主要指:校长、副校长、学校的中层领导(如学科主任)和教师领导者。SDO 会根据学校的情境影响不同层面的领导。

例如,SDO2 在反思目前小学的改进工作时,提出将学校不同层面的领导集合在一起商讨学校发展,从而提升管理层对学校发展的理解和思考,希望学校领导能够关注学校的整体发展。此外,她还比较明确地指出,如果希望学校改进的工作有持续性,那么改进工作就应该提供一些机会去影响学校领导。

> 目前 SDO 所做的是与校长沟通、与中层沟通、与全体教师进行工作坊,但这些做法都未能让学校看得见整体情况。因此,SDO 建议于 3、4 月学校撰写计划前,跟校长、副校长及课程主任一起商量,希望借此能提升学校管理层的前瞻性思维,而这亦是一般小学强势领导所需要的,否则他们只会是“头痛医头、脚痛医脚”。(SDO2D/L5 - 9)

(四) 外部变革能动者对组织能量的影响

组织能量包括学校的结构和学校文化两个层面。对于学校结构的影响，外部变革能动者往往是通过对学校领导提出建议的形式来进行。比如，在校内为教师创造共同学习的时间；通过会议、建立特定组织等方式促使教师、家长、学生参与到学校事务的决策中，帮助学校形成一个支持性的环境(Borthwick et al.，2003；Hopkins，2002；Feldman & Tung，2002)。钟亚妮(2007)的研究显示，在伙伴合作过程中，为了配合校内教师团队的发展，学校的组织结构也发生了改变，此外学校的时间、管理都有所变化。Warren 和 Peel (2005)指出，大学人员可以促进教师的合作性决策。当教师看到这种决策在自己的教学实践中取得成果即学生的学业成就有了相应的提高时，他们就愿意继续参与变革。

事实上，学校组织结构的变革往往和学校文化的改变密不可分，无论是为教师合作创造时间、空间，还是在校内促进决策分享，归根结底都是在促进学校合作文化的形成。因此，很难讲外部变革能动者通过某种具体途径促进某种学校文化的变革。学校文化的形成也非朝夕之功，而是在不同方面影响的合力之下逐渐形成的。一所学校发展目标的形成与分享，教师专业发展的提升、专业社群的形成，领导的工作方式、管理方式以及变革态度等方面的改变都会影响学校文化的形成。正如 Feldman 和 Tung(2002)的研究所指出的，当他们询问教师对外部变革能动者影响的看法时，教师认为，在学校文化的形成过程中，外部变革能动者实际上是为学校建构了一定的能量，包括：(1)促进教师之间的合作，使教师们往往能够就一位教师提出的具体的教学实践进行探讨；(2)帮助教师建立协助的技能(facilitation skills)，教师在主持学校的会议时更加有信心；(3)促进学校分享的目标的实现，比如有的教师能够清晰地讲出学校的目标就是建立合作文化。

(五) 外部变革能动者对课程与教学的影响

这里讲的课程、教学的能量，主要是指学校整体层面而不是具体到课堂实践的课程和教学。西方的研究显示，当学校课程具有一致性的时候，能够促进学校改进(Newmann et al.，2001；Yongs & King，2002)。然而，在对北京两所学校的研究中，笔者却发现课程的校本化可以促进学校改进。教学能量是指支持教学的新资源和技术，包括高质量的课程、书本和教材、评估工具、实验室设备和充足的工作间。目前为止，鲜有研究提出外部变革能动者如何直接地在学校改进中为学校的课程与教学建构能量，所以说，外部变革能动者对课程与教学的影响并非直接，而是通过对教师、领导等方面的影响而产生的。

不过，我们发现外部变革能动者是否能够为学校的课程和教学建构能量，往往与伙伴合作项目的性质相关。例如美国的全面成功计划，这个计划聚焦于课程及教室层面，运用抽离的教学策略来全面改进学校。该项计划聚焦于阅读课程，为学生和教师准备了几乎所有的材料，从教材到练习册到作业本、活动纸和所有年级的评估；教师要严格遵照计划实施课程，每8周要有一次评估，评估学生的学习进程以确定下一步的课程实施；项目的支持人员会与教师一同进行课程实施，在实施的过程中支持教师（Madden et al.，1993；Slavin & Madden，2006）。在这个计划中，项目推动者的影响就是使全校只有一个一致性的课程，并且帮助教师实施该课程，进行教师管理。在教学资源方面，则提供了所有支持教学的新资源和技术。

外部变革能动者之所以很少直接地影响课程、教学的能量建构可能还与他们在学校改进过程中扮演的角色相关。他们在与学校一起工作的过程中，主要扮演着技术专家、协助者、诤友和合作者的角色（Miles，1959；Crandall，1977；Louis，1981；Saxl，Miles & Lieberman，1990；Fullan，1991；Rust & Freidus，2001；Tung & Feldman，2001；Tajik，2008），这些角色都是在推动学校变革，促进学校能量的建构，而不是替代教师进行教学活动（尽管他们会利用协同教学的方法，但其目的也是促进教师的专业发展）。我们在对香港优质学校改进项目中学校发展主任的研究中，发现学校发展主任主要扮演着协助者和诤友的角色，他们在进行学校改进工作的时候也没有提到诸如课程一致性等方面的策略。

小结：通过上述对西方既有研究的分析以及笔者对香港和北京两地伙伴合作开展学校改进项目的研究，我们发现，外部变革能动者对学校改进中五个层面的能量建构都有着一定的影响（而在课程与教学层面则不甚明显）。外部变革能动者通过一定的途径来帮助、促进、推动学校发展目标的制订、教师的专业发展、学校领导能量的提升和学校文化的变革。从中可以看到，外部变革能动者的作用主要表现在三个方面：

其一，外部的变革能动者在学校改进的过程中需要具有一定的学校改进知识和专业知识，即是一位专家。因为在改进学校的过程中，他们首先要有学校改进工作的理念，并且据此指导着他们对学校的支援工作，这种理念会直接影响他们在学校中的工作，也会影响学校领导、教师如何对待变革。此外，他们自身所具备的专业知识能够帮助教师解决日常面对的问题，为他们提供清晰的指导、方法，帮助教师拓阔知识、建构技能从而提升教师的教学能量。

其二，从上面的分析可以看到，外部的变革能动者不会代替学校、教师工作，即便短暂的时间可能会这样做，他们的最终目的也是促进、推动学校自身能量的建构。他们在学校改进的过程中扮演着协助者的角色，因此他们在校内保有一个中间地带，然后得以在这个地带中，深入了解学校的情境、文化，巧妙地与校内不同人员进行沟通，运用不同的方法解决校内的问题，从而推动学校的整体变革，并且培养教师领导者，使学校在外部变革能动者离开后，能够持续变革，并具备应对变革的能量。

其三，在与学校建立信任关系的基础上，外部变革能动者实际上是一位诤友，即学校领导者、教师的诤友。他们在工作中帮助校内人员对学校、教学进行批判性反思。比如，他们会鼓励教师去探究自己长期以来所持有的信念、规范和价值观，以及自己的常规实践，以便帮助教师经历一个由防护自我观点到开放、尊重新观点的转化，使教师对自己的教学实践进行系统而具有批判性的分析。

所有上述三个观点都显示出外部变革能动者不能有越俎代庖似的工作性质，也体现了他们对于学校能量建构的影响。所以任何一所寻求改进的学校，在与大学、与外部变革能动者工作的时候，都应该善于利用他们的工作特性和优势为自己的学校建构改进的能量。

第二节 学校改进对大学的影响

尽管 Watson 和 Fullan(1992)提出伙伴合作项目对大学的影响不大，也不是那么直接。但是在一些伙伴合作项目中，大学还是在一些方面有所收获。下文将从三个方面进行分析。

一、大学对教育实践的关注

国内外的大学在很多领域,对于教育改革所采取的行动,都比地方教育机构、教师组织或者政府滞后。虽然教学、研究和服务是大学的主要功能,但是教学和研究往往更为大学所关注,而对于服务、特别是对基础教育提供的服务则历来显得薄弱,这主要是由于大学没有为其教师参与中小学工作创造良好的环境。比如,没有制度性的回报、奖励制度,大学教师晋升时,他们参与的中小学改革工作也不是一个受重视的因素。结果就使得这些大学教师只能回到大学这个象牙塔中来,因为他们要教学、出版、要评职称、要晋级(Frost, Durrant, Head & Holden, 2000)。但是近年来,情况有所改变,通过伙伴合作进行学校改进,大学也开始关注教育实践,并且积极参与教师教育和学校改进领域。

伙伴合作进行的学校改进,使得大学人员开始关注教育实践并且逐渐看到大学将已有的研究成果转化为实践时的成功。在从事了学校改进工作后的大学教师可以对自己的角色和高等教育的作用进行更深入的反思。有的教师就认为:对于大学价值的追求不应该仅仅在与世隔绝的状态下进行,更应该在专业的情境下进行,比如在学校、教师网络中,或者其他的相关情境。大学和学校的界限应该是相互渗透的,从而允许他们有更深层次的互动和伙伴合作(Frost, et al., 2000)。

二、大学人员的专业发展

伙伴合作进行的学校改进同时促进了大学人员的专业发展。首先就是促进了大学人员的专业研究,并且这种研究更加贴近教育实践。Watson和Fullan(1992)的研究发现,多伦多大学教育学院参与了学习联营计划的同事不仅没有耽误研究,反而更加关注研究。Frost 等人(2000)则发现,在知识创造的过程中,大学教师将自己的研究变为教师易于理解的、并且与其教学实践相关的文章。其次,伙伴合作使大学人员提升了自己的专业知识。一方面,大学人员能够在学校改进中更加深入地了解教育实践和学校变革。例如从事了学校改进的大学人员认为,伙伴合作促进了他们的专业成长：

> 大学与中小学的伙伴协作，使大学教师回归到教育实践中，他们在对教育实践的深入探索中，理解了教育的本质。丰富、鲜活的教育实践充盈了大学教师已有的教育理论，使书本上的教育理论因自己亲历教育实践而丰满、生动起来。他们在真实的教育情境中研究教育，通过对教育实践的观察、参与、体验、思索，以自己对教育的感悟和对实现教育的追求，构建着"活的教育学"。（张景斌，2008）

另一方面，他们不断创造出了关于学校改进、学校变革的知识以更好地服务于中小学。如从事香港中文大学优质学校改进计划的人员，就在不断的实践中，逐渐将从美国移植的学校改进模式本土化，发展出适合香港学校改进的立体式专业支援模式，从而在10年内为全港200多所学校服务（卢乃桂，2007；赵志成，2009）。

最后，这种伙伴合作还促使大学人员对自己的教学实践进行变革。Watson和Fullan（1992）在对学习联营项目的研究中指出，这个项目使大学人员扩展了教育专业本科生的教育方法。此外，教师职前教育的课程实施与一些参与项目的学校一起合作，这也提供了一个将教师培养与学校发展相结合的模式。同时，大学让博士生参与项目，研究生的研究也密切地与实践联系起来，这也为大学培养研究生专业发展的模式提供了更多的思路。

三、大学与中小学形成学习社群

学习社群的特点是：成员聚焦于反思性专业探究；成员间能够合作、相互信任；拥有集体责任感；个体和团体的学习得到促进。在大学与中小学合作进行学校改进的时候，他们能够就教育教学实践中的问题、现象进行梳理、分析从而共同探究有效的解决途径。这时大学人员不是高高在上的评判者，他们和中小学的教师，乃至地方的教育工作者有着一致的目标，即为学生提供最好的教育而努力。合作是他们行动的基础，在合作的过程中，大学人员在促进教师对自己的教学实践进行反思的同时，自己也在不断反思。反思在进行学校改进过程中的行动，争取在不断的经验总结中努力为学校找到最佳的改进途径。这样一来,合作进行改进的过程也就成为了他们共同成长、学习的过程。

Frost 等人(2000)提到,在伙伴合作的过程中,大学人员努力促进教师创造知识、建立网络。在反思性行动计划方法的实施中,大学教师和中小学教师一起合作进行专业知识的创造、生产和调试、散播。大学人员鼓励中小学教师写案例,并将中小学教师的案例放在网络上面,以便同行一起交流。所有这些都显示了在合作的过程中,大学和中小学逐渐形成了一种新的学习社群形式。

第十一章

社区、家庭和学校的伙伴合作与学校改进

自从 1960 年代科尔曼(Coleman)等人(1966)和普洛登(Plowden)等人(1967)提出学生家庭的社会经济环境对学生学业的影响非常重要以后,人们就开始不断探究学校的作用。1970 年代,以 Edmond 为首的一系列研究证实了学校的重要性以及高效能学校的存在,也就是说,无论学生来自何种家庭社经地位,他们的学业成就会因所进入的学校的不同而有所不同。高效能的学校会使学生的学业增值。那么家庭和社区是不是对学生、学校就不重要了呢?在对高效能学校的研究中发现,这些学校的共同特点之一就是家庭和学校的伙伴合作(Mortimore, et al., 1988; Sammons, et al., 1995)。学校改进的研究也发现学校在改进的过程中关注与家庭、社区的合作(Connolly & James, 2006)。那么学校、家庭和社区的伙伴合作包括哪些形式?他们可以在哪些方面影响学校改进?这是本章将要回答的两个问题。

第一节 社区、家庭和学校的伙伴合作的形式

在本书的第三章已经界定了学校、家庭和社区的伙伴合作,即无论在家庭、学校还是社区,这些机构或机构内的成员都能够参与促进儿童成长、学习的活动,形成一种机构间正式的、互动互惠互利的共生关系,关系的形成发展是一个动态的过程。这种伙伴合作较之以往提出的家长参与的(parent involvement)涵义更加广泛,同时也提出了学校、家庭和社区在儿童成长的过程中均承担一定的责任。以往的观点认为,儿童入学前的教育主要依靠家庭教育、入学后主要依赖学校教育,家长的参与起到一定的支

持作用。随着研究和实践的深入,一些学者如 Epstein(2001)、Swap(1992)和 Chrispeels(1996)提出促进儿童在学校的成功也需要家庭、社区和学校的成员分享信息、观点、参与活动,这个过程是互动的,在这个互动的过程中其实不仅是对学校、儿童有帮助,甚至对家庭、对家长的成长、社区的发展都有利。

在这样一种观念的指导下,伙伴合作的形式就呈现了多样化。一些研究从不同的视角,提出了学校、家庭和社区的合作形式。有的学者从实践中归纳伙伴合作的策略,如 Lyons 等人(1982);有的学者则从伙伴合作中三方所应扮演的角色对伙伴合作的形式进行探讨,如 Chrispeels(1996);有的则分析了伙伴合作的类型,如 Epstein(1995、2001)。通过对不同研究的分析、比较发现,除了 Epstein 的研究以外,其他研究多集中于家校合作的探讨,较少提及社区与家庭、学校的合作。只有 Epstein 提出的伙伴合作的六种类型对学校、家庭和社区的合作进行了较为全面、详尽的探讨,基本上可以将不同学者对家校合作的讨论囊括到她提出的类型中,并在此基础上增加了社区合作的部分。下文将要对探讨伙伴合作的不同视角进行简单介绍,然后基于 Epstein 的类型学(Typology),对社区、家庭和学校伙伴合作类型提出一个较为全面的框架。

Lyons 等人(1982)通过对四项联邦政府的项目进行研究,总结出了五种家校合作的方法:(1)参与指定的咨询委员会的分享管理;(2)促进学校和家长的沟通,特别是增加与学校的沟通;(3)家长对学校支持,如提供资金;在田野实践中提供帮助;参加学校的活动;(4)协助教师教学;(5)参加家长教育的活动。这五种途径的合作使学校教育取得了一定的成果,比如家长和教师更加理解学生,而学生的态度、出勤和行为也有了改变。从上述的五种途径可以看到,伙伴合作中,需要家长和学校扮演很多不同的角色,如共同决策者、共同支持者、沟通者甚至教育者、学习者。此外,合作的途径也主要聚焦于沟通、决策分享、支持、学习等。

Chrispeels(1996)则基于前人的研究提出了家庭、学校与社区合作角色的类型论(typology of home-school-community partnership roles),从合作的三方在合作中所扮演的角色切入,分析了伙伴合作的形式。她提出这三方均扮演着沟通者、支持者、学习者、教育者、咨询者、拥护者和决策者等角色。这些角色构成了一个金字塔的形状、互相重叠，每一个角色的形成都会建基于前一个角色，这些角色形成合力、持久的发挥作用会对学生的学业产生影响（如图 11.1）。

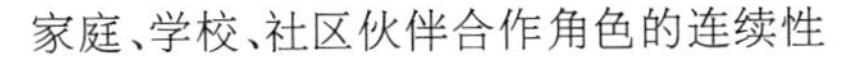

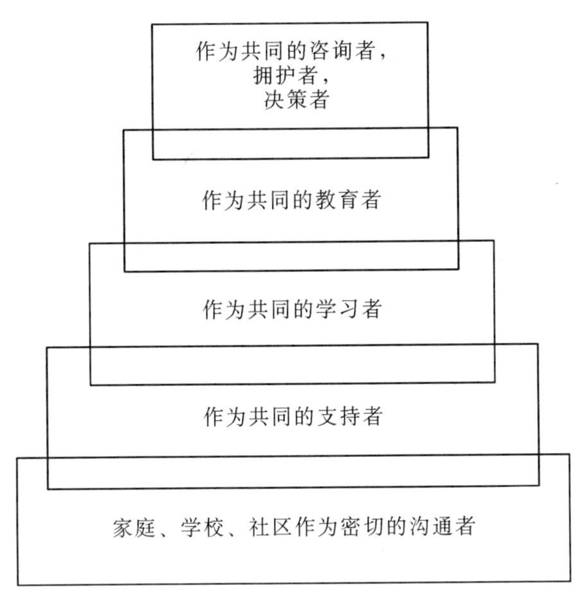

图 11.1　家庭、学校和社区在共同建构合作型的伙伴关系时，三者所扮演的角色、责任相互交叉的概念模型

那么这些角色作用的发挥是通过不同形式来实现的，比如在伙伴合作中，合作的三方应该首先是共同的沟通者，家长应该知道儿童在校的情况，教师也都应主动了解儿童家长提供的关于自己子女的信息。一些社区为了达到信息沟通的目的，就采用了一些策略，如：

- 为学生准备家庭作业合同；
- 每周或每两周由学生、家长和教师共同填写一份学习进度报告；
- 建立电话联系的系统，对学生的作业、学校活动等及时沟通；
- 对学生的功课每周建立一个文件夹；
- 每个季度邀请家长返回学校以便检视学校的课程，并且互相表达对学生学习的期待。

再比如，当合作三方成为共同支持者的时候，他们就会通过不同的途径来提供支持。(1)父母或者其他家庭成员尽到最基本的养育责任，提供衣食住行等基本生活条件。(2)家庭成员通过提供资金，在学校活动当中充当义工等形式提供支持。(3)学校和社区为家庭提供支持。学校和社区的一些机构(包括商业机构、社会服务组织等)共同帮助家庭为学生创造一个良好的学习环境。社区还要为学生创造一个安全的社区环境。

通过上述分析可以看到，无论是具体的合作策略还是不同的合作角色，其论述的焦点其实都是在探讨通过哪些途径可以实现伙伴合作，即伙伴合作的形式，或称为类型。Epstein(2001)、Epstein 等人(2002)根据重叠影响阈(overlapping spheres)理论提出了六种伙伴合作的类型。这六种类型基本上能够囊括家庭、学校和社区伙伴合作的形式，也有研究者(如 Patrikakou, Weissberg & Rubenstein, 2002)称其为家长参与类型学(parent-involvement Typology)，他们认为在谈及家校合作的研究中这个分类是最有名的，而且经常被引用。这个分类可以指导研究者对伙伴合作进行评估和研究。为什么这里强调家校合作呢，主要是由于 Epstein (2001)、Epstein 等人(2002)提出的分类在谈到社区的合作时并不是非常具体，而她的同事 Sanders(2001, 2003)则将其完善，并且在研究的基础上提出了相应的合作形式。下面就综合两位研究者的主要理论提出一个较为全面的伙伴合作类型的框架。

社区、家庭和学校的伙伴合作主要包括 7 种类型(见表 11.1)。

表 11.1　社区、家庭和学校的伙伴合作类型表

	类型	含　义	合作活动举隅
与家庭的合作	1. 教养活动	帮助家庭建立良好的环境从而支持学生的成长	● 物质方面：在健康、营养以及其他服务方面为家庭提供支持 ● 创设环境：提供建议从而帮助家庭创设一些条件支持孩子在不同年龄阶段的学习 ● 专业支援：学校通过工作坊、家长教育和培训等形式为家长提供对子女教育的信息和帮助 ● 加强了解：在学生学习的过渡期(小升初、初升高)进行家访；通过一些会议帮助学校和家庭相互了解

续　表

	类型	含　义	合作活动举隅
	2. 加强沟通	通过有效的形式就学校的课程计划及学生的学业进展情况与家长进行沟通	● 如:通过会议、聘请翻译、制作备忘录、通讯等形式让家长了解学生的学业情况、成绩等信息 ● 为家长提供学校、课程和校内活动、学校政策等相关信息
	3. 志愿者的支持	吸纳并且组织家长为学校提供帮助和支持	● 提供志愿者项目帮助教师、管理者和学生 ● 为义工的工作和会议提供资源和场地方面的便利 ● 家长作为志愿者帮助学校课程与活动
	4. 家庭辅导(Learning at home)	学校帮助家长了解如何能够在家里辅导孩子学习	● 学校为家长提供信息和方法:学生学习应该达到的标准、如何指导学生完成家庭作业、如何帮助学生提高自己的技能 ● 学校通过布置家庭作业促进学生与家长的互动;在学校设计家庭学习活动,如家庭数学、科学和阅读活动 ● 家长和学校一起为学生设定每一年的学业计划以便升学或者工作
	5. 参与学校决策(Decision making)	让家长参与到学校决策中来,发展家长领导者和代表	● 支持家长组织、咨询委员会等的活动,让他们参与决策;促进学校改革和改进 ● 学区层面的家庭、社区委员会要参与 ● 为学校代表的选举提供信息 ● 为所有家庭和家长代表建立联系网络
与社区合作	6. 提供资源	整合社区的资源从而增强学校课程、家庭实践和学生的学习与发展	● 为学生和家庭提供关于健康、文化、娱乐、社会支援或其他服务的信息 ● 提供与学生学习相关的社区活动的信息 ● 商业机构提供物资、财政等方面的资源支援学校和学生的学习

续　表

	类型	含　义	合作活动举隅
	7. 提供服务	提供社区的服务从而增强学校课程、家庭实践、学生的学习与发展和服务	● 与学习技能相关的社区服务,包括为学生提供暑期课程 ● 服务学习:学生通过服务社会而进行学习 ● 综合服务体系:学校、社会服务机构、组织和商业机构等等联合起来为学生和家长服务 ● 大学提供专业发展

(资料来源:Epstein et al., 2002; Sanders, 2001, 2003)

从表 11.1 可以看到,1—5 类实际上主要谈及家校合作的形式,6—7 类主要谈及学校、社区和家庭的合作。Epstein 原始的分类包括了前面的五类,同时将第 6—7 类作为第六类命名为“与社区的合作”。然而她的同事 Sanders 又对“与社区的合作”进行了深入的分析与研究,提出了一些合作形式。分析两位学者的分类以后发现,社区的伙伴合作类型主要表现为提供资源、提供服务两大类别,因此学校、社区和家庭的伙伴合作就体现为表 11.1 中的七种类型。

表 11.1 中 1—5 类实际上是按照伙伴合作的功能进行分类的,而且这些功能是从最基本的一步一步发展至较为高级的或者说专业的形态。第一种类型教养活动其实是最基本的合作功能,通过合作,家长从物质保障、家庭环境创设到了解基本的教育知识,这种合作的目标是让家长知道如何为人父母,在家庭中如何为孩子的发展创设条件。第二种类型加强沟通就逐渐将家长引入到学校教育中。首先应该通过良好的沟通让学校和家长都知道学生的学业情况,包括在校的和在家的情况。此外,就是让家长了解一些学校课程的相关信息。当家长了解了这些信息以后,就可能会付诸行动去帮助孩子。第三类就是志愿者的支持。学校吸纳一些家长志愿者来帮助学校的课程与活动,与此同时,学校也积极地为家长志愿者的参与创设条件、提供保障。当家长能够在学校提供帮助和支援的时候,他们就可能更好地在家中辅导孩子的学习。这时候家庭辅导就使得学校教育得到了延伸。这就形成了第四类的伙伴合作:家庭辅导。这时学校就为家长

提供更加专业一些的教育知识,以便帮助家长理解学校课程并能与孩子一起进行学习活动。家长也开始参与到学校的专业活动中来,如为孩子制定学习计划。第五类的伙伴合作就是家长参与学校决策。除了帮助自己孩子成长、发展以外,家长开始参与学校的活动,为学校的整体改革和改进做出贡献。这样看来,Epstein 提出的伙伴合作的类型实际上是一个渐进的过程,伙伴合作一步步走向深入、趋向专业。

与社区的合作,本书提出两个类型,也按照合作的功能进行分类。Sanders(2001,2003)将伙伴合作的形式分为商业伙伴合作、大学伙伴合作、服务学习的伙伴合作和与学校联系的综合服务。这个分类的标准并不统一,前两项是按照合作对象进行分类,后面是按照合作的形式进行分类。因此,在考察了具体的合作内容以后,结合 Epstein (2001)、Epstein 等人(2002)对"与社区合作的论述",我们按照合作的功能——提供资源、提供服务进行分类。无论是 Epstein 还是 Sanders,她们都提出,社区的各种机构都应该为学生和家庭提供相关的各个方面的资源,包括信息、财政等等。学生可以通过为社区的服务来促进学习。社区也应该为学生和家庭提供与学习技能相关的综合服务。

目前,我国已经有研究者(赵福江,2008)利用 Epstein (2001)提出的合作类型对北京、中山和青岛三市中小学的家、校、社区的合作现状进行调查,结果发现,我国的家校合作在各个方面都与美国的经验有一定的差距。研究者提出,"我国中小学家校合作大多流于形式而无实质内容,在积极促进学校发展方面还未起到实质性作用(赵福江,2008)。"虽然三个省市的研究不能代表全国的状况,但上述的评价至少能反映出三个处在不同发展阶段的城市的家校合作特征。但是,如果恰当地实施了上面不同的类型的合作,对学校改进会有着怎样的影响呢?下文我们将着重探讨,在真实的教育情境中,这些类型的合作对学校改进的影响。

第二节 社区、家庭和学校的伙伴合作对学校改进的影响

分析、比较近年来国内外的研究发现,伙伴合作对学校改进产生的影响主

要包括：学生的改变；教师的专业发展；学校资源的变化；学校氛围的变化和学校领导、学校课程的变化。如果从能量建构的五方面来看，学校、家庭和社区的伙伴合作所能产生的影响已经超出了这五个要素，伙伴合作可以直接对学生的学业成就、态度、行为产生影响。由此可见，在学校改进的过程中关注这种伙伴合作的建立是非常重要的，因为学校改进的最终目标是学生学业成就的提升。

一、学生的改变

学校改进的最终目标是学生学业成就的提升，大多数学校、家庭和社区的伙伴合作的最终目的也都指向学生。研究显示，无论是家校合作还是社区和学校的合作，主要在四个方面对学生产生影响，包括：成绩、态度、行为以及出勤。Epstein（2005）、Epstein（1986，1987，1995）、Sheldon 和 Epstein（2005）、Zacchei 等人（1986）、Simon（2001）、Sheldon（2003）的研究都显示，家校合作、社区与学校的合作都对学生的学业成就有影响。比如，Sheldon 和 Epstein（2005）研究了家校合作对 18 所中小学学生数学成绩的影响，结果发现，在帮助学生提高数学成绩的过程中，增加学校和家长的沟通是最有效的伙伴合作实践。此外，为家庭提供提高数学技能学习的录影带，家长进行家庭学习辅导是较为有效的实践。研究显示，家长如果能够和学生一起在家里讨论数学作业或者与学生一起进行相关的学习活动，就会与学生的数学学习呈现正向的相关度。经常布置这样的任务给学生的学校，其获得满意的数学成绩的学生百分比较高。Epstein（1986，1987）的研究也显示，家长如果参与家庭阅读活动能够提高儿童的阅读成绩。Sanders 和 Epstein（2000）提出：当家长对学生某个学科的学习进行关注并且与学校合作的话，学生在这个学科方面的成绩就会有提高。社区与学校的合作同样能促进学生的学业成就，比如新罕布什尔州（New Hampshire）的 35 个学区与一些商业机构合作，其目标是发展学生的批判性思维，特别是与高新技术和管理领域相关的技能。他们的合作发展出了培训教师的课程材料，这些材料也能够帮助教师发展学生的批判性思维。结果显示，学生参加了暑期培训以后，批判性思维的表现更好。

除了学业成绩，学校、家庭和社区的合作还对学生的行为、态度乃至出勤有重要的影响。2005 年，Epstein 采用学校、家庭和社区合作的六种类型的模式在一所小学进行学校改进的研究，在实施了这个伙伴合作促进学校改进计划以后，这所学校的学生在数学、阅读、写作、行为等方面都有提高。学生行为的改善，包括学生变得诚实，能够认真聆听，尊重他人，待人友好。Lyons 等人(1982)的研究也显示五种家校合作的途径能够提升学生的态度、行为和出勤情况。Simon (2001)则对高中、家庭和社区的伙伴合作进行了研究，她将高中伙伴合作的实践用 Epstein 所提出的六种分类进行归纳，然后就这些实践对学生成就的影响，以及家长的反应进行了研究。研究发现，这些合作的实践使学生有更好的出勤率和行为表现，也能够为整天的课堂学习做出更好的准备。研究者提出，学生出勤率的改进可能是由于当家长参与更多的学校活动时，他们就有机会参与其他儿童的家长的活动并且与他们建立网络。这样，社区的家长就可以更好地监督孩子们。此外，通过一些学校活动，家长也有机会与教师和学校管理者聊天。这些都让学生明白，他们不去学校，家长会知道。学生行为表现的改进可能是由于家长的参与，比如他们经常和学生谈论升学计划，学生就有更好的行为，并且能够为第二天的学校学习做好准备。当家长与孩子论及他们对教育的重视的时候，就会激励孩子在学校的表现。Van voorhis(2003)的研究发现，家长和学生一起完成互动的科学科家庭作业也会促进学生的学习态度，其学习态度较其他没有被布置互动家庭作业的学生在科学学习方面积极。这些学生能够交回更多的家庭作业给老师，他们完成科学作业也更加准确。这就显示与家长经常讨论作业与作业完成情况是有密切关系的(positive relationship)。

上述所有研究都显示，促进学生的学习，家长应该能够更多地参与学校的教育活动，他们应该和自己的子女一样，以一个学习者、参与者的身份参加到学校教育、参与到孩子的学习中，让孩子的学习不再孤单，让他们知道有人乐于与他们分享学习的过程。此外，家长对教育的价值观对学生的学习有重要的影响，亦即家长应该通过行动和言语让孩子感受到，他们对教育的重视。

二、对教师专业发展的影响

学校、家庭和社区的伙伴合作其实在某种程度上要求教师付出的比较多，从表 11.1 可以看到，很多合作的实践都是需要通过教师的努力而实现的。比如，家庭学习，这种活动其实在很大程度上需要教师设计巧妙的家庭作业，以便家长和学生学习，这对教师来讲并不是一件轻松的工作。此外，和家长的有效沟通往往也需要教师主动并且付出时间和精力。不过也正是在伙伴合作的过程中，教师也产生了一定的变化。伙伴合作对教师的影响主要表现在知识、技能和态度三个方面。

首先在知识方面，家校合作往往能够让教师更加理解学生间的差异和需求，理解为那些处境不利的学生提供帮助的重要性。这些对于学生个体差异的理解主要源于家长和教师的良好沟通，此外也有研究显示，当家长在教室内充当教学助手的时候，教师就能更加关注学生个体(Lyons et al.，1982)，这是因为在课堂上，教师就会有更多的时间去关注个别学生的需要。此外，教师的专业知识也可以通过合作获得提高。Epstein(2005)的研究就是采用学校、社区和家庭合作的方式提高数学、阅读、写作的学习，结果发现，教师改变了原有的课程内容和教学方法，越来越多的家长和社区伙伴参与到学生的教育中。在学校与社区合作的时候，有些计划可以使教师获得某方面的专业知识，有些商业机构则利用自身的优势与教师一起进行学校课程的改革。比如新罕布什尔州的 35 个学区与一些商业机构合作，其目标是发展学生的批判性思维，特别是与高新技术和管理领域相关的技能。在进行这个项目的时候，这些商业机构就合作发展出了培训教师的课程材料，并且为教师提供了暑期培训。教师在接受培训的过程中不仅了解了相关领域的知识，同时也在一定程度上改变了自己原有的教学风格。有的学区(处在经济不发达地区)与小的企业形成伙伴合作是为了让学生了解工作的知识，认识自我的价值。通过合作项目，商业机构和学校一起确定学生需要的技能，并且进行分析，然后转化为课程服务于学生。接着，教师和商业机构一起为学生的未来设计新的课程。在这个过程中，教师就对学生在未来就业时需要掌握的知识和技能有了了解，并且将这些内容纳入到课程的设计中(Zacchei et al.，1986)。

其次就是在伙伴合作的过程中，教师的技能得到了提高。这里的技能不仅指教学技能，也包括与家长、外界沟通的技能。Epstein(2001)总结伙伴合作对教师的影响包括：了解自己的技能并且就儿童发展的知识与他人分享；与家长沟通的技能获得提高；设计家庭作业的技能获得提升；当制定政策或者决策的时候能够考虑家长的观点；意识到社区资源的重要，并且能够利用这些资源设计课程。这些技能总结起来，主要是指沟通技能、课程设计能力的提升。家校合作主要是教师和家长的沟通，因此在合作的过程中，教师要打破原先独立工作的方式转变为和家长一起工作，但是家长同样存在差异，教师在与不同家长的合作中就需要不断提升自己的沟通能力。此外，学校、家庭和社区的合作还对教师的课程设计能力提出了挑战。比如，在设计家庭作业的时候，教师要考虑家长的角色，从而促进某个学科的家庭学习（Van voorhis，2003）。当教师与社区合作的时候，要考虑社区的资源，比如通过设计服务学习（service-learning）促进学生在某个学科的学习（Sanders，2003）。因为当学生参加的服务学习与校内的课程相关的时候，服务学习能够帮助学生对所学的学科知识有更加全面的了解（Alvarado，1997），同时也能够影响他们的反思能力（Eyler，Lynch & Gray，1997，引自 Sanders，2003）。

最后，在伙伴合作的过程中，教师的态度也有变化。他们变得更加尊重家庭，了解到家庭的力量、努力和困境。同时，态度更加开放，对待家长、商业机构的合作伙伴，社区的志愿者的态度开始转变。此外，教师的士气和动机也会有转变。学生学习态度的转变和成绩的提升也使教师获得满足感。其实，学校、家庭和社区的合作一个最重要的结果就是对家长的改变，这在很多研究中已经被证实（Epstein，2001）。教师对待家长的态度往往会随着家长的转变而转变。比如，Lyons 等人（1982）就指出，家长在参与了学校教育以后，他们提升了自信心和自我满足感，也更加支持学校的教学计划。毫无疑问，这样的转变会改变教师对家长的看法和态度。此外 Zacchei 等人（1986）的研究显示，在参加了社区与学校的合作项目后，教师的教学风格发生了改变，并且在士气和动机方面均有所改进。

综上所述，在家庭、学校和社区的伙伴合作过程中，教师的改变主要是由于学校向家庭和社区敞开了大门，这给教师带来了重新并且深入认识家庭、学生和社区的机会。在这个过程中，教师会受到这些资源的影响而改变。但是教师改变的方式不是知识、技能和态度截然分开的，往往是三者一起发生或者相互影响的。这就促使学校的领导者思考，如何能够利用身边的资源促使教师的发展，从而最终使学生获益。

三、对学校资源和氛围的影响

很多研究显示，家庭、社区和学校的合作能够为学校提供更多的资源，这些资源包括家长提供的人力资源、资金的支持；社区提供的服务；商业机构提供的资金、设施、技术和工作的机会；社区为教师专业发展提供的机会等等(Lyons et al., 1982; Zacchei et al., 1986; Sanders, 1996; Bowen, 1999)。Zacchei 等人(1986)的研究提供了一个比较典型的个案，一所小学因为与数码仪器公司的合作最后发展成为了一所数学特色校，建立了自己的学校特色。这个数码公司最先为学校建立了一个实验室，希望共同提升学生在数学方面的学习和能力。教师培训公司的员工成为导师来教新课程，双方的合作一方面教师获得了报酬；另一方面学生在公司导师的帮助下，利用实验室进行一些数学领域的学习，特别是将数学学习融入生活，比如学生在金钱管理、度量等方面的能力都有提高。后来这所学校以数学课程出名并且成为了一所有数学特色的学校。资源的提供是这项合作的基础，在此基础上，学校和社区都善用资源从而促使了学校的改进。此外，资源不仅指资金的投入，还包括机会的提供。在商业机构与学校的合作过程中，有很多企业都为学生提供了工作实践的机会，这个资源甚至改变了学生的学习和生涯规划。比如，在商业机构和学校的一项合作项目中，他们为学生发展了特别的课程，以促进学生在工程和商业管理方面的兴趣，因此，他们有两周在工作环境中实践学习，两周回到学校上课。结果显示，在州测试中这些学生的学业成绩较其他同学高，此外，他们也更早地培养了自己的职业兴趣，在中学毕业后多较为积极地选择相应的学院学习。学生们认为这是伙伴合作的优势。

迄今为止，较少有研究探讨伙伴合作对学校氛围方面的影响，但Epstein(2005)、Sanders(1996)等少数学者对此有所涉及。Epstein(2005)指出学校、家庭和社区的伙伴合作使学校的文化有所改变。原先教师独立工作或者与同一年级的同事一起工作，后来就变为教师和家长组成一个团队一起工作。在实施活动的过程中，沟通、互动和信息的交流增加了，学校更像一个社群。Sanders(1996)的研究显示，当社区成员参与校外课程，并且采用社区巡逻等方式来保证学生的安全时，学校的安全感就提升了。

四、对学校领导的影响

伙伴合作对学校领导的影响鲜有研究提及。在 Zacchei 等人(1986)的研究中，提及一项合作项目对校长和管理者的影响。一些学区的学校与学院和商业机构共同合作，在过程中为校长提供发展领导力的活动；商业机构为学校管理者提供公共关系的培训；开展教育领导论坛促进合作伙伴各方领导的沟通、交流。

小结：学校、社区和家庭的合作对于学校改进的意义，不仅是增加了某些方面的能量，如学校资源、氛围、教师的专业发展等等，更重要的是使学校变为了一个开放的系统，让更多的人员参与到学生的教育活动中，最终使学生的学业成就获得提升。这种合作形式实际上是使学校形成了一个更大的专业社群，促进了组织间的交流，从而使学校获得更多的外部能量。

参考书目

Accelerated Schools Project. (1991). Accelerated Schools. Vol. 1(1). U. S. A.: Standford University. http://web. uconn. edu/asp/Accelerated _ Schools _ Plus/files/Vol1No1.pdf

Ainscow, M. & Southworth, G. (1996). School Improvement: A Study of the Roles of Leaders and External Consultants. *School Effectiveness and School Improvement* 7(3), pp. 229 - 251.

Ainscow, M., Hopkins, D., Southworth, G. & West, M. (1994). *Creating the conditions for school improvement: A handbook of staff development activities*. London: D. Fulton Publishers.

Alcarado, V. (1997). *Service-learning, an effective teaching strategy for Texas middle schools Washington*, DC: office of Educational Research and Improvement.

Allen-Haynes, L. (1993). *A case study of the accelerated schools' school-university partnership model as a change strategy for a college of education's teacher and administrator training programs*. Thesis (Ph. D.) — University of New Orleans, Mich.: UMI Dissertation Services.

American Educational Research Association, Comprehensive School Reform SIG (2006). History of Comprehensive School Reform. http://www. aera. net/Default. aspx?id=1015

Aubrey-Hopkins, J., & James, C. (2002). Improving practice in subject departments: The experience of secondary school subject leaders in Wales. *School Leadership and Management*, 22(3), pp. 305 - 320.

Bainbridge, S. (2007). *Creating a vision for your school*, Thousand Oaks, CA: SAGE Publications.

Barber, M. (1994). Urban education initiatives: The national pattern (A report for the Office of Standards in Education). Keele: University of Keele.

Barth, R. S. (1990). *Improving schools from within: Teachers, parents, and principals can make the difference*. San Francisco: Jossey-Bass Inc.

Beck, L. & Murphy, J. (1998). Site-Based management and school success: Untangling the variables, *School Effectiveness and School Improvement*, 9(4), pp. 355 - 385.

Bezzina, C. & Pace, P. (2006). School improvement, school effectiveness or school development? In T. Shallcross, J. Robinson, P. Pace, & A. Wals (Eds.), *Creating sustainable environments in our schools* (pp. 11 – 28). Stoke on Trent: Trentham.

Biddle, B. J. (2002). *Accelerated schools as professional learning communities*. Paper presented at the Annual Meeting of the American Educational Research Association, New Orleans, LA..

Bolam, R., McMahon, A., Stoll, L., Thomas, S., Wallace, M., Greenwood, A., Hawkey, K., Ingram, M., Atkinson, A. & Smith, M. (2005). *Creating and sustaining effective professional learning communities*. Research Report 637. London: DfES and University of Bristol.

Borman, G., Hews, G., Overman, L. & Brown, S. (2003). Comprehensive school reform and achievement: a meta-Analysis. *Review of Educational Research*. 73(2), pp. 125 – 230.

Borthwick, A. C. (2001). Dancing in the dark? Learning more about what makes partnerships work. In M. Handler & R. Ravid (Eds.), *The Many Faces of School-University Collaboration: Characteristics of Successful Partnerships* (pp. 23 – 44). Englewood, CO: Greenwood Publishing Group.

Borthwick, A. C., Nauman, A. D., & Stirling, T. (2003). Achieving successful school-university collaboration. *Urban Education*, 38(3), pp. 330 – 371.

Borthwick, A. G. (1994) *School-university-community collaboration: Establishing and maintaining partnerships for school improvement*. Thesis (Ph. D). Kent state University. Mich.: UMI Dissertation Services.

Bowen, N. (1999). A role for school social workers in promoting student success through school-family partnerships. *Social Work in Education*, 21(1), pp. 34 – 47.

Brown, M., Rutherford, D. & Boyle, B. (2000). Leadership for school improvement: The role of head of department in UK secondary schools. *School Effectiveness and school Improvement*, 11(2), pp. 237 – 258.

Burrello, L. C., Hoffman, L. P., & Murray, L. E. (2005). *School leaders building capacity from within: Resolving competing agendas creatively*. Thousand Oaks: Corwin Press.

Bush, T. (1996). School Autonomy and school improvement. In: J. Gray, D. Reynolds, C. Fitz-Gibbon & D. Jesson (Eds.), *Merging tradition: The future of research on school effectiveness and school improvement*. (pp. 136 – 149), NY: Cassell.

Cairney, T. (2000). Beyond the classroom walls: the rediscovery of the family and community as partners in education, *Educational Review*, 52(2), pp. 163 – 174.

Calhoun, E. & Joyce, B. (1998). "Inside-out" and "outside-in": Learning from past and present school improvement paradigms. In: A. Hargreaves, A. Lieberman, M. Fullan, and D. Hopkins (Eds.), *International handbook of educational change*. (pp. 1286 – 1298.) Dordrecht; Boston, Mass: Kluwer Academic Publishers.

Catelli, L., Padovano, K. & Costello, J. (2000). Action research in the context of a school-university partnership: Its value, problems, issues and benefits, *Educational*

Action Research, 8(2). pp. 225 – 242.

Chan Ho Yee, (2009). Expert? Collaborator? Or a pair of hands? Autobiography of an external change agent accounting for the process of role negotiation in the context of university-schools partnership.《第三届两岸四地"学校改进与伙伴协作"学术研讨会论坛:学校整体改进理念与实践——香港中文大学优质学校改进计划的经验分享页"论文汇编》,pp. 61 – 88. 香港:香港中文大学。

Chapman, C. (2005). *Improving schools through external intervention*. London; New York: Continuum.

Cheng, Y. C. (1996). *The pursuit of school effectiveness: Research, management and policy*. Hong Kong: Hong Kong Institute of Educational Research.

Chrispeels, J. (1996). Effective schools and Home-School-Community partnership roles: A framework for parent involvement, *School Effectiveness and School Improvement*, 7 (4), pp. 297 – 323.

Chrispeels, J. H., Castillo, S., & Brown, J. (2000). School leadership teams: A process model of team development. *School Effectiveness and School Improvement*, 11(1), pp. 20 – 56.

Clark, R. (1988). School-university relationships: An interpretive review, K. A. Sirotnik, J. I. Goodlad (Eds.), *School-University partnerships in action: Concepts, cases, and concerns*. (pp. 32 – 66). New York: Teachers College Press.

Clark, R. (1999). *Effective professional development schools*, San Francisco: Jossey-Bass Inc.

Clark, W. (1986). School/university relations: partnerships and networks. (Occasional Paper No. 2, Center for Educational Renewal). Seattle: University of Washington, College of Education.

Clark, P., Ainscow, M. & West, M. (2006). Learning from difference: Some reflection on school improvement Projects in three countries, In A. Harris & J. Chrispeels (Eds.) *Improving schools and educational systems: International perspectives* (pp. 77 – 89). London: Routledge.

Clark, T. & McCarthy, D. (1983). School improvement in New York City: The evolution of a project, *Educational Researcher*, 12(4), pp. 17 – 24.

Clift, P. S. (1987). LEA initiated school-based review in England and Wales, In D. Hopkins. (Eds.), *Improving the quality of schooling: Lessons from the OECD International School Improvement Project*. (pp. 45 – 61) London: Falmer Press.

Clift, P. S., McCormick, R., & Nuttall, D. L. (1987). *Studies in school self-evaluation*. London: Falmer Press.

Coleman, J. (1994). Family involvement in education, In C. L. Fagnano & B. Z. Werber (Eds.), *School, Family and Community Interaction*. (pp. 23 – 37). Boulder: Westview Press.

Comer, J. (1986). Parent participation in the schools. *Phi Delta Kappan*, 67(6), pp. 442 – 446.

Connolly, M. & James, C. (2006). Collaboration for school improvement. *Educational*

Management Administration and Leadership, 34(1), pp.69 - 87.

Conway, P.F.(2001). Anticipatory reflection while learning to teach: From a temporally truncated to a temporally distributed model of reflection in teacher education. *Teaching and Teacher Education*, *17*, pp.89 - 106.

Cooper, B.(1990). Local school reform in Great Britain and the United States, *Educational Review*, 42(2), pp.133 - 149.

Cox, P., & Havelock, R.(1982). *External facilitators and their role in the improvement of practice: A study of dissemination efforts supporting school improvement*. Paper presented at the annual meeting of the American Educational Research Association, New York.

Crandall, D.(1977). Training and supporting linking agents. In N. Nash & J. Culbertson (Eds.), *Linking processes in educational improvement*. (pp.189 - 274). Columbus, OH: University Council for Educational Administration.

Creemers, B.M.(1994). *The effective classroom*. London, Cassell.

Creemers, B.M.(1996). The goals of school effectiveness and school improvement, In Reynolds, D., Bollen, R., Creemers, B., Hopkins, D., Stoll, L. & Lagerweij, N.(Eds.). *Making good schools: Linking school effectiveness and school improvement*. (pp.21 - 22). London: Routledge.

Creemers, B.M.(2002). From school effectiveness and school improvement to effective school improvement: Background, theoretical analysis, and outline of the empirical study. *Educational Research and Evaluation*, *8*(4), pp.343 - 362.

Dalin, P. & Rolff, H.(1993). Changing the school culture. London: Cassell.

Dalin, P.(1998a). *School Development: Theories and strategies: An international handbook*. London: Cassell.

Dalin, P.(1998b). Developing the twenty-first century school: A challenge to reformers. In A. Hargreaves, A. Lieberman, M. Fullan & D. Hopkins (Eds.), *International handbook of educational change*. (pp.1059 - 1073). Dordrecht: Kluwer Academic Publishers.

Dannetta, V.(2002). What factors influence a teacher's commitment to student learning? *Leadership and Policy in Schools*, *1*(2), pp.144 - 171.

Darling-Hammond, L., & Sykes, G. (Eds.).(1999). *Teaching as the learning profession: Handbook of policy and practice*. San Francisco: Jossey-Bass.

Darling-Hammond, L., and McLaughlin, M.W.(1996). Policies that support professional development in an era of reform. In M.W. McLaughlin and I. Oberman (Eds.) *Teacher learning: New policies*, new practices (pp.202 - 218), New York: Teachers College Press.

Datnow, A., Hubbard, L., & Mehan, H.(2002). *Extending educational reform: From one school to many*. London: Routledge.

De Jong, R., Houtveen, T., & Westerhof, K. J.(2002). Effective Dutch school improvement projects. *Educational Research and Evaluation*, *8*(4), pp.411 - 454.

Deal, T.E., & Peterson, K.D.(1999). *Shaping school culture: The heart of leadership*.

San Francisco: Jossey-Bass.

DeFour, R. & Eaker, R. (1998). *Professional learning communities at work: Best practices for enhancing student achievement*. Bloomington: National Educational Service.

Duke, D. L. (1996). Perception, prescription, and the future of school leadership. In K. Leithwood & J. Chapman, D. Corson, P. Hallinger, & A. Hart (Eds.). *International handbook of educational leadership and administration* (pp. 841 – 72). London: Kluwer Academic Publishers.

Durrant, J, Dunnill, R and Clements, S. (2004). Helping schools to know themselves: Exploring partnerships between schools and Higher Education Institutions to generate trustful, critical dialogue for review and development. *Improving Schools*, 7(2), pp. 151 –170.

Earl, L. and Lee, L. (1998). *Evaluation of the Manitoba School Improvement Program*. Winnipeg: Manitoba School Improvement Program.

Edmonds, R. (1979). Effective schools for the urban poor, *Educational Leadership*, 37 (10), pp. 15 – 27.

Edwards, G. Tsui, A. & Stimpson, P. (2009). Contexts for Learning in School-University Partnership, In A. Tsui, G. Edwards, F. opez-Real, T. Kwan (Eds.), *Learning in School-University partnership: Sociocultural perspectives*(pp. 3 – 24). New York: Routledge.

Elbot, C. & Fulton, D. (2008). *Building an intentional school culture: Excellence in academics and character*. Thousand Oaks: Corwin Press.

Elmore, R. & Burney, D. (1997). Investing in teacher learning: Staff Development and Instructional Improvement in Community School District # 2, New York City. NY, NY: Consortium for Policy Research in Education and National Commission on Teaching & America's Future, Teachers College, Columbia University.

Elmore, R. (1995). Getting to scale with good educational practice. *Harvard Educational Review*, 66(1), pp. 1 – 26.

Epstein, J. & Sanders, M. (2006). Prospects for change: Preparing educators for school, family, and community partnerships. *Peabody Journal of Education*, 81(2), pp. 81 – 120.

Epstein, J. (1986). Parent reactions to teacher practices of parent involvement, The *Elementary School Journal*, 86(3), 277 – 294.

Epstein, J. (1991). Paths to partnership. Phi Delta Kappan, 72(5), pp. 345 – 349.

Epstein, J. (1995). School-family-community Partnerships: Caring for the children we share, *Phi Delta Kappan*, Vol. 76, pp. 701 – 712.

Epstein, J. (2001). *School, family and community partnerships: Preparing educators and improving schools*, Boulder, CO: Westview Press.

Epstein, J. L. (1986). Parents' reactions to teacher practices of parent involvement. *The Elementary School Journal*, 86, pp. 277 – 294.

Epstein, J. L. (1987). What principals should know about parent involvement, *Principal*,

8,4 - 9.

Epstein, J. L. (2005). A case study of the partnership schools comprehensive school reform (CSR) model. *Elementary School Journal*, 106(2),151.

Epstein, J., Sanders, M. G., Simon, B. S., Salinas, K. C., Jansorn, N. & Van Voorhis (2002). *School, family, and community partnerships: Your handbook for action*. Thousand Oaks, CA: Corwin Press.

Epstein, J. (1994). Theory to practice: school and family partnerships lead to school improvement and student success, In C. L. Fagnano & B. Z. Werber (Eds) *School, family and community interaction*, (pp. 39 - 52), Boulder: Westview Press.

Erickson, F. & Christman, J. (1996). Taking stock/making change: Stories of collaboration, *Local School Reform*, 35(3).

Erskine-Cullen, E. (1995). School-University partnerships as change agents: One success story, *School Effectiveness and School Improvement*, 6(3), pp. 192 - 204.

Evens, L. (2002). What is teacher development? *Oxford Review Of Education*, 28(1), 123 - 137.

Feldman, J., & Tung, R. (2002, April). *The role of external facilitators in whole school reform: Teachers' perceptions of how coaches influence school change*. Paper presented at the annual meeting of the American Educational Research Association, New Orleans, LA.

Fink, D., & Stoll, L. (1998). Educational change: Easier said than done. In: Hargreaves, A., Lieberman, A., Fullan, M. and Hopkins, D. (Eds.), *International handbook of educational change*. (pp. 297 - 321). Dordrecht; Boston, Mass.: Kluwer Academic Publishers.

Fitz-Gibbon, C. T. (1996). *Monitoring education: Indicators, quality and effectiveness*, London, Cassell.

Fox, S., & Ainscow, M. (2006). Moving leadership practice in schools forward. In M. Ainscow, & M. West (Eds.), *Improving urban schools: Leadership and collaboration*. (pp. 92 - 103). Maidenhead: Open University Press.

Frost, D., Durrant, J., Head, M. & Holden, G. (2000). *Teacher-led school improvement*, London: RoutledgeFalmer.

Fullan, M. (1982). *The meaning of educational change*, New York: Teacher College Press.

Fullan, M. (1985). Change processes and strategies at the local level. *The Elementary school Journal*, 85(3), pp. 391 - 421.

Fullan, M. (1991). *The new meaning of educational change*, New York: Teacher College Press.

Fullan, M. (1993). *Change force: Probing the depth of educational reform*. London: Falmer Press.

Fullan, M. (1995). The Learning Consortium: A School-University Partnership Program. An Introduction, *School Effectiveness and School Improvement*, 6(3), pp. 187 -

191.

Fullan, M.(1998). The meaning of educational change: A Quarter of a century of learning. In: Hargreaves, A., Lieberman, A., Fullan, M. and Hopkins, D. (Eds.), *International handbook of educational change*. (pp. 13 - 20). Dordrecht; Boston, Mass.: Kluwer Academic Publishers.

Fullan, M.(2000). The return of large-scale reform. *Journal of Educational Change*. I. pp.5 - 28.

Fullan, M.(2007). *Learning to lead change: Building system capacity*. International workshop series, HongKong.

Fullan, M.(2001a) *The new meaning of educational change* (Third Edition). New York: Teachers College Press.

Fullan, M.(2001b), *Leading in a culture of change*. San Francisco, CA: Jossey Bass.

Good, T. & Brophy, J.(1994). Looking in classrooms, 2nd, New York: Harper and Row.

Goodlad, J.(1993). School-University partnerships and partner schools, *Educational Policy*, 7(24), pp.24 - 39.

Goodlad. J.(1988). School-university partnerships for educational renewal: rationale and concepts. In: Sirotnik, K. & Goodlad. J.(Eds.), *School-University partnerships in action: Concepts, cases and concerns*. (pp.3 - 31), New York, NY: Teachers College Press.

Gordon, S.P.(2004). *Professional development for school improvement*. Boston: Pearson.

Gray, J.(2001). Building for improvement and sustaining change in schools serving disadvantaged communities, In M. Maden (Eds.). *Success against the odds-Five years on* (pp.1 - 39). London: Routledge Falmer.

Gray, J., Hopkins, D., Reynolds, D., Wilcox, B., Farrell, S. & Jesson, D.(1999) *Improving Schools: Performance and Potential*, Buckingham: Open University Press.

Gurr, D., Drysdale, L. & Mulford, B.(2006). Models of successful principal leadership. *School Leadership and Management*, *26*(4), pp.371 - 395.

Guskey, T.R.(1986). Staff development and the process of teacher change. *Educational Researcher*, *15*(5), 5 - 12.

Hadfield, M.(2003). Capacity-building, school improvement and school leaders. In A. Harris, et al. (Eds.) *Effective leadership for school improvement* (pp.121 - 136). London: Routledge Falmer.

Hallinger, P. & Heck, R.H.(1996a). The principal's role in school effectiveness: An assessment of methodological progress, 1980 - 1995. In K. Leithwood, & J. Chapman, D. Corson, P. Hallinger, & A. Hart (Eds.). *International handbook of educational leadership and administration* (pp.723 - 83). Dordrecht: Kluwer Academic Publishers.

Hallinger, P. & Heck, R.H.(1996b). Reassessing the principal's role in school effectiveness: A review of empirical research, 1980 - 1995. *Educational Administration Quar-*

terly, *32*(1), pp.5 - 44.

Hallinger, P. & Heck, R.H. (1998). Exploring the principal's contribution to school effectiveness: 1980 - 1995. *School Effectiveness and School Improvement*, 9(2), pp. 157 -191.

Hallinger, P. & Heck, R.H. (2002). What do you call people with visions? The role of vision, mission, and goals in school leadership and improvement. In K. Leithwood, & P. Hallinger (Eds.) *Second international handbook of educational leadership and administration*. (pp.9 - 42). Dordrecht: Kluwer Academic Publishers.

Hallinger, P. (2003). Leading educational change: Reflections on the practice of instructional and transformational leadership. *Cambridge Journal of Education*, *33*(3),329 - 351.

Halsall, R. (2001). School Improvement: The need for vision and reprofessionalisation. *British Educational Research Journal*, 27(4), pp.505 - 508.

Haman, J.M. (1992). *Contexts and processes for effective school change: Case study of an external change agent*. Paper presented at the Annual Meeting of the American Educational Research Association, San Francisco, CA, April, 1992.

Hargreaves, A. (1992). Cultures of teaching: A focus for change. In A. Hargreaves & M.G. Fullan (Eds.), Understanding teacher development (pp. 216 - 240). New York: Teachers College Press.

Hargreaves, A. (1994). *Changing teachers, changing times: Teachers' work and culture in the postmodern age*. New York: Teachers College Press.

Hargreaves, A. (1995). Development and desire: A postmodern perspective. In: T.R. Guskey & M. Huberman (Eds.), *Professional development in education: New paradigms and practices*, New York: Teachers College Press.

Hargreaves, D.H., & Hopkins, D. (1991). *The empowered school: The management and practice of development planning*. London: Cassell.

Harris, A. & Bennett, N. (2001). *School effectiveness and school improvement: Alternative perspectives*. London: Continuum.

Harris, A. & Chapman, C. (2002). Effective leadership in schools facing challenging circumstances, NCSL Research Paper, Retrieved April 5,2009, from www. 2. ncsl. org. uk

Harris, A. & Chrispeels, J. H. (2006). Introduction. In A. Harris & J. H. Chrispeels (Eds.) Improving schools and educational systems: International perspectives (pp.3 - 22). London: Routledge.

Harris, A. & Lambert, L. (2003). *Building leadership capacity for school improvement*, Buckingham [England]; Philadelpha.

Harris, A. & Young, J., (2000). Comparing school improvement programmes in England and Canada. *School Leadership & Management*, 20(1), pp.31 - 42.

Harris, A. (2000). What works in school improvement? Lessons from the field and future directions. *Educational Research*, 42(1), pp.1 - 11.

Harris, A. (2001a). Contemporary perspectives on school effectiveness and school improvement. In A. Harris & N. Bennett (Eds.), *School effectiveness and school improvement: Alternative perspectives*. (pp. 7 – 25). London: Continuum.

Harris, A. (2001b). Department improvement and school improvement: A missing link? *British Educational Research Journal*, *27*(4), pp. 477 – 486.

Harris, A. (2002). *School improvement: What's in it for Schools?* London: New York: Routledge Falmer.

Harris, A. (2003a). Teacher leadership and school improvement, In A. Harris, et al. (Eds.) *Effective leadership for school improvement*. (pp. 72 – 83). London: Routledge Falmer.

Harris, A. (2003b). Teacher leadership as distributed leadership: Heresy, fantasy or possibility? *School leadership & management*, 23(3), pp. 313 – 324.

Harris, A. (2004). Distributed leadership and school improvement: Leading or misleading? *Educational Management Administration & Leadership*, 32(1), pp. 11 – 24.

Harris, A., & Chapman, C. (2004). Improving schools in difficult contexts: Towards a differentiated approach. *British Journal of Educational Studies*, *52*(4), pp. 417 – 431.

Harris, A., & Muijs, D. (2005). *Improving schools through teacher leadership*. U. K.: Open University Press.

Hopkins, D. & Jackson, D. (2003). Building the capacity for leading and learning. In A. Harris, et al. (Eds.) *Effective leadership for school improvement* (pp. 84 – 105). London: Routledge Falmer.

Hopkins, D. & Reynolds, D. (2001). The past, present and future of school improvement: Towards the third age. *British Educational Research Journal*, 27(4), pp. 459 – 475.

Hopkins, D. & West, M. (1994). Teacher development and school improvement, In D. Walling (Eds.) *Teacher as learners*. Blooming, Ind: PDK.

Hopkins, D. (1987). Improving the quality of schooling, In D. Hopkins (Eds.) *Improving the quality of schooling: Lessons from the OECD international school improvement project*. (pp. 1 – 10) London: Falmer Press.

Hopkins, D. (1990). The International School Improvement Project (ISIP) and effective schooling: Towards a synthesis. *School Organisation*, *10*(2 & 3), pp. 179 – 193.

Hopkins, D. (1998). Tensions in and prospects for school improvement. In A. Hargreaves, A. Lieberman, M. Fullan & D. Hopkins (Eds.), *International handbook of educational change* (pp. 1305 – 1358). Dordrecht: Kluwer Academic Publishers.

Hopkins, D. (2001). *School improvement for real*. London: Falmer Press.

Hopkins, D., Ainscow, M. & West, M. (1994). *School improvement in an era of change*. London: Cassell.

Hopkins, D., Harris, A. & Jackson, D. (1997). Understanding the school's capacity for development: Growth states and strategies. *School Leadership & Management*, *17*(3), pp. 401 – 412.

Hopkins, D., Youngman, M., Harris, A., & Wordsworth, J. (1999). Evaluation of the initial effects and implementation of success for all in England. *Journal of Research in Reading*, *22*(3), pp.257 – 270.

Hopkins, D. (2002). *Improving the quality of education for all*, London: David Fulton.

Hopkins, D. (2005). *The practice and theory of school improvement*. New York: Springer.

Hord. S. (1986). A synthesis of research on organizational collaboration. *Educational Leadership*, 43(5), pp.22 – 26.

Hord, S. M. (1997). *Professional learning communities: Communities of continuous inquiry and improvement*. Austin: Southwest Educational Development Laboratory.

Huberman, A. M. & Miles. M. B. (1984). *Innovation up close: How school improvement works*. New York: Plenum Press.

Hughes, G. K., Copley, L., Howley, C. & Meehan, M. (2005). *Measure of School Capacity for Improvement (MSCI): User manual and technical report*. Edvantia: Charleston, WV.

Husen, T. (1994). School improvement. In T. Husen and N. Postlethwaite (Eds.) *International encyclopedia of education* (pp.5241 – 5242). Oxford, UK: Pergamon.

Intriligator, B. (1992) Establishing Interorganizational Structures That Facilitate Successful School Partnerships. Paper presented at the Annual Meeting of the American Educational Research Association (San Francisco, CA, April 20 – 24,1992).

Jackson, D. (2002). *The creation of knowledge networks collaborative enquiry for school and system improvement*. Paper presented to the CERI/OECD/DfES/QCA/ESRC Forum, "Knowledge Management in Education and Learning". Oxford, March.

Joyce, B. (1991). The doors to school improvement. *Educational Leadership*, May. pp.59 – 62.

Kruse, S., Louis, K. S. & Bryke, A. S. (1994). *Building professional community in schools*. Madison: Center on Organization and Restructuring of School.

Lambert, L. (1998). *Building leadership capacity in schools*, Alexandria: Association for Supervision and Curriculum Development.

Lambert, L. (2003). *Leadership capacity for lasting school improvement*. Alexandria, Va.: Association for Supervision and Curriculum Development.

LaRocque, L. & Coleman, P. (1990). Quality control: School accountability and district ethos. In Mark Holmes, Kenneth Leithwood, and Don Musella (Eds.), *Educational policy for effective schools* (pp.168 – 191). Toronto, ON: OISE Press.

Lauer, P. A. & Dean, C. B. (2004). *Teacher quality toolkit*. Aurora: McREL.

Leithwood K., Jantzi D. & Steinbach, R. (1999). *Changing leadership for changing times*. Buckingham: Open University Press.

Leithwood, K, Day, C., Sammons, P., Harris, A., & Hopkins, D. (2006a). Successful School Leadership: What It Is and How It Influences Pupil Learning. *Research Report*. No.800. Retrieved September 15,2007, from http://www.wallacefoundation.org/.

Leithwood, K. &Jantzi, D. (1999). Transformational school leadership effects: A replication. *School Effectiveness and School Improvement*, *10*(4), pp. 451 - 479.

Leithwood, K. (2007). What we know about educational leadership. In C. Day, & K. Leithwood (Eds.). *Successful principal leadership in times of change: An international perspective* (pp. 41 - 66). Dordrecht: Springer.

Leithwood, K., & Beatty, B. (2008). *Leading with teacher emotions in mind*. Thousand Oaks: Corwin Press.

Leithwood, K., & Day, C. (2007). Starting with what we know. In C. Day, & K. Leithwood (Eds.). *Successful principal leadership in times of change: An international perspective* (pp. 1 - 15). Dordrecht: Springer.

Leithwood, K., & Levin, B. (2005). *Assessing school leader and leadership programme effects on pupil learning: Conceptual and methodological challenges*. Research Report. No. 662. (London, Department for Education and Skills).

Leithwood, K., Day, C., Sammons, P., Harris, A., & Hopkins, D. (2006b). *Seven strong claims about successful school leadership*. England: NCSL. Retrieved September 15,2007, from http://www.ncsl.org.uk.

Levin, B. (1998). An epidemic of education policy: What can we learn from each other? *Comparative Education*, *34*(2), pp. 131 - 141.

Levin, B., & Young, J. (1999). The origins of educational reform: A comparative perspective. Canadian Journal of Educational Administration and Policy, 12 [On - line serial]. Available: http://umanitoba.ca/publications/cjeap/archives.html

Levin, H. (1998). Accelerated Schools: A decade of evolution. In C. Teddlie, & D. Reynolds (Eds) *The international handbook of school effectiveness research*. (pp. 807 - 30). NewYork: Falmer Press.

Levin, H. M. (1997). *Accelerated education for an accelerating economy*. Hong Kong: The Chinese University of Hong Kong Faculty of Education and Hong Kong Institute of Educational Research.

Levine, M. & Trachtman, R. (1997). *Making professional development schools work: Politics, practice and policy*. New York: Teachers College Press.

Lieberman, A. (1995). Practices that support teacher development: Transforming conceptions of professional learning. *Phi Delta Kappan* 76(8), pp. 591 - 596.

Lieberman, A. (1998). The growth of educational change as a field of study: understanding its roots and branches. In: Hargreaves, A., Lieberman, A., Fullan, M. and Hopkins, D. (Eds.), *International handbook of educational change*. (pp. 13 - 20). Dordrecht; Boston, Mass.: Kluwer Academic Publishers.

Little, J. W. (1993). Teachers' professional development in a climate of educational reform. *Educational Evaluation and Policy Analysis*, 15(2), pp. 129 - 51.

Louis, K. S. & Kruse, S. D. (1995). *Professionalism and community: Perspectives on reform*. Thousand Oaks, Calif.: Corwin Press.

Louis, K. S. & Miles, M. B. (1992). *Improving the urban high school: What works and* why. London: Cassell.

Louis, K.S. (1981). External agents and knowledge utilization: dimensions for analysis and action. In R. Lehming & M. Kane (Eds.) *Improving Schools: Using what we know*, (pp. 168 - 211). Beverly Hills, CA: SAGE.

Louis, K.S., Kruse, S. & Bryk, A.S. (1995). Professionalism and community: What is it and why is it important in urban schools? In K.S. Louis, S. Kruse & Associates (1995) *Professionalism and community: Perspectives on reforming urban schools* (pp. 3 - 22). Long Oaks, CA: Corwin.

Lucas, S.E. (2001). Transformational leadership: Principals, leadership teams, and school culture. Unpublished doctoral dissertation, University of Missouri - Columbia.

Lyons, P., Robbins, A. & Smith, A. (1982). *Involving parents: A handbook for participation in schools*. Santa Monica, Ca: System Development Corporation.

Lytle, S.J., & Cochran-Smith, M. (1994). Inquiry, knowledge, and practice. In S. Hollingsworth & H. Sockett (Eds,). *Teacher research and educational reform, 93rd yearbook, national society of education* (pp. 22 - 51). Chicago: University of Chicago Press.

MacBeath, J. (2002). Leadership for Learning. Paper presented at the 15th International Congress for School Effectiveness and Improvement (ICSEI), Copenhagen.

MacCarthy-Larkin, M. & Kritek, W.J. (1982). Milwaukee's project RISE, *Educational Leadership*, 40(3), pp. 16 - 21.

MacCarthy-Larkin, M. (1985). Ingredients of a successful school effectiveness project, *Educational Leadership*, 42(6), pp. 31 - 37.

MacGilchrist, B. & Mortimore, P. (1997). The impact of School Development Plans in primary schools, *School Effectiveness and School Improvement*, 8(2), pp. 198 - 218.

Madden, N.A., Slavin, R.E., Karweit, N.L., Dolan, L.J., & Wasik, B.A. (1993). Success for All: Longitudinal effects of a restructuring program for inner-city elementary schools. *American Educational Research Journal*, *30*, pp. 123 - 148.

Maki, S.D. (1995). *School and family partnerships for school improvement in st. clair county*, Thesis (Ed. D.) — Wayne State University, M*ich*: Umi.

Massell, D. & Goertz, M. (2002). District strategies for building instructional capacity. In A. Hightower, M.S. Knapp, J. Marsh & M. McLaughlin (Eds.). *School districts and instructional renewal* (pp. 43 - 60). New York, NY: Teachers College Press.

Mclver, M. & Dean, C. (2004). Intervention for school improvement NTERVENTION FOR SCHOOL IMPROVEMENT: Site Work Progress Report for 2004, Mid Continent Research for Education and Learning, http://eric.ed.gov.

Miles, M.B. (1959). *Learning to work in groups*. New York: Teachers College Press.

Miles, M.B., Saxl, E.R., & Liberman, A. (1988). What skills do educational "change agents" need? An empirical view. *Curriculum Inquiry*, 18(2), pp. 157 - 193.

Milken, L. (1994). Families, Communities and schools: A perspective form the foundations. In C.L. Fagnano & B.Z. Werber, (Eds.), School, Family and Community Interaction: A View from the Firing Lines, pp.3 – 15. Boulder: Westview Press.

Mitchell, C. & Sackney, L.(2000). *Profound improvement: Building capacity for a learning community*. Lisse, NL: Swets and Zeitlinger.

Mitchell, C. & Sackney, L. (2006). Building schools, building people: The school principal's role in leading a learning community. *Journal of School Leadership*, 16(9), 627 – 639.

Mortimore, P. (1991). School effectiveness research: Which way at the crossroads? *School Effectiveness and School Improvement*, *2*(3), pp.213 – 229.

Mortimore, P.(1998). *The road to improvement: Reflections on school effectiveness*. Lisse: Swets & Zeitlinger Publishers.

Mortimore, P., Sammon, P., Stoll, L., Lewis, D. & and Ecob, R.(1988). *School Matters: The Junior Years*. Wells: Open Books.

Muijs, D., Harris, A., Chapman, C., Stoll, L., & Russ, J.(2004). Improving schools in socioeconomically disadvantaged areas — A review of research evidence. *School Effectiveness and School Improvement*, *15*(2), pp.149 – 175.

Murphy, J. & Hallinger, P.(1988). Characteristics of instructionally effective school districts. *Journal of Educational Research*, *81*(3), pp.175 – 181.

Murphy, J. & Meyer, C.(2008). *Turning around failing schools: Leadership lessons from the organizational sciences*. Thousand Oaks: Corwin Press.

Murphy, J.(1993). Restructuring: In search of a movement. In J. Murphy, & P. Hallinger (Eds.), *Restructuring schooling: Learning from ongoing efforts*. Newbury Park, Calif.: Corwin Press.

Murphy, J.(2005). *Connecting teacher leadership and school improvement*. Thousand Oaks: Corwin Press.

Murphy, J.(2007). Restructuring through learning-focused leadership. In H.J. Walberg, (Eds.). *Handbook on restructuring and substantial school improvement*. (pp.63 – 76). Lincoln: Center on Innovation & Improvement.

Myers, K.(1996). *School improvement in practice: Schools make a difference project*. London: Falmer Press.

Newmann, F.M., King, M.B. & Youngs, P.(2000). Professional development that addresses school capacity: Lessons from urban elementary schools. *American Journal of Education*, *108*(4), pp.259 – 299.

Newmman, F.M., Smith, B., Allensworth, E., & Bryk, A.S.(2001). Instructional program coherence: What it is and why it should guide school improvement policy. *Educational Evaluation and Policy Analysis*, *23*(4), pp.23 – 28.

O'Hair, J. & Odell, S.(eds.)(1994). *Partnerships in education: Teacher education yearbook II*. Sydney: Harcourt Brace & Company.

Owens, R.G.(2001). *Organizational behavior in education: Instructional leadership and school reform*. Boston: Allyn and Bacon.

Passow, H. A. (1989). Present & future directions in school reform, In Sergiovanni. T. J. & Moore, J. (Eds.). *Schooling for tomorrow: Directing reforms to issues that count*, Boston: Allyn and Bacon.

Patrikakou, E., Weissberg, R. & Rubenstein, M., (2002). School-family partnerships policy implications for urban schools, In Kenneth K. Wong & Margaret C. Wang (Eds.), Efficiency, accountability, and Equity Issues in Title I Schoolwide Program Implementation, pp. 183 - 213, [S.l]: Information Age Pub.

Pinar, W. (2004). *Understanding curriculum*, 中国轻工业出版社(影印版)。

Potter, D., Reynolds, D., & Chapman, C. (2002). School improvement for schools facing challenging circumstances: A review of research and practice. *School Leadership & Management*, *22*(3), pp. 243 - 256.

Reynolds, D. & Stoll, L. (1996). Merging School effectiveness and school improvement: the knowledge bases. In Reynolds, D., Bollen, R., Creemers, B., Hopkins, D., Stoll, L. & Lagerweij, N. (Eds.). *Making good schools: Linking school effectiveness and school improvement*. (pp. 94 - 112). London and New York: Routledge.

Reynolds, D. (2001). Beyond school effectiveness and school improvement? In A. Harris. & N. Bennett. (Eds.) *School effectiveness and school improvement: Alternative perspectives* (pp. 27 - 45). London: Continuum.

Reynolds, D. (2005). 'World Class'school improvement: An analysis of the implications of the recent school effectiveness and school improvement research for improvement practice. In D. Hopkins. (Eds). *The practice and theory of school improvment t* (pp. 241 -251). NewYork: Falmer Press.

Reynolds, D. Stringfield, T. & Schaffer, E. (2006). The High Reliability Schools Project: Some preliminary results and analyses, In A. Harris & J. H. Chrispeels (Eds.) *Improving schools and educational systems: International perspectives* (pp. 56 - 76). London: Routledge.

Reynolds, D., Harris, Alma, Clarke, Paul, Harris, Belinda, James & Sue (2006). Challenging the challenged: Developing an improvement programme for schools facing exceptionally challenging circumstances. *School Effectiveness and School Improvement*, *17*(4), pp. 425 - 439.

Reynolds, D., Sammon, P., Stoll, L., Barber, M. & Hillman, J. (1996). School effectiveness and school improvement in United Kingdom, *School Effectiveness and School Improvement*, 7(2), pp. 133 - 158.

Reynolds, D., Teddlie, C., Creemers, B., Scheerens, J. & Townsend, T. (2000b). An introduction to school effectiveness research. In C. Teddlie, & D. Reynolds. (Eds) *The international handbook of school effectiveness research*. (pp. 3 - 25). NewYork: Falmer Press.

Reynolds, D., Teddlie, C., Hopkins, D, Stringfield, S. (2000a). Linking School Effectiveness and School Improvement. In C. Teddlie & D. Reynolds. (Eds) *The in-*

ternational handbook of school effectiveness research (pp. 206 - 31). NewYork: Falmer Press.

Reynolds, D., Teddlie, C., Creemers, B., Cheng, Y. C., Dundas, B., Green, B., Ross, J. R., Hauge, T. E., Schaffer, E. C. & Stringfield, S. (1994). School Effectiveness Research: A Review of the International Literature, Advances in School Effectiveness Research and Practice. [S.l]: Pergamon.

Richert, A., Stoddard, P. & Kass, M. (2001). The promise of partnership for promoting reform, In F. O'C. Rust & H. Freidus (Eds.), *Guiding school change: The role and work of change agents*, (pp. 1 - 15). New York: Teachers College Press.

Rust, F. O'C., & Freidus, H. (2001). Introduction. In F. O'C. Rust & H. Freidus (eds) *Guiding School Change: The Role and Work of Change Agents*, (pp. 1 - 15). New York: Teachers College Press.

Rutter, M., Maughan, B., Mortimore, P. & Ouston, J. (1979). *Fifteen thousand hours*. London: Open Books.

Sammons, P., Hillman, J. & Mortimore, P. (1995). Key Characteristics of Effective Schools: a review of school effectiveness research. A report by the Institute of Education for the Office for Standards in Education (London, OFSTED).

Sanders, M. G. (1996). School-family-community partnerships focused on school safety:" the Baltimore example. *Journal of Negro Education*, 65, pp. 369 - 374.

Sanders, M. G. (2001). The role of "community" in comprehensive school, family, and community partnership programs. *Elementary School Journal*, 102, pp. 19 - 34.

Sanders, M. G. (2003). Community Involvement In Schools: From Concept to Practice Education and Urban Society, 35(2), pp. 161 - 180.

Sanders, M. G., & Epstein, J. L. (2000). The national network of partnership schools: How research influences educational practice, *Journal of education for students placed at risk*, 5 (1 & 2), pp. 61 - 76.

Saxl, E. R., Miles, M. B. & Liberman, A. (1990). Assisting Change in education: A training program for school improvement facilitators. Alexandria, VA: Association for Supervision and Curriculum Development.

Scholten, J. P. (2004). *The role of leadership in building collaborative initiatives for school improvement*, Unpublished doctoral dissertation, Central Michigan University.

Seller, W. (2001). Reforming schools: Building the capacity for change, *School Leadership & Management*, 21(3), pp. 255 - 259.

Senge, P. (2000). *Schools that learn: A fifth discipline fieldbook for educators, parents, and everyone who cares about education*. New York: Doubleday.

Sheldon, S. B. & Epstein, J. L. (2005). Involvement counts: Family and community partnerships and math achievement. *Journal of Educational Research*, 98(4), pp. 196 - 206.

Sergiovanni, T. (2007). *Rethinking leadership* Thousand Oaks, CA: Corwin Press.

Sheldon, S. B. (2003). Linking school-family-community partnerships in urban elementary schools to student achievement on state tests. *Urban Review*, *35*(2), pp. 149 - 165.

Simon, B. S. (2001). Family involvement in high school: Predictors and effects. *NASSP Bulletin*, *85*(627), pp. 8 - 19.

Sinclair, R. & Harrison, A. (1988). A partnership for increasing student learning: the Massachusetts Coalition for school improvement, (pp. 87 - 105), In K. A. Sirotnik & J. I. Goodlad (Eds.), *School-university partnerships in action: Concepts, cases, and concerns*. New York: Teachers College Press. (pp. 87 - 105)

Slavin, R. E., & Madden, N. A. (2006). *Success for All: Summary of research on achievement outcomes*. Baltimore, MD: Success for All Foundation.

Sleegers, Geijsel & Van Den Berg. (2002). Conditions fostering educational change. In K. Leithwood, & P. Hallinger, (Eds.) *Second international handbook of educational leadership and administration* (pp. 75 - 102). Dordrecht: Kluwer Academic Publishers.

Smith, L. (2008). *Schools that change: Evidence-based improvement and effective change leadership*. Thousand Oaks: Corwin Press.

Smylie, M. A., Bilcer, D. K., Kochanek, J., Sconzert, K., Shipps, D., & Swyers, H. (1998). *Getting started: A first look at Chicago Annenberg schools and networks*. Chicago: Consortium on Chicago School Research, Chicago Annenberg Research Project.

Southworth, G. & Lincoln, P., (1999). *Supporting improving primary schools: The role of heads and LEAs in raising standards*. London: Falmer Press.

Spillane, J. P. (2006). *Distributed leadership*. San Francisco: Jossey-Bass.

Stoll, L. & Sammon, P. (2007). Growing together: School effectiveness and school improvement in the UK In T. Townsend (Eds.), *International handbook of school effectiveness and improvement*. (pp. 207 - 222) Dordrecht: Springer.

Stoll, L. & Fink, D. (1996). *Changing our schools: Linking school effectiveness and school improvement*. Buckingham: Open University Press.

Stoll, L. & Mortimore, P. (1997). School effectiveness and school improvement. In M. Barbe & J. White (Eds.). *Perspectives on school effectiveness and school improvement* (pp. 9 - 24). London: Institute of Education, University of London.

Stoll, L. & Riley, K. (1999). From infancy to adolescence: school effectiveness and school improvement in England since 1995 In T. Townsend, T., P. Clarke, P. & M. Ainscow, M. (Eds.) *Third millennium schools: A world of difference in effectiveness and improvement*. (pp. 15 - 44) Lisse Netherlands; Exton, PA: Swets & Zeitlinger.

Stoll, L. (1996). Linking school effectiveness and school improvement: issues and possibilities, in J. Gray, D. Reynolds, C. Fitz-Gibbon & D. Jesson (Eds.) *Merging traditions: The future of research on school effectiveness and school improvement*, (pp. 51 - 73) London: Cassell.

Stoll, L. (2001). Enhancing internal capacity: Leadership for learning. National College for School Leadership. Retrieved Spetember 26, 2007, from http://www.ncsl.org.uk/

Stoll, L., & Harris, A. (2006). Coming of age? Recent developments in school improvement in England. In J.C. Lee & M. Williams (Eds.), *School improvement: International perspectives* (pp. 297 – 312). New York: Nova Science Publishers Inc.

Stoll, L., & MacBeath, J. (2005). Promoting high expectations in challenging circumstances: Meanings, evidence and challenges for school leaders. In P. Clarke (Ed.), *Improving schools in difficulty* (pp. 137 – 155). London: Continuum.

Stoll, L., Bolam, R. & Collarbone, P. (2002). Leading for change: Building capacity for learning. In K. Leithwood, & P. Hallinger, (Eds.) *Second international handbook of educational leadership and administration* (pp. 41 – 74). Dordrecht: Kluwer Academic Publishers.

Stoll, L., Bolam, R., McMahon, A., Wallace, M. & Thomas, S. (2006). Professional learning communities: A review of the literature. *Journal of Educational Change*, *7* (4), pp. 221 – 258.

Stoll, L., Reynolds, D., Creemers, B. & Hopkins, D. (1996). Merging school effectiveness and school improvement: Practical examples, In D. Reynolds, Robert, B. Creemers, D. Hopkins, L. Stoll, & Nijs Lagerweij (1996) (Eds.). *Making good schools: Linking school effectiveness and school improvement*. London; New York: Routledge.

Stoll, L. (1999). Realising our potential: Understanding and developing capacity for lasting improvement. *School Effectiveness and School Improvement*, *10* (4), pp. 503 – 532.

Stringfield, S., Reynolds, D., & Schaffer, EC. (2008). Improving secondary students' academic achievement through a focus on reform reliability: 4-and 9-year findings from the high reliability schools project. *School Effectiveness and School Improvement*, *19* (4), pp. 409 – 428.

Sun, H., Creemers, B. P. M., & Rob de Jong (2007). Contextual factors and effective school improvement. *School Effectiveness and School Improvement*, *18* (1), pp. 93 – 122.

Swap, M. (1992). *Developing home-school partnerships: From concepts to practice*, New York: Teachers College Press.

Tajik, M. A. (2008) External change agents in developed and developing countries. *Improving Schools*, 11(3), pp. 251 – 271.

Teddlie, C. & Reynolds, D. (2000). Current topics and approaches in school effectiveness research: Comtemporary Field. In C. Teddlie, & D. Reynolds (Eds.) *The international handbook of school effectiveness research* (pp. 26 – 52). NewYork: Falmer Press.

Teddlie, C. & Stringfield, S. (2006) A brief history of school improvement research in the USA. In A. Harris & J. Chrispeels. (Eds.) *Improving schools and educational systems: International perspectives*. (pp. 23 – 38). London: Routledge.

Togneri, W. & Anderson, S. (2003). How high poverty districts improve. *Leadership*, *33*(1), 12 - 16.

Tung, R., & Feldman, J. (2001). Promoting whole school reform: A closer look at the role of external facilitators. Paper presented at the International Congress for School Effectiveness and Improvement (ICSET) (Toronto, Canada, January, 2001).

Van Voorhis, F. L. (2003). Interactive homework in middle school: Effects on family involvement and students' science achievement. *Journal of Educational Research*, *96* (9), pp. 323 - 339.

VanVelzen, W., Miles, M., Ekholm, M., Hameyer, U. & Robin, D. (1985). *Making school improvement work: A conceptual guide to practice*. Belgium: Leuven.

Warren, L. L., & Peel, H. A. (2005). Collaborative model for school reform through a rural School/University partnership. *Education*, 126(2), pp. 346 - 352.

Waters, T., Marzano, R. J., & McNulty, B. (2003). *Balanced leadership: What 30 years of research tells us about the effect of leadership on student achievement*. Denver: Mid-continent Research for Education and Learning.

Watson, N. & Fullan, M. (1992). Beyond school district-university partnership, In M. Fullan & A. Hargreaves (Eds.) *Teacher development and educational change*, London: The Falmer Press.

West, M. (1998). Quality in schools: developing a model for school improvement, In A. Hargreaves, A. Lieberman, M. Fullan & D. Hopkins (Eds), *International handbook of educational change* (pp. 768 - 89). Dordrecht: Kluwer Academic Publishers.

West, M. (2000). Supporting school improvement: Observations on the inside, reflections from the outside. *School Leadership & Management*, 20(1), pp. 43 - 60.

West, M., Ainscow, M., & Stanford, J. (2005). Sustaining improvement in schools in challenging circumstances: A study of successful practices. *School Leadership and Management*, 25(1), pp. 77 - 93.

Wetherill. K. & Applefield. J. (2005). Using school change states to analyze Comprehensive School Reform Projects, *School Effectiveness & School Improvement*, 16(2), pp. 197 - 215.

Wikeley, F., Stoll, L., & Lodge, C. (2002). Effective school improvement: English case studies. *Educational Research and Evaluation: An International Journal on Theory and Practice*, 8(4), pp. 363 - 386.

Wikeley, F., Stoll, L., Murillo, J., & De Jong, R. (2005). Evaluating effective school improvement: Case studies of programmes in eight european European countries and their contribution to the effective school improvement model. *School Effectiveness & School Improvement*, 16(4), pp. 387 - 405.

Williams, R. B. (1996). Four dimensions of the school change Facilitator. *Journal of Staff Development*, 17 (1), pp. 48 - 50.

Wilson, S. M., & Berne, J. (1999). Teacher learning and the acquisition of professional knowledge: An examination of research on contemporary professional development.

In A. Iran-Nejad & P. D. Pearson (Eds.). *Review of research in education 24* (pp. 173 -209). Washington, DC: American Educational Research Association.

Youngs, P. & King, M. B. (2002). Principal leadership for professional development to build school capacity. *Educational Administration Quarterly*, *38*(5), pp. 643 - 670.

Yukl, G. (1994). *Leadership in organizations*. Englewood Cliffs: Prentice Hall.

Zacchei, D. A., & And Others. (1986). Business-education partnerships: Strategies for school improvement. Regional laboratory for Educational Improvement of the Northeast & islands, Andover, MA.

Zhou, Yanyu (2007). *Success for all: A comprehensive educational reform for improving at-risk students in an urban school in china*. Unpublished doctoral dissertation, The University of Maryland at College Park.

Zhu, X. & Liu, C. (2004). Teacher training for moral education in China. *Journal of Moral Education*, *33*(4), pp. 481 - 494.

操太圣(2003),《院校协作过程中的教师专业性(电子资源):香港与上海的个案比较研究》,哲学博士论文,香港:香港中文大学。

陈惠邦(1998),《教育行动研究》,台北:师大书苑。

高鸿源 (2008),《学者参与薄弱学校改进工作中自身的知识管理问题》,《中国教师》,第77期,页4—6。

顾明远(2001),《课程改革的世纪回顾与瞻望》,《教育研究》,Vol. 第7期。

国务院(2001),《国务院关于基础教育改革与发展的决定》。《中国教育报》2001年6月15日第1版。

黄显华、霍秉坤(2002),《寻找课程论和教科书设计的理论基础》,北京:人民教育出版社。

江哲光、卢燕君(2009),《"优质学校改进计划小学数学老师跨校学习社群":教师学习和教师转变》,《第三届两岸四地"学校改进与伙伴协作"学术研讨会论坛:学校整体改进理念与实践——香港中文大学优质学校改进计划的经验分享页"论文汇编》,页199—215,香港:香港中文大学。

教育部(2004),《2003—2007年教育振兴行动计划》,资料来源:http://www.edu.cn/20040325/3102277.shtml

劳顿、王维臣、崔允漷译(1993),《1988年教育改革法前后英格兰和威尔士的教育与培训》载瞿葆奎主编、金含芬选编《教育学文集:英国教育改革》,1993年,人民教育出版社,页780—792。

李家成、吴遵民(2004),《"新基础教育"学校管理改革研究报告》,叶澜主编,《"新基础教育"发展性研究报告集》,北京:中国轻工业出版社。

李子建、张月茜、钟宇平(2002)。《大学与学校伙伴协作共创优质教育计划:寻找学校发展及改革的理论基础》。载李子建(编著),《课程、教学与学校改革:新世纪的教育发展》,页177—211。香港:香港中文大学出版社。

梁歆(2009),《学校改进中领导能量的建构》,第三届两岸四地"学校改进与伙伴协作"学术研讨会,澳门大学。

梁歆、汤才伟(2005),《学校改进:超越新课程的教育变革策略》,《当代教育科学》,第二十四卷第三期,页19—22。
梁歆、黄显华(2007),《从实施策略的视角简述美国学校改进的发展历程》,《全球教育展望》,第三十六卷八期, 页36—40。
梁歆、黄显华(2007a),《以课程实施的取向为基础探讨学校改进的实施》,《课程与教学季刊》,第10卷第2期,页81—94。
梁歆、黄显华(2007b),《从实施策略的视角看美国学校改进的发展历程》,《全球教育展望》,第三十六卷八期,页36—40。
卢乃桂(2007),《能动者的思索——香港学校改进协作模式的再造与更新 》,《教育发展研究》,12B,页1—9。
卢乃桂、张佳伟(2007),《学校改进中的学生参与问题研究》,《教育发展研究》,第4B期, 页6—9。
迈克・富兰(2000),《变革的力量——透视教育改革》,北京:教育科学出版社。
麦克莱恩,石伟平译(1990),《"民粹主义的"中央集权主义——评英国1988年教育改革法》,载瞿葆奎主编、金含芬选编《教育学文集:英国教育改革》,1993年,人民教育出版社,页748—779。
潘慧玲(2002),《学校革新:理念与实践》,台北:学富文化事业有限公司。
裘志坚(2006),《构建基于共同愿景的和谐高效的学习型学校》,《教育导刊》,五月号上半月。
史静寰、肖玉荣、王阔 (2005),《在校本行动研究中提升教师、改进学校》,《基础教育课程》,第三期,页7—12。
吴美贤(2009),《小学英文课跨校学习社群——一个学校发展主任的纪录与反思》,《第三节两岸四地"学校改进与伙伴协作"学术研讨会论坛:学校整体改进理念与实践——香港中文大学优质学校改进计划的经验分享页"论文汇编》,页189—198,香港中文大学。
新课程实施过程中培训问题研究课题组(2002),《新课程与学校发展》,北京:教育科学出版社。
杨朝晖、王尚志(2008),《行动在教育发生的地方》,首都师范大学出版社。
杨小微 (2005),《转变型变革中的学校领导》,《教育研究与实践》,第4期,页23—27。
杨小微(2004),《全球化进程中的学校变革——一种方法论的视角》,上海:华东师范大学出版社。
张佳伟、卢乃桂(2009),《院校协作式学校改进与教师领导的建构——香港一所个案学校的研究》,《第三节两岸四地"学校改进与伙伴协作"学术研讨会论坛:学校整体改进理念与实践——香港中文大学优质学校改进计划的经验分享页"论文汇编》,香港中文大学,页111—124。
张景斌(2008),《大学与中小学的伙伴协作:动因、经验与反思》,《教育研究》,第3期,页84—89。
张景斌、蓝维、王云峰、杨朝晖(2003),《在真实的教育情境中研究教育——校本教育科研的理论与实践》,北京:首都师范大学出版社。
赵福江(2008),《中小学家校合作的现状及其对策》,《教育理论与实践》,第28卷第6

期,页58—61。

赵明仁(2006),《中国大陆新课程改革背景下教师实践反思的个案研究》。未发表之哲学博士论文,香港中文大学。

赵志成(2009),大学与学校伙伴写作的反思:学校改进计划的进路,《第三节两岸四地"学校改进与伙伴协作"学术研讨会论坛:学校整体改进理念与实践——香港中文大学优质学校改进计划的经验分享页"论文汇编》,香港中文大学,页27—40。

郑金洲(2007),《学校内涵发展:意蕴与实施》,《教育发展研究》,第10期,页23—28。

郑美仪(2009),《培育教师成为变革能动者:从跨校学习社群看教师专业发展》,《第三节两岸四地"学校改进与伙伴协作"学术研讨会论坛:学校整体改进理念与实践——香港中文大学优质学校改进计划的经验分享页"论文汇编》,页175—188,香港中文大学。

郑燕祥著,陈国萍译(2002),《学校效能与校本管理:一种发展的机制》,上海:上海教育出版社。

中华人民共和国教育部(2001),《基础教育课程改革纲要(试行)》,钟启泉、崔允漷、张华(编),《〈基础教育课程改革纲要(试行)〉解读》。上海:华东师范大学出版社。

钟亚妮(2007),《大学—学校协作情境下的教师学习:香港与北京的个案研究》,未发表之博士论文,香港:香港中文大学。

朱嘉颖(2005),《伙伴合作对教师学习的影响(显微数据):一个有关教师实施专题研习教学的探究》,哲学博士论文,香港:香港中文大学。

朱善璐(2007),《在首都高校支持初中建设工程启动大会上的讲话》,2008年4月5日撷取自网页:http://www.bjedu.gov.cn/

致谢

在跟随黄显华教授从事博士后研究的这段时间里，我由衷地感谢恩师在学术上的指点。书稿的撰写让我在学术研究的道路上获益匪浅，也使我得以弥补在博士论文撰写过程中留下的诸多遗憾。

感谢天津师范大学文学院的领导在我攻读博士及进行博士后研究期间给予的支持。

感谢北京两所个案学校的所有参与研究的学生、教师、领导者和学校发展主任们，跟他们在一起的日子充满了感动、惊喜与由衷的敬佩。感谢香港中文大学优质学校改进计划的同仁们，赵志成博士、陈可儿博士以及众多的学校发展主任们不仅参与我们的研究，更带领我认识、理解香港的学校改进实践。

在书稿付梓之际，黄显华教授和我衷心地感谢华东师范大学教育科学学院副院长王建军教授的帮助。此书得以出版，还要感谢华东师范大学出版社的金勇编辑，书籍能够这么快地和读者见面，全赖于他的辛勤工作及热心帮助。

最后，我要特别感谢我尚未出世的孩子的配合，感谢她（他）在精神上给予我的莫大鼓励。

梁 歆

香港中文大学

2009. 12

图书在版编目(CIP)数据

学校改进:理论和实证研究/梁歆、黄显华著.—上海:华东师范大学出版社,2010.3
ISBN 978-7-5617-7615-5

Ⅰ.①学… Ⅱ.①梁…②黄… Ⅲ.①中小学—教学研究 Ⅳ.①G632.0

中国版本图书馆 CIP 数据核字(2010)第 047234 号

学校改进:理论和实证研究

著　　者　梁　歆　黄显华
责任编辑　金　勇
审读编辑　车　心
责任校对　王　卫
装帧设计　高　山　陈晓晨

出版发行　华东师范大学出版社
社　　址　上海市中山北路 3663 号　邮编 200062
电话总机　021-62450163 转各部门　行政传真 021-62572105
客服电话　021-62865537(兼传真)
门市(邮购)电话　021-62869887
门市地址　上海市中山北路 3663 号华东师范大学校内先锋路口
网　　址　www.ecnupress.com.cn

印 刷 者　上海商务联西印刷有限公司
开　　本　787×1092　16 开
印　　张　20.5
字　　数　309 千字
版　　次　2010 年 8 月第一版
印　　次　2010 年 8 月第一次
印　　数　2100
书　　号　ISBN 978-7-5617-7615-5/G·4410
定　　价　39.00 元

出 版 人　朱杰人